봄 비

윤정모창작집

봄비

풀빛

이 창작집은 1985년 12월 『가자, 우리의 둥지로』라는
제목으로 발행하였었으나 그 당시에
당국으로부터 판매금지조치를 받아 출간하지 못하고 있던 중
그 조치가 해제됨에 따라 1988년 『밤길』이라는
제목으로 재발행했다가,
이번에 발표한 신작 「봄비」를 묶어 다시 발간하게 됨을 밝힙니다.

차 례

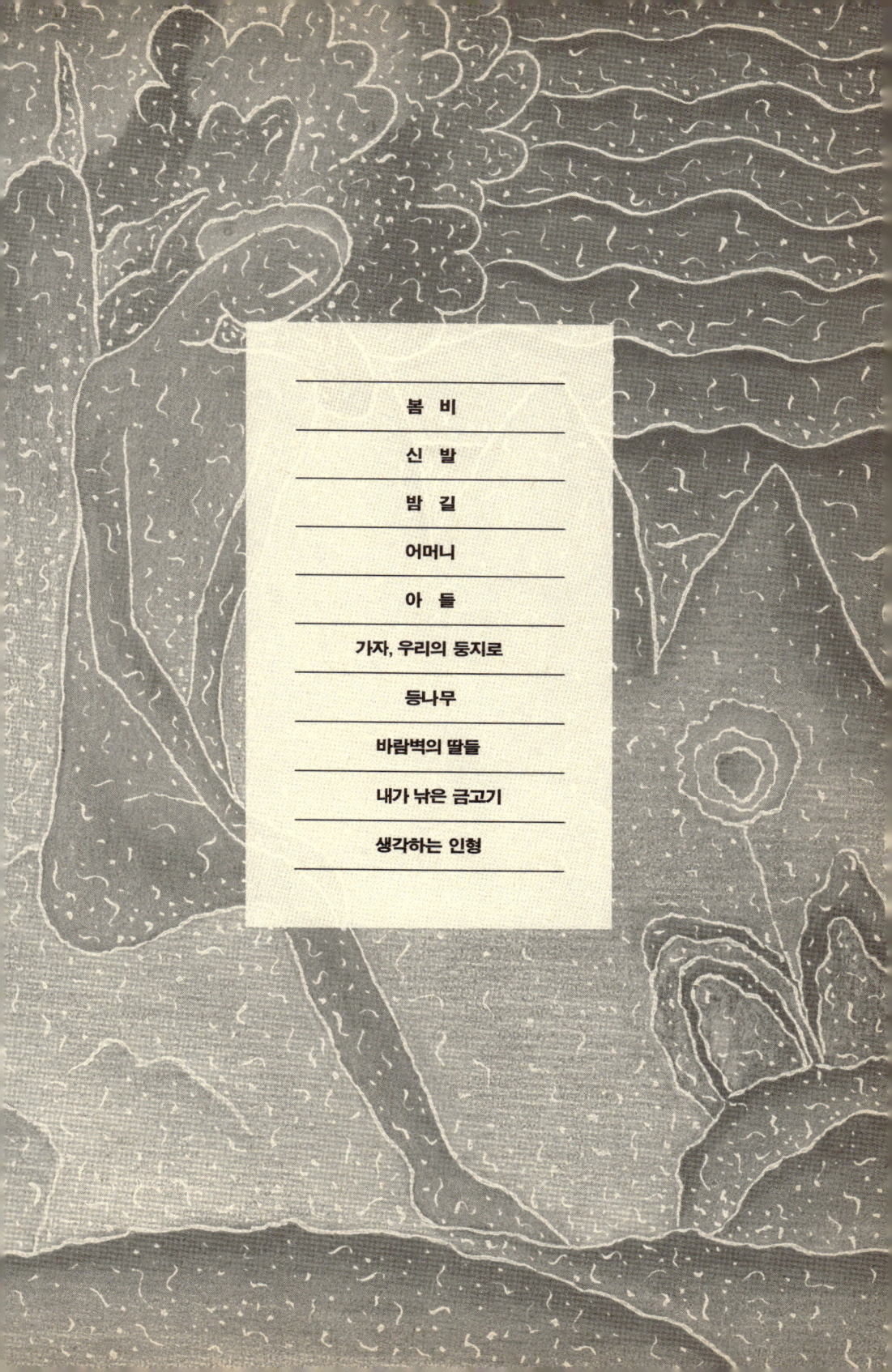

봄 비

　피리산조가 연기처럼 나직이 기어 다니다가 소파로 성큼 올라와 가슴에 꽂혀 든다. 느낌이란 숲이거나 계곡 혹은 팽팽히 겨루고 선 날줄 같은 것, 피리소리는 그 날줄을 절절히 흔들어대며 더욱 깊숙이 파묻혀 든다. 강렬하면서도 애잔한 떨림 속으로 천천히 끼여 드는 그 어떤 환청, 하모니카소리.

　─자, 그럼 '올드 블랙 조'를 하모니카로 불어 볼 테니 잘 들어 보아라. 으뜸음과 버금딸림의 차이는 어떻게 되는지…….

　환청이 사라지자 이번엔 어떤 거리가 눈에 보이듯 펼쳐진다. 회색 거리. 건조물도 물체도 땅거미처럼 뉘엿거리던 그 흐릿하고도 몽롱한 저녁 어스름의 거리, 그 거리로 한 소녀가 걸어간다. 회색보다 조금 더 짙은 음영처럼, 저자거리도, 켜켜로 쌓아 둔 옹기집 장독들도 조용히 정지해 있고 소녀는 옹기집 철조망을 에돌아 망미루 언덕길로 올라간다. 잠깐씩 멈춰서서 주위를 두리번거리기도 하면서.

아, 25, 6년 전의 내 모습. 누굴 찾아 그렇게 나는 저녁마다 길을 떠났던가. 꽃무늬 블라우스에 때론 옹기집 철조망에 피어난 나팔꽃을 톡 따서 입에 물기도 하면서. 그래, 음악선생님……. 그리움이 사무쳐 든다. 바람이 달려와 마음을 꽉 움켜잡듯이. 선생님은 돌아오셨을까. 혹시 여태도 바닷가에 계시지 않을까. 집에서는 노래를 부르지 않으시지. 양말을 빨거나 혹은 진지를 지으실까. 선생님 그 양말 제가 빨아드릴께요.

— 일없다.

바닷가에서 훔쳐보는 선생님은 너무 멋이 있어 숨이 막힐 지경이었지. 바위에 기대어 선 채 먼 바다를 바라보며 부르던 노래…… 나비부인, 아니야. 동심초. 맘과 맘은 맺지 못하고 한갓되이 풀잎만 맺으려는고……. 마치 나를 위해 부르는 노래 같아 뒤에 숨어 있던 나는 속으로 흐느끼기도 했어. 그렇게 애를 태우며 사모하던 사람
…….

여인은 등을 일으키고 앉는다. 가슴이 몹시 뛴다. 정신을 가다듬고 벽시계를 본다. 5시 20분, 국악의 시간인데 왜 바리톤선생이 생각났을까. 어제 이 시간엔 또 회심곡에 울기도 했는데……. 병든 탓이겠지. 몸이 아프니 마음까지도 약해져서……. 여인은 일어나 거실을 서성인다. FM에서 흘러나오는 피리산조가 잔잔하게 바닥으로 눕자 별안간 요의가 느껴진다.

여인은 화장실로 간다. 요실금도 아니건만 자주 오줌이 마렵고 오줌발도 시원칠 않다. 여인은 변기에 앉아 아랫배를 짜 내리듯 오줌을 눈 뒤 속옷을 추키고 변기 속을 본다. 탁한 오줌이 물과 섞이고 있다. 의사는 소변에 적혈구가 섞여 나오기 때문이라고 했던가. 현재로선 콩팥에서 새어 나온다는 것 외엔 그 원인을 알 수 없으므로 자

주 검사를 받아 보는 도리밖에 없다고.

여인은 거울을 들여다본다. 누렇고 푸석한 얼굴. 한의사는 말했다. 인간은 오운육기(五運六氣)로 살고 죽는다. 오운이 금목수화토라면 당신의 몸은 지금 수목토가 몹시 말라 위험지경에 처해 있다고. 그러니까 신장, 간장이 약해져서 몸이 양분을 섭취하지 못해 나무처럼 말라 드는 것이며 그래서 흠씬 물을 부어 주듯 치료제와 보약을 함께 써야 나을 수 있다고 했다. 하지만 약을 다섯 제나 먹었는데도 얼굴색이 돌아오지 못했다. 진맥은 나아지고 있다고 했는데…….

여인은 손을 닦고 화장실을 나선다. 이번엔 피리가 아닌 나팔소리가 화장실 앞에까지 나와 여인을 마중한다. 다시 펼쳐지는 회색지매, 그 정지된 저자거리로 한 소녀가 걸어간다. 여인은 그 영상을 지우려고 양손으로 얼굴을 거칠게 문지른 뒤 소파로 가 앉는다. 바리톤 선생님은 아직도 학교에 계실까. 몇 해 전까지만 해도 계셨다는데 가서 한번 만나 볼까. 여인은 벌떡 일어난다. 스무 몇 해 전 그때처럼 오늘도 그 선생님을 찾아 저녁길을 떠나 볼까. 아니야, 지금은 너무 늦었어. 여인은 다시 소파에 등을 뉘고 담요를 끌어당긴다.

남편이 어깨를 두드린다. 새벽 4시, 소파에서 잠든 모양이다.

"들어가서 자."

남편이 들어오는 것도 몰랐는데 벌써 시장에 나갈 시간인가 보다. 털잠바를 입고 나가는 남편 등이 오늘도 멍청한 짐승 같아 보인다. 저 사람은 단 한번도 사람답게 살아 보질 못했어. 쉰이 넘은 지금도 새벽시장이라니. 24년째 한결같은 모습. 남편이 밖에서 문 잠그는 소리가 들린다. 여인은 일어나 실내를 돌아본다. 전축이 꺼져 있다. 딸이 껐을까. 여인은 소리나지 않게 딸애 방을 열어 본다. 침대가 그득한 것이 들어와 자는 모양이다. 여인은 다시 소파로 나와 비스듬히 기대앉으며 담요를 끌어당긴다. 또 까무룩 잦아든다.

"엄마, 아침 드세요."

여인은 벌떡 일어난다. 벌써 아침이 되어 거실 밖이 훤하다. 여인은 얼굴을 문지르고 머리를 매만지며 식탁으로 간다. 곰국에 옥돔구이, 김······. 전부 만들어져 있던 음식이지만 옥돔을 렌지로 데워낸 솜씨가 제법이다. 전에는 반드시 차려 줘야 먹었는데······. 여인은 밥을 퍼서 식탁에 놓고 먼저 자리에 앉는다. 딸이 물주전자까지 가스 불에 데워다 놓고 수저를 든다.

"엄마, 얼굴 조금 나아진 것 같은데요?"

여인은 대답하지 않는다. 좀 나아졌는데도 늘 이렇게 시들거리냐? 까닭 없는 반감이 부챗살처럼 펴졌다 도로 감긴다. 엊그제 딸애는 말했다. 주부가 아프면 집안 분위기가 영 말이 아니라고. 그러니까 청소며 빨래가 예전처럼 제대로 되어 있지 못하다 그 말이겠지.

"엄마, 이번 여름방학 땐 호주로 연수 간대요."

"그래서?"

"그렇다는 보고죠, 뭐."

흠, 대학생 날개는 크기도 하구나. 여인은 밥알 속으로 그 말을 굴린다. 대학엘 혼자 힘으로 간 듯이······. 딸이 일어나 식탁을 떠난다.

여인이 설거지를 하고 나오자 딸이 가방을 메고 현관으로 나가며 소리친다.

"오늘 좀 늦을 거예요."

정말로 멋대로구나. 방학중인데도 매일 나가면서 왜 무엇 때문에 늦는다는 설명도 없이. 딸이 사라지고 현관문이 닫힌다. 별안간 당혹감이 찾아 든다. 오늘도 혼자 버려지는구나, 진종일······. 거실을 돌아본다. 실내도 텅 비어 있는 것 같다. 그래, 자식들은 항상 내 곁을 떠나갔어. 그럼에도 나는 매일 돌아오거나 돌아와서 함께 하는 일들만 생각했다. 여인은 무너지듯 소파에 주저앉는다. 아들이 군에 입대할 때도 제대하는 날 잔치할 계획부터 잡았어. 아이들은 매일 내 알맹이를 조금씩 나눠 들고 신세계를 향해 떠났던 것이고 나는 이렇게 빈 울타리 속에 갇혀 시들어 간다……. 속눈썹이 무거워진다. 여인은 휴지를 뜯어 눈물을 꾹 찍어 내고 허공을 본다. 꺼멓게 펼쳐지는 허공. 나의 허공은 어째 이다지도 크단 말인가. 늙지도 젊지도 않은 나이 마흔 넷에. 여인은 전축 쪽으로 눈길을 돌린다. 전축이 잠을 자다가 불쑥 고개를 쳐드는 것 같다. 피리산조, 아니 하모니카소리 …… 그래, 나도 울타리 밖을 나갈 수 있어. 혼자 떠날 곳도 있고 ……. 여인은 허둥대며 안방으로 들어간다.

여인은 화장을 시작한다. 겹겹이 바르고 연지 솔로 볼까지 문지르자 창백한 안색은 안으로 숨는다. 여인은 보석함을 열고 산호 귀걸이를 꺼내 손바닥에 올려본다. 피가 모자라면 붉은 색이 좋아진다더니 그래서일까, 너무 붉어 착용하지 않았는데 오늘은 그것이 좋아 보인다. 여인은 일어나 가방을 꾸리고 옷을 입은 뒤 부엌으로 나간다. 아무래도 약과 차는 가져가야겠지. 보온병에 녹차를 우려 담고 냉장고에서 한약봉지 열 개를 꺼내 가방 속에 넣는다. 참, 양모 솔도 챙겨 넣어야지.

여인은 거실을 나서다가 잠깐 멈춰 선다. 가족들에게 쪽지라도 남겨야 하나? 싫다. 정 켕기면 전화를 걸지. 여인은 문을 걸고 나와 승강기에 오른다. 열쇠는 각자 있으니까 경비실에 부탁할 일도 없지. 헌데 이 건강상태로 긴 시간 운전을 해도 괜찮을까.

아침 8시 반, 출근하는 차들이 대충 빠져나간 뒤여서인지 주차장이 듬성듬성 비어 있다. 여인은 자기 차 쪽으로 가 문을 열면서 하늘을 본다. 며칠 후면 3월, 서울은 오늘도 춥고 흐린 날씨가 되려는 모양이다. 여인은 차 속으로 들어가 시동을 걸고 후사경과 룸미러 상태를 점검한 뒤 히터를 넣고 앞을 본다. 이제 출발하면 된다. 그러나 아직 수온계가 오르지 않아 잠깐 더 기다리면서 여인은 정말 장시간 운전해도 괜찮을까 다시 한번 생각해 본다. 사실 운전이야 손발만 사용하는 것, 기분상태만 잘 조절한다면 큰 무리도 아닐 것이다. 경력도 4년이나 되는데 …… 그렇구나, 벌써 4년, 아들이 입시반일 때부터 시작했지. 자율학습 나가는 아이를 데려다 주기 위해서. 그리고 딸이 입시반일 때까지 계속 새벽과 밤운전을 했어. 그 결과 딸은 대학엘 갔지. 확실하게. 눈곱도 떨어내지 못한 딸애를 토닥토닥 깨워 차에 태우고 다닌 거리, 눈이 오거나 비가 오는 새벽길을 초긴장으로 달리던 나날. 가끔은 로맨틱할 때도 있었어. 영어 단어를 외던 딸애가 문득 고개를 들고 룸미러를 바라보며 말갛게 웃고 있거나 가로수에 눈꽃이 피어 세상이 환해 보일 때, 또는 보슬비가 감미롭게 비껴들 때 …… 그럴 땐 딸애와 어디론가 근사한 곳으로 초청을 받아 가는 기분이었다. 무도복을 입고……. 여인은 고개를 젓는다. 아직도 나는……. 여인은 주차브레이크를 내리고 자동변속기를 D로 옮긴 후 가속기를 밟는다. 어깨팍이 결리는 것 같다. 긴장한 탓이겠지. 여인은 심호흡을 하면서 천천히 아파트를 빠져 나간다.

잠실방향 올림픽대로. 차의 흐름이 시원하다. 여인은 라디오를 켠다. 신작 가곡이 끝나고 가정음악이 시작된다.

"안녕하세요, 김세원입니다 ……. 가족들의 출근 뒷바라지로 정신들이 없으셨죠? 이제 호젓한 시간, 혼자만의 여유가 귀한 그 무엇처럼 다가오지 않습니까. 이럴 때 한잔의 차와 음악이 있다면 더욱 좋겠지요. 혀끝에 감도는 차의 향기, 귀로 들려오는 감미로운 음악, 양탄자를 탄 듯 날아가는 추억여행 ……. 영화 아웃 오브 아프리카가 생각나는군요. 로버트 레드포드가 남자주인공이었죠. 그 로맨틱한 남자가 여주인공을 찾아옵니다. 그리고 나침반과 만년필을 선물

하지요. 영화를 보는 동안 우리는 주인공과 똑같이 사랑하고 애태우기도 하면서 감상에 푹 젖어 들게 됩니다. 한번쯤 그런 사랑을 꿈꾸기도 하면서……. 그럼 영화음악 아웃 오브 아프리카를 듣겠습니다."

드넓은 평원이 펼쳐지듯 감미로운 음악이 흘러 나온다. 여인이 별안간 소리 내어 웃는다. 중년여성도 사춘기 소녀같이 그런 남자주인공을 흠모한다…… 몇 년 전 내 딸도 그 영화를 보고 그만 그 남자주인공한테 반해 버렸는데…… 걸핏하면 레드포드 같은 남자, 경비행기를 타거나 나침반을 들고 오는 남자, 하면서.

음악은 아름답게 흐르고 차는 암사동을 지나간다. 성남 방향 표지판이 보이는 지점에서 다시 방송인의 목소리가 들려온다.

"거울 앞에 앉아 내 모습을 바라보면 참 밋밋한 존재로구나 싶어질 때가 있습니다. 그럴 땐 진하게 립스틱을 발라 봅니다. 발랐다 지우고 발랐다 지우고……. 남들처럼 한 시대를 풍미하는 사람도 되지 못했고 한 시대를 이끌어가는 존재도 되지 못한 채 일상에만 묻혀가는 내 존재…… 립스틱이나 발랐다 지우는 나……."

여인은 라디오를 꺼 버린다. 당신은 유명한 방송인, 한 시대를 풍미해온 빛나는 경력에다 질 좋은 문화를 맘껏 공유하고 살아왔으면서도 밋밋한 존재라구……. 여인은 그것이 방송중의 멘트일 뿐인데도 화가 치민다. 아프면서부터 의식이 형평을 잃고 먼저 뜨거나 가라앉곤 했는데 지금도 그런가 보다.

중부고속도로로 진입해 들면서부터 하늘이 맑아지고 햇살도 투명하게 펼쳐진다. 좀 나른해지는 것 같아 문을 열자 소음과 냉기가 거칠게 뛰어든다. 그럼에도 차를 따라오는 흰구름은 포근해 보인다. 차체도 몸과 일체가 되고 계기판도 1백 킬로쯤으로 일정한 속도를 유지한다. 문득 룸미러로 뒤차가 따라붙는 것이 보인다. 여기선 110킬로, 여인은 오른쪽 깜박이를 켜고는 2차선으로 비켜선다. 이제 네 시간 후쯤이면 고향에 닿을 수 있을 것이다. 어머닌 아직도 며느리와 티격대고 있을까. 언젠가 전화를 걸어 말했지. 그 괄괄한 목소리로. 이봐라, 식이에미가 글쎄 내한테 독을 품으며 대드는기라, 당신은 뭐가 그리 떳떳한 시에미냐꼬. 내 참, 내가 뭐 저 시애비한테 시집가고 싶어 갔으메, 지 서방을 낳고 싶어 낳았는공? 의붓아버지가 생각난다. 늘그막에 낚시로 소일하더니 어느 날은 석유냄새가 풀풀 나는 고등어를 잡아 와서는 회를 쳐서 어머니를 손님으로 보았는지 들어보소, 들어보소, 하고 따라다녔다지. 그리고 그 며칠 후 잠자리에서 돌아가셨다. 그때 일흔 둘이었고 어머닌 갓 예순이 되던 해였다. 그래, 의붓아버진…….

미락정 도마는 특별히 컸었다. 의붓아버지가 가장 소중히 여겼던 것은 도마, 아니 회칼이라고 해야 옳다. 끝이 뾰죽하고 길다란 크고 작은 칼들, 숫돌에 차례로 갈아 칼끝을 살펴볼 땐 서녘 해가 늘 창을 기웃거렸고 칼날의 빛이 하얗게 튀면 튈수록 의붓아버지의 눈은 의기양양하게 번들거렸다. 평소땐 별로 표정이 없어서 희로애락도 분간할 수가 없는데 회칼로 생선의 결을 발라낼 땐 그 얼굴에 미소가 미끄럼을 타는 듯했다. 그래서 어머니로부터 타고난 생선백정이라는 악담을 들어도 그는 그닥 싫은 내색이 아니었다. 어머닌 그런 의붓아버지 앞에서 늘 당당했지. 비록 아이 딸린 몸으로 총각한테 시집을 오긴 했어도 자기는 생선백정과 살 사람이 아니라고. 그도 그럴 것이 애아버지는 대학생이며 그를 기다리기만 했으면 결혼도 했을 텐데 그만 칼잽이 요리사가 자기를 가로채고 말았다는 것이었다. 그 요리사의 아이를 셋이나 더 낳고 살면서도 계속 그 타령이었지만 실상 어머니는 그 대학생 애인으로부터 버림받은 것이 아닐까. 그랬다. 어머닌 열 여덟 살 때 대학생과 연애를 했고 그가 밤마다 담 너머로 돌

멩이를 던졌으며 어머닌 동백기름에 갑사댕기를 두르고 나가 대학생
과 어둠 속에서 사랑을 나누었다고 언젠가 술김에 말했다. 헌데 그
시절 연인들도 처음엔 입부터 맞추었을까. 어디서 입을 맞추고 어디
서 몸을 열었을까? 청춘남녀들이 곧잘 일을 벌였다는 갈대밭? 내가
잉태된 곳은 어떤 장소였을까? 따뜻한 방, 아니면 야외? 몇 번째의
교접에서 내가 만들어졌으며 내가 난자를 향해 돌진할 때 어머닌 절
정을 느꼈을까? 내가 생기자 어머닌 당황했겠지. 여자에겐 사랑도
공짜가 없다는 것을 깨닫기는 했을까? 어쨌거나 대학생은 임신 사실
을 알고 입대해 버렸고 어머닌 그를 찾아 다녔으나 결국 만나지 못했
다. 그럼 내 고향이 되고 만 바닷마을 진동도 대학생을 찾아갔던 곳
일까. 배는 불러 오고 집으로 돌아갈 수 없었던 처녀는 식당주인에게
사정해서 요릿집 식모로 들어가게 되었다지. 의붓아버진 그 집 주방
장이었고. 혼자 독립해 나갈 기반을 닦느라 혼기마저 놓친 이 노총각
요리사에겐 어머니도 흥감했던 것일까. 남의 씨앗을 뱃속에 품은 것
이 흠이긴 했으나 어리고 순진해 새 출발의 가능성은 얼마든지 있었
고 어머니 역시 미혼모보다 사내 그늘에서 살아가는 게 훨씬 수월하
겠기에 서로 결혼을 했을 터였다.

　조금 전에 일죽을 지난 것 같은데 벌써 서청주를 알리는 안내판이
다가온다. 이렇게 가면 대구 가까이서 점심을 먹어도 되겠구나. 여
인은 가속기에서 발을 떼고 약하게 제동기를 밟으며 재빨리 계기판
을 살펴본다. 모든 것이 정상이다. 여인은 다시 앞을 바라보며 회상
의 자투리를 끌어온다. 그러니까 의붓아버지가 독립해서 문을 연 것
이 회 전문집인 미락정이었다. 영업만은 두 사람이 다 잘 해냈다. 늘
불만이 많은 어머니가 자주 싸움을 걸었지만 해가 떨어지면 자제할
줄도 알았고 싸우다가도 손님만 들면 언제 그랬냐는 듯이 웃음꽃을
피우기도 했으니 기실 두 사람은 궁합이 잘 맞았는지도 모른다. 여인

은 희미하게 웃는다. 나에게도 의붓아버지는 나쁜 사람이 아니었다. 회칼을 열심히 갈았지만 그 칼로 손끝 하나 누굴 다치게 한 적이 없었고 무엇보다도 나를 구박한 적이 없었다. 그럼에도 나는 의붓아버지를 경멸했지. 그런 천한 남자와 평생을 사는 어머니마저 속으론 비웃었다. 그래서 한사코 총각선생을 사모했던 것일까. 환상과 이상이 선생에게 있어서? 아, 보고 싶다. 소녀의 마음을 온통 지배했던 그 멋쟁이 선생, 짝사랑으로 끝난 첫사랑의 총각선생……. 여인은 자신도 모르게 속도를 올린다.

추풍령 휴게소에서 점심을 먹고 기름도 넣은 후 다시 고속도로로 나선다. 날씨가 계속 맑아 도로에 해가 쨍쨍하게 누워 있다. 뒤에 오던 지프차가 2차선으로 빠지더니 나란히 달린다. 이상해서 돌아보니 색안경을 낀 남자는 이를 드러내고 웃는다. 흠, 내가 젊은 여잔 줄 알았나, 아님 혼자 탔다고 낙낙하게 보았나. 여인은 앞만 보고 달린다. 지프차 남자는 재미가 없었던지 여인의 차를 앞질러서는 그냥 내달려 간다. 몇 년 전 아들을 지방대학에라도 넣어 보려고 원서를 사러 갔다가 밤에 상경하던 때가 생각난다. 뒤에서 따라오는 지프는 전조등 위치가 높아 얼마나 눈이 부시던지 그 차가 미워 죽을 뻔했다. 지프는 튼튼한 자기 차만 믿고 차선도 맘대로 바꾸는 고속도로의 무법자다 싶기도 했고……. 하지만 오늘은 느낌의 파도가 작동을 멈추었는지 별로 깊은 생각이 없다.

여인의 표정에 별안간 두려움이 깃든다. 그런데 정말 내 건강은 지금 어느 눈금에 있는가. 사람은 죽을 때가 가까우면 고향을 돌아보고 싶어한다더니 나에게도 그날이 머잖아 이런 충동이 든 것은 아닐까. 여태 이런 식으로 혼자 나서 본 적이 없는데…… 더욱이 아프기 시작한 지가 반 년이 넘었는데도 나아지는 흔적이 없는데…… 아니야, 난 고향이 그리웠던 게 아니야. 오직 음악선생님을 만나고 싶을 뿐이다.

　구미 인터체인지가 지나간다. 넉넉잡고 2시간 후면 학교에 도착할
수 있다. 그런데 선생님은 아직도 모교에 계실까. 많이 늙으셨겠지.
성악으로도 대성을 할 수 있었다는데 왜 여학교 교사로 주저앉아 버
렸을까. 요즘도 음악회가 있으면 부산이나 대구까지도 다녀오시는
걸까. 내가 만약 그런 사람과 결혼했으면 성악가로 만들기 위해 최선
을 다했을 텐데……. 그래, 사실 난 그런 사람과 결혼하고 싶었어.
아이들을 꼭 대학에 넣고 싶었던 이유도 그런 문화지식인을 만들기
위해서였지. 난 틀려 버렸지만 아이들이라도……. 헌데 내 아이들
은 자질을 타고나지 못했어. 그 원인은 남편한테 있었지. 콩 심은 데
콩이 난다는 그 만고의 진리를 아들의 대학 낙방으로 처절하게 확인
했고…….

　여인은 이마를 좁히고 한숨을 쉰다. 한숨이 입술이 아닌 이마로
흘러내리는 것 같자 여인은 주름을 풀고 딸 생각을 불러 온다. 그래,
그럼에도 딸이 대학엘 갈 수 있었던 것은 나를, 내 유전인자 속에 있
던 대학생 내 아버지를 조금은 닮았기 때문인 거야. 그럼 그렇고말고
…… 여인은 고개를 끄덕인다. 그렇게 끄덕인 턱이 정지하기도 전에
다시 굳어진다. 남편……. 딸애가 지 애비를 닮지 않은 것은 얼마나
다행인가. 돈만 있으면 양반인 줄 아는 수전노. 인간이란 어떤 품위
를 가져야 하는지 존경받는 일은 어떤 것인지도 전혀 모르는 빙충이,
그저 아는 것이라곤 잘 먹고 잘 자고 아이를 만드는 것밖에 모르는
위인. 아이조차도 거룩하게 만드는 게 아니라 벌레나 곤충처럼 까지
르기만 하려는 인간. 아들을 왜 그렇게 못살게 구느냐, 대학 안 가도
산다. 난 중학밖에 못 나왔는데 그앤 고등학곤 졸업할 게 아니냐, 그
만해도 가게는 얼마든지 물려받는다……. 아, 아들한테 제가 하던
그릇가게나 물려주려는 인간, 그것이 사냥법만 가르치고 떠나보내는

짐승과 뭐가 다르단 말인가. 여인은 응고된 숨을 길게 내쉰다.

얼른 속도계를 본다. 90으로 달리고 있다. 생각이 줄을 이을 땐 자신도 모르게 속력을 내리긴 하나 뒤차가 자꾸 앞질러 가는 것은 잠깐 의식하지 못했다. 또 한 대의 차가 2차선으로 비켜 앞지르기를 한다. 여인은 그새 고속도로의 질서를 무시한 것 같아 깜박이를 켜고 2차선으로 물러난다. 트럭이 바짝 따라붙지 않는 한 그대로 달리자. 언젠가 동창편에 듣기를 선생님은 교감이 되었다고 했는데…….

졸업을 얼마 앞둔 어느 날 어머닌 또 의붓아버지와 싸웠다. 그들은 정말 너무도 자주 싸웠고 그럴 때마다 소녀에겐 넌 좀 밖으로 나가, 나가 하는 것 같았다. 소녀는 언제나처럼 집을 나와 선생님 집을 찾아갔다. 선생님은 바람 쐬러 나가셨다고 집주인 아주머니가 말했다. 선생님이 잘 가시는 바닷가, 그 솔밭으로 다가가자 선생님의 노랫소리가 들려왔다. 소녀는 온몸이 마법사의 명주실로 칭칭 동인 듯 그쪽으로 끌려가다가 후드득 뛰던 가슴이 턱 멈추는 것을 느꼈다. 아, 웬 여인이……. 급격한 추락에 현기증을 느끼고 있을 때 선생님이 돌아보셨다.

— 귀옥이냐, 이리 와 인사하렴. 선생님과 결혼할 사람이란다.

— 아, 안녕하세요.

그리곤 뒤돌아섰다. 얼어붙은 발바닥을 떼느라 안간힘을 쓰면서. 그리고 선생님은 그 열흘 후 결혼하셨고 그날 소녀는 집을 나왔다. 이유는 자신도 알 수 없었다. 무작정 먼 곳으로 가기 위해 버스와 열차를 갈아타면서 서울에 도착했다. 어차피 졸업을 하면 집을 떠나야 할 몸, 며칠 더 일찍 떠난다는 것뿐이었다. 여인은 그때 알지 못했다. 타향은 의식주가 없는 사막이며 그 공포로 인해 자기 역시도 성급한 결혼을 하게 되리란 것을……. 아무튼 여인은 남대문 어느 식당에 취직을 했고 그곳에서 그릇집 점원, 역시 자립을 꿈꾸던 총각을 만나 결혼을 했다. 남편은 부지런한 사람이었다. 변두리 시장으로 나가 그릇 도매상을 열어 돈을 벌었고 집을 샀고 가게도 넓혀 왔다. 남들도 착실한 남편을 두었다고 부러워했고 어쨌거나 아이를 둘씩이나 낳아 하나는 군인이 되도록 살아온 24년 부부였다. 그러나 여인에게 남편은 음악선생과 나이가 같다는 것 외엔 단 한군데도 사랑해 볼 구석이 없는 사람이었고 24년을 날마다 경멸하면서 그 경멸이 일과가 되도록 살아온 세월이었다. 여인은 끈끈하게 늘어 붙는 생각들을 토해 내려고 서둘러 한숨을 내쉰다.

오후 3시 마산으로 들어선다. 선생님이 학교에 계시진 않아도 연락처는 알 수 있겠지. 한데 만약 나쁜 소식이라도 듣게 된다면? 혹시 돌아가셨다거나…… 나 역시 선생님을 만나면 다시 살고 아니면 ……. 여인은 힘 없이 웃는다. 몸이 아프면 그 육신에 담긴 생각도 불안해진다더니 별난 연관을 다…….

충무 쪽 국도를 타고 20분쯤 달려가자 진동 네거리가 나오고 거기서 다시 학교 쪽으로 방향을 잡는다. 여인이 학교에 다닐 때 그 주변이 거의 공터였는데 이젠 학교 주변으로 건물들이 겹겹이 들어차 있다. 여인은 운동장 안으로 들어가 차를 세운다. 마침 봄방학중이라 서무과에만 사람이 있어 여인은 그쪽으로 다가간다. 가슴이 뛴다. 창문이 보이자 몸 속에 소낙비가 내리꽂히는 것 같다. 문을 두드리고 안으로 들어선다. 남자선생이 누굴 찾느냐고 묻는다.

"저어, 이경학선생님…….."

"아, 교감선생님요?"

아, 교감, 할 때 마치 그 선생님이 오시기라도 하는 듯 머릿속엔 뇌성벽력이 몰아친다.

"지금 해외연수중이십니다."

여인은 서무실을 나선다. 후들거리던 가슴이 얼른 진정되지도 않

는다. 여인은 운동장으로 나와 차에 올라 앉는다. 가슴을 누르고 차
시동을 건다. 차라리 만나지 못한 것이 다행이다 싶다. 더욱이 해외
연수중이라면 얼마나 근사한 안부냐. 그런데 아이는 몇일까. 아직
그 부인과 살고 계실까.

　여인은 천천히 가속기를 밟고 학교 앞을 빠져 나간다. 일단 남동
생이 사는 집 쪽으로 방향을 잡는다. 그러나 공단 주변에서 다시 마
산 쪽으로 방향을 돌린다. 동생은 공단 주변의 아파트에 살고 있지만
동생의 아내한텐 자신이 번거로운 존재가 될 것 같고 친정어머니조
차 크게 보고 싶은 생각이 없다. 달아나듯 한참 그렇게 달려오자 팔
에 힘이 빠지는 것 같다. 마산에 도착해서 저녁을 먹고 고속도로를
타면 오늘밤에 서울에 도착할 수 있다. 그때 트럭이 앞을 가로막는
다. 공사중이긴 하지만 지금은 2차선 국도, 여인은 얼른 속력을 본
다. 55킬로. 제한속력만도 60킬로인데. 고개를 빼고 앞을 내다보니
왼쪽으로 길이 꺾이고 그 앞 맞은편 도로는 시원하게 뚫린 채 오는
차도 없다. 여인은 깜박이를 켜고 앞지르기를 한다. 그런데 막 트럭
옆을 지나칠 때 트럭도 차선을 넘어오며 밀어붙이기 시작한다. 의도
적인 방해다. 자칫하면 길가에 처박힐 것 같아 뒤로 물러나며 운전석
을 본다. 20세도 넘어 보이지 않는 것이 짐승처럼 웃으며 침까지 뱉
고 있다. 여자가 어디서 앞지르기를 하느냐는 듯이. 저것도 사내라
고 여자를 깔봐? 전에는 자신의 차가 탱크라도 되어 그런 차들을 똑
같이 밀어붙이고 싶었는데 지금은 괜히 서글퍼지기만 한다. 어째서
나는 맨 저런 것들이나 보고 살아야 하나…… 대체 어떤 여자들이
사람다운 남자를 만나고 사는가. 불쑥 아들이 떠오른다. 그애도 운
전대를 잡으면 저런 망종이 될까. 별안간 기운이 쭉 빠진다.

　네거리에 이르자 고속도로 안내판이 나온다. 식당에 들렀다 가려
고 했는데 트럭이 시내 쪽으로 꺾어지기에 얼른 반대방향으로 틀어

고속도로 초입으로 들어선다. 트럭운전수에 대한 불쾌감은 우엉잎을 씹은 듯 오래 입 속에 남아 영 가시질 않는다. 어째서 사내들이란 늙으나 젊으나 여자가 운전하는 것을 그렇게 못 봐주는가. 남편도 처음엔 그랬다. 이제 아들도 대학 입시반이다, 학원과 독서실에 데려다 주려면 차가 있어야 한다고 했을 때 당신이란 여잔 왜 그렇게 유난스러우냐고 윽박질렀다. 그러거나 말거나 운전교습을 받았고 면허증을 따자마자 차를 구입했다. 그때 남편은 서방이 일벌처럼 애써 벌어 놓았더니 그거나 녹여먹는 여편네라는 둥, 나이 사십이면 중늙은인데 애들처럼 꼴값을 떤다는 둥 별의별 소릴 다 해댔다. 무식할수록 심술만 많다고……. 여인은 목구멍까지 치미는 것을 삼키고 조근조근 말해 주었다. 아이들을 위해서라고 하지 않느냐, 그것도 못마땅하면 이 돈은 내가 번 것이라고 생각해라, 결혼초 왕십리시장에서 도매상을 할 때 아들이 학교 갈 때까지 나도 장살 했다……. 그래도 남편은 마음을 풀지 않고 한 달간이나 써늘한 등짝만 보였고 여인은 운전이란 새로운 경험과 아들을 태우고 다니는 재미에 하루 해가 가는 줄 몰랐다. 그랬다. 아들을 그룹지도에서 독서실까지 새벽 6시에 학골 데려다 주고 밤 열두 시에 데려오곤 했지만 고달픈지 몰랐다. 그럼에도 아들은 지방대학까지 낙방했다.

　—괜찮아, 재수를 하면 돼.

　아들은 입시학원에 들어갔고 6월도 오기 전에 당구를 치고 외박을 했다. 집에 돌아온 아이는 바지까지 이상한 걸 입고 있었다. 여인은 팬티만 입게 한 뒤 물구나무를 세웠다. 아들의 고추는 때와 오줌에 전 팬티 속에서 거꾸로 늘어지더니 번데기처럼 가만히 웅크리는 것 같았다. 여인의 손에 들린 회초리가 파르르 떨렸다. 정말이지 회초리로 아들의 고추를 힘껏 힘껏 후려치고 싶었다. 고추도 고추 나름이다, 그따위밖에 안 되려면 차라리 그 고추를 떼버려라…….

휴게소 안내판이 나온다. 다음 휴게소까지는 50킬로라는 표지판도
보인다. 여인은 자세를 가다듬고 휴게소로 들어간다.

마침 자율식당도 있어 밥으로 저녁을 먹고 약까지 데워 먹은 후 주
유소로 가서 기름도 더 채운다. 이제 또 출발해야지. 커피 한잔만 했
으면 좋으련만. 건강이 나빠지면 평소 누렸던 수많은 미각까지 함께
잃어야 하는 것이 서글프다. 여인은 심호흡을 하면서 차창밖으로 흘
끗 하늘을 올려다본다. 6시, 벌써 날이 어둡다.

천천히 고속도로로 나간다. 2차선으론 달려오는 뒤차가 멀찍이 보
인다. 가속기를 밟아 재빨리 진입한 후 앞뒤를 살펴본다. 이만하면
안전거리도 충분하다. 문득 집 일이 궁금해진다. 저녁들은 먹었을
까. 가스는, 급한 전화는……. 여자의 머릿속은 수많은 생각들이
들어앉은 벌집 같다. 생각하고 싶지 않아도 각각의 생각들은 벌처럼
집 하나씩을 차지하고 제멋대로 들락거리고……. 집에 전화라도 해
주고 출발할 걸 그랬구나. 여인은 픽 웃는다. 무슨 곰살스런 가족들
이라고……. 문득 딸애한테 받은 배신감이 말벌처럼 윙윙 선회한
다. 부모자식간에 무슨…… 배신감은 배신감이지.

딸애가 대학에 합격했을 때 여인은 말했다. 장하다, 이제 대학생
답게 교양을 쌓아야지. 이 에미가 일러 주마. 그리고 아이의 옷과 자
신의 옷도 맞추었다. 신학기 때 딸은 학교 새내기 행사로 더 바빴다.
여인은 딸애의 생활에 질서를 잡아주기 위해 여름방학이 끝났을 때
부터 각종 문화행사에 대한 정보를 입수하기 시작했고 음악회, 그림
전으로 딸애를 돌려 세우는 데 성공했다. 그러나 딸은 대학생이면 마
땅히 가져야 할 그 문화의식조차 가지려 들지 않았다. 어쨌건 그날
공연은 정말 특별한 것이었다. 외국에서 활동하다가 돌아온 어느 성
악가가 국내 유수한 음악인들에게 인사 겸 선을 보이는 무대라 일반
인들은 들어가기도 힘든 자리였다. 여인은 흥분을 누를 수 없어 미리

성장을 하고 딸애를 기다렸다. 6시까지 돌아오겠다던 딸애는 7시가 되어도 돌아오지 않았다. 여인은 일어났다 앉았다 거실을 서성댔고 딸애는 공연이 시작될 8시도 훨씬 넘어서야 들어왔다. 여인은 딸을 향해 냅다 소리부터 질렀다.

— 문화인도 약속을 어기냐? 응? 응?

그때 딸애의 말대꾸가 속사포로 쏟아져 나왔다. 문화인이라니 엄마의 그런 허위에 속이 뒤집어져요, 어릴 때부터 몰아붙인 피아노교습, 그래 내가 음대를 갔나요? 그런데 음악실이며, 미술관이 도대체 나와 무슨 상관이란 말예요, 내가 대학에 들어간 것이 엄마의 그런 허욕을 채워주기 위한 것이라면 대학생활을 다 그만두고 싶어!

— 뭐라고?

— 엄마가 원한 건 내가 대학생이 되는 게 아니었어. 나를 대학에 보내 놓고 그 대학생활을 엄마가 즐기고 싶었던 거야.

— 닥쳐!

— 그런데도 난 엄마가 나의 더 나은 미래를 위해 그렇게 온 마음을 쏟는 줄 알았어. 그래서 나도 만성맹장까지 견디면서 공부를 했던 거야. 그런데 그것이 엄마의 허욕을 위해서? 유치해 정말. 공주병은 아이들한테만 있는 게 아니라니까.

따귀를 후려치는데 딸이 손을 잡아챘다. 딸은 온몸을 탱탱한 힘으로 부풀리고 있었다. 이미 여인으로선 도저히 어찌해 볼 수 없는 그 무엇, 거대한 암벽 같기도 했다. 오직 대학에 보내려고 입시가 가까울 때는 머리를 감겨 주고 단어 하나 더 외우라고 밥술에 반찬까지 놔 주며 받들어 모셨는데, 대학 가서도 그 버릇 고치지 못하고 양말이며 속옷까지 아무렇게나 벗어 두어도 참아 왔는데…….

시야가 뿌옇게 흐려진다. 보슬비가 내리는 모양이다. 여름도 아닌데 웬 날씨변덕인가. 와이퍼를 작동하자 눈앞이 트이면서 선명하게

보인다. 시속 90킬로, 안전거리가 좁혀지고 있다. 차가 밀리려는가
……. 속도를 조금 늦추었는데도 안전거리는 확보되지 않는다. 빗방
울이 굵어진다. 노면이 미끄럽기 때문이구나. 여인은 가속기의 발을
떼어가며 7, 80을 유지한다. 차가 천천히 달리자 기분도 느긋해진다.
딸애를 태워 다닐 때가 생각난다. 그땐 나도 딸애처럼 사춘기 같았
어. 비나 눈에 그날의 기분이 온통 좌우될 때도 있었으니까. 안개가
자욱한 새벽거리, 도로변 겨울나무들에 하얀 눈꽃이 피어 있거나 차
창으로 소슬바람이 휘감길 때면 언제나 첫사랑에 대한 몽상이 찾아
왔다. 그럴 땐 짝사랑으로 끝난 비애 같은 건 없었다. 그저 달콤하고
즐거운, 그래서 좋은 꿈을 꾸었을 때처럼 몽상이 끝난 뒤에도 흐뭇한
기분이 향내로 남아 있곤 했다.

　그새 앞차와의 거리가 벌어져 있다. 비도 그쳤다. 여인은 급히 속
력을 올린다. 김천 인터체인지 표지판이 번들거리며 지나간다. 여기
도 조금 전엔 비가 내린 모양, 전조등 불빛이 노면으로 스며든다. 여
인은 잠시 속력을 늦추고 앞을 바라본다. 안개 주의 안내판이 지나간
다. 부근 어디에 강이나 댐이 있는 모양이다. 1킬로도 달리지 않았
는데 슬금슬금 안개가 피어 오른다. 악천후구나. 별안간 앞차가 속
력을 뚝 떨군다. 여인도 4, 50으로 시속을 잡는다. 차선이 숨어 버리
는가 했더니 안개가 도로를 점령한다. 2, 30으로 내려도 앞차의 붉은
후등이 희미하게 보였다 숨었다 한다. 얼마나 지났을까, 안개가 엷
어진다. 차선을 이탈하지 않으려고 너무 긴장했던지 핸들을 잡은 어
깨와 눈꺼풀까지 뻣뻣하다. 여인은 어깨를 풀고 라디오를 튼다. 주
파수가 맞지 않아 지직거린다. 주파수를 새로 잡기도 귀찮아 그만 꺼
버리고 열선을 본다. 서리가 제거되었는지 꺼져 있다. 갈수록 노면
도 말라 차선이 선명해지는데 도로 밖은 캄캄한 암흑이다. 벌판 한가
운데인가. 반대편 저쪽 차들도 한가롭게 지나간다.

봄 비

•

　멀리서 차 경고등이 깜박깜박 다가온다. 사고인가, 아니면 고장? 여인은 일차선으로 차선을 바꾸어 달리며 속도를 줄인다. 고장인지 부부가 내려 차를 길가로 밀고 간다. 그들은 지금 큰 낭패를 당해 진땀을 흘리고 있을 텐데도 여인에겐 한가한 생각이 스쳐 간다. 그래. 부부가 차를 밀고 있다는 것은 고장이 났을 때도 함께 힘 모아 자신들의 인생을 밀어 가고 있다는 것이야. 딸애한테 그런 수모를 당하고 난 뒤 남편한테 매달려 보았지. 그때도 남편은 가슴이 아닌 등을 보였다. 그럼에도 간곡히 부탁해 보았다. 여보, 우리 어디 여행 갑시다. 하와이 같은 데라도……. 남편은 대답하지 않았다. 그것은 가장 강도 센 묵살 같아 여인은 거의 부르르 떨면서 악다구니를 해댔다.

　― 도대체 그 머릿속엔 뭐가 있는 거야? 당신이 하고 싶은 일은 뭐야? 세상엔 즐거운 일들이 얼마나 많은지 알기나 해? 돈만 벌면 뭘해? 쓸 줄도 모르는 벽창호. 인간답게 사는 것이 뭔지도 모르는 짐승…….

　남편이 머리를 후려쳤다. 무식한 곰은 어쩔 수 없다더니 하늘 같은 남편을 무시한다고 벅벅 소리까지 질러 댔다. 그날부터 여인은 비어 있는 아들 방으로 베개를 옮겨 버렸고 그 얼마 후 자신이 무덤에 갇혀버린 꿈을 꾼 다음날 아침에 보니 얼굴이 싯누렜다. 여인은 룸미러로 뒤차를 살펴본 뒤 후후, 한숨을 불러낸다. 얼굴색이 그렇게 변해 가도 가족들은 아무도 눈여겨보지 않았지. 하루가 다르게 야위어가도 아침마다 현기증을 가다듬고 가까스로 일어나 식탁을 꾸려 가도 가족들은 밥상만 정상으로 유지되면 그만이었다. 진종일 소파에 누워 있다 핏기 없는 얼굴로 문을 열어 주어도 딸은 그저 의례적으로 다녀왔다는 말만 한 후 자기 방으로 들어가기 바빴다. 남편도 마찬가지였다. 콩팥이 피를 담지 못하고 흘려 보내고 건강은 마른 논바닥처

27

럼 터 갈라지고 있어도 밤행사까지 꼭꼭 챙기려 들었다. 그래, 우린 잘못 만난 가족들이야. 아이들이 내 속에서 태어났다는 것도 하나의 우연일 뿐 혈연 어쩌구 하는 것은 다 헛소리…….

마침내 대전을 지나 중부고속도로가 나온다. 여인은 중부로 접어든다. 서청주를 지나자 별안간 또 비가 차창으로 엉겨 든다. 서리도 급격히 끼어 든다. 와이퍼를 가장 **빠른** 쪽으로 내리고 열선을 누른다. 2차선으로 큰 트럭이 지나가면서 빗물을 쫙쫙 끼얹어 준다. 흙탕물이 휘덮인 차창은 잠깐씩 아득한 절망이 되고 와이퍼가 지나가면 비로소 희망처럼 눈앞이 열린다. 트럭들은 빗길에도 속력껏 달리면서 주위의 소형차들을 맘껏 우롱한다. 잊었구나, 중부고속도로엔 대형차가 많다는 것을. 그런데 빗길에 과속이라니……. 여인은 핸들을 꼭 잡고 속력을 내린다.

빗발이 좀 약해진다. 노면이 미끄럽다. 평소 때면 크게 염려스럽지 않을 정도인데 피곤해진 탓인지 바퀴에 스쳐 가는 작은 돌멩이까지 예민하게 잡혀온다. 2차선으로 옮기려고 후사경을 살펴보니 저만치 뒤에서 트럭이 화등잔 같은 불을 켜고 질주해 온다. 여인은 물벼락을 맞을까봐 미리 와이퍼를 **빠른** 쪽으로 돌리고 속력을 늦춘다. 다행히 물만 조금 튀기면서 트럭이 지나가고, 그 뒤로는 차가 뜸하다. 여인은 2차선으로 물러나며 시계를 본다. 10시. 악천후와 싸우느라 시간이 많이 흘렀구나. 어금니로부터 피곤이 몰려온다. 괜히 길을 나섰어. 집을 나서 봐도 기운날 일은 하나도 없는데……. 문득 처음 약을 지어 돌아올 때 택시기사가 하던 말이 생각난다.

─40대란 참 허무한 세대요. 주변에서 죽어 가는 사람도 많지요, 또 한번 병들면 그전처럼 얼른 회복되지도 않지요, 마누라와 새끼가 있으면서도 어딘가 빈 듯이 자꾸 허전하고……. 이렇게 살려고 그처럼 아득바득해 왔나 싶어지고……. 죄 될 소리로 자꾸 옛사람이

그리워지거나 상대만 있으면 다 버리고 함께 멀리로 가 버리고 싶기도 한 것이……. 그리고 요즘은 젊은애들이 사는 방법이 차라리 현명하다 싶기도 해요. 걔들은 셋방을 살면서도 차를 끈다지 않우? 집 한 채 마련하려고 평생 허덕이고 사느니 그때그때 즐기면서 살겠다는 게…….

아이들을 다 키우고 나면 꿈도 희망도 함께 사라지면서 텅 비어버리는 중년, 그때그때 즐기고 살면 그런 허무는 찾아오지 않을까. 헌데 이렇게 절절히 허망하면서도 살기를 그만두고 싶진 않으니 그 마음도 이상하지.

한참 달려가자 저만치 지상주차대에 불이 훤하다. 트럭 두 대가 고장이 난 모양, 한 차는 바퀴를, 다른 차는 운전석을 들어올리고 비를 맞으며 고치고 있다. 빗속에 우비도 입지 않고 차를 고치는 모습이 처량해 보인다. 트럭운전자들에겐 저런 고달픔이 있었구나. 난폭운전을 할 땐 그저 밉기만 했는데……. 다시 라디오를 틀어 본다. 역시 직직거린다. 나도 좀 쉬었다 갈까. 라디오 주파수도 맞추고. 아니야, 도로변 주차대는 으슥해서 무서워. 사방이 캄캄하다. 그 어둠이 도로를 옭싸고 들자 짧은 현기증이 지나간다. 피곤하다. 눈도 침침해지고…… 좀 자고 갔으면 좋겠는데.

저만치 불빛이 보인다. 또 고장난 차인가. 여인은 도저히 더 달릴 수 없을 것 같아 깜박이를 올리고 조금씩 방향을 튼다. 불을 켠 차는 4.5톤 큰 트럭에 덮개를 씌운 포장차다. 여인은 멀찍이 떨어진 곳에 차를 세운다. 고장난 차라도 눈앞에 있다는 것이 허허벌판에 혼자 있는 것보다는 낫겠지. 여인은 시동을 끄고 시트에 고개를 묻는다. 온몸이 허당으로 깊숙이 빨려 드는 것 같다.

10분쯤 잤을까. 어깨가 으슬으슬 춥다. 시동을 걸고 히터를 넣은 뒤 눈을 감는다. 온몸은 무겁게 까부라지는데 잠은 다시 올 것 같지 않다. 그럼 출발해 보자. 여인은 주차브레이크와 변속기를 풀고 가속기를 밟는다. 별안간 다리에 힘이 쭉 빠져 나간다. 이 기운으로 급브레이크는 밟을 수 있을까. 여인은 다시 차를 세우고 비로소 그 앞의 짐차를 바라본다. 비상 전등 주위론 보슬비가 내리는데 남자는 그 속에서 차 앞머리를 내리고 고치는지 들여다보고 있다. 춥겠구나. 차 안에서도 이렇게 추운데…… . 여인은 보온병을 찾아 녹차를 따라 본다. 하루가 되어가는데 다행히 녹차는 아직도 따끈하다.

차를 마셔도 몸은 더워지지 않는다. 여인은 뒷자리에 던져둔 양모 숄을 집어다 어깨에 두른다. 다시 차를 고치는 남자가 보인다. 사람과 이야기하면 긴장감을 찾을 수 있을까. 그래, 가 봐서 점잖은 남자면 차라도 나눠 주고 오자. 여인은 보온병을 들고 차에서 내린다. 찬 냉기가 부슬비 속으로 스며 온다. 숄을 깊숙이 두르고 여인은 남자에게로 다가간다. 남자는 스패너를 들고 뭔가를 죄다가 흘낏 여인을 돌아본다. 보아하니 마흔은 넘은 것 같다. 동년배라는 것이 친근감도 생기는지 여인은 이웃에게 말하듯 다 고쳐가는가요, 라고 묻는다.

"좀더 걸릴 것 같소. 그쪽도 고장이오? 내 차부터 고쳐야 그쪽을 도와주든지 …… ."

여인은 몸을 움츠리며 난 차가 고장난 게 아니라 다리에 쥐가 나서 세웠다고 말한다.

"오래 차를 몰면 남자도 그럴 때가 있어요. 그렇게 서 있지 말고 다리운동을 해 봐요, 그러면 풀릴 테니까."

이 남자도 혼자 있다가 날 만나서 반가운 모양이다. 여인은 다시 녹차가 있는데 마시겠느냐고 묻는다.

"차? 좋지요."

남자가 손을 털고 나온다. 숄에 물방울이 잔뜩 앉은 것을 보고 남자는 차 안으로 들어가겠느냐고 묻는다. 운전석도 고치느라 쳐들려

있는데 어디에 들어갈 자리가 있겠냐 싶어 여인은 차 속인들 다리를
뻗을 수 있겠느냐, 괜찮다, 라고 대답한다.

"다리 정도는 충분히 뻗을 수 있어요."

그리고 남자는 먼저 차 뒤로 올라가더니 포장지프를 열고 들어가
여인에게 손을 내민다.

"올라오시오."

여인이 망설이자 남자가 나 어서 내려가 차를 고쳐야 해요, 라고
말한다. 여인은 그제서야 보온병부터 먼저 내밀고 다시 손을 잡고 짐
칸으로 올라간다. 채소 상자가 실려 있고 남자는 그 상자를 위로 포
개 올리며 자리를 만든다. 그리고 비상용 돗자리까지 펼치며 앉으라
고 한다. 여인은 상자에 기대앉아 다리를 쭉 편다. 안과 밖이 이처럼
다른지 아늑해지면서 몸이 땅속으로 깃드는 것 같다. 여인이 차를 주
는 것도 잊고 있자 남자는 보온병을 지나가는 찻불에 비춰 손수 뚜껑
에 차를 따라 마신다. 여인은 정신을 가다듬으려고 애를 쓰며 그러나
감겨 드는 목소리로 묻는다.

"이 상자 속에 뭐가 있나요?"

"그거 봄동입니다. 새벽 전에 가락시장에 도착해야 하는데……."

"봄동이면 봄에 먹는 배추……."

여인은 까무룩 잦아들면서 중얼거린다. 잠깐만 다리 펴고 있으면
…… 30분만 이렇게……. 이런 몸으로 집을 나서는 게 잘못이었어
요. 그리고 잠잠해진다.

얼마나 지났을까, 남자가 올라오는 기척에 여인의 의식이 꼬물꼬
물 살아 온다. 남자가 좀 떨어져 앉으며 말했다.

"차가 말을 안 들어요. 카부레터 고장인 줄 알았는데 전기도 죽은
것이 밧데리가 나간 모양이오."

여긴 차 위였지. 그새 내가 잔 것일까. 여인은 자세를 정돈하며

그럼 어떻게 하지요?라고 묻는다.

"아무래도 비상전화를 걸어야 할 모양이오."

그리고 남자는 담배를 붙여 문다. 여인은 이제 가야겠다고 생각하
며 가족들이 이런 고생을 하는 줄 알면 걱정하겠죠?라고 인사치례로
말한다. 남자는 대답하지 않고 길게 연기만 불어 낸다. 그것이 뜻깊
은 침묵 같아 그럼 가족이 없느냐고 되묻는다. 또 대답이 없다. 일어
나려고 몸까지 일으키던 여인은 침묵을 두고 가는 것이 예의 같지 않
아 다시 앉는다. 비로소 남자가 말한다.

"난 독신이오, 집은 농촌이고."

트럭운전수가 독신, 너무도 어울리지 않아 여인은 픽 웃는다. 그
리고 농담 삼아 말한다.

"여자를 싫어하나 보죠?"

"기회가 오지 않은 거죠."

남자는 담배를 쭉쭉 빨아들인 후 이젠 누가 시집을 와 준다 해도
늦은 것 같다고 덧붙인다.

"왜 ……."

"글쎄요, 아이 만드는 기관이나 제대로 성한지 ……."

"이해할 수 없군요, 결혼은 누구에게나 기본인데 ……."

"요즘은 그런 기본도 챙기지 못하는 사람들이 많지요."

기본권리조차 챙기지 못한 사람들이 사회생활은 어떻게 할 수 있
을까. 여인이 묻는다. 농장을 하느냐고.

"아니오."

남자는 잠시 뜸을 들였다 덧붙인다. 자신은 농사꾼인데 겨울에만
조합트럭을 운전한다 …… 농사꾼? 하지만 마흔 살이 넘도록 …….
여인은 얼른 남편을 비유해 본다. 그럼 장가들고 아이까지 있는 남편
은 좀더 나은 일을 하는가? 날마다 똑같은 쳇바퀴만 돌릴 뿐인데

······ 새벽부터 나가 지방상인들을 상대로 도매를 넘기고, 공장에 전화를 해 물건을 주문하고, 큰 그릇 작은 그릇, 화채그릇, 새로운 디자인의 그 난초그림 다기를 주시오 ······ 진종일 그릇과만 놀다가 저녁이면 술 한잔에 잠, 그 정해진 순서밖에 모르는 내 남편, 음악이 있는 곳으로 차 한잔을 마시러 가자고 하면 외계인처럼 쳐다보는 그런 남편, 생활의 멋이라곤 배워 본 적도 없는 지루한 인간. 무슨 반기처럼 남편의 등짝이 보이고 그와 동시에 설명할 수 없는 어떤 악의가 전 신경을 팽팽히 잡아당긴다. 못난이, 내 남편은 그래도 처자식은 거느렸어. 그런데 넌 ······ 이런 남자는 수모를 줘야 해. 남들 다 하는 것조차 못 챙기는 천하의 못난이! 여인은 벌떡 일어난다. 입술을 앙다물고 주먹까지 꼭 쥔 채 마치 후려갈길 듯이 그 낯선 사내 가슴으로 쓰러져 눕는다.

날이 밝아 온다. 고속도로도 시원하게 뚫려 있다. 여인은 막 안전 속도를 잡는다. 발끝에 뭔가가 걸려 계속 따라온다. 남자냄새. 여인은 당황해서 사방을 두리번거린다. 텅 빈 도로. 남자의 뜨겁던 입김이 따라와 목 주위로 확확 휘감기는 것 같다. 여인은 도망치기 위해 가속기를 밟는다. 내가 미쳤어. 하필이면 그런 촌놈과 ······ 화가 몰아치면서 종아리 힘줄이 당긴다. 얼른 계기판을 본다. 135킬로. 위험해. 여인은 가속기에서 발을 뗀다. 130, 125, 110. 주욱 치밀어 오르던 감정이 조금씩 가라앉는다.

트럭 한 대가 따라온다. 그 남자가 날 쫓아오는가. 여인은 자신의 뜻과는 반대로 속력을 늦춘다. 그러나 2차선으로 지나가는 트럭엔 돼지가 실려 있다. 그 트럭은 봄동을 싣고 있었어. 푸른색 덮개를 씌우고 ······. 별안간 발끝이 뜨거워진다. 그 남자와 섹스를 할 때처럼. 진정하자. 그래 솔직히 난 건강과 함께 정사에 대한 욕구도 잃어왔는데, 그래서 세찬 바람으로 사내를 우롱하고 싶었는데, 그는 뜻밖에도 햇살을 들고 나와 내 껍질을 벗겨 댄 이상스런 강적이었다.
뿐만 아니라 고사목처럼 말라 가던 식물에 버팀목을 세우고 정성껏
물을 주듯 내 마른 세포에 골고루 박하향을 뿌리고 발끝까지 차근차
근 절정을 밀어 주기도 했다. 그리고 혼곤히 잠들었는데 무엇인가 속
삭이는 소리가 들려 왔지. 가만히 눈을 뜨고 귀를 기울이자 그것은
빗소리였다. 봄비, 그래 봄비. 대지로 스며들면서 겨우내 얼어 부푼
땅을 다독이고 깊숙이 스며들며 땅속 모든 뿌리를 적시고 일깨우는
봄비…….

　도로 위로 아침 햇살이 쭉 비쳐 든다. 새벽까지 비가 내렸는데
……. 그래서인지 더욱 맑고 투명해진 해가 혈관으로 깊숙이 스며드
는 것 같다. 다시 그 남자의 따뜻한 말소리가 달려와 귓밥을 잡아당
긴다. 우리 집엔 개가 한 마리 있어요. 찻길에 나가 다리를 다쳐 왔
는데 그걸 막대기로 기브스를 세워 가며 고쳐 주었더니 그 얼마 후엔
또 약을 먹은 것이오. 어떻게나 안타깝던지……. 비눗물을 갈아 입
에 넣고 해독제를 사와 주사를 맞히고 밤새껏 간호를 했소. 다행히
죽진 않았는데, 그때 그 개가 사람이었으면 싶었소. 사람이기만 하
면 정말…… 여인은 사람…… 하고 되뇌이다 천천히 고개를 젓는
다. 지금은 생각할 때가 아니야. 다만 중요한 것은 내 건강이 숨쉬기
시작했다는 것, 그밖의 모든 것은 살면서 점검해 나갈 문제들이다.
그래, 겨울을 거쳐온 생명은 언제나 그 봄에 의해 새롭게 형성되는
법, 혹시 자책이 찾아온다 해도 그것은 삶의 몫이다. 그리움이나 번
민, 새로운 시작까지도……. 문득 속도계를 본다. 시속 100킬로,
여인의 얼굴엔 설명할 수 없는 미소가 조용히 깃든다.

신 발

　계단을 올라 오른쪽으로 접어들면서 여인은 주춤 멈춰 섰다. 긴 복도가 다시금 아득하게 느껴졌다. 여인은 얼른 자신의 신발을 내려다보았다. 검은 고무신 대신 털구두가 신겨져 있다는 사실이 아무래도 믿어지지 않았다. 여인은 손바닥으로 신발을 닦아 보았다. 엷은 먼지가 벗겨지자 자주색 가죽이 선명하게 드러났다. 그래, 이건 내 신발이 틀림없어.

　"어서 가시죠."

　앞서 가던 사나이가 뒤돌아서서 말했다. 여인은 얼핏 긴장한 얼굴로 따라 걷기 시작했다. 다섯 발자국쯤 걷다가 여인은 또다시 걸음을 멈추었다. 내가 지금 발바닥을 질질 끌고 있잖아. 커다란 고무신을 신은 것도 아닌데 ……. 여인은 발바닥을 올려가며 또박또박 걸어 보았다. 그래도 왼쪽 다리가 조금씩 끌렸다. 너무 꿇어앉아만 지내

35

서 오금에 이상이 생겼나, 아니면 그날 벌을 받을 때…….

사나이가 복도 끝 쪽에서 방문을 열고 기다렸다. 여인은 빨리빨리 걸어서 방 안으로 들어갔다. 아직 이른 시각이라 사무실은 텅 비어 있었다. 여인은 새삼스런 눈으로 이 구석 저 구석을 휘둘러보았다. 처음 이 방에 끌려왔을 땐 그래도 웃으면서 대답할 여유가 있었지. 뭔가 잘못 짚었어요. 나같이 평범한 여편네에게 그런 혐의를 두다니.

"난로가에 앉으세요."

사나이가 의자를 갖다 놓았다. 여인은 사나이의 말소리에 흠칫 놀라면서 얼른 자신의 신발을 내려다보았다. 비로소 안심이 된 듯 여인은 사나이를 향해 조금 웃어 보이며 난로가 의자에 앉았다.

"과장님이 출근하시면 간단한 면담이 있을 겁니다."

사나이가 숙직대장에 뭔가 적어 넣으며 말했다. 그렇다면 과장을 만나게 하기 위해 잠깐 신발을 내준 것인가? 여인은 당혹한 눈으로 사나이를 주시했다. 사나이가 숙직대장을 덮고 나서 말을 이었다.

"그 일만 끝나면 아주머닌 집으로 돌아가십니다."

여인은 고개를 끄덕였다. 그리고 벽시계를 보았다. 8시 10분전이었다. 오늘 아침에도 5시 기상에 마루방 청소를 했고 일조점호 뒤에 애국가를 불렀지. 또 운동을 했어. 추위에 굳은 뼈마디를 그렇게 푸는 것이라 했지만 오히려 움츠린 채 꿇어앉아 있을 때보다 훨씬 춥고 고통스러웠어. 여인은 얼굴을 비볐다. 살갗이 화끈거리며 부풀어오르는 듯했고 허벅지 속살까지 몹시 근질거렸다. 여인이 가려움 때문에 몸을 뒤틀고 있을 때 사나이가 칫솔을 들고 밖으로 나갔다. 여인은 사나이가 닫고 나간 문을 주시했다. 지난 열 이틀 동안 여인은 단 한순간도 혼자 있어 본 적이 없었다. 여기서 조사를 받는 동안에도 변소까지 따라다니는 사람이 있었다. 여인은 불안한 눈초리로 주위

를 두리번거렸다. 누군가가 자기의 동태를 살피고 있을 것만 같았
다. 여인은 재빨리 창 밖을 보았다. 눈을 뒤집어쓴 나뭇가지가 창에
걸려 있었고, 그때쯤 복도에서 빨리 걸어오는 발자국 소리가 들렸
다. 사나이가 세수를 끝내고 돌아오는가 보다. 여인은 나직이 한숨
을 쉬었다. 나도 참 별걱정을 다 하는구나. 판사는 분명 '구류 열흘'
이라고 말했고 조사를 받은 이틀까지 해서 오늘이 꼭 열 이틀째가 아
닌가. 이틀을 더 살고도 그런 염려를 하다니.

문을 열고 들어온 사람은 숙직한 사나이가 아니었다.

"아주머니 벌써 나오셨군요. 내가 모시고 나오려고 일찍 출근했는
데……. 고생 많으셨죠?"

담당형사였다. 여인은 어색하게 웃어 보인 후 고개를 숙였다. 사
람의 첫인상이란 도시 믿을 수가 없어. 처음 집으로 급습했을 땐 저
런 얼굴이 아니었지. 유치장의 그 전경아이들도 겉보기엔 내 친척 동
생들과 하나도 다를 바 없이 잘생기고 순한 인상이었는데…….

여인을 동행하러 온 형사는 둘이었다. 그들이 함께 가자고 했을
때 여인은 농담인 줄 알았다.

— 어머나, 텔레비전이나 신문에서는 경찰이 인력부족이라 강력범
해결이 더디다고 하던데 어째 이런 헛수고까지 할 여유가 있으세요?

— 헛수고인지 아닌지는 가 보면 압니다.

경찰서 2층 복도는 길고도 길었다. 그래도 여인은 막연하게 길다
는 생각을 했지만 곧 되돌아나오리라 확신했었다. 한데 그게 아니었
다. 이미 그녀를 건 낚시걸이는 분명히 있었다.

— 아주머니, 일 월 일 일 오후 두 시쯤 택시를 탔죠?

연행형사가 용지와 볼펜을 준비하고 그렇게 물었다. 그때라면 시
댁에서 빠져나와 친정에 가기 위해 택시를 탔었다.

— 네, 그게 어쨌는데요?

— 그때 운전수에게 무슨 말을 했죠?

흔히 택시를 타면 기사들은 차가 밀려서, 도로가 엉망이라서로 시작해서 합승폐지나 요금인상, 인하조치엔 다 그런 내막이 있다는 따위의 얘기를 한다. 그런데 그게 어떻단 말인가. 그런 얘긴 시장에 가도, 미장원엘 가도, 동창들을 만나도 살아가는 이야기 속에 자연스럽게 묻어나오는 말거리가 아닌가. 여인은 정말 모르겠다는 얼굴로 형사를 쳐다보았다.

— 이것 보세요, 아주머닌 그 운전수에게 돈 천 원을 더 주면서 참고 기다리면 좋은 날이 올 거라고 말했잖아요.

그날 운전수는 짜증이 심했다. 염병할, 시내에 한번 들어가면 서너 시간 걸리니……. 보통 땐 과속으로 달리거나 성깔을 드러내면 불안해지기 마련인데 그날은 정초여서 그랬을까. 오히려 그것이 딱해 보였다. 그래서 잔정이 많은 할머니처럼 오늘 대목을 보셔야죠, 하고 말을 걸었다. 그랬더니 운전수는 대목은커녕 입금액이나 제대로 맞출지 모르겠다고 퉁명스럽게 받아넘겼다. 여인은 공연히 안쓰러워졌다. 더욱이 아이 셋에 큰놈이 고 3이 된다는 말이 나왔을 땐 정말이지 하루하루 허덕이는 그 가엾은 가장을 남남이라 여길 수가 없었다. 그래서 여인은 참고 기다리면 좋은 날이 올 거라고 말했고, 미장원을 한 번 줄이기로 작정하고 돈 천 원을 더 주고 내린 것뿐이었다.

— 네, 그랬어요.

여인은 또렷하게 대답했다.

— 그렇다면 좋은 날이 온다는 게 어떤 뜻이오? 소위 저쪽에서 말하는 남조선 해방입니까?

— 네에?

— 그래서 정부를 비방, 자동차 증차가 어떠느니 그따위 얘길 한

것 아닙니까?

그런 얘기도 했던가. 여인은 기억을 더듬었다. 그 운전수와 대화를 나누고 싶은 욕심에서 자동차 증차에 관한 이야기를 했을 것이다. 그런데 그 말이 어째서 남조선 해방이란 말과 연관이 될까. 게다가 그 내용 역시 언젠가 택시를 탔을 때 어떤 기사로부터 들은 것이었다. 그 기사는 이런저런 예를 들어가며 우리가 시정해야 할 교통살림에 대한 의견을 말했었다. 여인은 그 말에 무척 공감했고, 그래서 우리가 만나는 모든 사람은 이 시대를 살아가는 이웃이며 주인이란 생각까지 한 것이었다.

— 아주머닌 간첩용의자로 신고되었습니다. 우리도 그렇게 보구 있구요. 순순히 자백하면 일을 빨리 끝낼 수가 있습니다.

간첩용의자……. 여인은 물끄러미 형사를 쳐다보았다. 나 같은 사람이 간첩용의자……. 가끔 신문에 발표되는 여간첩의 얼굴이 떠올랐다. 그렇다면 나의 얼굴도……. 여인은 아프게 주먹을 쥐었다. 그리고 대답했다.

— 그 운전수에게 미안하군요. 내가 간첩이라도 되어서 오천만 원을 타게 했으면 그 기사분 한평생 걱정 없이 살 텐데…….

담당형사가 발끈 화를 냈다. 당신 누굴 약 올리느냐? 바른대로 대 ! 당신 어떤 조직에 가담되어 있지? 당신 임무가 뭐야?

난로불이 더 뜨겁게 느껴졌다. 여인은 얼핏 고개를 들어 주위를 돌아보았다. 담당형사는 숙직한 사나이와 이야기를 하고 있었다. 그래, 결코 저 사람 탓도 아니야. 그건 뭘까……. 그때 담당형사가 고개를 돌려 그녀를 보았다. 여인은 흠칫 자세를 바로잡았다. 형사는 미소를 보냈다. 여인은 어떻게 응대해야 좋을지 몰라 서둘러 얼굴을 문질렀다. 그렇게 이틀을 조사한 결과 여인에게 남은 허물은 유언비어 날조죄였다. 여인은 손을 떼서 가만히 무릎에 놓으며 생각했다. 그 진술서를 다시 꾸밀 때 저 형사가 말했어.

— 만약 그 운전수에게도 불순한 언동이 있었다면 맞고발을 하시면 됩니다.

나한테도 고발을 하라……. 여인은 형사의 안색을 살피며 말했다.

— 저, 그 운전수 날 신고해서 어떤 이득이 있을까요?

여인이 궁금한 것은 그것이었다.

— 건수 올리는 거죠. 개인택시나 받을까 해서…….

형사가 피곤한 목소리로 대답했다. 개인택시……. 여인은 이해할 수가 없었다. 어째서 그런 혜택에도 불필요한 고발이 개입되어야 하는지를. 그러나 곧 노란 옷을 입고 느긋한 얼굴로 차를 모는 한 사람의 기사 얼굴이 떠올랐다. 그리고 다소 안정을 얻은 그의 아내와 자식들…….

— 그렇다면 내가 받을 벌은 얼마나…….

— 잘하면 훈방으로 나올 것입니다. 자, 이제 시작하죠.

여인은 형사가 묻는 말에 얼른얼른 대답했다. 조서를 끝내고, 즉결로 넘길 때 형사가 말했다.

— 아주머니, 판사에게 사정해 보세요. 아이도 있고 하니 벌금으로 해달라고. 그러면 참작이 될 것입니다.

여인은 처음으로 아이 생각을 했다. 그러자 왈칵 눈물이 쏟아졌다. 밤마다 그 통통한 궁둥이를 만지면 하나 가득 안겨 오는 포만감, 그 기쁨은 무엇으로 대치할 수 없는 그녀만의 행복이었다. 벌금 정도면 빚을 내서라도 물어야지. 오늘밤 내 막둥이의 궁둥이만 만질 수 있다면…….

판사는 젊었고 미남이었고 준수해 보였다. 여인은 안심이 되었다. 저 판사라면 이렇게 말할 거야. 아주머니가 해야 할 가장 중요한 일은 아이들을 잘 보살피는 것입니다. 그것이 이 땅의 어머니로서 첫째 임무니까요. 그녀 차례가 되었다. 48시간 앉아만 있었기 때문일까, 판사 앞에 서자 갑자기 다리가 떨렸다.

— 바로 섯 !

판사서기가 소리쳤다. 여인은 조금 놀랐지만 곧 정신을 가다듬고 판사 앞으로 다가갔다.

— 전 애들 엄마예요. 이 추운 겨울에 집에 주부가 없으면 ……, 부탁입니다. 벌금으로 해주세요.

— 뒤로 물러섯 !

여인은 찔끔해서 뒤로 물러났다. 그러면서도 일말의 희망을 놓치 지 않으려고 간절한 눈으로 판사를 쳐다보았다. 판사는 산술가처럼 정확하게 잘라 말했다.

— 말에 대한 책임을 져야지. 구류 열흘 !

모든 지각들이 머릿속에서 빠져 달아났다. 여인은 말뚝 박힌 허수 아비 꼴로 멍청하게 서 있었다.

— 나갓 !

여인은 그 말을 듣지 못했다.

— 끌어냇 !

남자 둘이가 사나운 바람처럼 달려와 여인의 팔을 잡아끌었다. 여 인의 눈은 판사의 얼굴에서 떨어질 줄 몰랐지만 실상 아무것도 보이 지 않았다. 남자들이 여인을 대기실로 밀어내고 문을 닫았을 때 그녀 는 간신히 한 가지 생각을 떠올렸다. 대학까지 공부를 했지만 판사 가 아무에게나 반말을 쓴다는 건 어떤 선생도 가르쳐 주지 않았어 …….

무릎이 저리기 시작했다.

여인은 손가락으로 무릎을 누르며 엷은 한숨을 쉬었다. 다시 경찰

서로 실려 왔을 때야 정신이 돌아왔었지. 어쩌면 그 판사가 날 생각해서 실형을 내렸는지도 몰라. 자식 키우는 에미라면 이땅의 구석진 삶도 경험할 필요가 있다……. 그래서 그녀는 자신의 남편처럼 분노할 수가 없었다. 면회실로 찾아온 남편은 대단히 화가 나서 여인을 몰아세웠다. 그 운전수는 그래도 세상 탓으로 돌릴 수 있다. 하지만 그 판사는 뭐야? 나이 40이 된 중년 부인을, 훈방으로도 충분한 여편네를 그렇게 무조건 때려 넣어야 하는가, 그 판사도 사법을 배운 심판관이냐구! 당신 왜 대들지 못했어? 내가 사람을 죽였어요, 남의 돈을 훔쳤어요, 어째서 실형인가요! 왜 따지지 못했냐구! 여인은 남편을 달랬다. 여보, 진정하세요. 그 정도의 사람이 생각 없이 날 골탕 먹이겠어요? 난 알고 있어요. 사랑 없이는 그 누구도 심판할 수 없다는 것을. 그러자 남편은 철망을 쾅쾅 치며 소리쳤다. 이 멍청한 여편네야, 그래 당신이 사랑스러워서 이 엄동설한에 구류를 살려?

"아주머니, 일어나시죠."

담당형사였다. 어느새 모든 형사들이 출근해서 자리를 메우고 있었다. 과장도 출근한 모양이었다. 여인은 의자에서 일어났다. 몇몇 직원들이 그녀를 보고 있었다. 여인은 그 눈길을 외면하고 담당형사를 따라 그 방을 나왔다.

과장실은 바로 복도 건너편이었다. 마침 과장은 책상에 앉아 뭔가 소리내어 읽고 있었고, 한 부하직원이 그 옆에서 머리를 조아리고 있었다.

"한시택시 서울 4바 6537. 운전기사 박덕현은 평소 고발정신을 살려…… 표창하는 바입니다. 됐어. 표창식은 열 시로 하지."

부하직원이 상품인 듯한 벽시계와 표창장을 들고 과장실 밖으로 나갔다. 바로 여인을 고발한 그 운전기사에게 오늘 표창장을 수여하는가 보다. 그러나 여인은 과장 앞의 긴장으로 인해 그이상 아무것도 더듬어 생각할 수가 없었다.

"오셨군요. 이리로 앉으시죠."

과장이 책상에서 일어나 응접용 의자를 가리켰다. 그때 담당형사가 과장에게 나가 보겠다고 말했다.

"그래, 잠시 후 다시 오라구."

여인은 문득 담당형사를 잡고 싶었다. 참 그렇지. 저 사람도 결국은 이 건물 속의 사람인데…… 여인은 슬그머니 돌아서서 과장이 가리키는 자리에 앉았다. 과장이 담배를 피워 물 때 처녀아이가 김이 오르는 커피를 내왔다.

"드시죠."

과장이 권했다. 그 목소리가 퍽이나 부드러웠다. 여인은 왠지 그것이 또 불안했다. 판사 앞에 섰을 때처럼 갑자기 다리가 저렸다. 이번엔 절대로 이 다리를 떨어서는 안 돼. 여인은 속으로 다짐했다.

"식기 전에 어서 드시죠."

비로소 여인은 커피잔을 들고 한모금 마셨다.

"고생 많으셨죠. 날씨가 추워 놔서……"

따뜻한 차가 뱃속에 들어갔기 때문일까, 아니면 과장의 말씨가 가족처럼 은근했기 때문일까, 여인은 새끼줄같이 꼬여 있던 긴장의 한 끄트머리가 슬그머니 풀어지는 것을 느꼈다. 아직 풀려선 안 돼. 여인은 재빨리 찻잔을 내려놓았다.

"그래, 유치장 생활은 어땠습니까?"

경찰서 뒷마당에 차가 세워지자 인솔자는 두 사람씩 수갑을 채웠지…… 남자가 다섯이었고, 여자는 할머니와 그녀 둘이었다. 할머니가 어쩌시다가…… 여인이 한 손으로 수갑이 끼워진 할머니의 손을 만지고 있을 때 인솔자가 소리쳤었다.

― 모두들 앉엇! 여러분들은 죄인이다. 따라서 여기서부터 앉은 걸음으로 유치장까지 들어간다. 출발!

유치장은 육중한 이중 철문이었고, 그 문을 열 때 쇠파이프 긁히는 날카로운 금속음이 여인의 가슴을 꽉 눌렀다. 인솔자가 담당경관에게 처벌에 관한 일건 서류를 넘기고 돌아가자 담당은 함께 연행된 일곱 사람을 나란히 세웠다.

― 여러분들은 죄를 지었기 때문에 여기 들어왔다. 그러므로 나갈 때까진 이곳 유치장 규율에 절대 복종한다. 알겠나?

― 예.

― 소리가 작다. 알겠나?

― 예.

― 그럼 반드시 지켜야 할 세 가지 사항을 말하겠다. 첫째, 대답은 천둥같이, 둘째, 행동은 번개같이, 세째, 점호는 칼날같이 해야 한다. 이것만 잘 지켜 주면 근무자들도 여러분들을 인간 대접 해줄 것이며, 만약 그렇지 못할 경우…… 두고 보면 안다. 알겠나?

― 예.

여인은 주위를 살펴보았다. 등 뒤로는 일곱 개의 감방이 있었고 맨 첫째 방에 여성들이 있었다. 그리고 근무자들은 담당 외에 다섯 명의 전경들이 각자 자기 자세로 신참자들을 주시하고 있었다. 그때였다. 전경 한 명이 여인 앞으로 성큼 다가왔다.

― 이봐, 거긴 왜 대답을 안해!

갓 스물을 넘어 뵈는 청년이었다. 그 순간 여인은 이종동생을 떠올렸다. 전경에 들어가면 군면제가 될 뿐만 아니라 현역보다 훨씬 편하다는구나……. 지원을 하는 막내아들을 가리키며 이모가 말했지……. 여인은 청년을 보고 웃었다.

― 어어, 웃어? 아가리 확 찢기 전에 똑바로 못 서?

여인의 입술이 굳어졌다. 얘야, 세상에 이런 장난은 없는 법이다. 여인은 마치 상대가 이종동생이거나 한 듯 속으로 그렇게 말했다.

— 모두 제자리에 앉엇 !

담당경사가 말했다. 신기하게도 남자들은 기계처럼 척척 잘도 움직였다. 여인과 할머니는 뒤늦게야 황급히 주저앉았다.

— 먼저 담배, 라이타, 볼펜, 머리핀, 옷핀을 꺼내 놔 !

남자들은 주머니를 뒤져 담배와 라이터 등을 꺼내 놓자 스무 살도 안 되어 보이는 어린 전경이 그 물건들을 쓸어다 쓰레기통에 버렸다.

— 저 아까운 것을…….

할머니가 입속말로 중얼거렸다.

— 다음은 신발, 양말을 벗엇 ! 현금이나 귀중품을 따로 꺼내 놓고 !

어린 전경이 각자 앞에 신주머니 하나씩을 던져 주었다. 여인 역시 다른 사람들처럼 현금과 반지는 영치시키고 양말과 신발은 신주머니에 넣었다.

— 모두 자기 신발주머니 번호를 봐 !

여인의 신주머니에 페인트로 적힌 번호는 89란 숫자였다.

— 다음은 자기 신주머니 번호를 천둥처럼 외치면서 앞으로 던진다. 차례로 시작 !

남자들은 우렁찬 목소리로 자기 번호를 외치며 신주머니를 앞으로 던졌다. 여인 차례가 되었다. 그러나 여인은 남자들처럼 그렇게 신주머니를 던지지 못했다.

— 거긴 뭘 꾸물거리는 거야? 어서 못 던져 !

처음부터 으르딱딱거리던 그 전경이 악을 썼다. 여인은 놀라 신주머니를 놓았다. 전경이 구둣발로 그걸 여인 쪽으로 되차 버렸다.

— 다시 들고 소리치면서 던지란 말이야 !

여인은 작은 목소리로 번호를 부르며 신주머니를 던졌다. 전경은 또다시 그 일을 되풀이시켰고, 여섯 번 만에야 간신히 성에 찬 듯 부하에게 유치인들의 신주머니를 수거하라고 지시했다. 주로 뒷일을 하는 어린 전경이 여인의 신주머니를 집어들 때 여인은 재빨리 그것을 뺏어 들었다.

— 이건 내가 가지고 있어야 해요.

그러자 어린 전경을 제치고 앞서의 전경이 구둣발로 여인의 손을 차냈다. 신주머니가 떨어졌다. 수거담당자가 여인의 신주머니를 집어들고 보관실 쪽으로 갔다. 여인의 눈길도 다급하게 신주머니를 따라갔다. 그러나 신발은 자신이 알 수 없는 어떤 곳으로 사라지고 말았다. 그때 여인은 맨발로 누워 있던 시아버지의 시체를 떠올렸다. 살아 있는 사람들에게로 다시는 돌아올 수 없는 그 맨발…….

"한겨울이 아니었다면 유치장도 견딜 만한 곳이죠?"

과장이 미소를 띠며 물었다. 여인은 반쯤 남은 자신의 찻잔을 내려다볼 뿐 대답이 없었다.

"저런, 고생이 극심했던 모양이지요?"

과장이 상체를 조금 내밀며 물었다.

"네, 조금…….'

여인이 꺼져가는 목소리로 대답했다.

커피잔 속의 갈색 액체가 그녀의 심정처럼 잔잔하게 흔들리기 시작했다. 전경아이는 높이 걸린 태극기를 쳐다보며 묻는 말에 대답을 하라고 했지. 이름? 본적? 전과 사실? 이봐, 누가 아래를 보라고 했어? 태극기를 보고 대답하란 말이다! 여인은 한숨을 쉬었다. 참 이해할 수가 없어. 그앤 왜 그렇게 내가 미웠을까.

— 어라, 이건 죄질이…….

전경아이가 잘 걸렸다는 듯이 조서 서류를 덮고 여인 앞으로 왔다.

— 야, 넌 개야. 알겠어?

— 개라구요?

— 개처럼 짖었잖아. 다시 한번 짖어 봐! 네 발로 기면서 말이 닷!

여인은 고개를 저었다.

— 못 기어? 어디 보자. 안 기고 배기나.

그래 놓고 전경은 신입유치인들을 전부 꿇어앉혔다. 차가운 양회바닥에 모두 맨발로 꿇어앉자 그 전경은 그 앞을 뚜벅뚜벅 걸어다니다가 가장 허약해 보이는 남자 한 사람을 앞으로 끌어냈다.

— 발바닥을 쳐들고 똑바로 누워!

끌려나간 남자가 시키는 대로 누워 맨발을 쳐들었다. 전경이 여인을 향해 싸늘하게 웃으며 자신의 허리띠를 풀었다. 그리고 그 허리띠로 남자의 발바닥을 사정 없이 갈겨댔다.

— 안 돼! 내가 길께. 내가…….

여인이 허둥지둥 뛰어나가 전경의 허리띠를 잡았다.

"근무자들이 괴롭히던가요?"

다시 과장이 물었다. 여인은 물끄러미 과장을 바라보았다.

"특별히 괴로웠거나 시정할 일이 있으면 기탄 없이 말씀해 주세요. 우리 경찰을 위해서라도…….."

괴로움 정도는 아무것도 아니지요. 사람이 그 치욕을 견딜 수 있다는 게 이상할 뿐이에요. 여인은 입술을 꼭 깨물었다. 절대로 절대로 생각하고 싶지 않았던 일이 불시에 떠올랐다.

— 여자들은 저 세면장으로 들어가! 그리고 홀랑 벗고 돌아섯!

새파랗게 젊은애 앞에서 벌거숭이가 될 때, 실오락 하나 걸치지 않은 몸으로 명령에 따라 앉았다 섰다를 되풀이할 때 그녀는 차라리 참수형을 시켜 달라고 애원하고 싶었다.

"요즘은 전경애들이 좀 거칠다는 말이 있어요. 철이 없다 보니
⋯⋯."

그녀는 덜덜 떨리는 무릎을 지그시 눌러 잡았다. 그래, 그런 일은
없었어. 나쁜 꿈이었던 거야. 여인은 자꾸자꾸 도리질을 했다. 그러
나 떨림은 팔굽으로 전해졌고, 전류 같은 것이 뒤통수로 해서 머리끝
까지 뻗쳐올랐다. 아니야! 그날 저녁에도 그랬잖아! 저녁식사와
청소까지 끝나고 신문이라도 읽었으면 좋겠다고 생각할 때 그 전경
이 여인 방으로 왔다. 여인은 그가 사과하러 왔을지도 모른다는 생각
을 했었다. 낮의 그 일은 규칙상 어쩔 수가 없었어요⋯⋯, 아마 그
렇게 말할 것이다. 한데 그가 쇠창살 안을 들여다보며 야! 하고 그
녀를 불렀다. 여인은 대답하지 않았다.

— 야, 대답하지 않을 거야?

여인은 똑바로 그를 쳐다보았다.

— 왜 쳐다봐, 눈깔을 확 뽑아 버릴라.

— 이것봐요, 젊은이. 난 사십이 된 아줌마요.

— 어어. 저건 여기가 지 안방인 줄 아나? 촌수 찾고 자빠졌게.

그래, 버릇 나쁜 아이는 누구 자식이든 야단을 쳐야 한다. 여인은
벌떡 일어나 쇠창살 쪽으로 갔다.

— 젊은이, 그 말버릇을 고쳐야 해. 청맹과니가 아닌 이상 상대방
의 나이쯤은 알아봐야잖아!

여인은 단호했다. 전경은 그 단호함을 깨끗이 묵살했다.

— 저게 그래도 정신 못 차려? 야! 일호방 문을 따!

부하 전경이 열쇠뭉치를 가져와 여성들의 방문을 땄다. 그러자 먼
저 들어온 고참 여성들이 여인을 향해 노골적으로 투덜거렸다. 그녀
때문에 귀찮게 되었다는 것이었다. 그것을 증명하듯 그는 무서운 기

세로 문을 열고 들어와서는 변소에 있던 비누와 도시락 뚜껑에 담아 둔 양치용 소금, 누군가가 쓰고 남긴 생리대, 저녁 관식을 먹을 때 할머니가 물을 얻어 둔 물그릇까지 구둣발로 차내서 문 쪽으로 끌어 냈다.

— 안 돼, 그 물로 약을 먹어야 해.

할머니가 물그릇을 잡으려고 엉금엉금 기어갔다. 막 빈 물그릇을 집으려 할 때 전경이 할머니의 팔을 걷어챘다.

— 이건 또 뭐야? 어디서 함부로 물그릇을 집어?

그때였다. 여인은 재빨리 전경의 다리를 두 팔로 걸었다.

— 넌 어느 나라에서 왔니? 니 눈에는 이 할머니가 손아래 아이로 보이니!

여인이 언성을 높였다. 그때 전경이 여인의 무릎을 힘껏 걷어챘다. 여인은 아픔 때문에 그의 다리를 놓고 말았다. 전경은 화가 나서 씩씩거리며 소리를 쳤다.

— 이게 근무자에게 대들어? 모두 꿇어앉앗!

그 보복으로 전 여성들이 토끼뜀을 뛰었고, 머리를 거꾸로 처박아 야 했고, 그것도 부족해서 뒷창까지 열어두는 벌을 받았다. 우향우 와 좌향좌의 방향도 모르는 할머니가 그 체벌을 견디지 못해 용변을 지리고 말았을 때 여인은 할머니의 손을 잡고 용서를 빌었다. 저 때 문이에요, 할머니, 저 때문에……

"아주머니를 면담하자고 한 건 다른 이유도 있지만 유치장 분위기 를 알고 싶은 점도 있습니다. 요즘 잡음이 심해서요."

과장이 새로 담배를 피워 물며 말했다. 여인은 가만히 손을 모으 며 생각했다. 내가 이야길 한다고 해서 정말 시정이 될까. 그 저퀴 같은 아이가 버릇을 고쳐 줄까? 아니야. 이 사람이 그걸 모를 리가 없지. 그렇다면 구태여 묻는 저의가 뭘까. 그 순간 어떤 동아줄이 그

녀의 양손을 향해 내려오는 것 같았고 그녀는 자신도 모르게 두 손을
뒤로 가져가고 있었다.

"저로서는 그저 춥다는 것 외엔……."

여인이 더듬거리며 대답했다.

"그건 어쩔 수 없습니다. 미국 같은 데서야 감방도 호텔 같다지만
우리 실정으로선 아직……."

감방이란 말에 여인은 얼른 아래를 내려다보았다. 신발은 두 짝
나란히 붙어 있었다. 여인은 자신의 행위가 겸연쩍었던지 과장을 향
해 조금 웃어 보였다. 그 웃음의 내막을 알 리가 없을 텐데도 과장
역시 미소를 띄우며 입을 열었다.

"식사가 나빠 애먹었죠?"

"아, 아니에요."

도시락이 들어오면 그 따뜻한 온기를 흡수하려고 얼른 품속으로
가져갔었지. 얼마나 따뜻하던지……. 담요 두 장으로 밤새껏 떨면
서도 오직 그리운 건 그 도시락이었어. 꽁보리밥에 단무지 몇 조각이
식사의 전부였지만 그 도시락의 따뜻함만은 평생 잊지 못할 거야. 여
인의 눈에 아련한 졸음이 감돌고 있었다. 주자십회(朱子十悔)와 유
치인 반성표어 낭송을 마치면 일석점호가 끝나게 되고 그러면 그날
하루가 마감되었지. 그리고 취침시간……. 똑같이 신발을 잃어버린
우리들은 서로의 발바닥을 붙이고 형제처럼 껴안고 잠을 청했어. 마
룻바닥에서 얼음조각 같은 찬기운이 등골을 찌를 때면 난 북극을 상
상했지. 영하 4, 50도가 되는 북쪽 나라에도 사람이 살잖나. 그러다
가 문득 이 지구 위에서 신발을 빼앗긴 사람들이 얼마나 될까 그것이
궁금해졌고, 까닭 없이 고통을 당하는 사람들을 생각하면서 눈시울
을 적시기도 했었지. 그래 그들에 비하면 난 아무것도 아니야. 따지
고 보면 그렇게 나빴던 것만은 아니었어. 일요일 저녁엔 오락시간도

있었지. 노래를 잘 부르면 담배 한 가치 준다는 담당자의 말에 남자
들 방에서는 별의별 노래가 다 흘러나왔어. 청승스런 노래도 있었지
만 신나는 노래도 있었어. 그런 순간엔 모두 함께 웃기도 했었지. 그
방에 처녀 있어요? 하고 짓궂은 남자애들이 통방을 해 오기도 했구
말이야. 담배 한모금 얻어 피운 사내들은 정말로 아무 걱정 없다는
듯 괜스레 킬킬대기도 했는데…….

"그럼 유치장 안에서는 별문제가 없었던 거로 알고……, 어때
요?"

과장이 똑바로 그녀를 쳐다보았다. 여인은 퍼뜩 자세를 곧추세웠
다.

"네?"

"아주머닌 반성 많이 하셨어요?"

"네…….."

"잘 아시겠지만 다시는 이런 일이 없어야 합니다. 아주머닌 아주
머니 혼자 고통받은 거로 생각하시겠지만 사실은 아주머니를 고생시
킨 우리도 아주머니 못잖게 마음이 아팠습니다. 요즘 대학생들은 흔
히 우리 근무자에게 이렇게 대듭니다. 당신의 직업은 역사 앞에 떳떳
한가? 그러면 담당자는 말합니다. 국가관이 확실하지 않으면 어떻게
이 자리를 지키겠는가……. 물론 백 년이나 이백 년 후엔 어떤 국가
관이 올바를지는 알 수 없습니다. 다만 한 가지 분명한 것은 내 손으
로 잡아들인 범법자, 그들의 고통을 우리의 아픔으로 느낀다는 것입
니다. 이야기가 길어졌군요."

여인이 고개를 들었다. 난 그런 건 잘 몰라요. 하지만 그애들도
머리가 컸고 자기 생각이 있는데, 그 생각을 자기 쪽에만 끼워 맞추
려는 것도 무리겠거니와, 생각이 다르다고 해서 벌을 준다는 것은 도
량 없는 부모나 할 짓이지요.

"이제 가 보셔도 좋습니다."

과장이 다 타 버린 담배꽁초를 재떨이에 비벼 끄며 말했다. 여인
은 잠깐 주춤거리다가 과장실을 나왔다.

복도 저쪽 끝에서 한줄기 빛이 감실거리고 있었다. 여인은 걷기
시작했다. 무릎이 한번 심하게 저리더니 서서히 아픔이 가셨다. 몇
발자국 걷다가 여인은 뒤돌아보았다. 아무도 없는 긴 복도가 터널처
럼 아득해 보였다. 그녀는 얼른 몸을 되돌렸다. 누군가가 예고도 없
이 튀어나와 다시금 잡아세울 것만 같았다.

경찰서 뜨락엔 아침 햇살이 찬란하게 넘치고 있었다. 그녀는 눈이
부셔서 아래를 내려다보았다. 햇살이 자신의 신발 위에서도 반짝이
고 있었다. 그때 저만치서 남편이 달려오고 있었다.

"고생 많았지?"

남편이 여인의 손을 잡았다. 그 순간 여인은 그 전경아이를 떠올
렸다. 다시 한번 그애를 만나야 해. 지금……. 그래, 손을 잡고 타
이르자. 얘야, 유치인들도 모두 너의 형제가 아니냐. 그걸 깨닫지
못한다면 넌 사람도 아닌 거야.

그녀는 남편을 쳐다보고 활짝 웃었다. 그리고 유치장 쪽으로 손을
이끌었다.

밤 길

　김신부는 천천히 수저질을 했다. 하루 꼬박 아무것도 먹지 못했음에도 식욕이 동하지 않았다. 신부가 설렁탕을 저어 기름기 빠진 고깃점을 떠넣고 우물우물 씹고 있을 때 식당문이 열리면서 한 떼거리의 손님이 들어왔다. 손님들은 신부의 맞은편, 그러니까 요섭의 등 뒤자리에 몰려 앉았다. 전투복을 입은 경관들이었다. 신부는 요섭을 쳐다보았다. 그는 숟갈질을 멈추고 자신의 음식물로 시선을 빠뜨렸다. 이마와 귀 밑으로 흘러내린 더부룩한 머리와 멋대로 자란 수염, 창백한 안색이 유리판에 던져진 동전 소리로 신부의 가슴에 울려왔다.

　"요섭아, 얼른 먹고 가야지."

　요섭이 숟갈로 국밥을 떴다. 비로소 신부는 입 속에 머물러 있던 고깃점을 꿀꺽 삼켰다.

"특히 총기를 가진 놈들이 들이닥칠 때 조심해야 돼."

경관들이 음식을 주문한 후 그렇게 두런거렸다.

"그럼, 남쪽으로 간 놈들이 북쪽으로 진로를 바꾸었단 말입니까?"

누군가가 물었다.

"주모자놈들이 쥐새끼처럼 빠져나갈지도 모르니까."

요섭이 다시 수저질을 멈추었다. 그의 눈길이 국물에 뜬 당면 사이로 빠른 빛살처럼 헤집고 다녔다.

"요섭아, 미사 시간 늦겠다."

요섭의 눈이 가만가만 다가왔다. 신부는 그의 시선을 외면하고 가방을 들었다.

"그만 가자꾸나."

신부는 요섭을 앞세워 식당을 나왔다. 무언가가 뒷덜미를 잡는 것 같았다. 그것은 그 어떤 시선이 아니라 식탁에 남겨 놓고 나온 자신의 거짓말이었다. 신부는 지금 미사를 집전하기 위해 성당으로 가는 길이 아니었다. 더욱이 오늘은 일요일도 아닌 월요일이었다. 요섭이 담배가게로 가는 사이 신부는 잠깐 멈춰 서서 로만칼라와 십자가를 만졌다.

요섭이 담배 두 갑을 사더니 길 건너 버스터미널을 바라보았다. 신부도 그의 곁으로 다가가 터미널 쪽으로 몸을 돌렸다. 지는 햇살이 그 건물 유리창에 황사마냥 누렇게 번지고 있었다. 요섭이 담배 한 갑을 내밀었다. 신부는 그것을 받아 넣으며 이태 전 그가 하던 말을 떠올렸다.

— 신부님, 정말입니까? 목사는 장가를 드는 대신 담배는 안 되고 신부는 독신으로 봉사해야 하니까 담배를 허용한다는 것 말예요.

그런 걸 물어올 땐 늘 싱얼싱얼 웃는 애숭이 대학생이었다. 무슨 멋인지 신사복도 아닌 검은 작업복을 빳빳하게 다려 입고 성당엘 왔었는데 …….

요섭의 눈이 한 지점에서 떠날 줄 몰랐다. 터미널 안에 뭔가 있는 모양이었다. 신부도 좀 자세히 보려고 눈길을 모았다. 그러나 눈이 나쁜 탓인지 잘 보이지 않았다.

"걷는 게 좋을 것 같습니다."

요섭이 말했다. 신부는 고개를 끄덕이며 상점 골목 쪽으로 걷기 시작했다. 담양으로 갈 걸 잘못했나? 신부는 가방을 왼쪽 어깨로 옮기며 생각했다. 자가용을 내주던 변호사는 말했었다. 아무래도 장성 쪽이 교통편이 나을 거예요. 동운동까지 가서 얻어 탄 승용차는 험한 길을 한 시간쯤 달려 장성 터미널 부근에 세워졌고 거기서 내렸을 땐 신명을 내는지 들까부는지 알 수 없는 여가수의 노래가 전파상의 확성기를 깍깍 울려댔다. 신부는 지나는 행인을 살펴보았다. 모두가 너무나 태평한 모습이었다. 요섭도 그것이 이상한지 멍한 얼굴로 이 사람 저 사람을 쳐다보았다. 우선 저녁이나 먹자. 신부가 요섭을 일깨워 식당으로 향해 갈 땐 서녘의 해가 구름 속에 있었다.

상점 골목에서 다시 오른쪽으로 꺾어 돌았다. 요섭은 한번 시계를 보았을 뿐 부지런히 걸었다. 어두워지기 전에 국도변으로 나가야 한다. 신부는 그 생각이 지워지기도 전에 어느 집 대문 앞에서 걸음을 멈추었다. 신부는 등나무를 보고 있었다. 그의 시선이 찬찬히 등나무 줄기를 따라가다가 바닥에 떨어진 하얀 등꽃에 머물렀다.

— 신부님, 신부님, 난리가 났대요. 빨갱이들이 쳐들어왔대요.

성당지기 박씨 아들이 달려오며 소리쳤었다. 마침 지난밤의 비로 인해 무참히 떨어진 자색 등꽃을 바라보고 있을 때였다.

— 애야, 우리 나라엔 빨갱이가 못 들어온다. 지금 그런 장난을 할 때가 아니란 걸 너도 알잖니.

　방금 전에 예수 승천 대축제의 최초 미사를 끝낸 지금, 아이가 그
런 말을 한다는 게 신부는 언짢았지만 꼬마에게 무안을 준 것 같아
농담의 갈피를 바로잡아 주었다.
　— 알겠니? 오늘 같은 날은 빨갱이가 아니라 로마군이 몰려온다고
말해야 어울리는 거란다.
　"신부님."
　요섭이 불렀다. 그래, 어서 가자꾸나. 신부는 다시 걷기 시작했
다. 그 입에서 주여 ! 하는 소리가 나직이 새어나왔다. 그날 아침
최초 미사를 끝내고 나왔을 때 맨 먼저 눈에 띈 것이 바닥에 널려 있
는 등꽃이었다. 신부는 까닭 없이 애가 탔고 꼬마가 달려왔을 땐 공
연히 심장이 툭 떨어지는 것 같았다. 그러나 그것이 어떤 불길한 예
감이었다는 것은 몇 시간 뒤에야 깨달았다. 오전 11시경 환갑을 맞
은 신도의 어머니를 축복하기 위해 곡성으로 향했을 때 신부는 보았
다. 차단된 도로에 곤봉을 든 그들, 로마군이다. 신부의 눈에는 분
명 그렇게 보였다.
　긴 보리밭을 가로질러 국도로 올라섰다. 열 사흘 달걀달이 성큼
떠올라 요섭과 함께 걷고 있었다. 이틀 전만 해도 시름시름 앓느라
잘 나오지 않던 달이었다. 신부는 묵묵히 앞만 보고 걸었다. 서로 몸
부딪던 가로수잎이 일시에 숨을 죽였다. 등 뒤에서 커다란 불빛이 슬
금슬금 다가왔다. 트럭이었다. 신부는 개울둑으로 방향을 틀었다.
요섭도 말없이 뒤를 따랐다. 트럭이 지나가자 신부는 개울둑에 웅크
리고 앉았다.
　"좀 쉬었다 가자."
　요섭이 조금 간격을 두고 털썩 주저앉았다. 신부는 담배 두 개비
에 불을 붙여 하나를 요섭에게 건넸다.
　"오늘밤만 걸으면 차편을 이용해도 될 게다."

요섭은 대답 없이 담배만 빨아들였다. 담배연기는 달빛을 향해 최루가스마냥 퍼렇게 피어올랐다. 그 속으로 한 어린 소년이 뛰어들었지. 주먹만한 돌을 쥐고서……. 우리 형아 살려내라! 우리 형아 ……. 그러자 웬 노파가 달려나가 그 꼬마를 등 뒤로 감싸며 소리쳤었다. 병정들아, 여긴 전쟁터가 아니다! 너희들이 잘못 안 거야. 돌아가라. 어서! 사람들은 울고 있었다. 가스 때문이었다. 그러면서 노래를 불렀다. 동해물과 백두산이…….

"참 이상하지요?" 요섭이 흘낏 달을 쳐다보며 말했다. "그래도 달은 떠오르니 말예요."

해는 안 떠올랐느냐. 서럽게 비가 내린 것 외엔 태풍도 불지 않았어. 요섭이 담배를 개울에 던지고 엉덩이를 일으켰다. 신부도 끙 몸을 일으켰다. 요섭은 국도 쪽으로 허적허적 걸어나갔다. 그의 그림자가 개울물에 푹 빠져 있었다.

"요섭아!"

왈칵 어깨라도 잡아챌 듯이 그를 불렀다. 요섭이 뒤돌아서서 무슨 일이냐는 듯 신부를 쳐다보았다.

"아니다."

신부는 고개를 저었다. 잠깐 시체안치소를 떠올렸구나. 엎어진 채 실려온 그 시신 말이다. 신원파악을 할 수 없어 애를 태우던 젊은 몸뚱이…….

"그 가방 제가 메고 가지요."

요섭이 손을 내밀었다. 가방 속엔 일기장과 홍보반 청년이 넘겨준 필름 두 통이 들어 있을 뿐이었다. 신부는 무겁지 않다고 사양하려다 그의 손에 건네 주었다. 요섭은 가방을 걸머메고 빠르게 국도로 나갔다. 젊은이라 아직도 그 걸음엔 힘이 있었다. 신부는 자칫 허물어질 것 같은 무릎 관절에 힘을 주려고 또박또박 자신의 그림자를 밟으며 걸었다.

등 뒤에서 경운기 소리가 들려왔다. 딸딸 지축을 울리고 오는 그
소리는 마치 총소리같이 달빛에 취해 있는 국도 주변을 소스라쳐 깨
어나게 했다. 요섭이 길가로 비켜났다.

"신부님이시군요. 어디까지 가시지요?"

경운기가 그들 옆에 세워졌다. 농민 세 사람이 타고 있었다. 아마
도 늦게까지 모심기를 하다가 돌아가는 농부들인가 보았다.

"우리 저 산 너머 마을까지 ……."

신부가 대답했다.

"우린 새텃말까지 갑니다. 거기까지라도 타고 가시렵니까?"

뒤에 탄 농부들이 서로 좁혀 앉으며 자리를 만들어 주었다. 신부
는 요섭을 건너다보았다. 요섭은 그러지요, 라고 대답했고 그들은
나란히 경운기에 올랐다. 경운기를 몰던 사람이 발동 피대를 돌렸
다. 경운기는 몇 번 풍풍거리더니 움직이기 시작했다. 걸을 땐 몰랐
던 바람이 세차게 뺨을 할퀴었다.

"신부님, 빛고을에 난리가 났다면서요?"

한 농부가 경운기 소음 때문인지 큰소리로 물었다.

"글쎄요, 그렇다곤 합니다만 ……."

"사람들이 많이 상했대요."

"뉴스에 나왔습니까?"

불쑥 요섭이 물었다.

"웬걸요. 소문만 돌고 있지요."

살생을 단죄한 석가탄신일이었다. 십자로에서 금남로에서 충장로
에서 도청 앞에서 남동 상공에서 사격이 가해졌다. 그것은 죽음의 면
허탄이었다. 누구든지 죽을 수가 있었다. 은행 앞에서 호텔 앞에서
차 속에서 거리에서 병원에서 주검은 단죄를 비웃었다. 그날 김신부

는 일기장에 "그렇다. 그렇다. 아니다. 아니다"라고 기록했다. 그것
은 마태오 5장 37절이었다.

"주여 ……."

신부는 길게 한숨을 쉬었다. 그래도 목숨 보존에 대한 특허를 따
낸 사람들은 있었다. 이국인들 ……. 그들은 그 패찰을 휘두르며 셔
터를 누르고 무비 카메라를 돌리며 이쪽과 저쪽을 누비고 다녔다. 어
제 상황실에 와서는 진압군들을 맘껏 능멸했었지. 마치 자기들에겐
당연히 그럴 자격이 있다는 듯이. 그러자 홍보반의 한 젊은이가 점잖
은 영어로 충고를 했었다.

— 욕설을 삼가시오.

— 무슨 뜻?

카메라를 만지던 푸른 눈의 사나이가 되물었다.

— 어쨌든 그들도 내 동족이란 말이오.

정말 이해할 수 없다는 듯 푸른 눈의 사나이는 한참이나 젊은이를
쳐다보았다. 젊은이가 다시금 대답했다.

— 하긴 이해하기 힘들겠지. 당신처럼 여러 인종이 모여 사는 나
라 사람들로선 …….

"우리는 이쪽으로 갑니다."

경운기가 세워졌다. 요섭은 일어날 생각도 않고 무슨 말인가 하려
고 머뭇거렸다. 신부가 재빨리 고맙다는 인사말을 남기고 요섭의 등
을 밀었다.

그들은 다시 걷기 시작했다. 경운기는 미루나무 개울 저쪽으로 달
빛 바다를 헤어가는 통통배처럼 멀어져 갔다.

"알려 주고 싶었어요, 그분들에게 ……."

요섭이 말했다. 그는 자신의 그림자를 내려다보며 걷고 있었다.

"그래 ……. 그러나 다 부질없는 짓이다."

요섭이 우뚝 걸음을 멈추었다.

"농부들에겐 알려 줄 필요가 없다는 뜻입니까?"

넌 그저 알려 주고 싶기만 했던 게 아니었잖니? 동원대가 되어 화
순, 함평으로 돌 때처럼……. 그러나 신부는 말머리를 돌렸다.

"언젠가는 다 알게 된다."

요섭이 다시 걸음을 옮겼다. 구름이 밀려와 서서히 달을 먹어갔
다. 하얗게 도드라지던 국도에 어둠이 내렸다. 요섭이 어둠 저쪽을
응시하며 말했다.

"신부님, 추기경을 만나고 수도 사람께 알리고 정부 요인에게 면
담을 요청한다고 해서 어떤 해결점이 얻어질까요."

그래, 요섭아. 그건 나도 알 수가 없단다. 그래도 우린 가야 해.
가기 위해 출발했으니까.

달이 다시 얼굴을 내밀었다. 이제 달은 그들의 뒤를 밟고 있었다.
국도의 비포장 도로가 삽시에 숨을 죽였다. 주변이 망을 보는 자의
은밀한 눈빛 같았다. 신부는 얼핏 요섭의 어깨에 걸린 가방을 살폈
다. 그때 맞은편에서 차가 오고 있었다. 요섭이 뒤돌아섰다.

"산길로 가지요."

"그게 좋겠구나."

두 사람은 논두렁으로 내려갔다. 차가 지나갔다. 택시였다. 빗발
같이 날아오는 총탄을 향해 도청을 향해 헤드라이트를 켜고 클랙슨
을 울리면서 돌진해 가던 기사들이, 뇌엽(腦葉) 갈피갈피에 숨어 있
던 그 비장한 얼굴들이 불시에 툭툭 튀어나왔다. 신부의 몸이 휘청
기울어졌다. 자칫 못자리판으로 발이 빠질 뻔한 것이었다.

"조심하세요."

요섭이 돌아서서 신부를 부축했다.

"괜찮다."

그들은 다랑이논의 봇돌을 건너 산 자드락길로 접어들었다. 막 자라기 시작한 상수리 나뭇잎들이 겁 없는 아이처럼 저마다 달을 향해 꼿꼿이 고개를 쳐들었고 어디선가 산개구리 울음소리가 구울구울 들려왔다.

초이레 밤이던가, 그날 도시인들은 아무도 잠들지 못했다. 잠을 잃은 시민들은 자꾸만 도청으로 모여들었고 건물을 점거한 진압군들은 신호탄과 최루탄을 번갈아 쏘아댔다.

— 최루탄을 쏘지 마세요. 우린 맨주먹입니다.

한 여성이 확성기로 말했다. 저지선에 막혀 주위를 빙빙 돌던 사람들은 마치 후렴을 달듯 쿠울쿠울 기침을 했다. 다시금 예광탄이 밤하늘로 치솟았다. 별안간 시민들은 저지선을 넘어 도청 건물 쪽으로 나아갔다. 흡사 바람에 밀리는 물결 같았다. 우박소리가 허공을 때렸다. 총소리였다. 많은 사람들이 쓰러졌다. 바닥에 몸을 뉘지도 못하고 바리케이드에 걸려 있던 그 주검⋯⋯. 진압군들이 달려나와 시신들을 끌어갔다. 사람들은 갑자기 잠든 듯 망연하게 서 있었고 조각달은 자정을 향해 먹구름 속으로 곤두박질쳤다.

좋은 세상 온다더니 / 잡은 손을 뿌리치고
비겁자가 아니라며 / 좋은 세상 온다더니
어미보다 먼저먼저 / 저 세상을 가는구나

그 거리에 새벽이 기웃거렸다. 어미들은, 아낙들은 시름시름 노래를 부르고 남정들은 매운 눈물을 흘리며 화염병을 만들었다. 또 한차례의 신호탄이 올랐다. 총탄이 새벽을 죽였다. 아니, 거리를 죽였다. 자색 등꽃으로 떨어진 주검들이 여기저기 검은 피가 되어 둥둥 떠올랐다. 신부는 눈을 부릅뜨고 성경 구절을 읊조렸다. 마태오 10

장이었다. 26, 27, 28절 ……. 그때 누군가 소리쳤다.

— 세무서를 불태웠소! 무기고에 총이 있소. 카빈이 있소!

남자들이 그쪽으로 달려갔다. 신부는 문득 자신을 보았다. 성경 구절이나 뇌고 있는 자신의 모습은 바리새인 그것이었다.

해가 떠올랐다. 잠깐 동안 초파일의 햇덩이는 해맑아 보였다.

— 신부님, 시민들이 차를 몰고 와요. 저것 좀 보세요.

함께 거리에서 밤을 새운 한 소녀가 말했다. 어디서 어떻게 획득했는가. 장갑차와 군용트럭, 고속버스가 시민들을 태우고 천천히 굴러왔고 도청에서는 군헬기 몇 대가 이착륙하고 있었다.

— 해산하라! 요구 조건을 들어 주겠다. 어서 돌아가라!

저공을 날던 경찰헬기에서는 다급한 목소리로 방송을 했고 그 즈음 이미 시민의 차는 저지선을 돌입하고 있었다. 아아, 햇덩이를 조각내던 LMG 소리 ……. 그 소리에 떨어진 수많은 이삭들 …….

요섭이 길섶에 힘 없이 주저앉았다. 신부는 얼른 그를 잡으려다가 손을 멈추었다. 피곤한 모양이구나. 하긴 그럴 만도 하지. 근 열흘 간 잠인들 제대로 잤을까. 신부도 말없이 요섭 곁에 앉았다.

"신부님, 이 산을 돌아가면 장성호가 나올 거예요. 거기만 지나면 국도로 빠져도 검문은 없겠지요?"

요섭이 물었다. 꿈 속인 듯 푹 젖은 목소리였다.

"그래도 차를 얻어 타려면 노령까지 가야 할 게다."

신부는 하늘을 올려다보았다. 달이 머리 꼭대기에서 음험한 눈으로 내려다보고 있었다. 개구리 소리도 들려오지 않았다. 바람도 없었다. 그런데도 산은 소리 없이 이슬을 뿜어내고 있었다. 지금쯤 어떻게 되었을까. 수습위들은, 무기는, TNT는, 시민들은…….

"신부님, 조금 전에 제가 비틀거리면서 걸었지요?"

요섭이 담배를 꺼내 물었다.

"글쎄 …….. "

요섭이 담배를 붙여 신부에게 내밀었다. 신부는 고개를 저었다.

"깜박 졸았던 모양이에요. 아버지를 봤거든요."

요섭은 담배를 뻑뻑 빨아들인 후 길게 토해 냈다.

"돌아가시기 전까지 술만 취하시면 곧잘 족보 자랑을 하셨어요."

"족보 …….. "

"우리 집안엔 대대로 비겁자가 없었다 ……. 그게 아버지의 자랑이었지만 저에겐 그렇지가 못했어요. 강진서 도예공이셨다는 몇 대조 선조가 임진란 때 자문(自刎)한 것으로 비롯해서 동학군에 가담해서 현감을 징치했다는 죄목으로 옥사를 했다는 증조할아버지, 왜놈 집만 골라 도둑질을 하거나 그 집 안방에 몰래 독사를 잡아 넣었다는 당대할아버지 ……. 어릴 때 그 이야기만 나오면 부끄럽고 창피해서 정말이지, 죽고 싶었어요. 어째서 우리 선조는 다른 애들이 내세우듯 영의정이나 판서나 양반이 없는가 ……. 대학에 와서야 아버지를 이해했어요. 그것은 소외당한 땅에서 스스로 멍울진 자존심 같은 것 ……. 견훤 이후 신라나 고려로부터 버림받기 시작한 땅 …… 객땅 …… 개땅쇠 …… 아니지요. 그 이전부터 정벌만 당해 온 땅이었어요."

초아흐레였다. 신부는 수습대책위원의 한 사람으로서 도청 서무과로 향했다. 막 지방에서 돌아온 트럭이 광장에 세워졌고 거기서 태극기와 카빈을 둘러멘 요섭이 내렸다. 땀과 먼지로 코 언저리가 새까매진 요섭이 싱얼싱얼 웃으며 뛰어왔다.

— 신부님, 정말이군요. 화순에서 도청을 탈환했다는 소식을 들었지만 믿지 않았거든요.

— 그래, 그들은 어제 저녁에 철수했단다.

— 우린 티엔티를 가져왔어요. 실탄도 무기도 아주 많아요.

밤 길
•

그때 신부는 일러 주고 싶었다. 요섭아, 니가 총을 메고 있다는 것이 도무지 어울리지 않는구나. 그러나 며칠 사이에 10년은 자라버린 요섭은 무기반납을 강요받을 때, 다시금 진압군이 좁혀 올 때의 늙은 추장처럼 말했었다.

— 피가 모자란다면, 지금까지 흘린 그 피로도 충분치 않다면, 그렇다면 이젠 우리 모두가 죽어야 합니다.

"그래서 오늘까지 이렇도록 슬픈 땅…….."

요섭이 자신의 담뱃불을 지그시 바라보며 중얼거렸다.

"젖과 꿀을 약속받은 가나안 땅에서도……."

신부가 주머니를 뒤져 담배를 찾으며 말했다. 요섭은 담뱃불을 좀더 눈 가까이로 가져갔다.

"신부님 …… 제가 정말 신부님을 따라 이렇게 와야 했을까요?"

그 목소리는 하도 깊어서 땅 속에서 들려오는 것 같았다.

"그건 너의 뜻이 아니었잖니."

"그래요, 동지들이 날 보냈어요. 신부님과 가깝다는 이유로…….. 다른 사람을 보낼 수도 있었어요. 그런데, 그런데 내가…….."

요섭은 담배를 던지고 무릎에 얼굴을 묻었다. 신부가 그의 어깨를 잡았다.

"요섭아."

"남아 있어야 했어요. 제가 떠나온 까닭이 뭐죠? 신부님 호위? 아니에요. 신부님이 걸을 수 없거나 길을 모르시는 것도 아닌데, 신부님 혼자 가시면 오히려 안전한데, 그런데 왜 제가 따라왔죠?"

요섭의 어깨꽉이 푸르르 떨리고 있었다. 그는 울고 있는가. 요섭아, 그렇다면 요섭아, 남아 있어야 할 사람은 네가 아니라 나였단다. 그것으로 끝이기만 하다면, 우리가 남아 있어서 끝나기만 한다면 우리의 탈출은 부끄러움이어야 할 것이다. 신부는 담배를 도로 집어넣고 달을 쳐다보았다. 엷은 구름에 싸인 달은 화농한 환부마냥 문드러져 보였다. 오늘 새벽, 상황실 창에 걸린 달도 꼭 저런 모습이었다. 철야한 수습대책위원들은 그 달을 보지 않으려고, 어디엔가 숨겨져 있을 실마리를 훔쳐라도 오려고 한사코 책상만 노려보았다. 누구의 시계에선가 5시를 알리는 발신음이 삐삐 울렸다. 그러자 무기를 지키던 요섭이 달려왔다. 순찰대, 홍보반, 치안대, 환자수송반 청년들도 차례로 달려왔다.

— 장갑차가 오고 있습니다. 최후의 순간이 오면 차라리 티엔티를 폭발시켜 전원 자폭합시다! 주여, 힘을 주소서. 지혜를 주소서 …….

— 전차가 오고 있다면 우리가 먼저 나가서 그 탄알을 맞이합시다.

한 수습위가 벌떡 일어나며 말했다. 그 역시 신부였다.

— 젊은이들은 여기 남아 있어야 합니다.

목사가 말했다.

— 우리도 여기서 그저 죽음을 맞고 싶진 않습니다. 앞장서겠습니다.

청년들은 항의했다.

— 젊은이들은 남아서 여기를 지켜야 합니다.

결국 무장한 청년들은 남고 17명의 수습위원들은 전원 입구로 나갔다. 모두들 말이 없었다. 그들은 그저 앞으로앞으로 걷기만 했다. 해가 떠올랐다. 시민들이 뒤를 따랐다. 처음에는 한둘에서 수십, 수백 명 ……. 마치 자석에 끌린 쇳조각마냥 그들은 겹겹이 꼬리를 물었다. 거대한 침묵이 더운 숨결로 고리를 이으면서 10리길이나 꿈틀꿈틀 움직여 갔다. 저만치 진흥원이 보였다. 별안간 해가 난폭한 변태자가 되어 거리를 낱낱이 벗겼다. 2층 창가에서, 옥상에서, 인도에서 기관총은 숨을 죽이고 그들을 기다리고 있었다. 신부는 묵묵히 나아갔다. 포문을 뻗치고 있는 장갑차를 향해, 바리케이드를 향해 …….

"신부님, 지금쯤 …… 지금쯤 ……."

요섭이 더듬거렸다. 신부는 그의 어깨를 가만히 안았다. 요섭아, 아직은 아닐 게다. 적어도 12시까지는 ……. 신부는 시간을 확인하고 싶었지만 그럴 수가 없었다. 차라리 세계의 시간이 모두 죽어 버릴 수만 있다면 신부는 그렇게 해 달라고 야훼께 간원하고 싶었다. 12시 …… 12시 …….

신부는 바리케이드로 다가갔다. 한 사람의 소령이 굳은 표정으로 그들을 맞았다.

— 곧 부사령관님이 오실 겁니다. 여기서 기다려 주십시오.

9시가 지나자 검은 세단차가 왔다. 장군이 내렸다. 장군은 고개를 떨구고 걸어왔다. 고개를 숙이고 온다. 장군이! 부끄럽다는 것인가, 아니면 회복의 가능성을 머리에 담고 오는가. 장군이 멈춰 섰다.

— 계엄사령부에 가서 이야기합시다.

장군이 뒷짐을 지고 군화를 내려다보며 말했다. 수습위원들은 잠깐 의견을 나누었다. 학생대표를 포함, 11명이 선발되었고 그들은 곧 상무대로 갔다.

— 우리는 더 이상 피를 흘려선 안 됩니다. 나라를 위해서도 생명을 아껴야 합니다.

타협 회의장에 앉자마자 신부가 입을 열었다.

— 동감이오. 그러자면 어서 무기를 회수, 군에 반납하시오. 그렇게 하면 경찰로 하여금 치안을 회복케 하겠소.

장군이 대답했다.

— 먼저 진압군을 철수해야 합니다.

— 그건 안 돼요. 며칠씩이나 참으면서 후퇴까지 했소. 이건 사기
문제란 말이오. 아시겠지만 군인은 이겨야 하오. 언제나 이겨야 한
단 말이오.

— 당연한 말이오. 하지만 여긴 이겨야 할 장소도, 장갑차가 와야
할 곳도 아니란 걸 장군께서 더 잘 아시잖소.

— 군인도 여럿 죽었소. 전우를 잃은 젊은 군인들…… 평소의 교
육으로 그 분노를 잠재우고 있소.

— 부탁이오. 경찰에 치안을 맡기고 철수해 주시오. 그래야만 수
습이 됩니다.

— 무기를 반납하고 해산하시오. 그러면 철수하겠소.

네 시간 반 동안 협상은 절대로 만날 수 없는 기차 선로였다. 신부
는 마지막 카드를 내놓았다.

— 그럼 시간을 주시오. 시간이 필요하오.

— 오늘밤 열 두 시까지 수습하시오. 이게 최후통첩이오.

장군은 자리를 박차고 일어났다. 무위였다. 긴 시간이 허탈 하나
로 뭉청 잘려 나갔다. 신부도 수습위원들도 몸을 일으켰다. 장갑차
는 올 것이다. 밤 12시까지는 오고야 말 것이다. 우리가 무슨 힘으
로 시민을 설득할 것인가. 설득이 아니라 호소를 해보자. 죽음을 각
오하고 애원해 보자. 장군이 지프를 내주었다. 지프가 공단 입구 쪽
으로 갔다. 파헤쳐졌던 길이 말끔히 정리되어 있었고 시외도로도 개
통되어 있었다.

— 시민들이 야채를 구입할 수 있게 하기 위해서 도로를 보수했습
니다.

묻지도 않았는데 운전병이 말했다. 신부는 공단 입구에서 내렸다.
시민들은 주의깊게 왕래했고 가끔씩 택시도 지나 다녔다. 군의 작전

을 위해 도로를 복구했구나. 그렇다면 그 최후통첩은 미리 예정된 시간? 신부는 급히 가톨릭센터로 갔다. 오후 4시였다. 많은 시민들이 센터 앞에 모여 있었다. 또 모이고 있었다. 신부는 다시 방향을 바꾸어 도청으로 갔다. 부지사실에는 외신기자들과 많은 인사들이 신부를 기다리고 있었다. 눈길이 동시에 몰려왔다. 신부는 쓰러지듯 의자에 앉았다.

— 난 장군을 설득시키지 못했어요.

그리고 신부는 눈을 감았다. 몸과 마음이 심연으로 떨어져 갔다. 심연에는 예정된 진혼제가 있었다. 아직 죽지 않은 사람들이, 한참이나 더 살아야 할 생명들이 명부 위에 어른거렸다. 신부는 번쩍 눈을 떴다. 안 돼. 그런 진혼제는 안 돼……. 신부는 떨리는 손으로 호소문을 쓰기 시작했다.

— 신부님, 김신부님!

YMCA에서 청년이 달려왔다.

— 지금 곧 수도로 가시라는 전언입니다. 시간이 없습니다.

그래도 12시까지는 시간이 있다.

— 아닙니다. 방금 입수된 정보에 의하면 그들은 출동을 위해 돼지고기 파티를…….

— 그렇다면 내가 왜 여길 떠나야 하지?

— 가서 누명을 벗겨 주십시오. 우리는 불순분자도 폭도도 아니라는 사실을 세상에 알려 주십시오.

신부는 고개를 저었다.

— 지금은 누명을 두려워할 때가 아니다.

조신부가 김신부의 손을 잡았다.

— 그렇게 하셔야 합니다. 지금은 그것이 필요한 때입니다.

뒤이어 요섭이 들어왔다. 그애는 이미 떠날 채비를 하고 왔다. 주

님이여, 성모님이여, 부디 이곳을, 이 생명들을 지켜 주십시오. 신
부는 그곳을 떠나오면서 출애굽인가, 정녕 그러한가, 자신에게 반문
했다.

"신부님, 사실은 아까 깜박 졸았을 때 아버지를 본 게 아니었어
요."

요섭이 천천히 고개를 들면서 말했다.

"동지들의 얼굴이었어요. 신부님, 동지들의 얼굴이요!"

그래, 요섭아. 나도 그 얼굴들을 보고 있단다.

"그들은 죽었어요. 모두가……. 그런데 난 비겁자가 되었잖아요.
족보에도 없는 비겁자……."

"우리에겐 아무도 비겁자가 없다. 요섭아, 그만 일어나자."

"아무 의미가 없어요. 나의 탈출은……."

"어서 일어나거라. 너의 임무는 아직도 끝나지 않았어."

신부는 요섭을 안아 일으켰다. 요섭은 한참 만에 무겁게 일어났
다. 신부는 그의 어깨에 팔을 두르고 걷기 시작했다.

요섭아, 우리도 지금 안전한 곳으로 대피하고 있는 게 아니란다.
거기에도 장벽은 있다. 그 장벽을 깨뜨려 달라는 임무가 우리에게 주
어진 거야. 우린 그걸 해내야 돼. 행여 이 밤길이 영원히 끝나지 않
는다 해도 이젠 서둘러야 한다.

어머니

　그녀의 호미가 지나간 자리는 바랭이, 명아주, 개망초 따위가 뿌리를 쳐들고 더부룩하게 누워 있었다. 더러는 잡풀 사이로 간신히 잎을 내민 2년근 더덕이 호미날에 잘려 나와도 그녀는 눈여겨보지 않았다. 작년에 박아둔 말목은 눈비에 거의 쓰러졌고, 어쩌다 제대로 서 있는 것엔 어디서나 먼저 자라 농작물을 망치는 사광이풀이 기세 좋게 줄기를 감아 놓았다. 며느리배꼽으로도 불리는 그 사광이풀 가시 줄기에 손이라도 찔리면 그녀는 포달지게 말목을 뽑아 아무데나 홱 던져 버리는 것이었다. 그렇게 던져진 말목엔 지난 가을까지 꽃을 피워 낸 더덕줄기가 하얗게 말라붙었거나 거둬 주지 못한 꽃씨가 말목 밑동에 제멋대로 싹을 틔워 여린 잎들이 촘촘히 엉켜 있기도 했다. 작년만 해도 꽃씨를 내버려 두지 않았을뿐더러, 혹시 새싹이 발견되면 조심스럽게 모종을 내던 그녀였다. 그런데 전에 없이 파종은커녕

3년근 밭조차 거들떠보지도 않다가 봄이 다 가는 오늘에야 그녀는 이렇듯 호미질을 하는 것이었다.

이제 그녀는 집요하게 늙은 냉이뿌리를 찍어내고 있었다. 그 서슬에 힘 없이 잘려 나간 둘레의 더덕잎들이 애잔하게 그녀를 바라보았지만 그녀의 시선을 일깨우기도 전에 혈귀처럼 달겨드는 햇살에 시들새들 진을 빨렸다. 그녀의 호미는 이미 눈도 생각도 없었다.

못된 것은 악심으로 자란다더니.

그녀는 이빨을 악물고 냉이뿌리를 두 손으로 잡아당겼다. 이윽고 뿌리가 뽑혔다. 그녀는 하얗게 살진 육질의 뿌리를 호미날로 짓이겼다. 이마의 땀이 그 힘에 밀려 송알송알 비어져 나왔다. 깊은 골 쪽에서 못자리에 물이라도 퍼올리는지 경운기 엔진 소리가 자지러지게 들려왔다. 그녀는 호미를 놓고 벌떡 일어났다. 그러나 왜 일어났는지 알 수가 없었다. 그녀는 괜히 머릿수건을 벗어 타악탁 털었다.

저놈의 경운기 소리 !

그녀는 집 쪽으로 걸어갔다. 어둑한 부엌으로 성큼 들어가 살강 위에 손을 올렸다. 거기 반쯤 남은 소주병이 있었다. 그녀는 이빨로 마개를 벗기고 두어 모금 꿀꺽꿀꺽 마셨다. 안주도 없이 입을 닦고 그녀는 숟가락으로 병마개를 톡톡 두들겨 막았다. 그녀는 잠깐 부뚜막 구석을 쳐다보았다. 거기엔 지난 겨울부터 마시기 시작한 소주병들이 거미줄이나 하얀 먼지를 쓰고 줄줄이 놓여 있었다.

그녀는 다시 밭으로 나갔다. 경운기 소리가 딱총처럼 끝없이 공기를 쏘아 대고 있었다. 그녀는 눈살을 찌푸리고 어깨에 걸어 두었던 수건을 머리에 썼다. 새참을 내가느라 밭둑을 가로질러 가던 아낙이 그녀를 향해 소리쳤다.

"국이네, 이제 밭 꼴이 보이남?"

아랫마을 부녀회장이었다. 그녀는 못 들은 척하고 몸을 돌렸다.

자기가 김을 매 온 자리가 눈앞에 펼쳐졌다. 흡사 이 빠진 머리기계가 지나간 듯 호미가 놓친 잡풀들이 여기저기에 남아 있었다. 그녀는 다시 몸을 돌려 앞을 바라보았다. 자욱한 풀밭, 그것이 10여 년간 애지중지 일구어 오던 자신의 더덕밭이었다.

어머니, 전 죄가 없어요. 그런데 그들이 말해요. 죄는 네 머릿속에 있다고. 전 그 죄를 찾으려고 내 머릿속의 생각들을 낱낱이 뒤져 보았어요. 그러나 찾을 수가 없었어요. 어머니, 찾을 수가 없었어요.

미련한 놈!

그녀는 풀썩 주저앉아 호미날을 나꿔챘다. 그녀 앞에 방동사니와 쑥부쟁이가 우뚝 서 있었다. 어디서 기어 왔는지 며느리밑씻개잎까지 쑥부쟁이 줄기를 타고 있었다. 햇살이 그 악초 잎새에 물빛 입김을 감실감실 풀어 주었고 바람 한줄기가 이파리들 사이로 버나처럼 뱅글뱅글 돌았다. 그러자 잡초 한 매듭이 쑥 자라 오르는 것이었다. 그녀는 호미를 겨누어 들고 힘껏 그 뿌리를 내려쳤다. 그러나 호미날에 딸려 나온 것은 제법 살이 오른 더덕이었고 그녀는 황새냉이와 함께 그 더덕도 획 던져 버렸다.

작년까지만 해도 그녀의 호미날엔 아주 섬세한 촉각이 있었다. 혹시 더덕뿌리에 호미날이 스치면 벌써 그녀의 손에 쥐가 나면서 안쓰러움이 앙가슴을 타고 흘렀다. 게다가 잡풀이 자랄 틈도 없이 그렇게 여러 번 김을 매 왔지만 밑동까지 잘라먹은 적은 단 한번도 없었다. 그도 그럴 것이 언덕빼기의 외딴집 천여 평의 이 텃밭은 그녀의 땀으로 키우는 꿈동산이었다. 아들이 겨울방학을 끝내고 서울로 돌아가면 그녀는 곧 손수레를 밀고 깊은 산으로 들어가 잘 썩은 나뭇잎 거름을 끌어 날랐고 해토가 되기 바쁘게 냉이며 쇠뜨기의 싹들을 말끔히 뽑아 준 뒤 산엽비를 놓고 삭은 말목을 바꿔 꽂았다. 그러면 더덕은 그 여름 폭풍우 속에서도 거뜬히 줄기를 올리고 해가 따가워질 때면 저마다 보라색 종꽃을 맨 꼭대기에 내걸고는 일제히 종을 치듯 알싸한 향기를 흔들어댔다. 그녀가 장에 가거나 품을 팔고 돌아올 때도 더덕 향기는 아들처럼 언덕 저 아랫길까지 마중을 나오는 것이었다. 해는 짧고 시간은 겉돌아 손바닥만한 산다랑이논에서 벼를 걷고 나면 어느새 꽃은 시들어 있고 그녀는 급히 사료부대를 얻어와 꽃을 따모았다. 한 차례의 무서리가 지나가면 그녀는 이윽고 3년근 더덕을 캐기 시작했고 그때쯤 안성아줌마가 털뱅이 차를 몰고 왔다. 언제나 치마 속에 전대를 두르고 있는 그 아줌마는 굵기가 고른 그녀의 더덕을 두말 없이 일등품으로 쳐주었다. 안성아줌마가 작물을 싣고 돌아가면 그녀는 제법 두툼해진 잠방이 속주머니를 어루만지며 너볏이 웃다가 갑자기 휘휘 돌아본 뒤 빠르게 안방으로 들어갔다. 그리고 잠방이 속에서 돈뭉치를 꺼내어 손수건으로 돌돌 말아서는 아들의 사진틀 뒤에 감춰 두는 것이었다. 그 일이 끝난 뒤 그녀는 또 아들의 사진들을 바라보며 가만히 웃었다. 그럴 때 그녀는 얼굴 근육뿐만 아니라 코와 귀, 흙일로 모지라진 손끝에까지 자란자란 웃음을 피워 올리는 것 같았다. 더욱이 돌날부터 높은 대학에서 찍은 사진까지 찬찬히 훑어보는 동안 아들이 젖을 빨 때처럼 젖줄이 찡 돌면서 산모만이 느낄 수 있는 거대한 희열이 가슴 가득 차오르기도 했다.

그려, 인석아. 이제 사진틀 하나 더 사서 졸업 사진 붙이고 박사 사진 붙이고 장관님 사진을 붙이는겨.

조합회원도 아니고 보증인도 없어서 농협 빚조차 얻어쓸 수 없는 그녀는 더덕과 품팔이로 아들농사를 지어왔다. 마을 사람들은 장학생 아들에게 무슨 돈이 그렇게 많이 드느냐고 말하지만 그건 모르는 소리였다. 더덕을 낸 모갯돈에다 수박 모종일부터 모심기, 뽕잎훑기, 담배밭, 고추밭, 채소밭까지 품을 팔아 보태도 아들의 일년 하숙비가 빠듯했다. 그래서 그녀는 산다랑이에서 나오는 아끼바리 여섯 가마를 깡그리 내고 정부미를 바꾸어 먹으면서 한푼이라도 돈을 만들려고 기를 썼다. 하긴 조금 여유가 돌 적도 있었다. 밭둑에 심은 동부나 콩나물콩이 뜻밖에 여러 말 나오거나 콩금이 부쩍 뛸 땐 몇만 원의 가외돈이 생기기도 했다. 그러나 그건 어쩌다 있는 일이었다. 그래서 그녀는 해마다 가을만 되면 이른 아침 주인 없는 동산에 올라 밤새 떨어진 대추나 아람 불은 알밤을 주워 나르기도 했다. 그렇게 모은 것이 잘하면 두어 말이 될 수도 있었는데, 그것을 내다 팔았을 때 그녀는 비로소 아들의 속옷이며 몸보신 시킬 닭이며 인삼 한 뿌리라도 생각해 보는 것이었다.

바람 한줄기가 지나갔다. 그녀는 호미를 놓았다. 두더지처럼 마구 땅을 파 대던 그녀의 호미날에 성급하게 자란 더덕줄기가 걸려 뽀얀 진액을 뿜고 있었다.

어머니, 여긴 몹시 추워요. 부탁이에요, 어머니. 제가 입던 속내의와 털양말을 좀 넣어 주세요…….

못된 놈! 누가 잡초처럼 엇길로 가랬어. 누가!

그녀는 다시 호미를 잡고 콩콩 땅을 찍어 댔다. 그러다가 호미를 던지고 일어났다.

그녀는 다시 남은 술을 툭툭 털어마시고 부엌을 나섰다. 별안간 현기증이 머리통을 꽉 조였다. 그녀는 잠깐 부엌 문설주를 잡고 있다가 천천히 사랑방 쪽으로 고개를 돌렸다. 문종이가 떨어져 나간 외짝 바라지 문살 틈으로 쥐 한 마리가 머리를 내밀고 반들반들한 눈으로 그녀를 쳐다보고 있었다. 그녀는 단걸음에 다가가 왈칵 문을 열었다. 쥐는 간 곳이 없고 컴컴한 방 안에 갇혀 있던 퀴퀴한 습기가 그녀를 덮쳤다. 시어른이 돌아가신 뒤로 아들이 차지하고 언제나 늦도록 공부를 하던 방……. 그녀는 문지방에 털썩 주저앉았다.

엄마, 나 법무부 장관이 될껴.

법 장관? 어따, 그렇키 높은 사람이 되면 어쩔란디?

엄마 비행구 태우고 세계일주 시켜 주는겨.

비행구는 어지러버 싫은디?

그럼, 금반지 사 줄까?

아녀, 국이가 참말로 그런 사람이 되믄 갈치, 고등어, 명태, 조
기, 소갈비 …… 듬뿍듬뿍 사서 잔치를 하는겨.

엄마, 괴기 먹고 싶은겨? 지금 가서 미꾸리 잡아오까?

그녀의 눈에 굵은 눈물이 매달렸다. 그녀는 얼른 손등으로 눈물을
문질러 버렸다. 망할 놈! 그녀는 눈을 부릅떴다. 더덕밭 저쪽 끝머
리 조팝나무 사이로 빈 함지를 이고 내려가는 부녀회장의 모습이 안
개 사람처럼 어른거려 보였다.

엄마, 붙었어! 붙어! 돈도 쬐끔만 내면 되여!

대학에 붙던 날 아들은 밭 사잇길로 달려오며 소리쳤었다. 그녀는
버선발로 뛰어나가 아들을 얼싸안았다.

어이구, 내 새끼! 니가 어떻키 그 벌을 땄냐? 내 창다구에서 나
온 것이 뭔 심줄로 법 장관이 되는 핵꼴…….

그날 이장과 마을 사람들이 언덕뻬기의 이 외딴집으로 몰려왔었
다.

국이 엄마, 이제 홀아씨 고생은 다 끝난겨. 아, 옛날에 이강석이
도 들어가지 못한 핵교 아니냠? 국이는 인물이여. 우리 마을에 인물
이 났단 말여.

아들이 금덩이, 별덩이같이 그저 신기해 보이던 날, 그녀는 서방
보다 먼저 시어른을 생각했었다. 서방이라고 해야 고작 3년을 함께
살았을 뿐이었다. 국이가 세 살이 되던 해에 늦은 입대를 하더니 무
슨 액신이 불렀는지 월남으로 갔고 곧 제대해서 귀국한다던 사람이

뼛가루만 돌아왔다. 그녀는 늙은 시아버지와 어린 아들을 짐짝처럼 남겨 두고 죽어 버린 서방이 야속해서 울고 또 울었다. 그러자 시어른이 말했다.

넌, 국이가 있는데도 그렇게 우느냐.

외아들을 잃고도 묵묵히 손자에게 생선을 발라 주던 어른이었다. 그리고 아들의 목숨값을 받았을 때는 한 열흘 집을 비우더니, 어느 날 느닷없이 돌아와서는 천자문 한 권과 더덕 씨를 내놓았다.

텃밭에 이 더덕을 해 보아라. 한 3년 잘 기르면 잡곡보다 훨씬 이문이 많다더라.

그리고 손자의 손을 끌고 사랑으로 가서는,

국아, 이 할애비도 등 너머 쬐끔 본 글이라 잘은 모른다. 그러니까 오늘부텀 국이랑 할애비랑 천자공부를 하는겨. 그라고 내년에 핵교에 들어가서는 언문공부를 하는겨. 알았쟈?

일곱 살짜리 국이는 한 달 만에 책씻이를 했고 그날 노인은 장에 가서 고기 한 근을 사왔다. 그렇게 13년간이나 한지붕 밑에서 살아온 시어른, 품일을 나가 늦게 돌아올 때는 처마 밑에 훤한 전기불을 내걸어 놓았고, 깨나 콩을 이고 장에 갔다가 어두워서 돌아오면 언덕빼기 자드락길까지 나와 기다리던 어른이었다.

그녀의 가슴에 잔잔한 물결이 일었다. 그 물결은 흐느낌처럼 조금씩 폭을 넓히더니 어느 순간 그녀의 심사를 왈칵 거머쥐었다. 아녀! 그녀는 손바닥으로 가슴을 툭 쳤다. 더럽게 괴기를 밝히던 늙은이였어. 멸치도 괴기라고 그것마저 넣지 않으면 된장국에 수저도 대지 않은겨. 걸핏하면 애를 데리고 개울로 나가 천렵을 하면서 손자의 머리통을 여물게 하려면 괴기를 많이 먹여야 한다고 말했지만, 실상은 당신 입을 모시느라 그랬던겨. 제 아들이 죽었다는데도 입에 괴기를 넣으면서 산 사람이 중하다고 주절댔잖남. 그게 어디 애비로서

할 짓인겨. 그려, 그 영감 죽을 때를 보란 말여. 열 세 살배기 손자 된장찌개엔 멸치가 들어가고 당신에겐 그게 없다고 턱없는 노망을 떨더니 끝끝내 괴기타령을 하면서 죽었잖남. 국이놈 못되게 된 것도 다 그 할애비 탓인겨.

그녀는 문지방을 차고 일어났다. 전에는 시어른이 국이의 가리사니를 깨쳐 줬다고 믿어 왔었다. 그러나 이제 아니었다. 노인이 애초에 그놈의 천자책만 사 오지 않았어도 국이는 공부엔 인이 박이지 않았고 그 무서운 대학까지 들어가지도 않았을 것이다.

그녀의 가슴에 걸쭉한 기름 같은 것이 부글부글 끓어올랐다. 그녀는 그것을 잦혀 버릴 듯 밭 쪽으로 활활 걸어갔다.

그녀는 호미를 들기 전 잡초가 무성한 밭을 휘둘러보았다. 그 더덕밭은 이제 넝마가 되어 버린 자신의 육신이었다. 그러자 가슴이 벌쭉 열리면서 비수 같은 악의가 솟구쳤다. 그녀는 잽싸게 호미를 들었다. 그때 누군가가 언덕으로 쑥 올라와 그녀의 집 길로 들어섰다. 그녀는 공연히 놀라서 풀썩 주저앉았다. 가슴이 쿵쿵 뛰었다.

그날도 그랬다. 지난 가을이었다. 안성아줌마가 돌아가고 막 사진틀을 바라보고 있을 때 웬 낯선 남자가 기척도 없이 문을 열었다. 그녀는 너무 놀라서 하마터면 소리를 지를 뻔했다. 30대로 보이는 그 사나이는 방 안을 훼훼 둘러본 뒤 대뜸 국이는 어딜 갔느냐고 물었다.

국이라구유? 그애가 어째 집에 있남유. 핵교에 있지.

그녀는 벌렁거리는 가슴을 가까스로 억누르고 그렇게 대답했다. 사나이는 고개를 갸웃거리며 이상하다, 집에 갔다고 했는데 하고 중얼거렸다.

아, 그럼 국이네 핵교가 벌써 방학을 했남유?

그녀가 되묻자 사나이는 그게 아니라…… 하고 말꼬리를 흐렸다.

그때쯤 또 한 사나이가 뒤꼍을 돌아 나와 사랑방 문을 열어 보고 있었다.

근디 댁들은 뉘시오?

국이 학교 선뱁니다. 좀 만날 일이 있어서요.

무례한 작자들이긴 했지만 국이 선배라니까 조금 마음이 놓여서 그녀는 안으로 들어올 것을 권했다.

아, 아닙니다. 바쁜 일이 있어서……. 다음에 또 오죠.

그리고 사나이들이 등을 돌렸다. 몇 걸음 걸어나가다가 한 사나이가 마을 앞 조비산을 가리키며 친구에게 말했다.

저게 옛날엔 조패산이었대. 한양을 등진 산…… 그래서 역적산이라고 했다더군.

흠, 그래서 역적산이 역적놈을 낳았단 말인가?

그 다음 말은 거리 때문에 들리지 않았다. 역적산과 역적놈? 이상하게도 그 말이 오래도록 그녀의 머릿속에서 떠나지 않았다. 그리고 보름쯤 후였다. 이번엔 국이의 학교 친구가 찾아왔다.

국이 어머님, 보름 전에 국이가 집으로 오다가……. 지금 교도소로 넘어갔습니다.

교도소? 죄수놈들이 사는 데 말인겨? 옳지 그러니까 우리 국이가 벌써 그 법 장관인가 하는 시험에 붙어 버렸단 말인겨?

그게 아니라…….

그게 아니라면?

그녀가 다그쳐 물었다. 법 장관이 되겠다던 자식이 법관은커녕 죄수가 되어 잡혀갔다는 것이었다.

"국이 엄마, 마음 붙들었구먼."

가까이 온 사람은 남자같이 생긴 끝자 엄마였다. 그녀는 정신을 가다듬고 둘레둘레 호미를 찾았다.

"그려, 고생하는 자식을 보더라도 국이 엄마가 마음 잡아야 하는 겨."

그녀는 대꾸도 않고 여뀌풀을 획획 뽑아젖혔다. 언제는 뺄갱이 자식이라고 그렇게 쑥덕거리더면…….

"근디, 내일 우리 모 좀 안 심어 줄겨?"

"그럴 힘 없구먼."

그녀가 퉁명스럽게 내뱉었다.

"그럼, 국이네 산달뱅이는 안 심을겨?"

"아, 남이야 심든 말든 뭔 참견인겨?"

그녀가 버럭 역정을 내자 끝자 엄마는 고개를 내저으며 돌아갔다.

된서리가 내리고 첫 얼음이 얼던 날, 아들 친구가 또 찾아왔다.

국이 어머님, 면회를 좀 가세요. 어머니 외엔 아무도 면회가 되지 않아요. 국인 지금 칫솔도 양말도 없이 그 차가운 마룻바닥에서 고생하고 있습니다. 어머님, 부탁입니다. 칫솔과 수건만이라도 좀 넣어주세요. 여기 다 사 왔습니다. 책과 영치금…… 친구들이 점심을 굶으면서 모은 돈입니다. 어머님, 이해하시고 제발…….

학생들이 놓고 간 물건 봉지는 여섯 달 동안이나 방 웃목에 있었지만 그녀는 한번도 거들떠보지 않았다. 역적이 된 놈을 내가 왜 찾아! 그놈은 내 자식이 아녀.

그녀는 입을 앙다물고 쇠비름잎을 암살스럽게 뜯어내고 있었다. 술기운 탓인지, 아니면 햇살 때문인지 입술이 바삭바삭 말라 들었다.

어머니, 어머님은 아시죠. 전 어릴 때부터 나쁜 짓은 하지 않았습니다. 대학에 와서도 배운 대로 배운 만큼만 행위했을 뿐입니다. 교수님도, 책에서도 말했습니다. 법은 만민의 평등을 위해 존재하고 지식은 억압받는 사람들을 위해 쓰여져야 하며 세상의 모든 학문은 사람과 사람들의 삶을 향상시키는 데 그 본디 목적이 있다······. 그렇습니다. 어머니, 전 세상을 향해 그것을 외쳤습니다. 어머니께서 그토록 싫어하시던 나쁜 짓, 그런 짓을 한 게 아닙니다. 그런데도 어찌하여 어젯밤 꿈에도 어머님은 절 보지 않겠다고 돌아앉으시기만 합니까. 어머니, 보고 싶어요. 한 번만이라도 얼굴을 보여 주세요. 그리고 말씀 좀 해주세요. 넌 아직도 내 아들이라고. 애비 없는 후레자식도, 어머니를 욕되게 한 그런 자식도 아니라고 !······

그녀의 팔꿈치가 부르르 떨렸다. 아녀 ! 넌 내 자식이 아닌겨 ! 그녀는 꾹 입술을 물었다. 마을 사람들이 수군거리고 자식에 대한 자존심이 여지없이 짓밟히던 날, 자신의 몸뚱이가 온통 걸레쪽이 되던 그날, 그녀는 가슴에 튼튼한 기둥을 박았던 자식놈을 통째로 뽑아 내고 말았다. 그리고 텅 빈 자리에 소주를 채웠다. 그런데 어인 일일까. 그 웬수놈의 자식은 한치도 떠나지 않고 낮이나 밤이나 그녀 주위를 맴돌며 분심만 일으켰다.

국이 어머님, 국이는 난리를 꾸민 게 아닙니다. 그 죄를 벗을 때까지 국이가 용기를 잃지 않도록 어머님이 도와 주십시오.

국이 친구가 무릎을 꿇고 애원했을 때도 그녀는 끝끝내 등돌린 채 차라리 그놈이 죽어 없어지기를 바랬었다.

그녀는 호미를 놓았다. 이마에 맺힌 땀방울이 앞섶에 떨어졌고 날카롭게 닳은 호미날에서는 터무니없이 고운 빛살이 톡톡 튀었다. 쥑일 놈, 이 에미더러 일 년 반만 참으라고, 그러면 졸업한다고 그렇게 나불거려 놓구선······. 그녀는 냉큼 다시 호미를 들었다. 그러나 왠지 호미 자루가 그녀의 손아귀에서 스르르 빠져나가는 것이었다.

첫해 여름방학을 맞아 집으로 돌아온 국이는 정말로 의젓하고 귀골스러웠다.

엄마, 집에 있을 땐 그저 엄마 고생하는 것만 보이더니 서울에 가서 보니 다른 사람들의 고생도 보이는겨.

　그때 그녀는 가리사니가 트인 놈이라 역시 대견한 말만 한다 싶었다. 그래서 시어른이 살아 생전 곧잘 하던 말을 흉내내며 그려, 남아이십이면 천하를 흔든다고, 세상 두루두루 봐야 하는겨 하고 맞장구까지 쳐 주었다.

　흥, 제 에미 고생, 남의 고생 보던 놈이 할 게 없어 죄인이 되여? 그녀는 다시 호미를 쥐었다. 그러나 자꾸만 손아귀에 힘이 빠졌다.

　작년 여름방학 때 국이는 닷새만 집에 있었다. 그동안 칙간을 퍼서 풀두엄을 만들고 산에서 적토를 져 와 허물어진 부엌 토벽을 바르고 장독대에 금송화도 갖다 심었다. 그 꽃은 뱀을 막는다 하여 해마다 그녀가 심어 왔으나 홀아낙 살림이라 미처 손이 가지 않았던 것을 녀석이 그렇게 챙겨 심은 것이었다. 그리고 점심을 먹으면서 국이가 말했다.

　엄마, 우리 친구들이 날더러 농돌이라고 불러. 농부의 자식이란 말이지.

　뭐이? 농사꾼 자식이라고 누가 업신여긴다 말여?

　그게 아니라, 훌륭한 농투성이 아들이란 뜻인겨.

　원, 무지랭이 농투사니가 뭐이 훌륭하단겨?

　엄마, 가만히 생각해 봐. 남자야 돈을 잘 벌어 오든 말았든 여자는 집안 살림을 알뜰하게 꾸려 나가려고 하잖아? 나라 살림도 그런겨. 농사꾼과 공장 사람들이 이 나라 살림을 악착같이 살아 주니까 위대하다는겨.

　그리고 떠나던 날 국이는 말했다.

　엄마, 이제까지는 도덕과 양심과 사람살이 공부를 했지만 곧 법공부를 할겨. 그래서 훌륭한 법 장관이 될겨.

　미친놈! 훌륭한 법 장관이 된다던 놈이 해필이면 까막소로 가?

그녀는 힘껏 호미를 내리쩍었다. 그 바람에 더덕 두 뿌리가 한꺼번에 뽑혀 나왔다. 그녀는 멈칫 호미를 놓고 더덕을 집어들었다. 못 받아도 50원씩은 받을 놈이잖여······.

엄마, 장에서부텀 걸어온겨? 창식이네 딸딸이도 나갔다는데 그거라도 얻어타고 오지 그런겨?

나도 얻어탈까 했는디 사람이 원캉 많아야지. 그래서 그냥 걸어온겨.

얼마나 발이 아플까?

중학생짜리 국이가 그녀의 발을 어루만지며 그저 안쓰러워 어쩔 줄을 몰라했었다.

국아, 이 에미가 늙어서 더러워지믄 어쩔겨? 그래도 에미랑 살겨?

국이가 종아리를 주물러 줄 때 그녀가 물었다.

내 엄만데 뭐이가 더러와?

병들어 누운 자리에 똥오줌을 싼다믄 말여.

내가 깨끗이 닦아 줄겨.

그녀의 눈에 눈물이 핑 돌았다. 그 눈물들이 더덕 위로 툭툭 떨어졌다. 근디, 그놈이 뭣 땀시 뻘갱이짓을 했단겨? 머리가 꽉 찬 자슥이 무슨 헛구녕으로 그런 쩔 져?

국이 어머님, 그 죄를 벗을 때까지 좀 도와 주십시오.

그려, 액신이 붙은겨. 내가 그 자슥을 잘 아는디, 내가 그 창다구 꺼정 아는디······. 그러자 별안간 말라붙은 젖 줄기에서 세찬 아픔이 곤두섰다. 때문에 한참 동안 꼼짝할 수가 없었다. 이윽고 그녀는 혹 큰 숨을 내쉬었다. 그려 그려. 이 미련한 년이 자슥보다 못한 생각을 한겨. 자슥보다 못한······. 그녀는 어느새 들고 있던 더덕을 땅에 묻고 있었다. 그리고 뒤돌아보았다. 까뒤집힌 더덕이 여기저기서

시든 얼굴로 그녀를 바라보고 있었다. 그녀는 돌아앉아 그것을 하나
씩 묻어가기 시작했다.

　내일부텀 깨끗이 풀을 매 줄겨. 암, 말목도 박고……. 누에 집에
가믄 잎을 먹이고 버린 뽕대가 많을겨. 그걸 얻어와 박아 주고 산에
가서 잘 썩은 엽비도 긁어 오고……. 아녀, 순서가 틀린겨.

　그녀는 호미를 던지고 벌떡 일어났다. 그리고 바삐 집 쪽으로 걸
어갔다. 역광이 수건을 쓴 그녀의 콧등에서 고롱고롱 숨바꼭질을 했
다. 그녀는 수건을 벗어 흙손을 문지르고 성큼 방 안으로 들어갔다.
그녀는 먼저 농문부터 열었다. 가방…… 그려, 가방을 찾아야지.
그녀는 허둥지둥 가방을 찾아 아들의 속옷을 챙겨 넣었다.

　지금 당장 가야 하는겨. 걸어서라도 가야 혀.

　그녀는 너무나 바빠진 나머지 아들 사진을 보는 것도 잊고 왈캉 문
을 열었다.

아 들

　그는 분수대를 한 바퀴 돌았다. 아들놈은 보이지 않았다. 그는 사방을 두리번거렸다. 노인들이 한가롭게 앉아 있는 계단 그 위쪽에서 젊은 여인이 아기의 손을 잡고 내려오고 있었다. 아기는 갓 돌이 지난 듯했고, 젊은 엄마는 꼬마의 서툰 걸음마를 도와 천천히 계단을 밟아내렸다. 그의 입가에 미소가 떠올랐다. 그는 그쪽을 향해 한 발 내딛었다.

　그때 건물 꼭대기에서 해가 불쑥 고개를 내밀며 그의 시야를 가로막았다. 그는 눈을 가리고 주춤 뒤로 물러났다. 잠시 눈앞이 캄캄했다. 그는 다시 볼 수 있을 때까지 몇 번이나 눈을 껌벅거렸다. 이 무슨 착각인가. 그는 세차게 머리를 흔들며 이번엔 계단 쪽이 아니라 북쪽 건물을 쳐다보았다. 거기 건물 시계가 있었다. 빨간 전광판으로 된 숫자가 9시 49분에서 막 50분으로 바뀌고 있었다.

10분 전이군. 그는 가방을 추스리고 분수대 난간에 걸터앉았다. 아내는 매사에 애발라서 육아에도 극성이었다. 어디서 주워들었는지 태교 운운하면서 임신중 한참이나 부부관계를 거부하더니 백일 수수떡을 해 먹고부터는 자주 나들이를 강요했었다. 무엇이든 많이 본 애가 똑똑하다구요. 그 말은 아내의 전주곡이었다. 딴은 창경원 하마를 보고 어린놈이 좋아할 땐 아내가 아기의 마음을 척척 알아내는 요술장이 같기도 했었다. 그는 가방을 무릎에 올렸다. 그 속엔 김밥과 찐 계란, 도우넛과 우유 등이 들어 있다. 아들놈과 대공원에서 먹을 것들이었다. 그는 이 음식들을 사는 데도 꼬박 4, 50분을 잡아 먹었다. 하긴 서울 지리도 많이 달라졌어. 전에 없던 건물들이 길을 턱턱 막아섰으니 ……. 한데 이녀석은?

그는 벌떡 일어나 주변을 살펴보았다. 아무도 없었다. 다시 시계를 올려다보았다. 55분이었다. 그런데 이앤 버스를 타고 올까 아니면 지하철? 그 방향도 지하철이 개통되었나? 어쨌거나 좀 늦을 수도 있겠지. 아직 5분 전이었지만 그는 그런 생각을 했다. 자기 역시도 새벽부터 서둘렀지만 종각에 내렸을 땐 9시였음을 상기했다.

그는 난간에 도로 앉아 가방의 지퍼를 열고 내용물을 살펴보았다. 도우넛과 우유도 흐트러짐 없이 그대로 들어 있었다. 그는 안심하고 다시 지퍼를 채웠다. 그리고 그는 또 한번 주위를 돌아본 후 손을 머리로 가져갔다. 모자는 똑바로 씌워져 있었다. 문득 아들의 고수머리가 떠올랐다.

11년 전이던가, 아들을 순산했다는 전갈을 받고 집으로 달려갔을 때 아내는 혼곤히 잠들어 있었고, 그 옆엔 배내옷에 싸인 갓난애가 고물고물 움직이고 있었다. 그렇게 신기한 일이 세상에 또 있을까. 아기의 머리카락이 흡사 파마를 한 듯 동글동글 말려 있는 게 아닌가. 그는 그만 웃음을 터뜨리고 말았다. 그 바람에 잠이 깬 아내가 눈을 흘겼다.

— 이이 좀 봐. 애 낳은 사람 고생은 염두에도 없고 자기 머리 닮은 것만 좋아하시네.

그는 또 모자를 만졌다. 그 순간 정문 앞에서 만난 교대근무자의 말이 생각났다.

— 오늘 특박인가? 한데 그 모자가 옷에 비해 너무 새거로군.

이 모자는 한 달 전 출감자에게 부탁해서 차입받은 것이었다. 그는 그 모자에다 미리 구김살을 만들지 못한 것이 큰 실수처럼 여겨졌다. 마음 같아서는 지금이라도 손질을 하고 싶었지만, 그러나 벗을 수가 없었다. 그는 가방을 둘러메고 돌아서서 분수대를 바라보았다. 하얀 물줄기가 거침없이 뻗어내렸다. 꽉 막힌 음식물이 내려가듯 조금이나마 가슴속이 후련했다. 그는 오늘 아침에도 잠깐 이런 기분을 맛보았다. 수염을 깎고, 세수를 하고, 아침 관식을 먹고 영치되어 있던 돈과 옷을 찾아 입고 정문을 나서기까지……. 그 과정은 마치 안으로 맴돌기만 하던 물줄기가 비로소 수로를 찾은 것과 같았다.

그러나 겨울이 오면 이 분수 역시도 다시금 갇히고 말겠지…….

그의 얼굴에 성큼 그늘이 다가섰다. 그는 얼른 물에 손을 적셨다. 그리고 그 물을 찍어다 바지의 주름살을 펴기 시작했다.

"아빠."

한 소년이 그를 불렀다. 고수머리였다.

"익수야, 익수구나!"

그는 와락 소년을 껴안았다. 소년에겐 아직도 어릴 때의 냄새가 남아 있었다.

"많이 자랐구나, 많이도……."

그의 손은 게걸스런 짐승처럼 소년의 팔과 다리를 만져 댔다. 익수야, 아빠는 말이다. 너의 살을 만져 보는 게 소원이었단다. 그의 손길은 어느새 소년의 엉덩이로 해서 고추 쪽을 더듬고 있었다. 소년은 슬며시 궁둥이를 빼냈다.

"아빠, 남들이 보잖아."

"이녀석아, 아빠가 아들 고추 만지는 건 흉이 아니야."

소년은 연시 같은 얼굴로 수줍게 웃었다.

"아빠, 빨리 오려고 했는데 버스가 자꾸 늑장을 부리잖아."

"아직도 늦지 않았는데?"

그는 몸을 일으켜 아들의 고수머리를 손바닥으로 비볐다.

"아빠보다 먼저 와 있으려고 했거든."

"그래도 소용없을걸?"

그는 완고한 할아버지처럼 말했다. 그러자 아들이 조금 긴장하는 눈치였다.

"무슨 말이야?"

"아빠도 익수보다 먼저 도착하려고 딱 마음먹었단 말이야."

비로소 아들의 얼굴에 긴장이 걷혔다.

"내가 보고 싶었어?"

"어디, 보고 싶었다 뿐이겠느냐?"

그는 가방을 추스리고 아들의 손을 잡았다.

"그럼 …… 감독이 안 보내 준 거야?"

아들이 재우쳐 물었다.

"응?"

"사우디에서 말야?"

"그래."

그는 대충 대답을 하고 아들의 손을 끌었다. 소년은 안 끌려가려고 잠깐 발을 뻗디뎠다. 그가 놀란 눈으로 소년을 바라보자 소년은 장난이라는 듯 곧 헤헤 웃었다.

"아빠, 사우딘 무척 덥다며?"

아들이 그의 손을 힘껏 흔들며 말했다.

"덥지."

"지난 겨울 여긴 굉장히 추웠어."

"나도 걱정했단다. 옷이라도 사 보내고 싶었지만……."

"알고 있어."

"뭘 말이냐?"

그가 얼른 되받아 물었다.

"거긴 겨울옷이 없잖아."

"이녀석 아는 것도 많구나."

그는 아들의 궁둥이를 철썩 갈겼다.

"아무리 추워도 꾹꾹 참았어. 아빤 더운 나라에서 고생하시는데
……."

그는 뭐라고 말해 주고 싶었지만 무슨 말을 해야 좋을지 알 수 없
었다.

그들은 지하도를 빠져나왔다. 거대한 '교보' 건물이 그들 앞을 가
로막았다.

"아빠, 이 건물 참 높으다 그치?"

아들은 까마득한 건물을 올려다보며 말했다.

"그렇구나."

"아빠도 사우디서 이런 건물 짓는다며?"

"누가 그러데?"

"엄마가 그러던데? 사우디 가기 전에도 아빤 근사한 주택과 고층
아파트도 지었다고. 그래서 이담에 우리 집도 예쁘게 지을 거라고."

"엄마가 언제?"

"전에."

아 들
•

　그래, 집을 짓는 일이라면 안해 본 게 없단다. 처음엔 골재등짐을 지고 4, 5층까지 비계다리를 오르내리기도 했지. 기소도 파고 콘크리트도 치면서 그렇게 뼈가 굵었단다. 그러다가 제법 이력이 붙어 건설회사 소속으로 일할 때 네 엄마를 만났지. 그때만 해도 내 앞날은 툭 터진 대로는 아니라 해도 잘 닦인 소로쯤은 되었단다. 까짓 것 현장 총감독쯤이야 언제 해먹어도 해먹을 것이고 집칸이나 지니면 처자식과 더불어 오순도순 사는 게 뭐가 그리 어렵겠니. 밑천이라고 해야 튼튼한 육신뿐이지만, 그래도 네가 생겼을 땐 작은 전세방도 얻고 살았단다. 내 꿈이 더도 말고 좋은 아빠가 되는 것이었는데…….

　그는 아들의 손을 잡아 끌고 버스정류장으로 향했다. 소년은 버스를 타고도 끊임없이 재잘거렸다. 학교 이야기, 반친구들 이야기……. 그리고 임신한 여선생 이야기를 시작했다.

　"아빠, 있지. 영수란 애가 공부시간에 장난을 치다가 선생님한테 벌을 받았어. 근데 있지? 교탁 옆에서 두 팔을 들고 있다가 갑자기 선생님의 둥그런 배를 노려보는 거야. 그리고 뭐라고 말했는지 알아?"

　"글쎄."

　"너 이 자식, 그 뱃속에서 나오기만 해봐라. 내가 가만둘 줄 아니? 이러는 거야."

　"하하, 그녀석 보통이 아니구나."

　"그랬더니 선생님이 어쩌셨는지 알아?"

　"어쩌셨는데?"

　"얘 영수야, 용서해 줄께. 그럼, 선생님 뱃속에서 애기가 나왔을 때 너도 가만둬 줄래? 이러시는 거야."

　그는 큰소리로 껄껄 웃었다. 그렇게 재치가 있다면 익수에게도 분명 좋은 선생이리라 싶었다. 그건 기분 좋으면서도 안심되는 일이었

90

다. 게다가 아들놈은 조리 있게 얘기를 전달하는 법도 알고 있었다. 이녀석은 커서 뭐가 될까. 돌 실타래와 연필과 양초를 두고 기어가 잡게 했을 때 아이는 먼저 양초를 집어 들었다. 아내는 손뼉을 치며 틀림없이 대통령이 될 거라고 장담을 했고, 그는 아들을 번쩍 안아 들고 말했다. 튼튼하게만 자라거라……

그는 소년의 갈비뼈로 손을 넣고 꽉 당겨 안으며 속으로 중얼거렸다. 흔히들 말하지. 말 잘하면 변호사가 될 거라고. 너도 변호사가 될지도 모르겠구나. 그렇다면 아들아, 널랑 네 가정과 사회를 건강하게 하는 그런 변호사가 되려무나.

버스가 대공원 앞에 세워졌다. 부자는 손을 꼭 잡고 버스에서 내렸다. 일요일이어서 그런지 표를 사기 위해 줄을 선 사람들이 많았다. 그는 얼핏 뒤를 돌아보았다. 거기 신문좌판대에 낱담배를 팔고 있었다. 한 개비만 살까……. 그는 그만두고 아들의 손을 잡아 쥐었다.

대공원 안은 사람들로 붐볐다. 어린애를 데리고 나온 젊은 부부들, 할머니 손에 끌려 가는 꼬마, 풍선 장수 앞에 몰려 있는 아이들……. 그는 잠깐 현기증을 느꼈지만 재빨리 마음을 가다듬었다.

"풍선 하나 사 줄까?"

사방을 두리번거리는 아들에게 그가 물었다.

"아빠두 참, 내가 어린애야?"

"그럼, 솜사탕은 어떠냐?"

"단것 먹으면 이빨이 썩는대."

"아빠가 사 주는 건 괜찮을 거야."

그는 솜사탕 장수 앞으로 아들의 손을 끌었다. 들들들 돌아가는 기계 속으로 장사꾼은 연신 하얀 설탕을 넣었다. 그는 무심코 그 안을 들여다보았다. 설탕의 입자가 하얀 거미줄로 분해되면서 위로 떠

오르고 있었다. 어느 양심수가 하던 얘기가 생각났다. 원심분리기
알죠? 제아무리 담력이 강철인 사람두요, 원심분리기에 넣겠다고 하
면 얼굴이 샛노래진대요. 일단 거기 들어가면 고도의 회전에 의해 사
람은 형체도 없어진다나요. 남는 건 피나 뼈가 아니라 오직 몇 방울
의 물뿐이랍니다. 아, 물론 실제 그런 게 사용되고 있는지 어떤지는
확인한 바 없지만 말입니다……. 교도소는 마치 이야기의 난지도
같은 곳이다. 사회인들이 뱉어 낸 오만 가지 이야기들이 쓰레기처럼
실려 오는 곳, 재소자들은 그 허접쓰레기를 뒤져 그날의 시간을 요리
한다. 그는 얼굴을 찌푸렸다. 밖에 나와서까지 그곳 생각을 하다니.
더욱이 아들놈 앞에서. 그는 장사꾼이 뭉쳐 준 솜사탕을 받아 아들에
게 쥐어 준 다음 그곳을 떴다.
　"아빠, 저기 사슴 좀 봐."
　소년이 사슴 방목장으로 그를 이끌었다. 어미사슴이 새끼의 엉덩
이를 핥아 주고 있었다. 그 모습을 보자 그도 참을 수가 없었던지 아
들을 번쩍 들어 올려 목말을 태웠다.
　"싫어. 난 무섭단 말야."
　"시멘트 부대 하나보다 가벼운데?"
　"정말?"
　소년이 그의 귀에 입을 바짝 대고 물었다.
　"그렇대두."
　그는 무섭지 않다는 걸 보이기 위해 아이의 두 손을 잡고 둥개 춤
을 추며 걸었다. 그때 달콤한 그 무엇이 가슴속으로 찰랑찰랑 넘쳐
왔다. 그것의 정체는 목덜미 뒤를 부드럽게 누르는 아이의 고추였
다.
　"아빠, 그만 내릴께."
　소년이 걱정스럽게 말했으나 그는 그저 싱글벙글 웃었다. 자식놈

고추의 느낌이 왜 그렇게 기분이 좋은지는 알 수 없었지만 그는 연신 웃으며 겅중겅중 뛰고 있었다.

"아빠, 저기 땡땡이 기차 있다. 우리 그거 타자."

"땡땡이 기차를 타고 어딜 가시렵니까, 도련님?"

그가 취바리 흉내로 얼러맞추자, 소년이 얼른 되받았다.

"아빠의 나라로!"

"아빠의 나라에 가서 무얼 하시렵니까?"

"함께 살려고 그런다. 어서 가자!"

함께 살려고…… . 그 말은 불시에 날아온 화살처럼 그의 갈비뼈를 쏘았다. 그래도 그는 어깨춤을 추면서 걷고 있었다.

"좋아요, 도련님. 어서 가시죠."

그는 아들과 함께 땡땡이 기차를 타고, 허니문카를 타고, '요술의 집'을 구경했다.

"자, 이제 우리 익수의 배시계가 얼마나 고픈지 귀 한번 대볼까."

그는 아이의 배로 귀를 가져갔다.

"배시계?"

소년은 그 말이 재미난지 걀걀걀 웃어 댔다.

"어이구, 뱃속에서 얼른 밥 들여보내라고 쪼르륵 신호를 보내는데?"

"아빠 배시계도 고파?"

"그래, 저기 동산에 가서 점심 먹자."

"점심 싸 왔어?"

"그럼, 너 도나스 좋아하지? 찐 계란도 있어."

그는 사람들이 한적한 동산으로 올라가 잔디 위에 자리를 잡았다. 그리고 가방을 열고 김밥과 우유 등 준비해 온 것들을 하나 하나 꺼내 놓았다.

"야! 별난 거 별난 거 다 있구나."

소년은 시장했던지 급히 도우넛을 집었다. 그는 우유를 따서 아들 손에 들려 주었다.

"체할라, 천천히 먹어라. 우유도 마시면서."

"아빠도 먹어."

소년은 김밥 하나를 집어 주었다. 그는 그것을 받아 한입 베물다 말고 아들을 물끄러미 바라보았다. 넌 그래도 이 애비보다 낫구나. 그는 자신이 어렸을 때의 일을 떠올렸다. 아버지와 함께 밥을 싸 들고 산비탈에 있는 천수답 논에 피를 뽑으러 갔을 때였다. 그는 피 한 줌 뽑고 해를 보고 또 한 줌 뽑고 해를 보곤 했었다. 얼른 밥을 먹고 싶었던 것이다. 해가 머리꼭대기에 오기도 전에 그는 마침내 소리치고 말았다.

— 아부지 점심 묵읍시더.

— 오냐, 묵자.

그가 논물로 발을 씻는 사이 아버지는 싸릿대를 꺾어 젓가락을 만들어 왔다. 한데 도시락은 하나였다. 그는 도시락이야 몇 개든 간에 급히 뚜껑을 열고 밥을 퍼먹기 시작했다. 아버지는 한 젓가락을 뜨고는 슬그머니 손을 놓고 도랑 저쪽으로 갔다. 그가 도시락을 말끔히 비우고 아버지를 찾았을 때 아버지는 풀더미를 헤치고 며느리배꼽 잎을 훑어 먹고 있었다.

— 아부지 뭐 하닝겨?

그러나 아버진 얼른 입술을 닦은 뒤 한 손을 내밀었다.

— 웅냐, 이거 묵어라.

그건 빨갛게 익은 멍덕 딸기였다.

"아빠, 왜 그러구 있어?"

소년이 물었다.

"응, 할아버지가 하시던 말씀을 생각했다."

"할아버지가 뭐라셨는데?"

"네 할아버진 늘 말씀하셨단다. 이 세상에서 가장 좋은 게 뭐냐
......."

"그게 뭔데?"

"그건 말이다. 아들 입에 밥 들어가는 것과 논에 물 들어가는 거
라고 ...."

"그야 그렇겠지. 아들은 밥을 많이 먹어야 얼른 자라고 논에는 물
이 잘 들어가야 벼가 많이 열리니까."

"이녀석, 너 정말 모르는 게 없구나."

그는 아들의 고수머리를 잡아 흔들었다. 아들은 배시시 웃으며 그
의 손을 끌어내려 가만가만 만지기 시작했다.

"아빠, 난 아빠를 몰라보면 어쩌나 걱정했었어."

소년이 나직한 목소리로 말했다. 그래, 나도 니가 아빠라고 불렀
을 때 무척 놀랐단다. 만 네 살 때 헤어진 아빠의 얼굴을 어떻게 알
아보았을까 ....

"혹시나 해서 사진을 들고 왔지만 사진 안 봐도 금방 알아보겠던
데? 어딘가 좀 달라 보이기도 했지만 말야."

그리고 소년은 혹시나 해서 들고 왔다는 사진을 잠바 주머니에서
꺼내 보였다. 그 사진은 익수가 돌 때 아이를 가운데 하고 아내와 함
께 찍은 가족사진이었다.

"아빠 가질래?"

그가 한참 동안 사진을 보고 있자 소년이 말했다.

"아니다. 이건 니 사진이잖니."

아내의 얼굴이 망막 가득 떠올랐다. 그녀가 마지막으로 면회 온
것은 4년 전이었다. 그날 아내는 2분이 지나도록 아무 말도 없이 고

개를 떨구고 있었다. 그 역시 입을 열지 못했다. 아내 마음속에 갇혀 있는 생각들이 입 밖으로 나오기만 하면 어떤 폭발물이 될 것 같아 그는 두려웠다. 이윽고 아내가 한숨처럼 말했다.

— 아이가 입학을 해요.

그 말뿐이었다. 그때 그는 몹시 아내의 손이 잡고 싶었다. 재소자들은 누구나가 말한다. 가장 절실한 건 새끼보다 마누라 궁둥이지. 그건 누구라 해도 마찬가질걸? 면회시간이 끝났다. 아내가 그보다 먼저 돌아섰다. 그때 그는 아내의 등에다 대고 다급하게 말했었다.

— 누님한테 가 봐. 익수 책가방과 공책을 사 주실 거야.

아내는 잠깐 멈추었다가 그대로 나가 버렸다. 그리고 며칠 후 도착한 편지엔 자식놈과의 이별을 고하고 있었다. 난 아이를 혼자 맡을 자신이 없어요. 공장에 취직을 하든 다시 식모살이를 시작하든 아이를 데리고는……. 그렇다고 넉넉하게 살지도 못하는 당신 누님에게는 차마 맡길 수가 없구요. 그래서 당분간 익수를 떼어 놓기로 했어요. 아래 주소가 그애 있는 곳이에요……. 아내가 적어 보낸 주소는 고아원이었다.

익수가 고아가 된 지도 4년……. 그렇게 염려했던 아들은 의젓한 소년으로 자랐다. 얼마나 많은 나날을 이놈 때문에 잠을 설쳤던가. 낙수물 소리만 들려도 강냉이죽 먹는 모습을 상상했고, 눈만 내려도 얼어 죽는 꿈을 꾸었었다. 그는 먼 허공을 바라보았다. 처음 얼마 동안은 아내를 원망도 했었다. 나가기만 하면 죽여 버릴 테다.

그러나 그는 차츰 아내를 이해하기 시작했다. 남다르게 영리하고 샘이 많은 여자였지만 현장소장 집에서 10여 년간 남의집살이를 한 사람이었다. 학벌 없고 친척 없는 그녀가 혼자 무슨 능력으로 아이를 키우고 또 가르칠 것인가. 그래 고아원에 가면 공부는 할 수 있다. 그래서 아내가 그렇게 사랑하던 아들을 고아원으로 보냈는지도 모른

다……. 한데 그뒤 왜 한 번도 면회를 오지 않았을까. 대구로 갔다
가 다시 안양 교도소로 이감했기 때문에 그녀가 주소를 모르는 것일
까. 그는 아들을 만난 순간부터 아내의 소식을 묻고 싶었지만, 그럴
때마다 어떤 두려움이 그 욕구를 가로막았다.

"아빠, 난 매일 아빠 편지를 읽었어."

소년이 빈 우유통에다 계란 껍질을 주워 담으며 말했다.

"개나리 필 때쯤 귀국하마……. 그런데 봄은 자꾸 늑장을 부리잖
아."

"그래도 개나리는 피었잖니."

그가 한참 만에 아이의 말을 받았다.

"그 다음 편지를 받았을 때도 개나리는 눈도 틔우지 않았어. 사월
인데……, 그래서 얼마나 걱정했는지 몰라. 오늘도 아빠가 안 오시
면 어쩌나……."

"약속은 아빠가 했는데 왜 안 오겠냐?"

"그럼, 이제 안 가?"

소년이 그를 빤히 쳐다보며 물었다. 그는 슬그머니 시선을 떨구었
다.

"편지를 썼잖니. 이번엔 휴가라고……."

소년은 다시 계란 껍질을 주워담았다. 그 동작이 어떻게나 조심스
럽던지 마치 또박또박 글을 쓰는 듯했다. 그는 자꾸만 성이 말랐다.
아내가 아빠는 외국으로 돈 벌러 갔다는 말만 하지 않았던들, 그는
아들에게 자신의 입장을 설명했을 것이다. 어디 그뿐인가. 아들에게
걱정과 사랑이 넘치는 편지를 매일매일 띄우고 싶었지만 그런 가능
성마저도 아내는 애초부터 잘라 놓고 말았다. 생각 없이 지껄인 말
한마디가 이렇게 벽을 만들고 있다는 걸 아내는 알고 있을까. 7년 모
범수에 하루 특박(特泊)이 허용된다는 말을 들었을 때, 그는 간신히

출소자 인편을 생각해 냈고 그래서 아들에게 두 번 편지를 보낼 수가 있었다. 그 편지를 쓰면서 귀국이란 말과 사우디란 말을 기입하고서도 뭐가 걸린 듯 가슴이 답답했었다.

이윽고, 소년이 김밥을 먹은 도시락 껍질과 빈 우유통을 들고 일어났다.

"아빠, 이것 버리고 올께."

"그래. 빨리 갔다 오너라."

아들이 동산을 내려갔다. 꽃나무 사이로 가렸다보였다 하면서 소년은 길가에 놓인 쓰레기통까지 가서 손에 든 것을 집어 넣었다. 그리고 아이는 잠깐 동산 위를 올려다보며 저 아래 갔다 오겠다는 손짓을 보냈다. 화장실에라도 가려는 모양이었다. 그는 바쁘게 내려가는 아들의 뒷모습을 무연히 바라보았다.

7시까지야. 교도소 소장의 말이 이명으로 들려왔다. 한 시간만 늦어도 내년 혜택에 지장이 있다구. 물론 자네야 알아서 할 사람이지만 말이네. 그는 해를 쳐다보았다. 해는 구름을 밀어내고 바쁘게 흘러갔다. 그는 얼른 길 아래쪽을 더듬어 보았다. 아들놈은 보이지 않았다. 그는 다시 해를 보았다. 해가 시계판으로 보이면서 작고 큰 바늘이 아주 빠른 속도로 돌아가고 있었다. 3시, 4시, 5시, 6시, 7시……. 그리고 별안간 사방이 캄캄해졌다. 그는 진저리치듯 몸을 뒤집고 잔디밭에 엎드렸다. 시간은 항상 나를 배반해. 뻥끼통에서 내다보던 해는 바늘 없는 시계판이더니……. 그는 팔뚝을 이빨로 잘근잘근 깨물었다. 자칫 머릿속의 모든 생각들이 쭈뼛쭈뼛 날을 세울 것만 같았다. 그는 세차게 고개를 흔들었다. 앞으로 8년, 그건 잠깐이야, 잠깐……. 그는 눈을 감았다. 승식의 얼굴이 하얗게 떠올랐다.

승식은 함께 서울로 온 고향 친구였다. 전기 회사에 취직했을 때 반드시 일류기술자가 되겠다고 다짐하던 승식이 어느 날 실직했다면서 아파트 현장으로 그를 찾아왔다. 그날 저녁 그가 소주를 샀다. 술기운이 돌자 승식은 그의 손을 잡아당겨 딱딱해진 굳은 살을 어루만졌다.

— 너나 나나 출세하겠다고 서울까지 와서는 죽도록 노예생활만 했구나.

그 목소리가 하도 비장해서 그는 조용히 타이르듯 말했다.

— 남 밑에서 일한다는 게 다 그렇지 뭐.

그러자 승식이 결기를 세웠다.

— 우리가 노동력을 판 것이지 노예가 되겠다고 한 건 아니잖아? 한데 내가 떨려난 그 회사는 근로자들이 전부 기계나 짐승인 줄 안단 말야. 단 일 분만 지각해도 수위실에서 되돌려 보내질 않나, 일요일 도 없이 나날이 잔업이지, 어쩌다 몸살이 나서 휴일 근무에 빠져도, 민방위 시간에 졸아도 가차없이 해고를 시켜 버리니 이게 어디 사람 이 일할 곳인가?

그래서 승식은 노조를 결성했다는 것이다. 그리고 첫 모임을 열어 임금인상 · 상여금 · 차별대우폐지 · 휴가제 등 다양한 의견을 발표하고 있을 때 회사 간부들이 각자 몽둥이를 들고 들이닥쳤다는 것이었다.

— 닥치는 대로 몽둥이를 휘두르면서, 빨리 해산 안하면 다 죽이 겠다는데 ……, 참 살벌했었지. 그래도 우린 물러나지 않았어. 얻어 맞아 피를 흘리면서도 그들을 설득해 보았지. 노조가 쟁의만을 위한 수단이 아니라 합법적으로 서로의 권익을 회복하자는 것이다 …….하지만 말야. 아무리 설명을 해도 회사에는 절대 노조를 허용하지 않 겠다는 거야. 얼간이 같은 고용주들이 글쎄, 노조가 결성되면 그날 부터 근로자들이 자기 주머니를 털어먹는 강도로 변하는 줄 안다니까. 그저 근로자란 기계나 짐승이 되어야 한다고 생각하는 그런 놀부

심보로 무슨 창의적인 제품이 생산되겠어? 사실 노조는 노동자의 권익도 있지만, 그와 더불어 회사의 안정과 사회의 발전도 도모하거든. 한데 그 지폐대가리들은 몰라. 기껏 머리 쓴다는 게 날 불러다 승진은 물론, 월급도 듬뿍 올려 줄 테니 노조를 빨리 해산시키라는 회유책이니……. 그래 내가 말했지. 총무부장님, 이건 우리가 뭐 중뿔난 도깨비가 되겠다거나 상전 노릇을 하자는 게 아니잖습니까? 서로 정당하자는 것뿐입니다. 그래야 근로자도 살고 회사도 살죠. 그랬더니 권고사직을, 아니지, 더 정확히 말해서 강제퇴직을 당한 거야.

그리고 승식은 노동청에다 고발하고 노조본부에 진정을 냈다고 덧붙인 다음 거푸 두 잔의 술을 비웠다.

— 그런데 자네 같은 일을 한 사람들이 이긴 사례도 있나?

그가 조심스럽게 물었다.

— 있지. ㅈ제약 회사 화학노조가 그 케이슨데, 그 이름난 제약 회사에서도 초창기 땐 탄압이 지독했다더군. 노조탄압을 중지하라고 조합원들이 농성을 하면 직원들이 공갈을 치고 집단구타를 하고, 그것도 모자라 눈을 찌르고……. 그랬지만 말야, 결국 그 옹고집 설립자도 자신의 무지를 깨달았다나. 지금은 오히려 적극적으로 후원한다더라.

그는 회사에 다녀 보지 않아서 승식의 말을 다 이해하지는 못했다. 그러나 올곧은 승식이가 허튼 일을 저지르고 다닐 성품이 아니란 것만은 잘 알고 있었다. 그래서 무엇보다도 먼저 그 친구의 생활 걱정이 앞섰는지도 모른다.

그는 빈 잔에 술을 채우며 물었다.

— 그나저나 앞으로 생활은 어쩔 참인가?

— 별수 없잖아. 그 일이 해결 날 때까진 날품이라도 팔아야지.

　승식은 매우 자조적이었지만 그는 녀석의 어린 딸을 생각했다. 뜻
이야 어떻든 우선 가족들 생계는 해결해야 한다. 그래서 그는 잡역부
라도 할 것을 권했고 다음날 현장감독에게 승식을 부탁했다. 한데 나
중에 안 일이지만 현장감독은 승식에게 일당 중에서 1할을 떼기로 한
조건을 내세웠다는 것이다. 어쨌거나 녀석은 잡역부가 되어 자갈질
통을 지고 비계를 오르내렸다.

　그렇게 한 달쯤 되어 가던 어느 날이었다. 노동청으로부터 연락
오기를 애타게 기다리던 승식은 기술자로서가 아니라 공사장 노무자
로 죽고 말았다. 3층에서 추락한 것이었다. 경찰은 실족사로 단정했
다. 그는 믿을 수가 없었다. 게다가 비계다리도 아닌 3층에서 떨어
졌다는 게 아무래도 이상했다. 그는 승식과 한 조로 일하던 인부들을
찾아갔다.

　— 어제도 그 사람은 감독한테 따지겠다고 벼르더니만…….

　— 뭘 따져요?

　— 허, 이 사람도 이 회사에 명줄 걸려 있다고 소식이 깡통일세.
애초에 감독이 약속하기를 이번 공사 끝나고 강남 쪽 맨션으로 넘어
갈 그때도 인부 교체는 않겠다고 했지.

　그건 자재관리 함바〔飯場〕에서도 다 알고 있는 사실이다.

　— 그래서요?

　— 막말로 그래서 우리가 잠자코 1할을 상납한 게 아닌가. 아, 그
런데 그게 틀어졌다는 게야. 십장도급제로 넘기라는 상부 지시가 있
어서 부득이 그 약속을 이행할 수 없다더군. 그러면서 그게 못마땅한
사람은 당장 그만두어도 좋다나, 허 참…….

　문제는 거기에 있었다. 승식의 성질에 그걸 참을 수 없었을 것이
고, 그래서 감독한테 따지다가 변을 당했을지도 모른다. 더욱이 현
장감독의 임시막사가 또한 그 3층에 있지 않은가. 그는 소장에게 전

화를 걸어 십장도급제에 대해 알아보았다. 그런 걸 지시한 사실이 없다는 것이었다. 이제 실마리가 잡혔다. 오래도록 아내를 데리고 있었던 소장이 그에게 있는 사실을 없다고 말할 리도 없었다.

그는 저녁 무렵 삽을 챙겨들고 3층으로 올라갔다. 그리고 먼저 주위를 살폈다. 오른편 저쪽에서 벽과 베란다 공사를 해 오고 있었지만 반넬로 세워 만든 감독 막사 이쪽엔 바닥과 기둥뿐이었다. 승식은 바로 여기서 뒷걸음질치다가 실족했을 가능성이 컸다. 그는 막사 옆에 삽을 세워 두고 감독을 불러냈다.

— 왜, 자재 착오라도 생겼나?

승식과 친구란 걸 잘 알면서도 감독이 시침을 뗐다.

— 승식이 왜 물먹이려 했소?

그가 단도직입적으로 묻자 감독의 안색이 싹 달라졌다.

— 그건 그 사람뿐만 아니라 전 잡역부들을…….

— 그게 바로 당신 착상이라던데?

— 무슨 소린가?

— 당신은 상부의 지시라고 했다지만, 상부에서는 그런 사실조차도 모르고 있던데?

— 다 아는 처지니까 사실대로 말하지. 그 친군 불순분자야. 자네도 알다시피 여긴 이백 명 가까운 잡역부들이 있어. 한데 전에 있던 회사에서처럼 인부들을 쑤석거려 봐. 그럼, 그 사후대책은 누가 책임 지지?

— 그래서 회사에서 먼저 승식을 없애 달라고 했소?

— 아니, 이 자식이 누굴 잡으려고 그런 터무니없는 모함을!

— 그게 아니라면 어째서 삼층에서 그런 일이 일어났단 말이오!

— 그 자식이 따지러 왔더군. 도급젠가 뭔가로 인부 교체한다는 것이 자기 때문임을 안다. 그렇다 해도 그건 부당하니까 고발하겠다

······ 원, 말 같은 소릴 해야지.

—승식이가 말한 게 또 있을 텐데. 당신은 교묘한 미끼로 인부들의 노임을 뜯어먹고······.

—난 그런 사실 없어!

감독이 재빨리 부인했다.

—그리고 승식은 말했어. 그 모든 사실을 사장께 알리든가 아니면 사기로 고발하겠노라고. 그래서 당신은 궁지에 몰린 거야. 그 궁지를 모면하자면 승식을 죽여야만 했어!

그리고 그는 잽싸게 삽을 집어 들고 감독 앞으로 바싹 다가들었다. 감독은 떡잎처럼 부들부들 떨며 뒤로 물러났다.

—난 삽을 사용하지 않았어.

엉겁결에 감독이 실토한 말이었다.

—바로 그거야. 당신은 나처럼 이렇게 한 발 한 발 다가든 거야. 그러면 등 뒤 감각이 둔하니까 자연히 밀려가다가 실족하게 되는 거지.

그는 삽을 쳐들고 더 바싹 밀어붙였다.

—아니야, 난······.

—물론 당신은 손가락 하나 까딱 않고 그 귀찮은 존재를 없애 버릴 수가 있었어. 바로 이렇게.

그는 삽날을 획 내밀었다. 그렇다 해도 난간까지는 1.5미터는 족히 남아 있을 때였다. 별안간 감독이 악을 썼다.

—그놈은 빨갱이야! 죽어 마땅할 놈······.

빨갱이란 말만 하지 않았어도 마음을 돌이킬 여유는 있었다. 그는 참을 수가 없어 삽날을 휘둘렀고, 감독은 떨어지지 않으려고 난간에서 안간힘으로 버티었으나 결국 추락하고 말았다. 감독은 자기가 이용했던 수법과 똑같은 방법으로 그렇게 죽었다. 비록 몇 시간 후에

숨을 거두긴 했지만.

그는 그뒤 자신이 어떻게 했는지는 기억이 희미했다. 덤프트럭 기사가 "죽지 않았다! 앰블런스! 앰블런스!"하고 소리친 것과 달려온 경찰에 자수한 것은 마치 꿈속같이 아련했지만, 판사의 언도만은 아직도 생생한 이명으로 남아 있었다. 15년!

그때쯤 소년이 돌아왔다. 그는 잠들어 있었다. 소년은 가만히 아빠를 내려다보았다. 반쯤 벗겨진 모자 사이로 빡빡 깎인 민머리가 보였다. 소년은 조심스럽게 그 모자를 바로 씌워 주고 발치께로 가서 그의 다리를 흔들었다. 그는 소스라쳐 놀라며 벌떡 일어났다.

"아빠, 왜 그래?"

아이도 깜짝 놀랐는지 눈이 둥그레졌다. 그는 재빨리 모자를 만져 보았다. 그것은 그대로 잘 씌워져 있었다. 그는 민망한 듯 비로소 웃었다.

"아빠, 이것 피워."

소년이 그에게 담배 두 개비와 성냥을 내밀었다.

"이것 사러 내려갔었니?"

아들이 고개를 끄덕이고 성냥을 내밀었다.

"이런 건 안 피워도 되는데…….."

그는 아들이 내미는 성냥불로 담배를 댕겨 물었다. 연기를 길게 내뿜었으나 가슴에 뜨거운 것은 그대로 꽉 막고 있는 것 같았다. 앞으로 8년이다. 행여 특사라도 받게 되면 더 빠를 수도 있어 익수야, 그때까지만 건강하게 자라 다오. 아빠가 사회인이 되면 넌 걱정 없다. 지난 7년 동안 아빠 목공·용접·선반 기술까지 두루 익혀 두었다. 밖에 나와서 정말로 해외취업이라도 하게 되면 어디 대학뿐이냐, 유학이라도 시켜 주마. 정말이란다. 아빠 자신이 있어. 그는 급하게 담배를 빨아 댔다.

"아빠, 담배가 그렇게 맛 있어?"

아들이 얼굴을 바짝 디밀고 물었다. 그는 고개를 끄덕였다.

"그것 다 피우고 식물원 가자."

"다 피웠다. 얼른 가자꾸나."

그는 남은 담배 한 개비와 성냥을 주머니에 챙겨 넣고 꽁초를 버렸다.

해가 기울기 시작했다. 오후 5시경 그들은 광화문행 버스를 탔다. 버스는 만원이었다.

"아빠!"

먼저 밀려들어간 아들이 저 안쪽에서 그를 불렀다.

"오냐, 간다."

그는 사람들을 비집고 안으로 들어갔다. 그러나 두서너 사람을 사이에 두고 몹시 뚱뚱한 중년남자가 그들을 가로막고 있어 더 이상 파고들 수가 없었다.

"아빠."

다시 익수가 그를 불렀다.

"여기 있다."

"어서 와."

그는 아들 곁으로 가려고 다시 한번 중년남자를 밀쳐 보았다. 빽빽한 사람들 틈에 낀 그 중년은 꼼짝도 하지 않았다.

"죄송합니다만, 저쪽에 내 아들이 있어서…….."

"아들이 아니라 할애비라도 상황이 이렇잖소, 좀 참으시오."

소년이 몇 번이나 불안한 목소리로 그를 불렀고 그 역시 아들 쪽으로 연신 손을 더듬는 사이 버스가 종각 앞에 세워졌다.

수유리 쪽 버스를 갈아탄 뒤부터 소년은 졸기 시작했다. 오늘 나들이가 아이에게 피로를 준 모양이었다. 그는 조는 아들을 꼭 끌어안고 차창 밖을 내다보았다. 해가 서쪽 건물 위에서 자맥질하고 있었다. 7시까지야……. 그는 바스러질 듯이 얼굴을 비벼 댔다.

버스에서 내려 그들은 한적한 길로 접어들었다. 해가 자꾸 그의 발길을 가로막았지만, 그는 아들의 손을 꼭 잡고 묵묵히 걸었다. 저만큼 고아원 건물이 보일 때쯤 소년이 걸음을 멈추었다.

"아빠, 언제 또 와?"

"내년에……. 그땐 선물 많이 사 올께."

그는 빈 가방을 추스리며 말했다.

"선물 안 사 줘도 좋아. 꼭 나오기만 해. 알았지?"

"꼭 나오고말고."

소년은 잠깐 머뭇거리다가 그의 손을 놓아 주었다.

"아빠, 어서 가 봐. 나도 빨리 가서 자야 내일 학골 가지."

"그래……."

그는 주머니를 뒤졌다. 3천 5백 원이 남아 있었다. 그는 5백 원을 남기고 3천 원을 아들 손에 쥐어 주었다.

"싫어. 아빠 차 타고 가야지."

소년이 손을 감추었다. 그는 웃으며 아이의 손을 끌어냈다.

"아빤 안주머니에 또 있어. 여름이 오면 우유도 먹고 싶고 얼음과자도 먹고 싶을 텐데, 우선 이 돈 갖고……."

소년이 돈을 받아 쥐고 먼저 돌아섰다. 그는 무슨 말인가 꼭 할 이야기가 있을 것 같아 아들의 등을 향해 손을 내밀었다. 그러나 저녁 햇살이 그 생각을 가로막았다.

소년은 걸음을 멈추었다. 그리고 뒤를 돌아보았다. 급하게 뛰어가는 아빠의 모습은 마치 석양에 둥둥 밀려 가는 듯했다. 소년은 입술을 깨물었다. 아빠, 지난 겨울에 난 아빠 걱정을 얼마나 했는지 몰

라. 그 안엔 몹시 춥다던데 ……. 이불도 없이 맨마루에 잔다며? 그
래도 난 알고 있어. 우리 아빠 절대로 죽지 않는다는 걸.

소년은 토달토달 걷기 시작했다. 그리고 참 아빠, 엄만 또 애기를
낳았대. 잊어 버려. 내가 있잖아. 소년은 고개를 들어 언덕 위를 바
라보았다. '천사고아원'에서 누군가가 달려나오는 모습이 뿌옇게 흔
들려 보였다.

가자, 우리의 둥지로

1

  녀석은 탁자에 이마를 박은 채 꼼짝도 하지 않았다. 나는 잔과 술병을 놓고 소리가 나게 위스키를 따랐다. 그래도 녀석은 얼굴을 들지 않았다. 술 한잔이면 정신이 나겠다더니 어째 기척이 없을까. 머리가 벗겨져 민 듯한 속살이 보이는 녀석의 정수리엔 허연 비듬이 비늘처럼 일어나 있었다. 마흔도 안 된 자식이 벌써 늙은이 꼴이군.
  녀석을 만난 것은 한 시간 전쯤 교회에서였다. 목사의 설교가 막 끝나갈 무렵 한 사나이가 뛰어들었다. 바로 녀석이었다. 녀석이 느닷없이 고함까지 질러 댔지만 나는 이 고향 친구를 처음엔 알아보지 못했다.

"목사! 내 아내를 내놔! 여긴 니가 믿는 하나님 앞이다. 어서 회개하고 내 아내를 돌려 줘!"

장로가 벌떡 일어났다.

"감히 신성한 성전과 하나님의 종을 모독하다니! 이(李)집사, 뭘 하시오? 어서 끌어내요."

사나이가 목사를 향해 의자를 던졌다. 다행히 의자는 피아노 옆에서 박살이 났고, 때마침 달려든 이집사가 사나이의 먹살을 잡아쥐었다. 사나이는 집사의 손을 뜯어내면서 다시 소리쳤다.

"남의 유부녀를 가지고 노는 놈, 그런 놈도 하나님 종이냐! 목사, 어디 니 입으로 말해 봐, 정말 그러냐!"

목사는 고개를 꺾고 자신의 손만 내려다보았다. 언젠가 이집사가 날 찾아와서 하던 말이 생각났다. "우리 교회 허목사, 참으로 인격자입니다. 나이 서른 넷인 젊은 목사인데 설교도 아주 신선해요. 더욱이 한국에서 어중이떠중이로 들어온 그런 목사가 아니라 미국에서 정코스로 신학을 공부한 진짜 실력파지요."

문간까지 질질 끌려가던 사나이가 한순간 집사를 획 뿌리치고 다시 뛰어드는가 했더니, 이번엔 신도들을 향해 외쳐 대는 것이었다.

"여러분! 여러분들은 아시잖소? 날 좀 도와주시오. 내 아내를 돌려주도록 목사를 좀 설득해 주시오. 제발! 제발 말 좀……."

"뭘 하시오. 저 미친 자를 썩 끌어내요!"

장로가 소리 치며 사나이 쪽으로 달려갔다. 그리고 집사와 합세해서 사나이를 끌고 나갔다. 사나이가 안 끌려 나가려고 몸을 비틀 때 나는 비로소 그 얼굴을 자세히 볼 수가 있었다. 어디서 본 듯한 얼굴이었다. 멋대로 자란 수염과 초라한 몰골, 어디서 봤을까. 내 식당에는 가끔 알거지가 된 교민이 찾아온다. 그들은 거의 마리화나나 알콜중독자들로서 한끼의 식사나 몇 푼의 돈을 요구하지만 가끔은 고

국으로 돌아갈 여비를 구걸하는 사람도 있다. 그럼 그들 중 한 사람
인가?

사나이가 휙 몸을 젖히더니 이집사의 허리께를 걷어찼다. 집사는
바닥에 나동그라지면서 "폴리스! 폴리스!"하고 악을 썼다. 참 이
상한 분위기였다. 교회에서 경찰을 불러오란 것도 그렇지만 그 난동
에도 불구하고 신도들이 전혀 관여하지 않는 점도 얼른 납득이 가지
않았다. 잠시 후 집사가 다시 일어나 장로와 함께 사나이를 문 밖으
로 내동댕이쳤다. 사나이는 땅바닥에 널브러지면서 복통이라도 온
듯이 도르르 허리를 말았다.

문득 사나이의 얼굴을 확인하고 싶어졌다. 나는 집사가 막 끌어
닫는 문을 다시 밀고 밖으로 나갔다. 핏기가 가시고 수염이 더부룩한
사내, 그가 바로 10여 년 만에 만난 이 친구였다.

"태민이 아니냐. 니가 도대체 왜 이런……."

그가 가만히 눈을 뜨고 나를 쳐다보았다. 그리고 조그만 소리로
중얼거렸다.

"핫택이야. 때때로 이런 증세가……."

"그럼 병원으로 가야지."

나는 녀석을 안아 일으켰다. 그는 고개를 저었다.

"위스키 한잔이면 풀릴 거야."

이녀석이 알콜중독자가 되었나? 그래, 한번씩 고향에 갈 때마다
녀석 대신 여기저기서 만나지던 소문…… 태민이 그 자식 영등포 역
전에서 깡패짓을 한대……. 그렇다면 중독 증세를 은폐하기 위해
심장통이란 말을 주워대는지도 모르겠군. 나는 그런 이유로 해서 아
내와 아이들이 있는 집 대신 하루 휴업중인 내 식당으로 녀석을 데려
온 것이다.

"자, 술이다."

나는 술병을 만지작대다 녀석의 어깨를 흔들었다. 그는 고개를 들어 술잔을 당겼다. 때묻은 소맷자락이 손등까지 밀려나와 있었다. 오랜만에, 그것도 미국 땅에서 만나는 고향 친구가 이런 꼴을 하고 있다니…… 녀석이 잔을 비웠다. 엷은 갈색의 술이 그의 얼굴로 흡수된 듯 조금씩 화색이 돌아왔다.

"여기가 니 식당인가?"

녀석이 주위를 돌아보며 물었다. 나는 고개를 끄덕였다.

"성공했구나."

그래, 다니던 대학마저 그만두고 집에 내려와 빌빌거릴 때를 생각한다면 성공한 셈이지. 식당에다 개인주택, 10만 불 가까운 캐시북도 있으니까. 그런데 어째서 늘 헛배가 부른 듯 진정한 포만감이 느껴지지 않을까.

"술 더 따르랴?"

"아니, 조금 있다가."

그리고 녀석은 나를 쳐다보았다. 정신이 좀 드는 걸까, 그 눈엔 새삼스런 반가움이 왈칵 눈물처럼 쏟아졌다. 나는 술병을 한옆으로 옮겨 놓고 불쑥 물었다.

"한데, 교회에서 왜 그랬니?"

녀석이 눈살을 찌푸렸다.

"니가 그 교회에 나간다니 정말 뜻밖이구나. 그래, 언제부터 나갔니?"

"삼 주째야. 한국인 교회니까 그냥 나가 보는 거지."

이민 와서 몇 년 동안은 교포들이 싫었다. 서로 헐뜯고 이용하고, 그러면서도 이국에서까지 패가 갈리는 민족은 우리뿐이라고 저마다 개탄이나 하고…… 그러나 살다 보니 보기만 해도 좋은 건 역시 동족뿐이었다. 그래서 이집사가 목사 자랑을 늘어 놓았을 때도 나는 엉뚱하게 동포들의 얼굴을 실컷 볼 수 있겠구나, 하는 생각을 했었다.
한데도 첫날 장로가 "잘 나오셨습니다. 이런 기회에 한(韓)선생 레
스토랑 선전도 좀 하시구요, 허허"하고 웃었을 땐 괜한 모욕감을 느
끼기도 했다. 이런 데까지 와서 선전하지 않아도 잘 운영해 왔는데
……. 그러나 나는 그 기분을 곧 내 과민성으로 돌려 버렸다.

"미국엔 언제 왔니?"

내가 물었다.

"사 년째야. 지긋지긋해. 어서 이놈의 땅을 벗어나고 싶어."

그가 빈 잔을 노려보며 말했다.

진심일까. 아니, 70만 교민들 중에 과연 몇 사람이나 저런 생각을
할까.

"아까 목사한테 아내를 내놓으라고 하던데?"

녀석의 표정이 단박에 헝클어졌다. 마치 마구 흩트려 놓은 실꾸리
처럼 점점 더 복잡한 그늘이 그 얼굴에 드리워졌다.

"어떻게 설명해야 할까……. 디즈니랜드 〈만스털 집〉가 봤지?
그 컴컴한 동굴에 꼼짝없이 갇힌 기분이야."

그리고 녀석이 나를 주시했다. 그렇다고 내 반응을 살피는 것이
아니었다. 그저 하고 싶은 이야기가 터질 것 같다는 표정으로 그렇게
보고 있었다. 서두를 것 없어, 시간은 얼마든지 있으니까. 어쩌다가
하필이면 그 마왕의 동굴에 갇히게 되었는지 천천히 이야기해 보렴.

나는 그의 빈 잔에 술을 채웠다. 녀석은 술 한 모금으로 목을 축인
뒤 입을 열었다.

2

처음 미국에 도착했을 때 땅이 그토록 넓다는 것에 그는 우선 놀랐다. 1에이커의 넓은 정원이 딸린 집을 마련한 것은 이민 1년 뒤였다. 그를 초청해 준 누이 집에서 새 집으로 이사를 하던 날 그는 아내에게 말했다.

— 이십 년만 페이하면 완전히 우리 집이야. 고향에 있을 땐 이만한 저택 꿈도 못 꿔 보았지, 안 그래?

얼마 동안 아내는 집을 가꾸고 호박이며 배추씨를 구해다 뜰에 심기도 했다. 그렇게 해서 호박이나 된장찌개가 식탁에 오르는 날이면 그는 어린애처럼 자신의 소망을 펼쳐 보이기도 했다.

— 여보, 난 부자가 되겠어. 땅 부자가.

슈퍼마켓과 호텔 식당, 하루 두 군데 일을 해도 피곤 때문에 그 소망이 흐트러지거나 상한 적은 없었다. 주 60시간의 일을 마치고 늘어진 개구리 모양 곤한 잠을 자면서도 그는 언제나 흰 말을 타고 영토를 정복하는 꿈을 꾸었다. 1백 에이커! 1백만 에이커! 1천단 에이커! 그 꿈은 차라리 기도였다. 슈퍼마켓에 물건을 수송해 주는 한 동포가 금강산 구경을 하고 왔다고 자랑을 늘어 놓았을 때 그는 터무니없게도 이북 지도만큼 미국 땅을 소유하리란 공상을 했다.

그런데 언제부턴가 아내가 그의 꿈을 방해하기 시작했다. 막 한 고을을 정복하고 승리의 환호를 올릴 때쯤 아내의 서늘한 손이 그의 아랫도리를 잡았다. 여보, 나에겐 잠이 필요해. 당신은 모르겠지만 일할 땐 단 1분도 앉을 수가 없어. 그러나 아내는 사흘을 그냥 넘기지 못했다. 꿈이 아쉬워 등이라도 돌리면 다음날 히스테리를 일으켜 괜한 일로 울거나 까닭 없이 그를 괴롭혔다. 한데도 그는 언제나 그

사실을 까먹었고 아내는 날로 집요하게 그의 사추리를 자극했다. 제
발 자게 내버려 둬. 여보, 그런 것쯤은 얼마든지 참을 수 있잖아.
아니, 참아 줘야 하잖아. 당신 말대로 아이들 잘 키우고 우리가 부자
가 되려면 난 일을 해야 돼. 그러다가도 얼른 정신이 들면 그는 아내
를 끌어안았다. 그래, 사랑해 줘야지. 내 아내니까. 그는 아내의 가
슴을 파헤치고 입술을 묻었다. 화가 난 아내는 살기처럼 성욕을 돋우
었고 그 역시 욕구를 고취시키려고 애무를 하고 또 했지만 아내의 가
슴에서 묻어나는 건 자신의 곰삭은 구취뿐이었다. 그는 참패하지 않
으려고 매번 안간힘을 쓰면서 아내에게 왜 전에 없던 버릇이 생겼는
지 불현듯 의아해졌다.

"자넨 맞벌이 부부가 아니었지?"

도중에 내가 불쑥 물었다. 그가 갑작스런 질문이 의아했던지 한참
이나 멍하게 바라보다가 천천히 고개를 끄덕였다.

"그런데도 세탁기며 청소기, 디시왓시까지 몽땅 갖췄을 테고?"

"그랬지. 한국에선 고생만 시켰으니까."

"그럼, 자네 부인은 진종일 텔레비전만 봤겠군 그래."

"거야 뭐 어떤가."

시애틀에 사는 한 친구의 일이 생각났다. 그 친구는 노모와 함께
전가족이 이민을 와서 변호사 자격 시험을 준비하고 있었다. 아이들
은 학교로, 아내는 직장으로 나가야 했으므로 집안살림은 자연히 노
모가 맡게 되었다. 며느리는 그것이 죄스러웠던지 그야말로 접시 닦
는 기계까지 들여 놓고 음식마저 오븐에 넣기만 하면 먹을 수 있는
인스턴트로 냉장고를 채웠다. 노모는 할일이 없었다. 식구들의 속옷
만은 비눗물로 폭폭 삶아야 한다고 삶을 빨래라도 챙길라치면 며느
리는 세탁기에 코락스를 풀어 돌리다가 드라이에 넣으면 더 깨끗하
다고 그것마저 못하게 하는 것이었다. 그래도 처음 노모는 집 안을

샅샅이 뒤져 작은 거미줄까지 찾아 털어냈지만 그 일이라고 늘 있는
것이 아니었다.

노모는 진종일 텔레비전 앞에 앉아 있었다. 소일거리라곤 그것뿐
이었다. 그러다가 서서히 텔레비전 포로가 되어 가족이 돌아와 뻐꾸
기 벨을 눌러대도 아주 굼뜨게 문을 열어 준 뒤 곧 텔레비전 앞으로
돌아가 버렸다. 그런가 했더니 어느 날은 중학교에 다니는 손녀의 짧
은 치마와 블라우스를 입고 파뿌리 같은 흰머리에 파랗고 빨간 핀까
지 조롱조롱 꽂고는 가족들 앞에서 야릇한 춤을 춰보이는 것이었다.
뿐만이 아니었다. 딱하게도 손자, 손녀 앞에서 젖가슴을 드러내 놓
고 맨다리를 쓱쓱 걷어올리며 섹시한 포즈를 취해 보이는 것이었다.
그러면서 노모는 말했다. "오늘 텔레비전에서 가르쳐 줬다. 어때 잘
하지?" 그 친구는 텔레비전을 없애 버렸지만 결국 노모는 정신병원
으로 가고 말았다.

그렇다면 이녀석의 아내가 갑자기 색을 밝히게 된 것도 텔레비전
영향이 아닐까? 아니면 소일거리가 없어서? 나는 그런 추측을 하며
손톱으로 탁자를 긁고 있는 녀석의 손을 내려다보았다. 그는 손짓을
멈추고 괜히 머리를 쓸어올리더니 다시 손을 탁자에 내려 놓고 입을
열었다.

"아무튼 아내가 교회를 나가기 시작했네. 난 다행으로 여겼지."
한국에서 군목을 하다 온 장(張) 목사가 낡은 교회를 빌려 막 신도
들을 모으던 중이었다. 그 교회에서 아내는 순이 엄마, 영희 엄마를
만났고 돌아올 때마다 한보따리씩 이야기를 안고 왔다. 글쎄, 영희
엄만 한국에 있을 때 미장원을 했었대요. 이제부터 우린 그 집에서
파마를 하기로 했어요. 순이넨 있죠? 막둥이 돌을 한국식으로 한대
요. 우리 그날 단술이나 실컷 얻어먹고 옵시다……. 그리고 팔을 걷
어붙이고 대청소를 하는가 하면 아이들 옷차림과 머리도 전처럼 신

경쓰기 시작했다. 옛날 사람들은 그래서 아내를 집 안의 해라고 불렀던가. 아내는 마술사처럼 집 안 구석구석 환한 빛을 뿌려두는 것이었다. 게다가 홀아비 장목사는 매우 친절했다. 영어도 운전도 할 줄 모르는 아내를 위해 자주 차로 데려 가고 또 데려다 주곤 했다.

그렇게 석 달쯤 지난 어느 날이었다. 오후 3시에 슈퍼마켓 일을 마치고 언제나 그렇듯 그는 바삐 차를 몰아 집으로 돌아왔다. 그래도 25분이 경과했다. 5시까지 호텔 식당으로 접시를 닦으러 가야 하프로 샤워와 식사시간은 고작 한 시간뿐이었다. 그는 습관적으로 차문을 닫자마자 현관으로 달려갔다. 그리고 막 벨을 누르려다 주춤 손을 멈추었다. 전에 없이 문이 조금 열려 있었다. 권총 강도가 많다고 항상 문단속을 하라고 했는데……. 그는 문을 열고 들어가 나직이 아내를 불렀다. 대답이 없었다. 아이들 방에서 은희와 은아가 두런거리는 소리가 들려왔다. 그는 아이들 방 앞으로 갔다.

꼬마들이 크레용으로 벽에 낙서를 하면서 꿍얼꿍얼 중얼거리고 있었다. 그는 못 써, 하고 나무라려다 그만 입을 다물었다. 꼬마들이 그려 놓은 그림들이 여기저기 툭툭 불거져 나와 그의 시야를 압도한 것이었다. 그것은 남녀의 벌거숭이였다. 여자의 유방과 남자의 페니스는 모두 빨간색으로 그려져 있었다. 저애들이 제 에미와 날 저렇게 그리고 있는가? 언제 내가 저애들 앞에 벌거벗은 모습을 보였더란 말인가. 꼬마 은아는 언니 옆에서 남자의 성기를 당근 모양으로 그려 붙이며 "페디스……"하고 중얼거렸고 은희는 돌아보지도 않고 "노, 페니스"하고 점잖게 고쳐 주는 것이었다. 얼마나 그 일에 열중했던지 그애들은 아빠가 돌아온 것도 전혀 알아차리지 못했다. 그는 조용히 아이들을 꾸짖었다.

— 은희야, 그게 무슨 짓이지? 벽에다 낙서를 하면 또 페인트칠을 해야잖니.

꼬마 은아는 얼른 크레용을 뒤로 감추었으나 은희는 입만 비죽거
렸다.

— 페인트칠 다시 하면 되잖아.

만 여섯 살짜리 은희가 대들듯이 말했다.

— 물론 다시 하면 되지. 그러나 돈이 들잖니.

— 여기만 그린 줄 알어? 저기 창 밑에도 리빙룸에도 다 그렸다.

아무래도 아이의 태도가 예사롭지 않았다.

— 한데, 엄마는 어딜 갔니?

— 몰라, 목사아저씨랑 나갔어.

— 목사아저씨가 오셨었니?

— 그래. 아까 목사아저씨랑 엄마랑 아빠가 자는 방에서 발가벗고
잤단 말야.

그는 쿡 웃었다.

— 원, 은희야, 너 좋지 못한 꿈을 꾼 모양이구나.

— 꿈 아냐, 은아한테 물어 봐. 전에도 잤단 말야.

그는 똑바로 아이의 입을 쳐다보았다. 야무지게 옴찔거리는 어린
애의 입술에 어떤 고집이 서려 있었다. 만약 그게 사실이라면 이앤
오늘 처음 그 장면을 본 게 아닐 것이다. 그는 거실로 나와 카우치에
털썩 주저앉았다. 그러고 보니 아내는 이미 한달 전부터 아이들 방에
서 잠을 잤다. 밥만 차려 준 뒤 웃거나 얘기하는 일도 없이 곧장 아
이들 방으로 가 버리곤 했다. 그는 그 까닭을 가려볼 여유가 없었다.
아니, 고단한 남편을 위한 배려쯤으로 알았다.

아이가 따라나와 조금 간격을 두고 오도카니 서 있었다. 그는 나
사못처럼 박혀오는 은희의 까만 눈을 외면하고 벌떡 일어나 침실문
을 열었다. 모든 것이 잘 정돈되어 있었다. 한데 그렇게 정돈된 침대
가 별안간 벌떡 일어나 깔깔거리고 웃는 듯했고, 그는 마치, 그 침대

를 때려눕히듯 거칠게 문짝을 밀어닫았다. 그는 거실 블라인드를 걷
었다. 오후의 햇살이 벌거벗은 아내처럼 잔디 위에 드러누워 있었
다. 그는 왈칵 블라인드를 내리고 다시 카우치에 앉았다.

벨이 울렸다. 그는 재빨리 시계를 보았다. 5시 5분이었다. 이때쯤
이면 그는 이미 식당에 도착해서 음식 찌꺼기가 담긴 접시들을 디시
왓시에 집어넣을 시각이었다. 아마 아내는 그것을 계산하고 지금에
야 돌아온 모양이다. 다시 벨이 울리면서, 은희야 하고 부르는 소리
가 들렸다. 아이의 총총한 눈이 그에게로 급하게 달려왔다. 그는 주
춤거리다가 문을 열어 주었다. 그를 발견한 순간 아내의 얼굴에 감돌
던 붉은 아지랑이가 싹 걷혀 버렸다. 그는 그대로 한대 갈기고 싶었
지만 이 여자가 집을 나가 버리면 끝장이다 싶은 생각이 들어 슬그머
니 주먹을 풀었다.

— 아이들만 두고 외출하면 어떡해?

그가 퉁명스럽게 말했다. 아내는 대답 없이 아이들 방으로 몸을
돌렸다. 그가 다시 아내를 불러 세웠다.

— 이봐, 목사가 심방 왔다며? 미국에선 목사도 못 믿을 거라니
까, 나 없을 땐 문 열어 주지 마, 알았어?

그는 그렇게 말한 뒤 욕실로 들어가 머리를 감았다. 비누질을 하
다가 얼핏 고개를 들었다. 오쟁이를 쓴 머저리의 얼굴이 거울에 비쳤
다. 그는 힘껏 그 거울을 깨뜨리고 싶었다. 아직은 안 돼. 사실을
규명하기도 전에 분노의 날카로운 이빨이 나를 덮치도록 해선 안 돼.
그는 수도꼭지를 한껏 비틀어 열고 머리를 헹궈냈다. 그리고 침실로
돌아와 한참이나 침대를 노려보다가 그 위에 벌렁 드러누웠다.

"솔직히 말하자면 난 그때 아이의 고자질을 믿지 않았어."

녀석이 긴 한숨을 내쉬며 말했다. 그랬을 테지. 하지만 돼먹지 못
한 목사가 어디 한둘인가. 다시 그가 덧붙였다.

"물론 의심은 들었어. 그러면서도 막연하게 아무리 좋은 계모라도 나쁜 친엄마보다 못하다느니, 그게 사실이라 해도 아이들을 위해 용서해야 한다느니 그따위 태평한 생각만 했단 말일세."

"그래서 자네 아내가 집을 나갔나?"

"아니야. 그건 시초에 불과했어."

그후로 목사는 집에 오지 않았다. 그런데도 소중한 꿈이 그의 곁에서 달아나고 말았다. 등에 오르기만 하면 경쾌하게 달려 주던 흰 말도 대지도 사라져 버렸다. 대신 그는 밤마다 달아나는 아내와 광활한 대륙에 버려진 채 울고 있는 아이들을 보았고, 그 아이들의 손을 잡고 아내를 찾아헤매는 꿈에 시달리곤 했다. 그러다가 이른 아침 부엌에서 아내의 기척이 들려오면 그는 혹 안도의 숨을 몰아쉬는 것이었다. 그래, 목사와의 일은 거짓이야. 은희가 잘못 본 거야. 그리고 그는 재빨리 자신의 저축액을 떠올렸다. 1만 5백 불. 확실하게 그를 안심시켜 주는 것은 그 돈뿐이었다. 2만 불만 되면 나도 슈퍼마켓을 차리리라. 그래서 그는 아침 8시부터 밤 11시까지 설틈없이 짐을 부리고, 빠진 물건을 채워 넣고, 반사경으로 도난 감시를 하고, 또 산더미 같은 접시를 닦아내면서도 언젠가는 자기도 주인이 되어 보리란 생각을 다지며 퉁퉁 부어 오른 종아리의 아픔을 참아내곤 했다.

두 달쯤 후였다. 낮일을 끝내고 돌아왔을 때 문을 열어 준 사람은 은희였다. 그가 성큼 현관으로 들어서자 완두콩같이 까만 아이의 눈이 곧장 침실 쪽으로 달려갔고, 그와 동시에 그 방문이 열리며 키가 껑충한 백인 남자가 나오는 것이었다. 아이들 교육보험을 담당한 인슈런스맨이었다. 팔뚝에 상의를 걸치고 발갛게 익어 나오던 그 백인은 갑자기 눈알이 툭 불거지면서 우뚝 멈춰 섰다. 뒤따라 나오던 아내의 얼굴에도 짧은 순간 당황기가 스쳐갔다.

— 보험금 불입 날짜는 보름 전일 텐데?

그가 백인에게 물었다.

— 제가 오늘 오라고 했어요.

아내가 받아 말했고, 보험인은 쫓기는 장닭처럼 허둥지둥 집을 나갔다.

— 한데 어째서 그 백인이 안방에서 나오는 거지?

— 텔레비전이 고장 나서 손 좀 봐달라고 했어요.

아내가 당당하게 대답했다.

— 영어도 모르는 당신이 어떻게 그런 말을 했지.

— 그래서 어쩌겠단 말이죠?

아내가 팔짱을 끼고 고개까지 획 들며 반박했다. 아, 사람이 저렇게 변할 수도 있단 말인가. 고향에 살 땐 비닐집에다 겨우내 연탄을 갈아대며 꽃을 피워내던 아내, 졸업철이 되면 밤새워 꽃다발을 묶어야 하면서도 그에겐 한숨 자두라고 이불을 펼쳐 주던 아내가…….

— 이것 봐, 여긴 미국이야. 외간남자가 주거 침입을 하면 내가 쏴 죽여도 그만이야.

— 홍, 당하지나 말지.

빈 그물을 건졌을 때처럼 그의 체내에서 모든 기력이 빠져나갔다. 그는 카우치에 털썩 주저앉아 멀거니 아내를 쳐다보았다.

— 당신 미국 법을 몰라서 그러는데, 여긴 아이들 천국이야. 아이들에게 외간남자와 놀아나는 꼴을 보이면 당신은 추방이야.

아내가 천천히 고개를 떨구었다. 그리고 오래도록 자신의 발을 내려다보다가 나직이 말했다.

— 이혼해 주세요.

— 그건 안 돼.

— 왜 안 된다는 거죠?

아내가 발끈했다.

— 배운 것도, 가진 것도 없는 것들이 외국까지 나와서 이혼을 해?

— 난 이미 당신의 아내가 아니에요. 벌써 오래 전부터 그 미국인을 사랑해 왔어요.

아내는 "그 미국인"이란 말에 힘을 주었다. 쓸개빠진 것! 그들이 우리를 사람 대접해 주던가? 그는 아내의 따귀를 갈겼다. 아내의 눈에 증오감이 잉걸불 모양 이글이글 타올랐다.

— 때려! 더 때려, 이 촌놈아!

아내가 무섭게 덤벼들었다. 마치 그의 화를 돋우려고 작정한 사람 같았다. 그는 좀 심하게 아내를 때렸고 마침내 그녀가 쓰러졌다. 은아가 달려와 제 어미를 끌어안고 울어댔다. 그는 은희를 불러 엄마를 돌보라고 이른 후 일터로 갔다. 저녁시간만 일하고 돌아올 생각이었다. 그러나 그날따라 계속 손님이 밀렸고 간신히 집으로 돌아왔을 땐 한 시간이 이른 밤 10시였다. 그는 벨을 눌렀다. 대답이 없었다. 다시 눌러도 기척이 없자 그는 급히 주머니를 뒤져 열쇠를 찾아냈다.

— 은희야!

집 안엔 불이 꺼져 있었다. 아무도 없었다. 그는 황급히 불을 켜면서 침실과 부엌을 돌아보았다. 매를 맞고 뻗어 있어야 할 아내가 도대체 어디로 갔을까. 또 아이들은? 그는 마지막으로 아이들 방에 불을 켰다. 집에서 입던 아이들 옷이 바닥에 어지럽게 흩어져 있고 옷장이며 서랍이 열린 채 비어 있었다. 옷장 속에 늘 있던 여행가방도 보이지 않았다. 가 버렸구나. 그는 손갈퀴로 머리카락을 뜯었다. 이렇게 되려고 미국에 온 게 아니었다. 그는 바닥에 주저앉아 허물같이 널려 있는 아이들 옷을 쓸어모았다. 결국 이런 껍질만…… 너희들은 안 돼! 그는 옷을 쥐어짰다. 은희야, 은아야, 너희들만은 ……. 그는 고개를 쳐들었다. 벽의 낙서가 비웃듯 펼쳐졌다. 빨간 유방과 페니스……. 그런데 목사가 아니잖아. 아내의 마음을 훔친 작자는.

"그 순간 누이 생각이 났어."

녀석이 술 한모금을 마시며 덧붙였다.

"이민 와서야 비로소 알았지만, 내 누인 버림을 받았다네. 송탄에서 미네소타까지 데려온 그 백인이 이번엔 엘패소의 어느 길가에다 누이를 버린 거야. 친구를 만나고 올 테니 잠깐만 차에서 내려 기다리라 해 놓고 떠난 뒤 영영……. 모랫바람이 불어오는 그 벌판 도로에서 하룻밤을 추위에 떤 다음에야 누인 자신의 신세를 깨달았다더군. 이미 망가진 장난감 꼴이 되었다는 걸……. 그래, 그래서 아내의 상대가 백인이란 사실에 내가 더욱 참담했던 거야. 이번엔 알래스카 어디쯤에 내 아내와 새끼들이 버려지지 않을까……."

"그럼 자네 아내가 정말 백인과 달아났단 말인가?"

내 말을 듣지 못했는지, 녀석은 술병을 끌어당겨 가득 술잔을 채울 뿐이었다. 나는 얼음과 안주를 찾으러 주방으로 갔다. 태민아, 아마도 이 대륙의 공기가 드센 모양이야. 아니면 정신병 바이러스가 우리 여성들의 머리를 심하게 휘저어 놓든가……. 하긴 미국만 오면 착각에 빠지는 여성들도 많더라. 미국은 여인 천국이라는 둥, 여성이 귀부인이 되는 나라라는 둥……. 그녀들은 개척 당시 억척스럽게 일해서 이만큼 이루어 놓은 초창기 이민 여성들의 업적을 그런 식으로 낭비하고 있지. 그래, 어차피 이 나라는 이민국이야. 남들이 미리 와서 그들 방식으로 정돈해 둔 이민국. 그러니까 문제는 우리에게도 있어. 나는 탁자로 돌아와 녀석의 술잔에 얼음을 띄우고 내 잔에도 술을 따랐다.

"난 믿을 수가 없었어. 그렇게 알뜰하던 분임이가……."

그는 술잔을 들고 얼음을 돌렸다.

분임이, 분임이라면 …….

"분임이라면 대추골 상구 동생 말인가?"

"자넨 몰랐던가? 참 그렇겠군. 자네가 서울 아가씨랑 결혼해서 미국으로 가 버린 다음해에 내가 분임이한테 장가를 들었다네."

아, 분임이 ……. 상구의 뒷바라지를 위해 중학교도 못 가고 염소를 기르던 그애, 그렇게 순진하고 곱던 분임이가 ……. 나는 단숨에 잔을 비웠다. 금방 술이 올랐음에도 불구하고 더럽게 변해 버린 분임이를 상상할 수가 없었다.

"그래서 어떻게 했나?"

다그치듯 내가 물었다.

"나는 자꾸만 아이들 방과 침실을 들락거렸어. 내 눈에 보이는 건 전부 빈 껍질, 알맹이가 달아난 빈 껍질뿐이었지. 새벽이 오고 있었어. 거실에 서서 우두커니 창 밖을 내다보고 있자니까 별안간 냉장고 돌아가는 소리가 들리더군. 그때 생각이 났어. 그래, 알맹이를 찾아야 한다, 내 알맹이 ……."

그는 어느 연립주택 앞에서 차를 세웠다. 하얀 페인트를 입힌 목책 울타리 안 잔디밭에서 백인 노인이 톱질을 하고 있었다. 그는 멈춰 서서 노인의 손놀림을 바라보았다. 노인은 톱을 안에서 밖으로 밀어내며 유연하게 나무를 자르고 있었다. 그렇군. 미국인은 단추도 아래서부터 채워올리지. 한국과는 모든 게 정반대 현상이라는 게 새삼스럽게 의아했다. 노인이 고개를 들고 그를 쳐다보았다. 그는 재빨리 릭씨 집이 어디냐고 물었다.

— 다음 집이오.

푸른 선팅을 한 유리창을 석양이 날카롭게 쪼고 있었다. 그는 시계를 보았다. 6시 30분이었다. 그 백인은 퇴근해서 집에 돌아와 있을 것이다. 그는 심호흡을 하고 벨을 눌렀다.

— 누구세요?

렌즈를 통해 밖을 보고 있는지, 여인의 목소리가 바로 가까이서 들려왔다.

— 릭씨를 찾습니다. 뭘 전할 게 있어서요.

그는 침착하게 대답했다. 여인이 문을 조금 열었다.

— 아직 돌아오지 않았는데요.

— 곧 돌아오겠죠? 그럼 밖에서 기다리죠.

그는 유창하지 못한 영어로 그렇게 말해 놓고 얼른 바깥을 향해 몸을 돌렸다. 그제서야 경계심을 풀었는지 여인이 문을 활짝 열었다.

— 들어와서 기다리세요.

그는 그럼 그럴까요, 하고 괜히 중얼거리며 안으로 성큼 들어섰다. 주근깨투성이의 백인 여자는 만삭이었다. 붕긋 솟아오른 그 배를 보자 알 수 없는 분노가 자동 글로버처럼 그의 뒤통수를 탁탁 갈겼다. 그는 세차게 머리를 흔들다 소파에 주저앉았다.

— 어제 당신 남편이 내 아내와 동침했소.

그는 앉자마자 또박또박 끊어 말을 했다. 여인의 얼굴이 서서히 쳐들렸다.

— 방금 뭐라고 하셨죠?

— 당신 남편이 내 아내와…….

— 뭐, 뭐라구요? 내 남편이?

여인이 눈을 흡뜨고 다시 되물었다.

— 그렇소, 당신 남편이…….

여인의 들창코가 심하게 벌름거렸다. 그리고 던져진 짐처럼 맞은편 안락의자에 몸을 실었다.

— 혹시 사진을 가져 왔나요?

한참 만에 여인이 물었다. 증거물을 확인하고 싶은가 보았다.

— 어제 내가 집에 들렀을 때 당신 남편과 내 아내가 침실에 있었소. 물론 당신 남편이야 놀라서 달아났지만, 내 아내가 두 사람의 관계를 고백했소.

— 그럴 리가 없어요!

— 그때 총이 있었다면 난 당신 남편을 쏘았을 거요.

그는 침착하게 말을 이었다. 여인이 울기 시작했다. 그는 훌쩍거릴 때마다 커지는 듯한 여인의 배를 노려보았다. 저 뱃속에도 또 하나의 노랑머리가 꿈틀대고 있겠지? 그래서 정액을 방사할 곳이 없어 내 아내의 자궁에다? 그는 피가 나도록 입술을 깨물었다. 그래, 나도 내 자식을 보호해야지. 내 자식을 찾아야지. 그때까진 내 분노를 절제해야 한다. 그는 한숨을 쉬었다.

— 이제 당신 남편을 해칠 생각은 없소. 내가 원하는 건 아내와 아이들이 집으로 돌아오기만 하면 되는 거요.

— 부인이 집을 나갔나요?

— 그렇소. 아이들을 데리고……. 아이들만이라도 돌려 준다면 없었던 일로 돌릴 수도 있소.

그는 메모지에다 집 전화번호를 적어 놓고 일어섰다.

— 고마워요. 모든 게 사실이라면 당신을 돕겠어요.

그는 집으로 돌아왔다. 컴컴한 집은 빈 동굴처럼 적막했다. 그는 불도 켜지 않고 카우치에 쓰러져 누웠다. 하룻밤 쫓겨났던 잠이 그를 기습했다. 얼마나 잤을까, 전화벨이 울렸다. 그는 벌떡 일어나 수화기를 들었다.

— 헬로우…….

잔뜩 기죽은 사내의 목소리가 전선을 타고 흘러왔다. 릭이었다. 그의 전신이 긴장으로 곤두섰다.

— 그래, 내 가족은 지금 어디 있지?

─믿어 주십시오. 정말입니다. 난 당신 아내와 메이크 러브하지
않았습니다.

릭이 떨리는 목소리로 변명했다.

─내 아내를 어디다 숨겼냐고 묻잖아!

─모릅니다. 그날 본 뒤로는…….

─릭! 널 죽이러 간다. 지금 당장!

─미스터 윤(尹), 제 말을 좀 들어 보십시오. 당신 아내가 몇 차
례나 집에 들러달라고 부탁을 했습니다. 물론 유혹도 했구요…….

─이것 봐, 릭! 내 아낸 영어를 몰라.

─네, 그러니까 달력과 시계를 가리키면서……. 그런데 정작 메
이크 러브 직전에·가서 당신 아내는 늘 이상하게 돌변하는 것이었어
요. 진실입니다. 하나님은 그걸 아십니다. 난 놀림만 받았어요. 미
스터 윤…….

그리고 릭이 울기 시작했다. 놀림만 받았다구? 릭의 말이 사실이
라면 하필 그가 돌아올 시간까지 릭을 잡아두었던 것도 아내의 계산
이었던가? 팽팽하게 부풀었던 바람이 허파로 푹 빠져 버리는 듯했
다. 그래, 이녀석은 내 아내를 숨기지 않았다. 자기 아내를 두고 다
른 여성과 살림을 차릴 만큼 어리숙한 백인은 없다. 그는 수화기를
던졌다. 시계를 보았다. 밤 11시였다. 다시 잠이 올 것 같지 않았
다. 그는 담배를 붙여 물었다. 그렇다면 아내의 계산은 무엇일까.
아니, 그것보다도 대체 어디로 갔을까. 길도 영어도 모르는 사람이
아이들을 데리고 어디로…….

"보름이 지났어. 슈퍼마켓 일만 끝나면 접시닦기도 집어치우고 미
친놈처럼 차를 끌고 다녔지. 아이들 손을 잡고 가는 여자만 봐도 차
를 세우면서."

녀석이 으스러지도록 술잔을 움켜잡았다.

"나 같으면 장목사를 족쳐 봤을 거야."

내가 거들었다.

"그래, 그거야. 그런데 그 생각이 왜 진작 떠오르지 않았을까."

"목사가 설마 했겠지. 암튼, 그래서?"

"먼저 물 한잔 주겠나?"

나는 냉수를 떠 오면서 집으로 전화를 걸었다. 늦는다는 이유도 알려야 했지만 아내의 목소리를 듣는 순간 까닭 없이 안심이 되었다. 이런, 나까지 불안증인가? 나는 식당에 있다는 것을 전하고 녀석에게로 돌아왔다.

3

그는 과도를 찾아 안주머니에 넣었다. 한 교포가 강도의 흉탄에 쓰러진 날 싼 권총이라도 하나 사두겠다고 작정했는데 여태 구입하지 못한 것이 조금 아쉬웠다. 목사의 아파트는 두 블록 뒤에 있었다. 그는 저녁 무렵 도보로 걸어서 장목사 아파트로 찾아갔다.

— 윤선생, 어인 일이시오?

목사가 안경을 치키며 그를 맞았다. 뜻밖이란 표정 뒤에는 어떤 경계심이 얼음조각처럼 미끄러져 갔다.

— 안사람이 집을 나갔습니다. 목사님, 난 가족을 찾아야 합니다.

— 그러셔야죠. 한데 어쩌다가…….

— 부부싸움이죠. 몇 대 때려 줬더니 아이들까지 데리고…….

— 저런! 그래, 어디로 갔는지 혹시 짐작이 가는 데라도 있습니

까?

그는 맞은편 소파에 앉아 있는 장목사를 지그시 쏘아보았다. 그리고 또박또박 대답했다.

—네, 그걸 목사님은 알고 계신다는 겁니다.

—뭐라구요? 내가 왜? 아니, 내가 어떻게?

장목사가 안경을 휙 걷어내며 눈을 치떴다. 오냐, 넌 필요 이상으로 반응을 보이고 있다. 그게 바로 알고 있다는 증거지.

—목사님도 들으셨겠지만, 전 고등학교를 졸업하고 한동안 서울에서 깡패짓을 했습니다. 청부 린치도 하고……. 그러다가 고향으로 돌아가서 결혼한 뒤…….

목사가 안경을 쓰고 헛기침을 했다. 그는 계속 지껄였다.

—착실한 농사꾼이 되었죠. 한데 아이들 교육문제가 막막하더란 말입니다. 그래서 힘 하나만 믿고 미국까지 흘러왔습니다. 아이들만은 멋지게 한번 키워 보자……. 그런데 뭡니까. 닭 쫓던 개꼴이 되었단 말입니다.

—열심히 기도하면 부인께서 돌아오시겠죠.

목사가 침착하게 대답했다. 그는 목사가 성경책을 집는 순간 불쑥 과도를 꺼냈다.

—목사님, 내 식구들은 어디 있죠?

—아니, 갑자기 이게 무슨 짓이오. 그 칼 치우시오.

그는 여유를 주지 않고 상대의 목을 향해 과도를 바싹 디밀었다.

—내 아이가 말했소. 당신과 내 아내가 침대에서 뒹굴었다고! 어서 말하시오. 진실만 말한다면 난 당신을 해칠 생각은 없소.

목사의 콧잔등이 심하게 떨렸다. 때문에 안경이 코끝으로 흘러 내렸다. 이윽고 체념한 듯 목사가 말했다.

—말하겠소. 우선 그 칼부터 치우시오.

— 먼저 말하시오!

— 대신 한 가지 약속해 주시오.

— 약속?

— 절대 내가 가르쳐 줬다는 말은 하지 마시오. 그럴 수 있겠소?

— 좋소, 어디요?

— 조지아에 가서 그 교회 허(許) 목사를 찾으시오. 부인께서 남편
이 무서워 못 살겠다고 해서 그 사람한테 보냈으니 잘 부탁하면 돌아
오게 해줄 겁니다.

우선 찾고 봐야 한다, 그 생각뿐이었다. 한데 조지아까지 가려면
빨라야 두 시간이 걸린다. 그래, 내일 일찍 출발하자. 그는 칼을 거
두고 집으로 돌아왔다. 하루만 참으면 만날 수 있다. 그는 집 안 청
소를 시작했다. 구석에 처박힌 아이들 옷을 세탁기에 넣어 돌리고 청
소기로 집 안의 먼지를 말끔히 걷어냈다. 냉장고도 닦아내고 먹다 남
은 음식 찌꺼기도 쓰레기통에 버렸다. 대청소를 끝내고 시계를 보니
새벽 1시였다. 그는 샤워와 수염은 내일 아침으로 미루고 침대에 누
웠다. 자둬야지. 일찍이 차를 몰아야 하니까. 그러나 얼른 잠이 오
지 않았다. 만약 아내가 잘못을 빈다면? 그렇다면 용서할 수 있을
까. 은희 말이 사실이라면 장목사와 몸을 섞었다는데도? 어쩜 아닐
거야. 장목사 옷에 단추가 떨어졌던가 해서 아내에게 꿰매달라 하기
위해 옷을 벗었는지도 몰라. 그래, 그는 홀아비니까. 그게 은희의
눈엔 다 벗은 것으로 비쳤을 거야. 아이들 상상력이란 터무니없이 커
질 수도 있으니까. 정말 그렇다면 용서해 줘야지. 아이들만 잘 길러
준다면 이번 실수 따윈 절대 들먹이지 않으리라. 그 순진한 바보
…… 미워하지 말아야지. 아무것도 모르던 것이 생판 이상한 것들만
보니까 잠깐 머리가 돌 수도 있었을 거야. 고등학교를 졸업하고 서울
로 갔을 땐 나도 그랬어. 영등포 뒷골목까지 흘러가 처음엔 맞았지만

다음은 오기로 때렸고, 또 때리다 보니 자꾸만 때리고 싶으면서 세상에 무서운 것이 없어졌지. 그러다가 서서히 눈의 렌즈가 바로잡히게 되었지. 이 한 목숨을 왜 이렇게 낭비하고 있나. 그래, 돌아오기만 한다면 직장도 하나만 갖고 가족들과 더 많은 시간을 보내야지……. 달콤한 잠이 슬몃슬몃 다가왔다. 그는 근 스무 날 만에 처음으로 깊은 잠을 잤다.

전화벨이 울렸다. 벌떡 일어나 시간을 보았다. 아침 9시 20분이었다. 벌써? 내가 너무 많이 잤구나. 그는 정신을 차리기 위해 머리를 세차게 흔들어대며 수화기를 들었다.

— 미스터 윤? 여긴 쇼셜워커 혜리 박입니다.

여자가 사무적으로 말했다. 쇼셜워커? 쇼셜워커라면 가정법률상담소 같은 곳인데? 그런데 거기서 왜 날 찾는 거지? 그가 그런 생각을 굴리고 있을 때 여자가 다시 입을 열었다.

— 당신 부인은 내가 보호하고 있어요.

— 오, 그래요? 어딥니까? 당장 데리러 가겠습니다.

아내가 송구스러워서 못 들어오고 쭈뼛거리고 있다는 것으로 그는 알아들었다. 그러나 그것이 아니었다.

— 데리러 오셔도 부인은 만날 수 없습니다.

— 아니, 왜요?

— 부인은 당신의 매질이 견딜 수 없어 집을 나왔습니다. 그래서 내 보호를 원한다고 여기 접수했어요.

— 그건 부부싸움입니다. 아무튼 좋소. 누가 집사람을 당신한테 데려갔죠?

— 어떤 목사님을 통해 그분의 신변을 인수받았습니다. 그러나 난 그분과 상담한 내용을 당신에게 확인하려는 것이니 묻는 말에 대답해 주세요.

아아, 이건 또 무슨 장애물인가. 그는 캄캄한 터널을 보는 듯했다.

— 여기선 아내를 때리면 이혼은 물론, 재산까지 빼앗긴다는 사실을 알고 계시죠?

— 이것 보시오. 부부싸움은 칼로 물 베기라잖소. 당신도 분명 한국 말을 하는데 그런 식으로 따질 수 있소?

그가 불끈 언성을 높였다.

— 여긴 미국이에요. 당신이 한국에서 끌고 온 그 남성망령증을 떨어내지 못하는 한 절대 가정생활을 할 수 없어요.

여자는 침착하나 냉랭한 말투로 그렇게 말했다. 남성망령증?

— 게다가 당신은 직장과 돈만 알 뿐 가족은 언제나 버려 뒀다죠? 그런데다 걸핏하면 구타를 했구요. 사실인가요?

— 사실이 아니오!

— 부인은 그렇게 말했고 목사님이 그 증인이 되셨어요. 당신은 매우 불리하게 되었어요.

— 누가 남의 가정문제를 그렇게 잘 안답니까? 어떤 목사요? 그 증인이?

— 그건 밝힐 수 없어요.

— 어쨌든 당신을 만나야겠소. 어디로 가면 되죠?

그는 목소리를 누그러뜨렸다.

— 여긴 멜로이예요. 그레이하운드 버스 스테이션에 와서 찾으세요.

그쪽에서 먼저 전화를 끊었다. 그는 자신의 머리를 피가 나도록 벅벅 긁었다. 뭐가 잘못되어 이 지경인가. 도대체 뭐가. 그는 막혀 있는 블라인드를 멀거니 바라보았다. 이민 생활 2년이 넘도록 내가 배운 게 뭔가. 미국 사회와 그 제도를 알고자 노력했던가. 나에게 필요한 건 미국이 아니라 돈이었다. 때문에 옛날 월남 장교였다는 그 슈퍼마켓 주인이 순 월남식 발음으로 딱딱거려도 달러만 생각하며 참아왔다. 그런데 그것이 가족을 버려 두고 돈만 안 결과라구? 이 멍청한 여편네, 무슨 억하심정으로 이런 헤살인가. 그는 자신의 뒤통수를 툭툭 쳤다. 그리고 문득 시계를 보았다. 10시 10분 전이었다. 지금부터 8, 90마일로 달린다면 점심시간 전에 도착할 수 있을 것이다.

쇼셜워커는 멜로이 그레이하운드 대합실 한옆에 있었다. 서울역 앞에 있는 '선도의 집' 비슷한 곳으로 가출 청소년이나 길을 잃은 사람, 또는 보호가 필요한 사람을 임시수용하는 보사부 산하 사회보장제도 가정법률상담소였다.

그가 문을 두드렸다. 한 직원이 소장 앞으로 그를 안내했다. 40세쯤 되어 보이는 여성, 그녀가 바로 그에게 전화를 건 헤리 박이었다.

— 내 아내를 만나게 해주시오.

그는 단도직입적으로 말했다.

— 아까 전화로 밝혔을 텐데요? 부인은 만날 수 없습니다.

그녀가 딱 잘라 말했다.

— 이것 보시오. 우린 부부입니다. 남편이 아내를 만나겠다는데 당신이 뭔데 가로막아요?

— 부인이 말한 대로 당신은 첫인상부터 험상궂은 데다 무례하기 짝이 없군요. 다시 한번 알려 드리죠. 현재 부인의 법적인 보호자는 바로 저예요.

법적인 보호자? 그는 헤리 박을 유심히 쳐다보았다. 생머리를 쓸어넘기는 그녀에겐 소장으로서의 권위보다 이상한 아집이 엿보였다.

— 좋소, 난 애 아빱니다. 아이들이 보고 싶어 미칠 지경이니, 여기서라도 제발 아내와 애들 얼굴을 보게 해주시오.

— 아이는 만나볼 수 있어요.

그렇게 말해 놓고 혜리 박은 곧 여직원에게 아이를 데려오라고 지시했다. 아이를 만나면 최소한의 해결점이라도 찾을 수 있을까. 그가 초조하게 문 쪽을 주시하고 있을 때 은희가 직원의 손에 이끌려 들어왔다.

— 아빠!

그는 은희를 껴안았다. 아이의 얼굴이 초췌했고 입은 옷도 말끔하지가 못했다.

— 아빠, 집에 가고 싶어. 어서 집에 가.

그래, 엄마랑 같이 …… 아니지, 아내는 만날 수가 없다고 했지. 그렇다면 우선 너만이라도 가자. 그리고 엄마와 동생을 데려올 궁리를 해보자꾸나. 그는 아이를 안고 자리에서 일어섰다. 그러자 혜리 박이 그의 앞을 가로막았다.

— 잊으셨군요. 여긴 미국입니다. 아이의 보호권은 부인에게 있어요.

그는 멍한 얼굴로 혜리 박을 쳐다보았다. 혜리 박이 덧붙였다.

— 그리고 당신에겐 양육비를 내야 할 의무가 있습니다.

— 양육비?

— 얼마로 결정하겠어요? 삼백 불? 아니면 이백 불?

— 난 이혼한 적이 없소. 게다가 아무에게도 아이들 양육을 부탁한 일이 없소.

그는 중얼거리며 맥없이 주저앉았다.

— 아시다시피 여기 보호실에서는 오래 수용시킬 수 없어요. 해결이 되든 안 되든 아이들 양육비는 물어야 합니다. 미국 남자들은 그걸 잘 알죠.

그리고 그녀는 손가락을 탁 꺾었다. 그것이 신호였던지, 직원이

다가와 은희의 손을 끌어 잡았다.

— 아빠!

아이가 따라가지 않으려고 몸부림을 쳤다. 그는 혜리 박에게 사정
하다시피 말했다.

— 점심이라도 함께 먹게 해주시오. 아이에게 따뜻한 밥이라도 먹
이게 …….

— 오늘은 안 되겠어요.

그녀는 냉정하게 잘라 버린 뒤 자기 책상에 앉았다. 이미 직원이
아이를 번쩍 안아들고 나가 버렸다. 그가 뒤따라 나가려고 몸을 돌릴
때 아까부터 뭔가 쓰고 있던 흑인이 재빨리 문을 가로막았다. 그가
흑인을 밀쳐 보았으나 그 육중한 몸은 꿈쩍도 하지 않았다. 이런, 야
단이 났구나, 색깔 다른 벽들이 사방에서 가로막다니……. 그는 거
칠게 얼굴을 비볐다. 도대체 나는 지금 어디에 있나. 내가 낳은 자식
도 맘대로 만날 수 없는 이곳은 대체 어디란 말인가.

— 양육비 문제?

그는 얼굴에서 손을 뗐다. 혜리 박이 꺼먼 거브먼트 볼펜을 놓고
웃는 얼굴로 물었다. 아이를 끌고 나갔던 여직원이 돌아와 막 제자리
에 앉고 있었다. 그는 흑인을 쳐다보았다. 그 흑인도 아무 일도 없었
다는 듯 웃음을 보내고 있었다. 그 웃음들은 잘 포장된 무기 같았다.
그는 황급히 70불을 던져 주고 돌아섰다.

— 아이를 만나고 싶으면 언제든 오세요.

상냥한 말투로 혜리 박이 말했다. 그는 뒤도 돌아보지 않고 쇼셜
워커를 나왔다. 하늘을 올려다보았다. 하늘의 구름이 보이지 않는
쇠창살로 그를 덮어누를 것만 같았다. 그는 허둥대며 자기 차 쪽으로
왔다. 바지 주머니에서 열쇠를 꺼내는 순간 그는 쇼셜워커 쪽으로 몸
을 돌렸다. 누군가가 창가에 서 있다가 슬며시 모습을 감추었다. 나

를 지켜보고 있었던 거야. 잠깐 혼란을 조장했던 어떤 찌꺼기가 싹 가라앉으면서 머리가 맑아졌다. 이런, 갑작스런 미소 작전에 내가 말렸어. 그는 열쇠를 꼭 쥐었다가 다시 주머니에 넣고 버스 대합실 쪽으로 갔다. 그는 마음이 좋아 보이는 안내원에게 쇼셜워커의 수용소를 물어 보았다.

— 밖으로 나가서 코너를 돌면 쇼셜워커가 있습니다.

— 수용소 말입니다.

— 잘 모르겠습니다. 쇼셜워커에 가면 알려 줄 것입니다.

그는 대합실을 나왔다. 안경을 낀 점잖은 백인이 지나가고 있었다. 그는 그 백인에게도 물어 보았다. 역시 안내원과 똑같은 대답뿐이었다. 누이한테 가서 의논해 볼까. 지금 집에 있을 리가 없잖아. 재단공장에서 한창 일하고 있을 텐데……. 언젠가 술 한잔을 마시고 푸념하던 누이가 생각났다.

— 나도 결혼하고 싶어. 우리 나라 사람이랑……. 그런데 오빠, 그들이 원하는 건 내가 아니라 영주권뿐이야. 한때 양색시였다는 걸 정말로 문제삼지 않는 사람은 아무도 없어. 엘패소에서 텍사스로 몇 달 동안 보호소를 전전하면서도 목숨처럼 간직했던 영주권……. 어떨 땐 말이야. 까짓 것 원하는 사람마다 결혼해 줄까 싶기도 해. 하지만 늙고 병들면 난 어디로 가는 거지? 오빠, 난 그렇게 불쌍해지고 싶지 않아. 그래서 이젠 영주권을 찢어 버리고 싶어. 바로 그것이 진정한 결혼도 귀향도 막고 있잖아.

그리고 누이는 주루룩 눈물을 흘렸다. 남매에 홀어머니, 전답 닷마지기뿐인 농토로 아들만은 가르쳐야 한다고 발버둥치던 어머니, 그 어머니의 욕망에 쫓겨 누이는 열 여섯 풋것이 송탄으로 흘러갔고, 다달이 부쳐오는 돈으로 그는 고등학교를 졸업했다. 그것만 해도 가슴이 저리다. 대학은 뭔 놈의 대학. 어머니는 대학과 출세길을 포기

한 아들 때문에 이불을 뒤집어 쓰고 누웠고 그는 집을 나가 버렸다. 그가 여러 해 거리에서 사는 동안 누이는 백인을 물어 미국으로 갔고, 그 이듬해 어머니마저 세상을 떠났다. 그는 망나니 자식이 되어 어머니의 장례를 치렀고, 그 얼마 후 대추골 상구를 찾아갔을 때 그를 맞이한 처녀가 분임이었다.

— 모르셨어요? 울 오빠, 학교 선생님이 되셨어요. 시방 대전에 계신걸요.

분임이가 자랑스럽게 말했다. 그 오빠한테 제 몫을 다 빼앗기고도 그렇게 자랑스러울 수 있을까. 그는 분임의 얼굴에서 얼핏 누이를 보았다.

그는 차문을 열었다. 시동을 걸면서 누이한테 알려선 안 된다는 생각을 했다. 상처로 얼룩진 누이의 여린 가슴을 더이상 건드릴 수는 없다. 오냐, 내 힘으로 해결한다. 그는 속력을 내며 자신을 다질렀다. 태민이, 힘을 내야 한다, 힘을. 정신 똑바로 차리고 내 가족을 찾아야 해!

"잠깐, 그럼 장목사가 자네 부인을 혜리 박한테 보냈단 말인가?" 내가 녀석의 말을 중도에서 잘랐다.

"아니야, 허목사한테 보냈던 거지. 허목사가 다시…….."

그러다가 녀석이 문득 날 쏘아보았다.

"자네, 혜리 박을 알고 있나?"

잘은 모르지만 똑똑한 여성이라는 것과 20년 가까이 미국 공무원 노릇을 하고 있다는 건 들어 알고 있다. 더욱이 첫인상도 그렇게 나쁜 편은 아니었다.

"딱 한 번 우리 식당에 온 적이 있네. 미혼이라지 아마?" 내가 대답했다. 이윽고 녀석의 눈에 적의가 걸렸다.

"미혼이지. 결혼을 단지 거래상의 일로만 아는 여자야. 한데 그녀가 이곳 한인봉사센터에도 관계하고 있다는 걸 자넨 알고 있나?"

"봉사센터라면 아까 그 허목사가 맡고 있을 텐데?"

"그 여자는 총무야. 서로 상부상조하는 거지. 목사는 카운셀러를 하니까 많은 정보가 있고, 그 여자는 미국 법을 잘 아니까 그 지식으로 정보를 요리해서 돈을 벌어."

이곳 봉사센터의 광고는 자주 미주 신문에 나오기도 한다. 그 광고문은 대체로 법률상담, 보험상담, 인쇄물 취급, 여행업무 및 비행기표 상담, 영문 번역 및 각종 대서, 취직알선 등이었다. 그 정도의 일은 다른 주에서도 다 하는 공식적인 것이다.

"그러니까 그들이 불법으로 돈을 번단 말인가?"

"법에 도가 튼 여자가 불법을 하겠어? 궁하면 해까닥한 여자를 골라 이혼을 시켜 영주권이 없는 사람에게 결혼을 알선하면서 오천 불에서 일만 불을 받는다더군."

"그럼, 자네 부인도 그런 케이스에 걸려들었단 말인가?"

"헤리 박이 노린 건 그것이었지만 내가 이혼을 해주지 않았으니 ……. 아무튼 일은 이혼문제보다 훨씬 복잡해."

남부에서도 B주는 라이센스 따기가 쉬운 고장이다. 그래서 교민들 사이엔 시카고에서 불합격한 간호원은 "B주로!"하는 말도 생겨났고, 또 결혼장사가 성업이란 것도 소문으로 들었지만, 목사가 쇼셜워커 소장과 손잡고 그런 일을 한다는 건 얼른 믿어지지 않았다. 하긴 교회의 썩은 물이 자꾸만 넘치고 있으니까…….

"그래, 쇼셜워커엔 또 갔었나?"

내가 묻자, 녀석은 두 주먹을 꽉 움켜잡았다가 슬그머니 풀었다.

"갔었지. 그러나 이미 아이는 만날 수가 없었어."

"〈이상한 나라의 앨리스〉 같군."

"앨리스가 된 건 내가 아니라 내 딸이야."

"딸?"

"나중에 안 사실이지만, 내가 장목사에게 너희들이 침대에서 뒹구는 걸 내 딸이 봤다고 말한 게 큰 실수였어."

"흠, 자네에게 유리한 비밀을 그들에게 제보해 준 격이란 말이지. 잘못했군. 처음 은희가 그런 말을 했을 때 녹음해 두었으면 간단했잖아."

녀석이 묘한 눈으로 나를 쳐다보았다.

"그럴 수 있을 만큼 난 용의주도한 놈이 못 돼. 더욱이 진정으로 나에게 중요했던 건 그런 일련의 사건에 대한 증거가 아니라 가정이었어. 내 가족의 성역……."

그렇다 해도 사회가 증거 위주 아닌가? 나는 그렇게 대꾸하려다 그만두었다.

"계속해 보게."

그는 다시 쇼셜워커로 갔다. 혜리 박은 면회를 시켜 주는 대신 이혼을 권했다. 어리석게도 그는 아내의 부정을 그녀 앞에 털어놓고 말았다. 자존심이 상하긴 했지만 혹시 그녀의 동정을 살지도 모른다는 생각에서였다.

— 그렇다면 미스터 윤, 그렇게 부정한 짓을 한 부인과 뭣 때문에 함께 살려는 거죠? 이혼해서 새 출발 하시는 게 미스터 윤의 인생을 위해서도 더 바람직할 텐데…….

그는 대답하지 못했다. 그 이유를 설명하라면 얼마든지 할 수도 있었지만 혜리 박이 정말 자기 심정을 이해해 줄지 얼른 판단이 서지 않았다. 그녀가 다시 말을 이었다.

— 부인 쪽에서는 언제라도 변호사를 살 수가 있고 또 이혼할 준비가 되어 있습니다.

어째서 이 여자는 함께 살도록 도와주지 않고 이혼만을 요구할까?

─좋습니다. 그 문제는 다음에 생각해 보도록 하고, 그럼 아이라
도 데려다 주시오.

─이젠 아이를 만날 수 없습니다.

─왜죠? 여기 없단 말입니까?

─부인의 뜻이에요.

그는 얼굴만이라도 보게 해달라고 실랑이를 했고, 혜리 박은 임무
끝났다는 듯 더이상 상대해 주지 않았다. 첫날보다 더 아득한 혼란을
안고 그는 사무실을 나왔다. 맥없이 주차장을 향해 걸어갈 때 웬 동
양인 사내가 그의 곁으로 슬며시 다가왔다. 서울 말씨를 쓰는 한국인
이었다.

─형씨, 그 여자를 조심하시오. 그년은 포주보다 더 악질입니다.
나도 당했지요. 나는 말이오, 양놈과 카섹스하는 여편네를 현장에서
잡았는데 보답은 이혼뿐이었소. 우리 여편넨 본래 양놈을 좋아하던
년인데 그만 혜리 박 손아귀에 걸렸지 뭐요. 그래서 국적 없는 놈과
벌써 다섯번째 결혼, 이혼, 결혼, 이혼…… 하하, 결혼 전문가가 되
었단 말이오.

사나이가 자조적으로 웃어댔다.

─그런데 왜 이 앞에서 서성거리시오?

─그년을 죽이려고 오래 전부터 기회를 엿보고 있다오. 동포를
물건처럼 이용하는 년……. 나는 이미 이렇게 되었지만 다른 희생
자를 막기 위해서도 그년을 죽여야 돼요. 한데 보통 영리한 게 아닙
니다. 혹시 위협이 느껴지면 폴리스를 불러요. 0번 하나만 돌리면
폴리스가 달려와 호위해 주니 이건 좋은 나라로 봐야 할지…….

그는 사나이 모습에서 문득 자신의 미래를 보는 듯했다.

─그래, 직장은 있소?

사나이가 픽 웃었다.

─LA 공항에 가 보셨죠? 한글로 써놓은 〈소매치기를 조심하지오.〉 고국 여행자들이 그걸 보면 한국 사람 여기 와서도 망신시킨다고 하겠죠? 아니, 그런 작자들만 대거 수출했다고 말하는 사람도 있더군요. 나도 이젠 그짓을 합니다. 한탕 잘 털면 여기로 와서 얼쩡거리고…… 그게 내 생활의 전부요.

─어디 가서 식사라도 합시다.

그가 말했다. 점심 전이어서 배가 고프기도 했지만 무엇보다도 그는 사나이와 함께 있고 싶었다.

─아니오. 난 오늘 일을 때워야 하니 형씨, 잘 가시오. 끈기가 있다면 절대 이혼해 주지 말고 한번 늘어져 보시오.

그리고 사내는 오던 길로 되돌아섰다. 그는 멍하게 서서 사나이의 뒷모습을 바라보았다. 그때 불현듯 아내에게도 영주권이 있다는 사실이 떠올랐다. 그렇다면 아내 역시 그런 케이스로? 그게 아니라면 어째서 아내를 만나게 해줄 생각은 않고 이혼만을 권하는가. 그래, 이 순진한 여편네가 묘한 마술에 걸려든 거야. 그렇다면 아, 그렇다면 어디 가서 이 여편네를 만나나. 그 순간 하나의 생각이 바람처럼 뇌리로 스쳐갔다. 그렇지, 장목사가 일러 준 곳이 있지 않느냐. 조지아…….

4

그는 슈퍼마켓 일마저 그만두었다. 그리고 저축에서 3천 불을 찾아 장총과 권총을 한 자루씩 샀다. 그는 권총의 총신을 만져 보았다.

비교적 값은 싸지만 성능은 좋다는 '헤크렐 앤드 코호'였다. 정말 이 총으로 사람을 쏘는 일이 발생한다면? 그는 자신을 믿을 수가 없었다. 그래서 장전했던 총알을 도로 빼버리고 장총에만 탄알을 넣었다.

일요일이었다. 그는 아침 6시에 조지아를 향해 출발했다. 조지아에 도착한 것은 8시 20분이었다. 그는 숲으로 둘러싸인 교회 길로 들어가 마당 한옆에다 차를 대기시키고 시간이 될 때까지 기다렸다. 9시가 넘자 하나들 교인들이 나오기 시작했다.

한참 후였다. 저만치서 파마머리를 길게 늘어뜨린 아내가 아이들의 손을 잡고 달랑달랑 걸어오고 있었다. 그는 눈을 닦고 다시 보았다. 틀림없는 아내였다. 갑자기 코끝이 찡해지면서 눈물이 날 것만 같았다. 거의 두 달 만에 보는 얼굴이었다. "여보, 딸만 낳았다고 당신 섭섭해 하는 것 아니죠?" 은아를 낳아 놓고 미안해서 어쩔 줄 모르던 아내의 얼굴도 겹쳐서 떠올랐다. 아내는 무척 변해 있었다. 가까이 올수록 변한 점만 더 뚜렷하게 드러나 보였다. 허리를 죄어붙인 벨트며 진한 화장이 흡사 할로인데이(10월 31일, 도깨비 같은 가면이나 옷을 입고 즐기는 행사) 때 어설프게 가장한 미국 소녀처럼 이상해 보였다. 그러면서도 아내는 웃고 있었다. 아니, 행복해 보였다. 그 웃음을 보자 척추의 뼈마디가 툭툭 튕겨나가듯 아픔이 느껴졌다. 분임아, 넌 지금 가짜 행복에 덜미를 잡혔어. 그걸 알아야 해.

그는 차문을 열었다. 여보! 그는 그렇게 부르려고 했다. 그러나 왠지 입이 떨어지지 않았다. 그는 반쯤 입을 벌리고 멍청하게 아내 쪽으로 걸어갔다. 은희가 먼저 그를 발견하고 "아빠!"하면서 달려왔다. 마치 춤을 추듯 경쾌하게 걸어오던 아내가 우뚝 멈춰 섰다. 그런가 했더니 아내는 은아의 손마저 놓아 버리고 달아나기 시작했다. 여보, 내 말을 좀 들어봐, 내 말……. 아내는 부근 숲속으로 몸을

감춰 버렸다. 그는 은아를 끌어안았다. 꼬마가 그를 피해 쭈뼛거리
며 언니 뒤로 몸을 숨겼다. 그새 아빠를 잊었니. 은아는 제 에미를
찾느라 사방을 두리번거렸다. 그래도 나타나지 않자 마지못한 듯 그
에게 안겼다. 사람들이 힐끔거리며 교회로 들어갔다.

그는 은희의 손을 잡아끌고 교회로 들어가 맨 뒷자리에 앉았다.
목사가 설교를 시작했다. 선입견이 없다면 그 젊은 목사는 대체로 참
신해 보였다. 더욱이 어른들은 탐욕과 욕심과 거짓으로 마음이 찌들
어 있다, 아이들 마음을 배우라고 설교하지 않는가. 그는 일말의 기
대를 걸었다. 저 목사 같으면 아내가 돌아오도록 협조해 줄 거야. 예
배가 끝났다. 목사가 신도석으로 내려오고 있었다.

— 목사님, 이애들 아빱니다. 철모르는 아내가 집을 나가서……
— 누가 철이 없다는 겁니까?

냉정하게 되받는 목사의 말투에서 그는 퍼뜩 머리를 환기시켰다.
모두 한통속이다. 그렇지 않다면 이 목사는 우선 내 말을 들어야 했
어.

— 목사님, 아까 설교하실 때 아이들 마음을 배우라고 했죠? 그렇
다면 이 어린것들이 그토록 아빠를 그리워하는데 어째서 나에게 한
통의 전화도 걸어 주지 않았죠?

그가 따지듯 물었다. 그러자 목사는 금방 태도를 바꾸었다.

— 그게 아니라, 혜리 박이란 여자가 부인을 보호하고 있고 일요
일이면 우리 교회에 나오십니다. 그래서 우리 교인들이 부인과 자녀
를 돕고 있습니다.

거짓말이다. 보호소에는 한 달 이상 수용할 수가 없어. 그가 그런
생각을 입 속에 씹고 있을 때 한 임산부가 목사 옆에 붙어서서 그를
아래위로 훑어보았다. 키가 껑충하고 남자처럼 생긴 그녀는 목사의
부인이었다. 임신한 그녀의 모습에서 어떤 예감 같은 것이 스쳐갔

다. 그러나 그것이 무엇인지 얼른 잡히지 않았다.

— 미세스 윤 남편 되세요?

목사의 부인이 따지듯 물었다.

— 그렇습니다.

— 무슨 남자가 그래요!

그녀는 노골적으로 경멸을 보낸 후 남편을 끌고 다른 신도들 쪽으로 가 버렸다. 그때 장로와 집사가 문 쪽으로 나가고 있었다. 그는 그쪽으로 달려가 사정을 했다.

— 도와 주십시오. 내 가족이 집으로 돌아오도록 좀 도와 주시오.

그들 주위로 몇 사람의 남자들이 더 모여들었지만 아무도 그의 말에 대꾸하는 사람이 없었다. 그는 사람들의 차디찬 시선에 소름이 끼쳤다. 언제 왔는지 아내가 다가서며 아이들 손을 가로챘다.

— 왜요, 날 데려가서 마당에 묻고 콘크리트를 쳐 버리려고 그래요? 아니면 죽여서 쓰레기통에 버리겠죠?

그래 놓고 아내는 아이들을 데리고 휙 돌아섰다. 신도들도 한둘 그렇게 등을 돌렸다. 그는 어떻게 손을 써야 좋을지 몰랐다. 그가 맥을 놓고 우두커니 서 있을 때 아내는 누군가의 차를 타고 저만치 떠나고 있었다. 그는 꽃밭에 풀썩 주저앉았다. 내가 그녀를 죽여 콘크리트를 친다고? 예전에는 그런 말을 상상도 못하던 여자가 도대체 어디서 그런 말을 배웠을까. 머리를 흔들고 또 흔들어 보았지만 아내가 왜 그런 말을 하는지 종잡을 수가 없었다.

두 주일 후, 일요일은 비가 내렸다. 그는 전날처럼 차에 앉아 신도들이 교회로 들어가는 것을 일일이 지켜보았다. 지난 주일에도 그랬지만, 이번에는 아내의 모습은 나타나지 않았다. 예배가 시작중이었다. 그는 들어가 볼까 하다가 그냥 기다리기로 했다. 오늘도 아내는 오지 않을까? 그는 핸들에 머리를 묻었다. 비가 오는데 ……. 새

들도 비가 오면 둥지를 떠나지 않는다는데 ……. 이런 날이면 어머
니는 곧잘 빈대떡을 부쳐 주셨지. 은희 에미도 고향에 있을 땐 호박
과 감자전을 잘 부쳤어. 강판에다 감자를 곱게 갈아 번철에 기름을
두르고 전을 부칠 때면 어린 은희도 빨리 달라고 성화였지. 돌아가고
싶다. 비닐집을 짓고 안개꽃, 카네이션, 행운목에 다시금 싹을 틔우
며 그렇게 살고 싶다. "날 묻고 콘크리트를 치려고 그러죠?" 그는
번쩍 고개를 들었다. 환청이었다. 그때 막 교회문이 열리고 우산을
펼쳐든 몇 사람이 왁자하게 나오고 있었다. 그는 급히 차에서 내려
트렁크를 열고 장총을 꺼내들었다. 그리고 빗속을 가로질러 교회로
달려갔다. 사람들이 옆으로 비켜났다. 그는 성단에서 내려오고 있는
목사 앞에 탁 버티고 섰다.

　─목사! 내 집사람 어디 있지? 당장 안내해. 그렇지 않으면 쏘
겠어!

목사는 파랗게 질려 대답을 하지 못했다.

　─어서 앞장서!

　─이것 보시오. 여긴 예배당입니다. 성전이라구요. 어서 그 총
놓으시오.

한 노인이 허위허위 달려오며 말했다.

　─아무도 가까이 오지 마시오! 난 내 아내만 찾으면 곱게 물러날
사람이오.

노인이 주춤 멈춰 섰다. 신도들도 가까이 접근하지 못하고 뒤로
물러났다. 그는 큰소리로 목사를 다질렀다.

　─이봐, 목사, 바람나서 집 나간 여자, 회개시켜 돌려 보낼 생각
은 않고 어째서 자꾸 숨기는 거지? 어디 목사의 소실로 삼기라도 하
겠단 말인가?

　─그게 아니라…….

목사가 더듬거렸다. 아, 신도들 앞에 이렇게 허약한 꼴을 보이다니! 그건 너에게 죄가 있다는 증거가 아니냐. 그는 당당하지 못한 목사에게서 절망과 분노를 동시에 느꼈다.

— 그게 아니면 애들까지 딸린 여자를 어째서 거리고생을 시키지? 우리 애엄마가 너희 목사놈들의 노리개냐? 아무것도 모르는 여자라고 선량한 남편을 가리켜, 돌아가면 콘크리트로 매장한다는 등 공포를 주면서 그래, 도대체 어디까지 그렇게 굴릴 작정이냐, 응?

그의 목소리가 격정 때문에 꺽꺽 울렸다.

— 저희들은 그렇게 말한 적이 없습니다. 다만 부인께서 무서워서 돌아갈 수 없다기에…….

— 변명 필요 없어. 어서 앞장서!

그는 총구를 바짝 들이댔다. 목사가 문 밖으로 휘청휘청 걸어나갔다. 교회 처마에서 낙수물이 줄줄 흘러내렸다. 목사가 딱 몸을 세웠다.

— 난 정말 모릅니다.

그때 교회 안에서 한 중년 신사가 뛰어나왔다. 그리고 그 중년은 뜻밖에도 목사의 따귀를 갈겨대는 것이었다.

— 이 나쁜 놈의 자식! 남의 유부녀를 왜 니가 숨겨. 아무리 미국에 산다지만 우린 한국 사람이야. 이혼도 않고 집을 나왔으면 서로 지지고 볶든, 만나서 해결하도록 해줘야지 니가 뭔데 보호합네 하고 애엄마를 숨겨, 응?

이건 어떻게 해석해야 할까. 그는 총구를 떨구고 아연하게 중년을 쳐다보았다. 목사는 뺨을 감싸고 고개를 푹 숙였다. 그는 그 장면을 믿을 수가 없었다. 쇼가 아닐까? 다 한통속일 텐데. 이건 또 어떤 함정을 위한 연극일까. 그가 다시 손아귀에 힘을 주며 총구를 세웠다. 중년이 목사에게 다그쳤다.

― 빨리 가! 어서 이 사람 데리고 가서 애기엄마 있는 집을 가르쳐 줘! 어서!

― 저 혼자 가겠습니다.

한참 만에 목사가 그렇게 대답했다.

― 이 사람은 애들 아빠야! 어서 데려가지 못해?

― 저 혼자 가겠습니다.

목사는 한사코 그렇게 고집을 세웠다. 그는 중년 남자를 똑바로 쳐다보았다. 복선이 전혀 없는 불 같은 성품이 엿보였다. 쇼가 아니군. 하긴 이렇게까지 연극할 필요가 없지.

― 그럼, 혼자 가서 데려오게 하지요.

그가 말했다. 목사가 아내를 데리러 가기 위해 차에 시동을 걸 때 그 중년 남자가 말했다.

― 난 저 목사의 처남이오. 부인이 오면 잘 달래서 데려가시오.

그리고 중년은 명함 한 장을 내밀고 자기 차 쪽으로 갔다. 남아 있던 교인들도 하나둘 떠나갔다. 그는 차에 앉아 목사를 기다렸다. 60분, 90분…… 두 시간이 지나서야 목사가 돌아왔다. 혼자였다. 그는 차문을 열고 나갔다. 목사는 차에서 내려 우산까지 펼쳐들고 그에게로 다가왔다.

― 윤선생님, 은희 엄마는 절대로 간음한 적이 없다고 합니다.

그는 맥이 빠졌다.

― 누가 그걸 알자고 했어? 애엄마를 데려오라고 했잖아! 애엄마를!

― 절대로 안 만나겠다고 합니다.

목사가 시선을 내리깔았다. 그는 시트에 던져둔 장총을 다시 꺼냈다.

― 그렇다면 목사, 자넬 인질로 삼을 수밖에 없구먼. 자, 내 차에

올라! 운전대를 잡고 그 집으로 차를 몰아!

그때 막 차 한 대가 도착했다. 급하게 차문이 열리는가 했더니 목사 부인이 뒤뚱거리며 달려왔다.

— 쏘지 마세요! 그 총 내리세요.

부인이 목사 앞을 휙 가로막았다.

— 쏘려는 게 아니오. 난 다만 내 아내가 있는 집을 가르쳐 달라는 것뿐이오.

그가 얼굴로 흘러내리는 빗물을 손으로 쓸어내며 대답했다.

— 이분은 그 집을 몰라요. 우린 부인을 돕고 있고, 그 직접적인 일을 헤리 박이 해요.

— 거짓말이오, 부인. 당신도 속고 있는 거요.

— 이분은 목사예요! 절대로 그럴 수 없다는 걸 당신도 아시잖아요?

단호하게 주장하는 부인의 얼굴 위로 비가 줄줄 흘러내렸다. 목사는 그런 아내에게 우산을 씌워 줄 생각도 않고 어깨를 늘어뜨린 채 우두커니 서 있었다. 집을 알 때까지 이 두 사람 다 인질로 잡을까? 아니면 제 마누라 앞에서 저 위선을 갈가리 찢어 줄까. 비에 젖은 옷이 여인의 둥근 배에 찰싹 들러붙었다. 임산부가 비를 맞으면 좋지 않을 텐데……. 그는 부인이 가엾어졌다. 자기 오빠도 알고 있는 사실을 부인이 모르다니……. 그는 남편을 하늘처럼 알고 있는 여인의 그 어리석음에 더욱 마음이 약해졌다.

— 부인에겐 미안하게 되었소. 어서 우산을 쓰시오. 그리고 목사, 오늘은 부인 때문에 그냥 간다만 두고 보라구. 기필코 찾아낸다! 자네가 안 가르쳐 준다 해도 반드시 찾아내고야 만다!

그는 트렁크에 장총을 넣고 차에 올랐다. 비를 맞고 서 있는 두 부부를 남겨두고 그는 조지아를 떠나왔다.

"그래서?"

내가 물었다. 지난주에 어린애를 안고 나왔던 목사 부인이 생각났다. 키가 커서 좀 거세 보이긴 했으되, 남편을 맹신하는 우매한 여성으로 보이진 않았다. 하긴 첫인상으로 사람 속까지 알 수야 없겠지만 사랑하는 남편일 경우 그럴 수도 있을 것이다.

"그 며칠 뒤부터 나는 조지아를 뒤지고 다녔지. 장장 칠 개월간이나…… 궁하면 남의 집 잔디도 깎아 주고 개스 스테이션 일도 하면서 한국인 가게를 수소문하고 다녔어."

"그래서?"

"어느 날 저녁 무렵이었어. 어떤 드러그 스토아에 들러 문의를 하고 나오는데 목사가 차를 몰고 막 지나가는 거야. 그 옆에 한 사내가 동승하고 있었는데 마침 바깥을 내다보고 있더군. 한 또래로 보이는 것이 친구 같았어. 다시금 목사의 처남 생각이 나더군. 그래, 그 사람이 운영한다는 그로서리(슈퍼마켓 같은 곳)를 찾아 보자. 한데, 주머니를 뒤졌지만 명함이 없는 거야. 집에 두고 나온 거지."

"그럼, 그동안 교회 통 안 들렀었나?"

"그래, 그들을 방심시키면서 나 혼자 찾아낼 작정이었어. 아무튼 그 다음날 그로서리를 찾아갔지. 계산대에 앉은 사내가 〈주인은 외출중입니다〉라고 말하더군. 가만히 보니 전날 목사와 함께 차를 타고 가던 그자였어."

그는 계산대 쪽으로 다가갔다.

— 듣자 하니, 허목사와 친구라지요?

그가 정중하게 물었다.

— 그런데요?

사내가 빤히 그를 쳐다보았다. 혹시 잘못 짚었나? 그렇다 해도 이젠 도리가 없잖아. 밀고 나가는 수밖엔.

―날 좀 도와 주시오.

―뭘 말입니까?

―전 은희 아빱니다. 허목사가 돕고 있다는 그 미세스 윤의 남편이죠. 얼핏 듣기로는 그 집을 알고 계신다던데…….

그것은 허공에 던진 주사위였다. 그런데 행운이었다.

―글쎄요, 딱 한 번 따라가 본 적은 있습니다만…….

그는 마른침을 삼켰다.

―좀 가리켜 주시오. 애들 옷이라도 사 주고 싶어서 그럽니다. 어디쯤입니까?

―나는 차에 앉아 기다리고, 그 사람 혼자 들어갔다 나와서 집주소는 정확히 모릅니다.

―그럼 위치는?

―북조지아로 가는 길목, 환스베레라는 거리입니다. 그 거리에 있는 아주 낡은 이층 아파트 건물인데…….

―고맙습니다. 안녕히 계십시오.

그는 꾸벅 절까지 하고 나와 당장 환스베레로 차를 몰았다. 막 그 거리의 이정표를 진입해 상가 쪽으로 들어가면서 그는 '송 피쉬 마켓'이란 간판을 발견했다. 한인주소록에서 본 기억이 있었다. 그는 차를 세우고 그 가게로 들어갔다. 역시 한국인의 생선 가게였다.

―이 마을에 아이들 둘 데리고 혼자 사는 여성이 있는데, 혹시 아십니까?

그가 주인 남자에게 물었다.

―있습니다. 부인이 직장에 다니지요?

―직장이라구요? 아이들이 있는데…….

―그 부인은 아이들을 저 교회 너서리에 맡기던데요?

주인이 창 밖을 가리켰다. 맞은편 교회 마당엔 조무래기들이 뛰

어놀고 있었다. 아니야, 아무것도 모르는 여편네가 어떻게 직장을
·······.

— 허름한 아파트에 살고 있는 애엄마 말입니다.

— 맞을 겁니다. 저 뒤쪽 아파트죠. 너서리에 가 보세요. 아이들
이 거기 있을 거예요.

그는 별 확신도 없이 교회로 갔다. 여기저기서 소리치는 아이들
목소리가 낭랑하게 솟구쳐 올랐다. 저쪽에서 보모인 듯한 여성이 자
전거를 타다가 넘어진 노랑머리의 꼬마를 일으키고 있었다. 그는 모
래장난을 하는 어린이들을 보았다. 머리가 까맣긴 했지만 필리핀 아
이 같았다. 그가 사방을 둘레둘레 살피고 있을 때 저만치서 한 여자
아이가 달려오고 있었다. 은희였다.

— 아빠 !

그는 함께 달려가 아이를 덥석 안았다.

— 은아는 어디 있니?

그 어린것도 언니를 쫓아 아기작거리며 오고 있었다. 그는 두 아
이를 한 팔에 안고 얼굴을 비볐다. 아이의 축축한 뺨이 감미로운 동
아줄처럼 그의 몸을 칭칭 감는 듯했다. 그것은 여태껏 절실하게 갈망
해 왔던 확실한 예속감이었다. 예쁜 머리핀이나 드레스만 보여도 얼
마나 너희들이 보고 싶던지 ······. 그는 아이들을 안고 일어섰다. 가
자, 은희야. 니가 갖고 싶어하던 북치는 인디언 인형을 사 줄게. 그
가 교회문을 나설 때였다. 보모가 등 뒤에서 다급하게 소리쳤다.

— 당신은 누구시죠?

— 이런, 결례했소이다. 난 애들 아빱니다.

보모가 가로막듯 나섰다.

— 그 아이들을 맡긴 분이 다른 분에겐 절대 애들을 내주지 말라는
당부를 하셨습니다. 또 법적으로 우린 맡긴 분 외엔 돌려 드릴 수가

155

없구요.

이런, 여기도 차단기가 설치되어 있구나. 그때였다. 뜻밖에도 은희가 보모를 향해 떼를 쓰는 것이었다.

— 마이 대디 ! 마이 대디 !

아이는 우리 아빤데 왜 잡느냐, 함께 가겠다는 것이었고 보모는 엄마가 오실 텐데 그때 함께 가면 되지 않느냐고 빠른 말로 아이를 설득했다. 이윽고 은희가 울음을 터뜨렸다. 그래도 보모는 눈 하나 깜박이지 않았다. 그는 쇼셜워커에서처럼 또 아이를 떼 가 버릴까 봐 문득 겁이 났다.

— 알겠습니다. 아이엄마는 몇 시에 오죠?

— 다섯 시에 오십니다.

그는 시계를 보았다. 한 시간 반 정도 남아 있었다. 그는 아이를 달랜 후 보모에게 말했다.

— 그럼 그때까지 여기서 기다리죠.

그는 아이들 손을 잡고 모래더미 옆으로 갔다. 가슴이 아팠다. 얼마나 아빠랑 살고 싶으면 은희가 그렇게 떼를 썼을까. 그런데도 안고 달아나 주지 못했다. 그는 그것이 부끄러워 잠깐 동안 은희의 얼굴을 바라볼 수가 없었다. 은희야, 아빠도 가능하면 너희들 손을 잡고 집으로 가 버리고 싶었단다. 그러나 미국은 말이다, 그런 걸 용서해 주지 않는단다. 여기선 엄마가 돌아오지 않으면 아무것도 해결나지 않아. 그러니까 우리는 참으면서 하루빨리 함께 살도록 힘써야 해 ······. 그는 흐트러진 은아의 머리결을 손갈퀴로 빗어내렸다.

— 아빠, 엄마가 오면 아빤 또 쫓겨날 거야.

은희가 볼멘소리로 말했다. 그애의 눈 밑에 눈물 한 방울이 매달려 있었다. 그는 그 눈물을 손바닥으로 훔쳐 주고 나직이 속삭였다.

— 은희야 ······ 안 쫓겨나도록 아빠가 엄마한테 사정해 볼께.

아이가 땅에 쭈그리고 앉았다.

— 소용없어. 엄만 허목사아저씨가 더 좋대는걸.

허목사…… 문득 목사의 부인이 생각났다. 임산부…… 젊은 목사
도 아내가 임신하면 다른 여자를 넘보는가.

— 전에 수용소에 있을 때 엄마한테 얼마나 맞았는지 알어? 장목
사아저씨랑 잔 걸 아빠한테 일러 줬다구. 그뿐인 줄 알어? 허목사아
저씬 날 부자집 양녀로 보내야 한대. 엄마가 그것만은 안된다고 했지
만 난 엄마가 무서워.

아이의 말이 예리한 유리조각이 되어 그의 가슴에 박혔다. 내가
전생에 무슨 죄를 지어 어린 딸에게까지 이런 고통을 주고 있나. 남
달리 가족을 사랑한 게, 그것이 동티가 되었단 말인가.

— 아빠, 가자 응? 엄마가 오면 또 때릴 거야. 아빠한테 일러 줬
다구.

그는 아이의 조그만 머리를 와락 쓸어안았다.

— 은희야…… 여기서 달아나면 저 아줌마들이 경찰을 부른단다.
그러면 아빤 잡혀가고 너희들은 여기 다시 남게 돼.

아, 내가 할 수 있는 말이 고작 이것뿐인가. 그는 하늘을 우러러
보았다. 이 지구상의 모든 것이 끓어넘치듯 그 하늘이 미어지고 있었
다. 눈물이 소리 없이 볼을 타고 흘렀다. 오, 하늘아, 너도 한국에
서 잠깐 이리로 온 게 아니냐. 여기 이 유리벽을 좀 깨뜨려 다오.
간원하노니 제발, 날 좀 도와 다오……. 그는 아이의 등에 얼굴을
묻었다.

그가 칭얼거리는 은아에게 모래집을 만들어 주고 있을 때 은희가
다급하게 말했다.

— 아빠, 엄마가 와.

그는 고개를 번쩍 들었다. 입구로 아내가 막 들어서고 있었다. 그

는 천천히 몸을 일으켰다. 그를 본 아내가 몇 발자국 뒷걸음질을 치
더니 그대로 도망치는 것이었다.

— 은희야, 은아 데리고 잠깐 기다려.

그리고 그는 아내의 뒤를 쫓았다. 한참 뛰어가 보았으나 그녀는
이미 보이지 않았다. 교회 건물 옆으로 꺾어도는 길이 있었으나 그
거리에도 아내의 발자취는 없었다. 그는 다시 교회로 돌아왔다. 모
래더미에서 놀고 있던 아이들이 보이지 않았다. 그는 보모에게 다급
하게 물었다.

— 아이들은 어디 있죠?

— 부인이 데리고 갔는데요?

— 뭐요? 들어오지도 않았는데 어떻게 데려가요?

— 저 뒷문으로…….

보모가 교회 건물 이쪽 뒤편을 가리켰다. 거기에 조그만 철문이
보였다. 그는 곧장 그 문으로 달려나갔다. 하나의 모퉁이를 돌아
'송 피쉬 마켓' 주인이 말하던 그 뒤쪽 아파트 어디쯤을 향해 무턱대
고 뛰었다. 저만치 앞에 낡은 아파트 건물이 보일 때쯤 마침내 은아
를 안고 은희의 손을 잡아끈 아내가 동동거리며 뛰어가는 모습이 보
였다. 그는 곧 아내를 따라잡아 아이의 손을 낚아챘다. 아이의 손을
놓치고도 아내는 그냥 달아나며 외치는 것이었다.

— 자꾸 따라오지 마! 폴리스를 부르겠어. 빨리 꺼지라구!

그는 아내 앞을 막아섰다.

— 제발, 이러지 말자. 분임아, 제발…….

아내가 숨을 헐떡이면서 증오에 찬 눈으로 그를 쏘아보았다.

— 왜 싫다는데 자꾸 쫓아다녀? 뭘 노리고? 또 은희한테 캐물었겠
지? 비겁하게 아이한테 묻지 말고 나한테 물어. 알고 싶은 게 뭐야?

— 여보, 진정해. 진정하고 내 말 좀 들어봐.

— 솔직히 말해서 난 당신같이 멋대가리 없는 남잔 싫어. 그래서 장목사를 좋아했어. 점잖고 남에게 존경받고……. 당신과 비교하자면 하늘과 땅 차이잖아? 그래서 집을 나왔어. 그 인슈런스맨은 내가 이용한 거야. 당신이 장목사를 의심할까 봐. 그이도 말했어. 나같이 고운 여자가 당신 같은 깡패 출신과는 어울리지 않는다고. 집을 나오고 싶으면 나오라. 단 의심을 남기지 말고……. 그런데 그전에 이미 은희가 까발렸다며? 그래, 난 장목사를 사랑해. 우린 아직도 그런 사이란 말야.

허목사와의 일을 은폐하기 위해 이젠 장목사를 미끼로 내놓고 있다만, 분임아, 넌 굴렁쇠야. 그들이 채를 잡고 이리저리 굴리고 있어.

— 그래, 내가 싫다면 어쩔 수 없다만 그래도 애들이 있잖아? 우리가 이애들을 낳을 때는 함께 잘 길러 보자는 것이었어. 한데 이게 뭐야. 소위 애비가 되어서 맘대로 안아 볼 수가 있나, 옷을 사줄 수가 있나…….

— 이혼만 해주면 얼마든지 만날 수 있잖아?

아내의 목소리가 조금씩 가라앉았다.

— 그게 어디 함께 사는 것만 하겠어? 여보, 이러지 말고 집으로 가자, 좋은 집 놔두고 이게 무슨 고생이야?

— 걱정 말아요. 장목사가 허목사한테 부탁해서 우리를 잘 보살펴 주고 있단 말예요.

— 아이들이 날 그리워하잖아? 옛말에도 부모자식간의 정은 그 누구도 끊지 못한다고 했어.

— 당신이 다 이렇게 만든 거예요. 무섭게 뒤만 캐고 다니니까…….

그래, 그래서 일을 그르치기도 했겠지. 죄 없는 은희한테까지 화

를 끼치게 하면서 ……. 그러나 내가 할 수 있는 방법이 그것 말고
또 뭐가 있었겠는가.

― 어쩔 수 없었어. 아이들이 보고 싶어서 ……. 여보, 돌아가자.
집에 가면 콘크리트로 매장한다고 했는데, 내가 그럴 사람이 아니란
걸 당신 알잖아? 젊은 날 한때 아무렇게나 살았다고 내가 그렇게 못
돼 먹은 놈인가? 우리가 함께 꽃농사를 지을 때를 생각해 봐, 난 오
직 당신을 위해 일했어. 지금도 그래. 지금이야 당신이 나보다 아이
들한테 더 소중한 사람이지. 그래, 아이들을 위해서 우리 다시 한번
시작해 보자, 응?

― 사랑하지도 않는 남자와 어떻게 같이 살아요?

― 그래도 아이들은 사랑하잖아? 나랑은 동침하지 않아도 좋다.
정, 장목사를 못 잊겠다면 나가서 만나. 묵인하겠어. 집에서만 그런
일을 피해 준다면 난 당신 마음이 돌아올 때까지 참고 기다리겠어.
각서를 쓰라면 쓰고 …….

― 이젠 늦었어요.

아내가 고개를 떨구었다.

― 늦지 않았어. 뭐가 늦었다고 그래? 내가 다 이해하겠다는데.
자, 지금 당장 짐을 챙기자.

― 나에겐 내 인생이 있을 뿐이에요. 어서 돌아가세요.

― 왜 사서 고생하겠다는 거야? 아이들을 생각해 봐. 당신만 돌아
가면 우린 모두 편해져.

― 이미 돌이킬 수 없다잖아요? 돌아가세요.

아내가 울컥 짜증을 냈다.

― 여보, 다시 한번 생각해 봐. 언제까지 이렇게 피해 다닐 거야,
응?

― 정말 이렇게 추근거릴 거예요?

— 여보…….

아내가 시계를 보았다. 그 순간 알 수 없는 초조감이 살얼음처럼 아내의 얼굴을 덮었다.

— 정말 안 돌아가겠단 말이죠?

더 참을 수 없다는 듯 그녀가 발끈 언성을 높였다. 그래, 아내의 마음을 돌리려면 고분고분 돌아가 주는 게 좋을지도 몰라.

— 그럼 말야. 오늘 아이들을 데리고 가서 하룻밤만이라도 함께 자고 내일 데려오면 안 될까?

— 안 돼요! 빨리 꺼져요!

— 그럼, 잠깐 데리고 가서 옷이랑 장난감만이라도 사들려 보낼 께.

또다시 시계를 보면서 아내는 성마르게 재촉했다.

— 데려가든 말든 썩 꺼져요. 어서!

그는 아이들 손을 잡고 돌아섰다. 은아가 그의 손아귀에서 작은 손을 빼내더니 얼른 언니의 손을 잡았다. 그리고 가지 않겠다고 버티기 시작했다.

— 은아야, 초콜렛 사 줄께. 인형도 사고 옷도 사고…….

그래도 아이는 제 언니의 허리를 잡고 늘어지기만 했다. 그럼 엄마한테 돌아가라고 해도 고개를 저었다. 제 어미마저 아이들을 떼놓고 다니니까 이 어린것이 한사코 언니한테만 매달리는 모양이었다.

— 은아야, 금방 오는 거야. 옷하고 인형만 사서 얼른 오자. 그리구 말야, 목사아저씨가 와서 엄마가 우리보고 침대 속으로 들어가라 할 때, 그때 침대 속에서 인형놀이하는 거야. 좋지?

은희가 그렇게 달래자 꼬마는 조금 다소곳해졌다. 단칸방에 산다더니, 허목사가 오면 아이들을 침대 밑으로 몰아넣는구나……. 그가 아이들 손을 잡고 참담한 기분으로 걸음을 옮길 때였다. 한 승용

차가 그 아파트를 향해 달려오고 있었다. 어딘가 눈에 익은 차였다. 허목사였다. 그는 걸음을 멈추고 그 차를 주시했다. 새삼스런 분노가 머리끝을 곤두세웠다. 그때였다. 10미터 전방까지 달려오던 차가 잽싸게 차 머리를 돌리더니 오던 길로 되달리는 것이었다. 허목사가 그를 본 모양이었다. 그는 주먹을 부르르 떨었다. 이 죽일 놈, 너희들이 색쓰는데, 내 자식들이 관람자라더냐! 차 꽁무니가 까만 점으로 변할 때 그는 문득 정신을 차리고 아내 쪽을 돌아보았다. 아내는 화가 났는지 아니면 몹시 당황을 했는지 발을 동동 구르며 뭐라고 악을 쓰더니 아파트 안으로 들어가 버렸다. 그는 머리를 설레설레 저었다. 일이 또 잘못되나 보다. 진작 이 자리를 피해 줘야 했을까…….그는 은아를 들쳐업고 허적허적 자신의 차 쪽으로 걸어갔다.

그가 막 시동을 걸고 출발할 때 폴리스가 와서 그의 차를 세웠다. 그사이 아내가 그를 신고한 것이었다.

5

"경찰서로 끌려갔지. 부인의 허락도 없이 아이들을 유괴했다는 게 내 죄명이었어. 우습잖아? 막 웃었지. 덕분에 난 정신감정까지 받아야 했다네."

오래 전에 미주 신문에 났던 할머니의 이야기가 생각났다. 그 할머니는 이웃에 사는 다섯 살짜리 미국 아이의 고추를 만졌다. 아이구, 그 고추 귀엽기도 하구나…….그것은 할머니가 손자에게 늘 하던 버릇이었다. 그런데 아이의 부모가 신고를 했고 할머닌 잡혀갔다. 죄명은 변태성이었다. 경찰에 잡혀가자 놀란 할머니는 자꾸 자기 변명을 했고, 무슨 말인지 알아듣지 못한 관계자들은 그것을 또 정신이상의 소치로 간주했다. 그래서 할머니는 장장 6개월이나 이리저리 끌려다니며 억울한 옥살이를 해야만 했다.

"일주일 만에 경찰서에서 나왔지. 난 다시 환스베레로 갔다네. 아이들에게 줄 인형과 옷을 사 들고……. 너서리엔 그날 아이들을 맡기지 않았다더군. 아파트도 잠겨 있고. 하는 수 없이 들고 간 것만 문 앞에 놓고 돌아왔어."

나는 한참이나 녀석을 바라보았다. 그리고 물었다.

"하나 물어 보자. 아내가 돌아오면 정말 용서가 될 거라고 생각하나?"

"때때로 생각이야 나겠지만 그러나 잊어야지 어쩌겠나."

"그러니까 아이들을 찾기 위해서 그런 아내라도 받아들여야 한단 말인가?"

"처음엔 그런 심정이었어. 그러나 이젠 아니야. 난 가정을 되찾고 싶어."

"이해할 수 없군. 가정이야 다른 사람과도 얼마든지 이룰 수가 있고……."

"그런 가정이 어째서 내가 처음 이룬 가정과 같다는 거지? 더욱이 소행이 밉다고 해서 분임이를 이 살벌한 사회에 냅다 던져 두란 말인가?"

녀석이 역정을 냈다.

"거야 분임이 스스로 자초한 일이 아닌가?"

"아니야, 내 탓이야. 이렇게 이상한 나라로 데려오지만 않았어도 분임이는……."

녀석은 작은 한숨을 내쉬고 가만가만 자신의 손을 만졌다. 그러다

159

가 문득 고개를 들었다.

"그리고 말야, 문 앞에 선물을 두고 온 날 밤이었어."

자정이 넘은 시각이었다. 전화가 걸려왔다. 그가 누구냐고 물었으나 상대는 선뜻 대답하려 들지 않았다. 분임이구나! 그런 생각이 들었다. 갑자기 목이 타고 손에 땀이 느껴졌다. 그러면서도 그는 그쪽에서 먼저 입을 열 때까지 침착하게 기다렸다. 이윽고 흐느끼는 소리가 들려왔다.

— 은희 엄마구나. 그래, 아이들 선물은 받았어?

그는 함께 살 때처럼 그렇게 물었다.

— 은희 아빠……. 난 못된 여자예요. 날 버려 주세요…….

울음 묻은 그 목소리, 아, 그건 결혼 당시 분임이의 목소리였다. 오랫동안 가성 열에 들떠 제 목소리마저 잃고 있던 애엄마……. 그는 아내를 처음 안을 때처럼 손끝이 떨렸다.

— 그럼 난 혼자 어떻게 살라구. 여보, 그만 돌아와. 나도 이젠 안정을 찾고 싶어.

— 너무 늦었어요. 나도 이젠 내 맘대로 할 수가 없게 되었어요.

— 그런 게 어딨어? 당신 마음만 먹으면…….

— 그들이 날 놓아 주지 않아요. 당신에게 빌고 집에 들어가면 당신은 날 내세워 교회 본부에다 배상금을 청구한다는 거예요. 그렇게 되면 목사와 그녀가 걸려든다고……. 그들끼리 그렇게 속삭이는 걸 들었어요. 은희 아빠, 일이 이렇게 되어 버렸어요. 이 죽일 년 때문에…….

아내는 울음 소리를 죽이느라 가끔 수화기를 막곤 했다.

— 여보, 배상금이라니 그게 무슨 소리야? 난 그런 것 소용없어. 아니, 생각해 본 일조차 없어. 내가 필요한 건 오직 당신과 아이들뿐이야.

─그들이 당신을 믿지 않아요. 게다가 그들은 이제 당신의 집념에 겁을 먹고 있어요. 그래서……

─여보, 그럼 우리 한국으로 돌아가자. 애들 데리고 어서 와. 내가 데리러 갈까? 내일이라도 당장 떠나자.

─그럴 수가 없어요. 이 무식한 년이 모든 걸 망쳐놨어요. 죽어서도 용서받지 못할……

거기서 전화가 끊겼다. 그는 날이 밝는 대로 곧장 그 아파트로 차를 몰았다. 이미 아파트는 비어 있었다. 그가 선물 꾸러미를 놓고 떠나온 한 시간쯤 뒤 아내가 돌아와서 자주 오는 남자와 함께 이삿짐을 옮겨갔다는 것이었다.

그리고 한 달 후였다. 경찰관이 그에게 소환장을 들고 왔다. 아이들 양육비를 주지 않아서 고발당한 것이라 했다.

─거기 적힌 날짜 오후 두 시까지 법정에 출두하시오. 출두하지 않으면 당신은 체포됩니다.

경관이 소환장을 건네 주며 말했다. 일주일이 남아 있었다. 그 용지를 받아드는 순간이었다. 갑자기 숨이 컥 막히면서 죄여들듯 심장이 아팠다. 얼마 전부터는 머리카락이 빠지기 시작하더니……. 그가 몸을 움츠리고 숨을 내쉬려고 안간힘을 하자, 경관이 그를 부축해서 병원으로 데려다 주었다. 과로와 영양실조로 인한 핫택이란 진단을 받았다. 잘 먹고 푹 자면 낫는다. 이까짓 병이야……. 집으로 돌아온 그는 먼저 한인주소록을 뒤졌다. 누구엔가 조언을 구해야 한다. 그러나 누구에게? 문득 언젠가 들은 신부 이야기가 어렴풋이 떠올랐다. "그 신부, 대단한 정의파야. 누구든 부당한 피해를 당하면 사복을 입고 달려와 도와 주기도 하고, 어려운 사람에겐 직장도 알선해 주고……." 그는 곧 아틀란타 천주교 전화번호를 찾아 다이얼을 돌렸다.

— 신부님을 찾습니다.

— 접니다. 누구신지요?

잔잔하게 다가오는 목소리였다.

— 저, 신부님…….

— 말씀하십시오.

— 신부님은 신부이기 이전에 한국 사람이지요?

— 물론 한국 사람입니다. 한데, 그로 인해 피해받은 일이라도 있으신지요?

그는 말문이 막혔다. 어떻게 다 설명할 수 있단 말이냐. 더욱이 전화상이 아닌가. 그래서 그는 간단하게 아내가 집을 나간 이유와 일주일 후 법정에 나가야 할 문제만 상의를 했다.

— 변호사를 사서 맞고소를 하시면 됩니다.

그래 놓고 신부가 나직이 물었다.

— 저 혹시 어거스터에 사시는…….

아, 이 신부가 날 알고 있다. 어떻게? 도대체 어떻게?

— 네, 제가 윤태민이라구…….

— 어떤 개신교 교민으로부터 얼핏 들은 것 같군요. 한데, 변호사 비용은 있습니까?

따뜻한 체온으로 전해 오는 그 말…… 그 말은 흡사 어린 시절 어머니가 밥을 잦힐 때 물씬 풍겨오는 구수한 밥냄새처럼 그에게 깊은 감동을 불러일으켰다. 그러자 울음 같은, 또는 하소연하고 싶은 수많은 이야기가 한꺼번에 터져나올 듯 목구멍이 아팠고, 그러자 또 숨쉬기가 괴로워졌다.

— 네, 있습니다, 고맙습니다.

그가 간신히 더듬거리며 대답했다.

— 도움이 필요할 땐 언제든지 오십시오. 신부가 아니라 한국인으

로 기다리고 있겠습니다.

그는 전화를 놓았다. 한국인으로 기다린다는 그 말이 굵은 밧줄로
그를 끌어당겼다. 그는 당장 달려가고 싶었다. 가기만 하면 그 신부
는 그의 고통을 모두 덜어 줄 것도 같았다. 그러다가 그는 서서히 냉
정을 되찾았다. 그 신부가 어떻게 날 알고 있을까. 아내가 집을 나간
이유가 목사와의 간통 때문이라고 내가 밝혔기 때문일까. 어떤 개신
교도로부터 들었다면, 그럼 조지아의 그 교인들은 모두 속으로는 날
동정하고 있단 말인가? 일이 이렇게 되었다면 신부한테 한번 매달려
볼까? 아니야. 비록 신부가 날 이해하고 있다고 해도 결국은 예수를
믿는 사람이다. 게다가 신부라 해도 미국 법이란 그물을 찢어낼 수는
없다. 거기까지 생각하자 하나의 경각심이 떠올랐다. 그래, 잘 알지
도 못하고 매달렸다간 더 깊은 함정에 걸려들지도 모른다.

아무튼 그는 변호사를 샀다. 변호사에게 사건을 의뢰하고 돌아올
때 퍼뜩 혜리 박 생각이 났다. 그래, 그래. 아내는 분명 그녀라고
말했어. 그건 혜리 박이야.

이튿날이었다. 그는 안주머니에 권총을 넣고 이른 아침 쇼셜워커
로 갔다. 약 반 시간 정도 주차장에서 기다리고 있자니까 흑인 남자,
여직원, 혜리 박이 차례로 출근했다. 그런 뒤 10분도 채 되지 않아
흑인과 여직원이 다시 나와 어디론가 가고 있었다. 아마 수용소를 살
펴보러 가는 모양이었다. 그는 재빨리 차에서 내려 사무실로 달려갔
다. 혜리 박은 혼자서 아침 커피를 즐기는 중이었다. 그는 권총을 빼
들었다.

— 아니, 미스터 윤?

그가 문을 잠그자 혜리 박의 얼굴이 굳어졌다.

— 내가 가장 싫어하는 일은 동포를 죽이는 일이다. 하지만 오늘
은 내가 그 일을 할 수밖에 없군. 내 아내는 어디 있지?

그는 나직이 그러나 힘 주어 말했다. 별안간 혜리 박이 깔깔거리고 웃었다.

— 벌써 언제적 일인데 아직도 나에게 부인의 행방을 묻는 거예요? 그분은 여기 한 달간 수용되어 있다가…….

— 그래, 그뒤 허목사가 방을 얻어 주어 나갔다는 것도 알아. 문제는 현재 어디로 빼돌렸냐는 거야.

— 나에게 원하는 게 뭐죠?

혜리 박이 물었다. 싸늘하게 돌변한 얼굴이었다.

— 내 아내를 빼돌리는 장본인은 바로 너다. 그걸 시인해!

— 그러니까 녹음하시겠다 그건가요? 하지만 권총을 들이대고 강요한 자백은 효력이 없다는 걸 아실 텐데?

— 법을 갖고 노는 여자라 역시 다르군. 난 그런 거 소용없어. 무슨 수를 써서라도 내 가족들을 찾고 말겠다는 거야. 말해! 내 아내를 어디로 팔았지?

— 아침부터 장난이 심하시군요.

— 장난? 어째 너 같은 여자가 여태 건재할 수 있었을까. 동족을 낚시 미끼로 아는 여자가……. 좋아, 안 가르쳐 주겠다면 쏘는 수밖에!

그가 총구를 바짝 들이댔다. 그제야 파리하게 질린 혜리 박이 잠깐, 하고 손을 들었다.

— 손 치워!

— 미스터 윤, 진실로 말하자면 처음엔 몰랐어요. 당신 아내의 간음……. 그 사실은 훨씬 후에야 알았어요. 그녀가 고백했죠. 그래서 난 지금 당신 아내도 고발할 생각이에요. 공무원을 속였으니까…….

철저한 여자였다. 당장 총알이 들어간다 해도 자기 약점을 실토할 여자가 아니었다. 그때 흑인이 돌아와 문을 두드렸다.

— 혜리 박, 한 번 더 기회를 준다. 사흘 이내로 식구를 돌려 보내지 않으면 넌 기필코 내 손에 죽게 돼. 잘 기억해 둬.

그는 도로 권총을 집어넣고 문고리를 벗겼다. 흑인이 급하게 들어왔지만 그는 유유히 그 사무실을 나왔다. 아무도 따라나오는 사람이 없었다.

"그리고 그 다음날 저녁 무렵이었어. 집으로 웬 젊은 친구가 찾아왔더군. 좀처럼 방문하는 사람이 없어서 좀 이상했지만 난 문을 열어 주었네. 한데 그 친구가 대뜸 권총을 빼들면서 날 죽이러 왔다는 거야. 난 웃었어. 웃으면서 말했지. 혜리 박이 보냈지? 어제 사용한 그 총엔 총알이 없었다, 어떤 경우에도 사람을 죽일 생각은 없어, 의심나면 그 카우치에 걸려 있는 양복 안주머니를 뒤져 보라, 거기 총이 어제 그대로 있으니……. 녀석이 총을 꺼내서 빈 총임을 확인하고 자기 주머니에 넣으면서 말하는 거야. 들기로는 아주 악질이라던데, 사람 죽일 생각이 없다니 이상하군. 솔직히 말해서 당신을 죽이면 난 오천 불을 받는다. 물론 돈 때문에 이런 청부를 맡았다만 그보다도 당신은 아내를 미끼로 이 사람 저 사람에게 돈을 갈취, 공갈을 치고 나아가 동포들 망신을 다 시키고 다닌다기에 처치해 버릴 생각이었다……. 난 또 웃었네. 거기서도 동포 망신이란 말이 인용되다니……. 그래서 내가 말했지. 자네가 혜리 박이 어떤 여자인지 안다면 그 총구를 그쪽으로 돌리게 될 것이다. 난 내 입으로 그녀의 비리를 말하고 싶진 않다. 조금만 수고해서 그녀 뒤를 추적해 본다면……. 날 죽이는 건 그때도 늦지 않다. 용기 있으면 언제든 오라……. 녀석이 돌아가더군. 그뒤 열흘 만엔가 술집에서 우연히 만났지. 그때 녀석이 술을 사면서 정중하게 사과하더군. 윤형, 그년은 돈에 환장한 뚜쟁이더군요……."

녀석이 긴 한숨을 내쉰 뒤 술잔을 잡았다.

"그 다음이 오늘 교회행인가?"

내가 물었다.

"그래, 이민 사 년 동안 일 년 반을 그런 식으로 헤맸다네."

녀석의 이야기가 대충 끝난 모양이다. 나는 그의 잔에 술을 따르고 내 잔에도 가득 부었다.

"그럼, 식구들을 찾으면 한국으로 돌아갈 생각인가?"

"가능하다면 그러고 싶어."

나는 녀석의 잔에 내 잔을 가볍게 부딪고 한모금 마셨다.

"나도 돕겠네."

처음 이민 왔을 땐 교민사회를 하나의 기지(基地)로 보았다. 그 기지가 잘 지켜지려면 서로 두절되지 않아야 한다……. 그러나 기지의 내막을 다 파악하기도 전에 동포로부터 속임수와 헐뜯김을 당했고 그로 인한 피해의식에 사로잡히면서 나는 서서히 오염되어 왔다. 그리고 우리 말을 깡그리 잃어가는 자식들에게서 아득한 절망을 느끼기도 했지만 우리들쯤이야 완전히 미국 사람이 된들 어떠랴, 자위도 했었다. 그런데 그럴 수조차 있었던가. 백인들은 저희들도 빼앗은 땅에 뿌리박은 지 얼마 되지 않으면서 마치 고래로 묻어온 흰 뼈라도 있듯 미국, 미국적, 미국인을 흰둥이로 대표했었다.

그래서 인디언들은 자신들을 사과로 비유하지만 우린 비유해 볼 틈도 없이 그냥 바나나가 되어 버렸다. 그래, 돌아갈 사람은 돌아가야 한다. 어쩌면 태민이 이녀석은 본질적으로 바나나가 되기를 거부하고 있는지도 모른다. 검은 얼굴에 흰 정신을 통탄했던 프란츠 파농……. 그 거대한 혼합 물결에도 본색을 잃지 않은 태민이가 하나의 희망이 될 수 있을까? 누가 말했던가. 이제 단순히 생존하는 것이 아니라 평등하게 살아남는 길은 서로의 본색을 지키는 것뿐이라고

……. '이철수 사건'이 생각났다. '차이나 갱 사건'에 이상하게 연루된 이철수를 위해 유니온 신문사 이경원은 몇 해를 두고 추적했던가. 30년이 넘도록 미국 생활을 해 온 이경원은 모국어를 그대로 지키고 있었는데, 당시 7년이 된 철수는 단 한마디도 한국 말을 몰랐다. 그러면서도 궁지에 몰려 법정으로 끌려갔을 때 철수는 미국 말로 한국인을 찾았다.

〈여기 한국 사람 없습니까?〉

우리 70만 교포의 이곳 생활은 도덕이란 기존 거울을 깨뜨리고 그 깨어진 틈을 헤매면서 시작된다. 그 조각난 틈 사이로의 방황, 끝없는 착각과 오류를 범하면서 자기도 모르게 바나나가 되고 있는 것이다.

"태민아, 다음 일요일에 한인회 춘계 야유회가 있다. 사우드 조지아의 공원에서야. 이 주에 사는 교민은 거의가 나온다. 물론 혜리 박도. 그날 또 한번 시도해 보는 거야."

그리고 나는 잔을 쭉 비웠다.

6

야유회가 시작되었다. 술과 음식 파티를 하는 동안 1천 5백여 명의 교민들은 모두 즐거워 보였다. 혜리 박도 그랬다. 청바지에 실크 블라우스를 걸치고 어깨까지 내려온 생머리를 너풀거리며 그녀는 주로 장(長) 자가 붙은 감투들과 바쁘게 인사를 나누고 다녔다. 나는 그녀를 주의해서 살피는 사이사이 태민이를 관찰했다.

녀석은 구석진 곳에서 등을 구부리고 앉아서도 가끔 두리번거리곤 했다. 행여 자기 가족도 왔나 해서 그렇게 찾아 보는 모양이었다. 잠깐 가슴이 죄이듯 녀석이 측은했다. 녀석은 자기가 말한 것 이상으로 비참한 상태에 놓여 있었다. 직장은 물론, 한푼의 돈도 남아 있지 않았고 집마저 페이를 하지 않아 얼마 전 다른 사람에게 넘어가고 말았다. 더욱이 이틀 밤을 우리 집에서 자면서 녀석은 가위에 눌리는지 식은땀을 흘리며 헛소리를 해댔다. 녀석 때문에 잠을 잃어 버린 나는 담배를 피우면서 생각했다. 아직 시간은 있다. 그간 이녀석이 겪었다는 일부터 확인해 보자.

다음날, 나는 녀석을 식당으로 몰아냈다. 주방일 좀 도와라…….
그리고 나는 곧장 환스베레로 가서 너서리와 아파트를 찾아 보았다. 아이들 이름은 금방 확인되었다. 그러나 어디로 이사를 갔는지 그 이상은 알고 있는 사람이 없었다. 거기서 나는 조지아 천주교를 향했다. 신부 역시 녀석을 기억하고 있었다.

"어떤 분으로부터 그 사람 이야기를 들었습니다. 참 딱하게 되었더군요. 마침 나에게 본인이 전화를 걸기도 해서 그 사람을 기다렸는데……."

나는 신부의 말을 들으면서 이 문제를 '교역자협의회'에 한번 부쳐볼까 하는 생각을 해보았다. 교역자협의회는 철학박사인 회장 한 사람과 목사 14명에 단 한 사람의 신부로 구성되어 있다. 그 중에서도 이 신부는 사건분과위원장이다. 그러나 설령 신부가 녀석을 동정하고 정의 규명에 앞장서는 사람이라 해도 혼자서는 14명의 목사 파워를 이겨낼 수 없을 것이다.

그날밤 나는 LA, 뉴욕, 스탁톤, 일리노이까지 장거리 전화를 해서 친구와 선배들에게 목사의 추행에 관해 의논해 보았다. 대답은 모두가 비관적이었다. 목사나 교회를 건드리면 오히려 큰 화를 입게 된다, 그런 목사들은 방해자가 생기면 간단하게 정신병자로 신고해 버린다, 그 교회가 싫어 다른 교회로 옮기기만 해도 중상모략이다, 원수처럼 몰아붙이는 작자들이 무슨 짓인들 못하겠어? 목사 잘못 건드려 망한 교민이 어디 한둘인 줄 아나? 그놈들의 비리를 생각하면 당장 파뒤집고 싶지만 다 일신의 안전을 위해 참는 거다…….

다음날, 나는 피치츄리를 들려 어느 한국인 식품점으로 들어갔다. 운 좋게도 거기서 나는 혜리 박에 관한 이야기의 편린을 주울 수가 있었다.

"그 여자 악의가 대단해요. 성이 다른 남동생을 초청해 놓고 갖은 방법으로 괴롭혔다는데 그것이 글쎄, 어릴 때 남동생의 아버지로부터 받은 구박을 그렇게 보복했던 거래요."

그 길로 나는 실력과 덕망이 있다는 김변호사를 찾아갔다. 변호사는 말했다.

"미국이 그녀에게 판사자격증을 주었으니 보통으로는 이길 수 없습니다. 그러나 아이의 증언이나 부인의 자백만 얻어낼 수 있다면 기독교총본부를 걸어 몇 십만 불의 보상금을 받아낼 수 있습니다."

녀석의 아내가 전화로 말했다는 내용과 일치했다. 그러나 깊이 숨겨둔 부인과 아이들을 어디 가서 만날 수 있단 말인가. 물론 사건을 의뢰하면 김변호사는 어떻게든 그 일을 해결해 낼 것이다. 하지만 그 방법은 녀석이 원하지 않을뿐더러 오랜 시간이 걸린다. 나는 변호사한테의 의뢰는 최후의 수단으로 남겨 놓고 그 사무실을 나왔다.

배구 시합이 진행되고 있었다. 혜리 박은 어떤 돈 많은 부인과 담소를 하고 있었다. 나는 녀석에게로 다가갔다.

"얼추 끝나간다. 저기 간부석 뒷자리로 가서 기다리자."

나는 녀석과 함께 간부석 뒤 빈 의자에 앉았다.

"맥주 한 깡통만 갖다 줘."

녀석이 부탁했다. 면도를 해서 말끔한 그 얼굴이 더욱 창백해 보였다. 그래, 초조하겠지. 나는 간부용으로 쌓아 놓은 맥주 상자에서 한 깡통을 집어왔다.

이윽고 배구 시합이 끝났다. 한인 회장이 마이크 앞으로 나가 상품 발표를 시작했다. 일등엔 대한 여행사에서 주는 한국 왕복비행기표, 상공회 회장이 주는 쌀 다섯 포…….

"자, 그럼 이 추첨을 한인봉사센터 총무 혜리 박에게 부탁하겠습니다. 혜리 박, 나와 주세요."

혜리 박이 뛰어나왔다. 나는 안주머니에 넣어온 식칼을 꺼내어 녀석에게 슬그머니 넘겼다. 녀석은 잠깐 칼을 살펴본 뒤 몸을 일으켰다. 혜리 박이 뭐라고 인사말을 챙길 때였다. 뒤쪽에서 접근한 녀석이 잽싸게 혜리 박의 멱살을 움켜쥐었다. 이제 내 차례였다. 나는 의자를 박차고 나가 혜리 박 앞에 놓인 마이크를 끌어당겼다.

"여기 계신 교민 여러분, 한인회 이사님, 회장님, 상공회의소 이사님, 그리고 한국일보·중앙일보·동아일보·각 언론계 지사장님, 지금부터 여러분은 우리 교민사회에 일어났던 한 불미스러운 사건에 대한 증인이자 심판관이 되셔야 합니다. 자, 여기 여성의 목에 칼을 대고 있는 이 무뢰한을 보십시오. 이 사나이는 바로 이 여자의 교활한 거미줄에 걸려 일년 육 개월간이나 곤충처럼 파닥여 왔습니다. 아시는 분은 이미 알고 계실 것입니다. 이 사나이의 무지한 부인을 교묘한 방법으로 유혹해서 이혼을 강요했고, 그것이 불가능해지자 이제 자신의 비행이 탄로날까 두려워 부인을 아무도 모르는 곳으로 은둔시켜 버렸습니다. 제가 일주일간 알아 본 결과에 의하면 이 여자는 다른 여성도 그와 같은 방법으로 이혼을 충동질해 영주권이 없는 사람에게 결혼을 알선하면서 많은 소개비를 받은 사실이 있었습니다. 아무튼 지금은 파멸해 버린 이 사나이도 이 여자의 마수에 걸려들기

전엔 한 집안의 평범한 가장이었습니다. 그런데 미국까지 와서 그것
도 동포가 조종하는 교묘한 악법에 걸려 처자식은 물론 건강도 돈도
다 날려 버린 처지입니다. 그래서 지금 이 사나이는 여러분이 지켜보
는 가운데 마지막 도전을 하고 있는 것입니다. 그럼 이 여자의 변명
을 들어 봅시다."

교민들이 앞으로 몰려들고 있었다. 뜻하지 않던 사태라 놀랐는지
아무도 입을 여는 사람이 없었다. 나는 마이크를 들고 혜리 박 옆에
바짝 붙어섰다.

"혜리 박, 이 친구의 일로 내가 끼어든 것이 우선 놀랍겠지. 그래
서 이번엔 나한테 총잡이를 보낼 텐가?"

"난 그런 적 없어요."

혜리 박이 냉정하게 잡아뗐다.

"그래? 아까 보니 그 사람도 여기 왔던데, 어디 불러서 한번 대면
시켜 드릴까?"

그녀는 적의로 입술을 떨 뿐 대답하지 못했다.

"어쨌든 좋아, 그럼 이 사람 부인은 지금 어디 있지?"

"들어가라고 해도 안 들어가는 바람둥이를 날더러 어쩌란 말예
요?"

그녀는 턱을 반짝 치켜들며 반박했다. 대단한 기세였다.

"그렇다면, 기껏 남의 유부녀를 꾀어내서 목사한테 진상했나?"

그녀는 대답 대신 나를 노려보았다. 나는 녀석에게 눈짓을 보냈
다.

그는 위태할 만큼 칼끝을 바짝 들이댔다. 그녀가 흑, 하고 숨을
들이쉬었고 얼굴에도 좁쌀 같은 소름이 파랗게 돋아났다. 녀석의 손
이 떨리고 있었다. 그래, 넌 지금 그 목을 정말로 찌르고 싶을 것이
다. 그러나 죽여선 안 돼.

"어서 대답해!"

내가 다그쳤다. 혜리 박이 더듬거리기 시작했다.

"내가…… 남의…… 침대일까지…… 어떻게…….."

이 정도면 충분하다. 난 녀석의 손에서 칼을 **빼**앗았다. 녀석은 기진한 듯 그녀의 멱살을 놓아 버렸다.

"신문사 관계자님들, 기사를 쓰시오. 문어가 제 다리를 잘라 먹으면 결국 대가리도 남지 못한다는 사실을 교훈삼아 널리 알리시오. 그리고 간부님들, 이 문제는 어디까지나 우리의 문제입니다. 그러므로 미국 법에 의한 해결은 단연 거부합니다. 지금 돌아가시는 대로 총영사에게 알리시오. 그래서 이들 부부의 일을 해결하도록 진언하시오. 이상입니다."

울면서 뛰어가던 혜리 박이 어느새 차를 몰고 달아나고 있었다. 오늘 야유회는 뒤죽박죽으로 끝났다. 나는 녀석의 어깨에 내 팔을 걸었다.

집으로 돌아온 나는 녀석이 잠든 후 영사의 집으로 전화를 넣었다. 누가 알렸는지 영사도 이미 오늘 일을 알고 있었다. 나는 그에게 재판해 줄 것을 의뢰했고, 출두인으로 장목사, 허목사, 허목사의 처남, 한인 회장, 혜리 박 그리고 녀석의 아내를 지목했다.

"영사님, 미세스 윤의 연락처는 허목사와 혜리 박이 알고 있습니다. 그 여자가 없으면 일이 안 됩니다. 꼭 참석하도록 주선해 주십시오. 부탁드립니다."

예측한 대로 영사는 사양을 했고 나는 끝내 그를 설득하고 말았다.

이틀 뒤였다. 나는 녀석과 함께 총영사실에 도착했다. 영사, 부영사, 한인 회장, 허목사 처남이 미리 나와 있었고 10분쯤 후에 혜리 박이 애기엄마를 데리고 나타났다. 분임이는 고개를 떨구고 들어왔으므로 나를 보지 못했다. 봤다 하더라도 얼굴을 기억할지는 알 수 없었지만, 나 역시 성숙한 그녀를 얼른 알아볼 수가 없었다. 20분이 더 지났다. 목사들은 끝내 출두하지 않았다. 미국이 보호하는 목사인데, 까짓 영사의 호출 따위에 응할소냐, 이거지? 나쁜 자식들…….. 나는 그렇게 말하고 싶었지만 참았다. 영사가 시계를 보더니 이윽고 입을 열었다.

"이만하면 꼭 필요한 분은 다 나오신 것 같습니다. 그럼 시작하지요. 사실 여러분들도 아시다시피 난 시민권자가 아닙니다. 그래서 여러분들 일에 이러쿵저러쿵 관여할 처지가 못 됩니다. 그러나 법보다 우리는 동포이며 그것으로 이 자리를 만든 것입니다. 그럼 윤태민 씨, 사건의 경위를 말씀하시죠."

녀석의 얼굴이 파리하게 굳어 있었다. 이럴 때 핫택이라도 오면 곤란한데 ……. 녀석은 약 30초 동안 가만히 진정하더니 마침내 입을 열었다.

"이렇게 많은 분들 앞에서 아내의 치부를 들춰야 하다니 ……. 그러나 그 동안 조롱받아 온 그 내막을 밝히자니 아니 들출 수도 없군요."

녀석은 잠깐 말을 끊고 제 아내를 보았다.

"은희 엄마, 용서하시오. 하지만 앞으론 두 번 다시 이런 일이 없을 거요."

그의 아내는 더욱더 고개를 떨구었다. 그는 되도록 간단하게 가출 당시부터의 일을 털어 놓았다. 홀아비 장목사와의 관계, 아이의 증언, 가출, 장목사의 실토, 혜리 박의 전화, 이혼 설득, 허목사의 속임수, 은폐 등등 꼭 필요한 이야기만 연결해서 설명했다. 그러자 영사가 분임이한테 물었다.

"부인, 애기아빠가 한 말 모두 사실이오?"

그의 아내는 이마를 허벅지에 댄 채 꼼짝도 하지 않았다. 나는 그
녀가 무슨 생각을 하고 있을까 궁금했다.

"사실이오, 아니오?"

역시 그녀는 대답하지 않았다. 그러자 혜리 박이 팩 소리를 질렀
다.

"아니라고 해!"

영사가 혜리 박에게 입다물라고 경고한 뒤 다시 재촉했다.

"부인, 어서 대답하시오."

애기엄마가 천천히 고개를 들었다. 그녀는 울고 있었다. 혜리 박
의 칼날 같은 시선이 눈물로 얼룩진 그녀의 눈길을 가로막았다. 그의
아내가 다시 고개를 떨구었다.

"사실이 아니에요. 없는 일을 어떻게 대답하겠어요."

혜리 박이 대신했다. 그러자 그의 아내가 다시 고개를 들었다. 그
리고 조그맣게 중얼거렸다.

"애기아빠…… 애기아빠의 말…… 다…… 사실입니다."

혜리 박의 턱이 파르르 떨렸다. 나는 얼른 녀석을 보았다. 그는
양손으로 눈을 가리고 울고 있었다. 그의 아내가 눈물을 줄줄 흘리며
계속했다.

"당신은 죄를 짓고 나온 여자다, 우리 말을 들어야 구제받을 수
있다, 남편이 찾아오면 폴리스에 연락하라, 당신 딸이 당신의 비밀
을 다 알고 있으니 절대 남편과 접근시키지 말라, 집에 들어가면 당
신은 아마 생매장당할 것이다……. 그리고 이리저리 이사를 시키면
서…… 영사님, 전 무식합니다. 무식한 년이 그만……."

그리고 그녀는 오열을 터뜨렸다. 그때 분노 때문에 어쩔 줄을 몰
라하던 허목사 처남이 획 나가 버렸다. 영사가 녀석에게 조용히 물었
다.

174

"자, 미스터 윤, 이제 혜리 박을 어떻게 처벌하고 싶소?"

"그녀의 양심에 맡기고 싶습니다. 다만 우려되는 것은 지금도 물밀듯 들어오는 동포들이 또다시 그녀에게 피해를 당하지나 않을까 …… 그런 일만 없도록…….."

한참 후에 녀석이 격정 때문에 더듬거리며 말했다. 혜리 박은 창밖을 보고 있었다. 비닐막을 씌워 버린 그런 얼굴이었다.

"그럼, 애기엄마는 앞으로 어쩌시겠소?"

"저는 더러운 여자……. 남편에게 아이들을 주겠어요. 전 이미 각오했습니다. 여기서 그냥저냥 굴러다니다가…….."

분임이는 눈물을 닦고 푹 늙어 버린 사람처럼 한숨을 쉬었다.

"여보 안 돼! 아이들을 위해서도 당신이 필요해."

분임이는 눈을 내리깔고 고개를 저었다. 그러자 녀석이 영사에게 매달렸다.

"영사님, 돌아가고 싶습니다. 이제 미국은 진저리가 납니다. 제발 아이들과 아내가 함께 돌아갈 수 있도록 선처해 주십시오."

"은희 엄마, 그렇게 하십시오. 이 친구를 잘 알지 않습니까. 은희 엄마가 그렇게 된 걸 모두 자기 책임이라고 뉘우치고 있소. 돌아가시오."

내가 거들었다. 그녀가 날 쳐다보았다. 그러자 또 왈칵 눈물을 쏟았다.

"못 가요! 이 죽일 년이 어떻게 고향엘 …….."

"그러면 미국 법을 빌려서 강제 추방령을 취하더라도 이들 부부를 돌려 보낼 수밖에 없겠군. 댁들은 고국에 돌아가야 더 잘 살 것이오."

영사가 그렇게 결론을 내렸다. 장목사와의 관계진행은 어떻게 시작되었는지 명확하게 설명되진 않았지만 어쨌든 분임이를 그렇게 만든 최초의 교사범은 이 땅의 생소한 풍습과 이상기류가 될 것이다.
그렇다면 이젠 환경에 대응하는 면역 주사라도 개발해야겠군.

7

그의 가족이 비행기를 타기 위해 막 출구로 나갔다. 녀석이 마지
막으로 한 번 더 돌아보며 말했다.
"임야를 사 둘께."
나흘간 우리 집에 머무는 동안, 그의 아내는 단 한마디의 말도 없
었고 아이들은 제 집으로 돌아온 듯 활기를 보였다. 특히 은희는 화
장실까지 제 아빠를 따라다녀 내 집사람 마음을 울리기도 했지만, 나
는 그녀석이야말로 기막힌 접착제구나 싶어 혼자 웃었다.
어젯밤 나는 녀석과 가까운 바에서 이별주를 나누었다.
"그래, 귀국하면 뭘 할 텐가?"
"팔지 않고 온 밭이 있으니까……."
녀석은 병원에서 지어온 핫택 약을 만지작거리며 말했다. 잘 먹고
쇼크받을 일만 없으면 녀석의 병도 점차 좋아질 거라고 의사는 말했
었다.
"다시 꽃농사를 해보겠다……."
"헛수고하는 일만 없다면 그것도 괜찮아."
그래, 제발 이젠 꽃처럼 피어라. 우리는 다시 말없이 술을 마셨
다. 한참 후 내가 다시 물었다.
"만약 은희 엄마의 과거가 자꾸 생각나면 어쩔 텐가?"

"새끼들을 낳아 준 사람인데, 그런 건 잊어야지."

고등학교 때의 일이 생각났다. 그때 한 친구가 이녀석에게 "야, 니 동생 공장에 갔다더니 기껏 헬로 달링으로 풀렸다며?"하고 비아냥거렸다. 그러자 녀석은 그 친구의 입을 갈기면서 "닥쳐, 새꺄! 그래도 넌 안 줘!"하고 되받았다. 그래, 이녀석은 그런 놈이다. 상투를 튼 제 가족인데 잘 이끌어 나가겠지. 행여 화가 나는 일이 있더라도 고향엔 총이나 칼 따위를 휴대하는 곳이 아니니까, 그런 게 없는 자기 둥지니까 불뚝 성질을 죽여 가며 잘 삭여나갈 것이다.

"누이한테 연락 안할 거야?"

내가 물었다.

"전화했어. 울더군. 살 만하면 불러들여야지."

그때 나는 미리 바꾸어 온 여행자 수표를 녀석 앞에다 내놓았다. 5만 불이었다.

"기껏 고국에 뼈나 묻겠다는 게 우습지만 …… 우선 이 돈으로 사업해라. 성공하면 조그만 야산 하나 사 주고 …… 내가 묻힐 ……."

녀석이 물끄러미 술잔을 내려다보았다. 나는 술잔을 들었다. 우리는 스카치 위스키 한 병을 비웠지만 아무도 취하지 않았다.

출국할 사람이 다 나갔는지 출구에 리미트가 걸렸다. 나는 돌아서서 공항 대합실을 둘러보았다. 〈소매치기를 조심하시오.〉누가 썼는지 더럽게도 못 쓴 한글이군. 나는 전화 박스 옆에 붙은 그 종이를 북 떼어 내고 유유히 공항건물을 빠져나왔다.

등나무

"당신이 밀었지? 그렇지!"

두 번이나 아니라고 대답했는데도 경관은 계속 다그친다.

"안 밀었당께요."

그녀는 다시 한번 힘 주어 말한다.

"당신이 언덕에 도착한 뒤에 그애가 굴러 떨어졌어. 귀신의 짓이 아니라면 누가 밀었지? 그 자리엔 당신밖에 없었잖아. 안 그래?"

"지가 왜 어린앨 민다요?"

"그래, 어른이 되어서 그런 짓이야 할 수 없겠지. 헌데 당신은 밀었어! 그앤 당신에게 떠밀려 공사장으로 떨어진 거야. 그래도 아닌가?"

그녀는 분명하게 고개를 젓는다.

"잡아떼 봐야 소용없어! 그래, 왜 밀었지? 그애가 당신 애를 곯려 주던가? 아니면 때렸어?"

굶기고 때리는 정도야 참을 수 있죠……. 그녀는 자신의 손바닥을 내려다본다. 어쨌거나 난 밀지 않았어. 그녀는 반짝 고개를 치켜들고 똑똑히 대답한다.

"난 안 밀었시요."

"이것 봐, 그럼 왜 사고나 났어? 멀쩡하게 잘 놀던 애가 왜 갑자기 떨어지냐구! 그것도 마침 당신이 나타난 순간에 말야!"

경관이 탁자까지 탕탕 쳐대며 소리친다.

"지가 어찌 안다요?"

"이 여자, 어리숙하게 봤더니 여간내기가 아니군. 괜히 시간 끌어봐야 당신 손해야, 알겠어?"

"안한 일을 워찌 했다 그러요?"

그녀가 똑바로 쳐다보며 말하자 경관은 신경질적으로 볼펜을 놓는다. 그리고 그녀를 쏘아보며 담배를 집어든다. 라이터를 켤 때 잠깐 눈길을 아래로 깔았을 뿐 다시금 그녀를 꼬나보며 혹 담배연기를 불어낸다. 그 눈씨가 그녀를 마비시킬 것만 같다. 강오의 눈빛도 그랬다.

그 집에 입주한 지 사흘째 되는 날이었다. 강오는 장난감을 거실 가득 펼쳐 놓고 로보트와 탱크, 기차 따위를 작동하며 놀았고 그녀는 한켠에서 안락의자를 닦고 있었다. 전자 로보트는 스스—— 사사거리며 앞으로 걸어갔고 기차는 제 선로를 따라 빙글빙글 돌았으며, 탱크는 총신을 연신 좌우로 휘저으며 뚜뚜 뜨르르 나아갔다. 그때 마당에서 놀게 했던 복동이가 섬돌로 올라와 거실 문지방에 두 손을 짚고 안을 들여다보았다. 세 살짜리 복동이는 제각기 움직이는 장난감을 보고 겁을 먹었는지 잠깐 입을 삐죽거리더니 곧 손을 뻗어 노랗고 파란 불을 뿜으며 자기 앞으로 걸어오는 로보트를 잡으려 했다. 그때였

다. 강오의 발이 날렵하게 쳐들리더니 다음 순간 복동의 손등을 꽉
내리밟는 것이었다. 복동이가 자지러지게 울었다. 그런데 그애는 고
개를 돌려 생게망게 눈을 껌벅이고 있는 그녀의 시선을 가로막듯 쳐
다보는 것이었다.

그녀는 움직일 수가 없었다. 복동이는 계속 울어댔고 그앤 복동의
손을 좀체 놓아 줄 기색이 아니었음에도 불구하고 그녀는 왠지 그애
의 시선에 걸려 꼼짝할 수가 없었다.

전화벨이 울린다. 경관은 비로소 시선을 거두고 수화기를 집어든
다.

"네, 알겠습니다."

경관은 짧게 통화를 끝낸 후 다시 볼펜을 찾아 들고 그녀에게 묻는
다.

"그 집에 가정부로 들어간 게 언제요?"

"이태즘 되얏으라우."

"누구 소개로 들어갔소?"

"그렁게 복덕방 영감이 ……."

고향을 떠날 때의 생각은 그랬다. 조그만 셋방이나 한칸 얻어 행
상부터 시작할 참이었다. 그런데 복덕방 영감은 방을 얻어 주지 않고
시시콜콜 가족사항을 물어대더니 다른 식솔이 없다면 차라리 가정부
로 들어가는 게 낫지 않겠느냐는 것이었다.

— 아그가 있는디 누가 가정부로 받아 줍디오.

그녀가 대답했다.

— 하여간에 가 보기나 합시다. 그 집도 급하게 사람을 구한다고
했으니.

그 집으로 향하면서 영감은 말했다. 안주인이 좋다고만 한다면 아
기엄마에겐 아주 잘된 일이라고. 집이 커서 청소하기가 좀 힘들진 모

르지만 식구는 셋뿐이며 가끔 갈비를 짝으로 들여가는 걸 보면 고기 하나만은 물리게 먹을 수 있다고도 했다.

— 괴기야 안 먹으면 어떠남요.

그녀가 바라는 것은 우선 서울 사람이 되는 것이었다. 하루빨리 서울 사람만 될 수 있다면 어떤 고생도 감수할 각오였다.

— 일만 잘하면 월급도 금방 올려 줄 거요.

영감은 무슨 큰 보시나 하는 사람처럼 누런 이를 드러내고 웃으며 그 집 인터폰을 눌렀다. 잠시 후였다. 갑자기 송아지만한 도사견이 훌쩍 뛰어나와 쇠살문 안에서 바깥을 향해 미친 듯이 짖어댔다. 그 바람에 등에 엎드려 자던 복동이가 조가비처럼 바짝 달라붙으며 숨 넘어가듯 울었다.

— 아이구메, 이런 집은 싫어랑께요.

그녀는 뒷걸음질을 쳤다. 영감이 혀를 끌끌 차며 나무랐다.

— 원, 개도 사람이 키우는데 이 집 식구가 돼도 그렇게 짖을까.

안주인이 잔디밭을 가로질러 나와 개를 잡아 맨 후 대문을 열어 주었다. 젊은 부인이었다.

— 어제 부탁하신 사람인데요, 조건이 맞을지 모르겠습니다만 우선 데리고 와 봤습니다.

복덕방 영감이 그녀를 가리키며 말했다. 부인이 상냥하게 웃었다.

— 네, 우선 들어오시죠.

그녀는 쭈뼛거리며 마당으로 들어섰다. 다시금 개가 짖어댔다. 부인이 개를 향해 몇 마디 꾸짖자 개는 비로소 조용해졌다. 그때 그녀는 개집 옆에 서 있는 강오를 보았다. 그애는 망토 같은 걸 걸치고 슈퍼맨처럼 떡 버티고 서서 방문객을 향해 야릇한 웃음을 날리고 있었다. 아까 느닷없이 개를 뛰쳐나오게 한 것도 그애 소행 같았다. 비쩍 마르고 눈빛이 형형한 그애는 이상하게도 사람 같지 않았다. 뭐랄

까, 몰래 뿔을 감춰 둔 악동 도깨비 같달까……. 그녀는 점차 알게
되었다. 강오는 무척이나 외계인을 동경했고, 또 그렇게 닮아 있다
는 것을.

"복덕방 영감이 그 집을 소개했다, 이 말이오?"

경관이 재우쳐 묻는다.

"야."

"그 영감과는 전부터 아는 사이요?"

"아녀요."

"그럼 초대면인데 뜨내기인 당신을 그 부자집에다 소개해 줬단 말
요?"

마치 드잡이라도 할 듯이 경관의 눈이 왈칵 달겨든다.

"셋방을 얻으러 갔는디 반빗아치나 하람서……."

"그럼 재정보증은 누가 섰소?"

"그런 건 없어요."

"없어? 그래도 주인이 좋다고 했소?"

"그랬응께 여태 살았지라오."

"그럼 만약 당신이 그 집에 재산상 손해를 입혔을 경우, 그 책임
은 자연 복덕방 영감이 져야겠지?"

"지가 뭣 땜시 그 집 재산에 손실을 입힌다요?"

그녀가 제법 당돌하게 되묻자 경관은 그녀를 빤히 쳐다보며 볼펜
끝으로 책상을 콩콩 찍는다. 그리고 불쑥 내뱉는다.

"그럼 원한 관계군. 전부터 무슨 원한이 있어서 계획적으로 그 집
에 침투해서는……."

"정말로 억보 소리도 다 허요. 생판 처음 본 사람인디 원한은 또
뭔 놈의 원한이라요."

"좋아, 그 문젠 곧 밝혀질 테니까 뒤로 미루고, 그래 복덕방 영감

과 그 집 안주인은 아는 사이였고?"

"알고 본께 그 집 운전사가 그 영감의 아들이더먼요."

부인 앞에서 공연히 쩔쩔매는 영감을 처음엔 이해할 수 없었다. 게다가 말끝마다 사모님 소리를 붙이는 것도 그랬다.

— 아이가 딸려서 어떨지 모르겠군요, 사모님……. 하지만 신원으로 볼 땐 그게 더 믿을 만합죠.

그렇게 공대를 받으면서도 안주인은 전혀 어색한 기색이 없었고 오히려 상냥한 눈웃음을 꽃가루처럼 날렸다. 그녀는 불현듯 막막해졌다. 아, 서울이란 곳은 나이가 아니라 재물로 상하가 구별되는가보구나. 그렇다면 나 같은 시골고라리는 얼마나 살아야 서울 예절을 다 배울까. 그때 젊은 안주인이 복동이를 살펴보며 말했다.

— 아이가 건강하게 생겼군요.

그리고 부인은 마당을 뛰어다니는 자기 아들을 불렀다.

— 강오야, 친구가 생겼다. 와서 만나보지 않을래?

영감이 돌아간 뒤 안주인이 말했다.

— 서울 사람들은 통 이웃 출입을 안해요. 그래 우리 강오는 늘 저렇게 혼자서 논답니다.

그 말은 곧 유괴범이 무서워 어디 문 밖 출입을 시킬 수 있겠느냐는 말과 같다는 것을 그녀는 두어 달 후에야 알았다. 그렇다고 복덕방 영감처럼 복동이를 신원에 도움이 된다고 생각하는 것 같지도 않았다. 다만 아들의 친구가 생겨 잘됐다는 듯이 자꾸만 복동이를 살펴보았고 복동이는 낯가림을 하느라 아예 엄마 가슴에 얼굴을 묻고 있었다.

— 짐을 푸셔야죠.

안주인이 안내한 방은 보일러실 위에 붙은 뒷방이었다. 오늘은 푹 쉬고 내일부터 집안일을 도와 달라는 말을 남기고 안주인은 안채로 나갔다. 그녀는 두 다리를 쭉 뻗고 편히 앉았다. 피로가 덮쳐 왔지만 마음만은 느긋했다. 이제 복동이와 살 방도 일자리도 생겼다. 게다가 월급도 받게 된다. 매달 10만 원씩. 그 돈을 또박또박 저축하게 되면 복동이가 학교 갈 무렵쯤엔 조그만 가게도 얻을 수 있을 것이다. 운이 좋았어. 그녀는 생각했다. 그래, 죽은 남편이 돌본 게야. 아직 사십구재도 안 지났는데 설마하니 제 어린 아들과 각시를 잊고 북망산천엘 갔을까. 정이 질긴 사람은 삼년상을 물려도 못 떠난다지 않던가.

그녀는 복동이를 추스려 안으며 자장가처럼 중얼거렸다.

— 복동아, 내 귀염둥이. 니 아부진 지 새끼를 이렇게 두고 어찌쿠럼 저승 갈까. 그려, 그려, 못 가시지. 니가 클 때꺼정, 커서 사람구실 헐 때꺼정 우리 새끼 돌볼 거여.

그 넓은 집에 식구는 셋뿐이었다. 주인 아저씨를 태우고 다니는 운전수가 있긴 했지만 집에서 밥 먹는 일은 거의 없었다. 그래도 농번기에 일꾼들 밥해 대는 것보다 부엌일은 몇 배나 더 힘이 들었다. 우선 한 번도 만들어 본 적이 없는 전복죽이나 잣죽 · 푸딩 또는 스테이크를 굽는 법, 일식 · 양식 · 신선로 따위를 배울 땐 정말이지 진땀이 났다. 그래도 그녀는 부인이 가르쳐 주는 대로 열심히 배워 나갔다. 그 많은 이중창과 둥근 창, 은식기까지 닦은 날은 겨드랑이에 가래톳이 섰고 그런 날이면 시숙의 당부처럼 서울 식구가 되기 위해 참고 견뎌야 한다고 스스로 달래곤 했다.

— 그래, 복동아, 우린 서울 식구가 되야 하는겨. 그래야 죽지도 않고 다치지도 않고 편안하게 사는겨.

그녀는 아들에게가 아니라 스스로 힘을 기르기 위해 매일매일 그 말을 되풀이했다.

"당신은 셋방을 원했는데 영감이 멋대로 그 집에 소개했단 말이지?"

경관이 눈살을 찌푸리고 지싯거린다. 뭔가 계산이 빗나가고 있는 모양이었다.

"지도 솔깃했응께 따라갔지요잉."

"솔깃했다? 이제야 바른말하는군. 당신은 처음부터 그 집을 겨냥했어. 그리고 복덕방 영감을 찾아가 방을 얻는 척하면서 그 집에 소개하도록 유도한 거야. 그렇지?"

경관이 진술서를 바짝 당긴다. 잘못하면 경관의 수완에 걸려들지도 모른다는 생각에 그녀는 퍼뜩 긴장한다.

"그게 아니랑께요. 어차피 행상이나 할 바엔 방 얻고 자시고 하느니 아예 반빗아치로 들어가는 게 속편할 것 같았응께요."

경관의 얼굴에 짜증이 마른버짐처럼 일어난다. 조금만 덧붙여도 빼락 소리칠 것만 같다. 그녀는 눈을 내리깔고 입술을 잘근잘근 씹는다.

"좋소, 당신 말대로 사전 계획이 아니라면, 그렇다면 당신은 은혜를 원수로 갚았구먼, 응?"

"은혜입은 적 없구먼요."

"이것 봐, 아이 딸린 뜨내기를 이 년 동안이나 가족처럼 거느리고 살았다는 것은 은혜가 아닌가?"

흥, 내 아들은 뭐 공으로 더부살이했남요? 복동이도 안할 고생을 다 했이요. 이 멍청한 에미 때문에……. 그녀는 코를 팽 풀어낸다. 그리고 침을 삼켜 칼칼하게 곤두서는 목을 축인다.

"뼈빠지게 일하며 종처럼 살았지, 그 집 식구로 살진 않았으라우."

가정부건 종살이건 복동이 하나 잘 키우기 위한 짓이었다. 그런데 그렇지 못했다. 강오는 복동이를 마치 성능 좋은 장난감 취급을 했고 부인은 그것을 묵인했다. 언젠가 강오는 복동이가 징징대자 자기 엄마에게 일렀다.

— 엄마, 내 사람 장난감이 말을 듣지 않아.

그러자 부인은 복동의 손을 잡고 다정하게 말했다.

— 복동아, 형아 말 들어라. 넌 튼튼한 애잖니.

— 싫어. 나한테만 맨날맨날 말이 되래. 난 말놀이가 싫어.

복동이가 고집스럽게 고개를 젓자 부인은 다시 자기 아들에게 일렀다.

— 강오야, 복동이에게 먹을 걸 주면 말 잘 들을 거야.

강오는 미제 과자 하나를 복동이에게 주었고 복동은 삽살개처럼 처연하게 웃으며 등을 돌려댔다. 강오는 재빨리 복동의 등을 타고 "이려!"하고 소리쳤다. 복동은 과자를 입에 물고 말처럼 네 발로 기어 거실을 빙빙 돌았다. 처음엔 그래도 모든 것이 고마웠다. 부인의 상냥한 미소, 마치 노래 부르듯 부드러운 목소리를 듣고 참으로 주인을 잘 만났다 싶었다. 그래서 "강오는 이렇게 입이 짧아"라고 말하며 강오가 먹던 연한 살코기를 복동에게 물려 주는 것도 흥감했고, 아무거나 잘 받아 먹고 무럭무럭 자라는 복동이 또한 대견했다. 그런데 언제부턴가 부인의 목소리가 새되어 갔다. 더욱이 투실투실하게 살이 올라 순하게 웃는 복동이와 깡마른 채 눈만 번뜩이는 자기 아들을 비교해 볼 땐 부인의 입술에 짜증이 가득 물리면서 더 참을 수 없다는 듯 자기 아들을 나무라는 것이었다.

— 강오야, 넌 왜 그렇게 마르기만 하니? 복동이의 먹세를 반만 배워라.

그런 어느 날이었다. 강오는 자기가 먹어야 할 영양식 푸딩과 값비싼 영양제를 복동에게 먹이다 부인에게 들켰고 그 다음날부터 복동에게 물려질 고기는 모두 도사견에게 돌아갔다. 그것까지는 아무

래도 좋았다. 그녀가 빨래를 널고 있을 때였다. 복동이가 강오에게
개처럼 끌려가고 있었다. 게다가 그 어린애의 목에다 개목걸이까지
걸고 강오는 복동이를 도사견 쪽으로 몰아댔다. 복동이는 낑낑대면
서도 군말없이 엉금엉금 기어갔다. 조금 떨어진 곳에서는 도사견이
한창 밥을 먹는 중이었다. 그 밥그릇에는 아침 식탁에서 나온 갈비가
수북이 쌓여 있었다.

　— 먹어 ! 내가 먹던 갈비야. 복동아, 어서 먹어.

　아, 내 아들이 이젠 영락없이 개가 되는구나. 강오의 애완용 개
……. 복동이가 막 개 밥그릇 가까이 다가들 때 도사견이 으르렁댔
다. 그 바람에 놀란 복동이가 울음을 터뜨렸다. 그녀는 널던 빨래를
집어던지고 재빨리 달려가 복동이를 낚아채 안았다.

　— 그러다 물리면 어쩌려고 그런다냐?

　그러자 강오는 그애 특유의 야릇한 웃음을 흘리며 그저 빤히 그녀
를 쳐다보는 것이었다. 저앤 애시당초 사람되긴 틀렸어. 그런데도
내 아들을 맡기다니, 내가 어리석지. 그래, 이 집을 나가자. 내가
누구 때문에 서울까지 왔는데. 나가서 행상을 시작하자. 장거리에
나가 고구마나 옥수수를 쪄다 팔아도 내 아들 입치다꺼리 하나 못할
까. 그녀는 부인에게 말했다.

　— 이제 더는 못 있겠구먼요. 아무래도 강오와 복동이는 서로 맞
지 않는 게빈디…….

　— 강오가 철이 없어서 그래요. 복동 엄마가 이헬 하셔야지…….

　부인은 정말로 미안해서 어쩔 줄 모르겠다는 듯 그녀를 달렸고 그
녀는 부인의 간곡한 부탁을 거절할 용기가 없었다. 그럭저럭 일년이
지났다. 복동에겐 한 가지 재주가 붙었다. 그것이 서울 사람이 되어
간다는 징조인지 알 수 없으나 복동은 로보트 걸음을 아주 잘 걷게
되었다. 처음엔 강오의 지시에 따라 흉내내던 것이 이젠 제멋에 겨워

팔과 목을 조금씩 꺾어 돌렸고 지르── 지르하고 로보트 소리까지
질러대며 강오와 부인을 웃기려고 애를 썼다. 그런 날 밤엔 예외없이
잠꼬대를 했다. 그것도 사람의 목소리가 아닌 개 짖는 흉내를 내거나
어떤 땐 말 울음, 로보트 소리를 내는 것이었다.
"지 아들놈은 이 년 동안이나 그애 장난감 노릇을 했어요."
그녀가 불쑥 내뱉는다.
"그래서 그 앙갚음으로 주인집 아이를 밀어 버렸군!"
경관이 재빨리 그 말을 받아 역습한다.
"밀지 않았당께 어찌 이러시오?"
그녀는 발끈 언성을 높인다.
"아니, 이 여자가 여기가 어딘 줄 알고 큰소리야?"
경관은 당장 손이라도 올려붙일 듯이 눈을 부라린다.
"자꾸 생사람 잡으니 그렇지라우."
그녀는 얼른 목소리를 가다듬는다.
"이것 봐! 잡아떼 봐야 소용없어. 당신이 그앨 미는 걸 부인이
목격했단 말야. 이제 알겠어?"
"거짓말이어유!"
"또 하나, 당신은 평소부터 그앨 지독히도 미워했어."
그건 사실이다. 아무리 애를 써도 강오에겐 정을 붙일 수가 없었
다. 자주 망토를 걸치고 마당에 나가 곧잘 외계인을 불러대는 그애,
행여 그녀가 나무라기라도 하면 그앤 서슴없이 전자 총을 쏘아대거
나 대뜸 "외계인이 오면 레이다 총으로 아줌말 가루로 만들 테야"하
고 무섭게 쏘아붙이던 그앤 애초부터 그녀와는 다른 사람이었다.
"그런 중에 마침 그애가 당신 앨 때리고 있었어. 그걸 목격한 당
신은 화가 났겠지. 그래서 달려가 밀어 버린 거야. 그렇지?"
"아녀요."

숨이 컥 막힌다. 침착해야지. 그녀는 침을 꿀꺽 삼키며 자신을 타이른다.

"뭐가 아냐? 당신은 현장에 있었어. 그런데 왜 추락을 사전에 막지 못했지? 응?"

"지가 가까이 갔을 때 그앤 이미 떨어지고 있었어요."

"그럼 애가 떨어졌는데도 어째서 당장 뛰어내려가 보지 않고 그대로 서 있었지?"

"그때 강오 엄마가 달려오더먼요."

"이것 봐, 당신은 그 집 가정부야! 아무리 주인이 왔다고 당신이 안 내려가 볼 수 있어? 응?"

"얼, 얼혼이 빠져서⋯⋯."

그녀는 더듬거린다. 머리 밑에 진땀이 쭈뼛쭈뼛 돋아나는 것 같다.

"얼혼 빠져? 홍, 애엄마가 피투성이가 된 아이를 안고 병원으로 간 뒤 당신은 어떡했지? 당신은 유유히 집으로 돌아가 보따리를 쌌어! 그것도 얼혼 빠져서 한 소행인가? 이것 봐! 당신은 범행이 드러나기 전에 어서 빨리 그 집을 빠져 달아날 작정이었어."

"아녀유, 지가⋯⋯."

그녀에게 당황기가 보이자 경관은 실눈을 뜨고 한참이나 가만히 그녀를 노려본다. 그리고 잠깐 득의의 미소를 보였다 재빨리 감춘다.

"이봐요, 저쪽 방에 지금 누가 있는지 아오? 당신 아들이야. 당신 아들이 모든 걸 증언하고 있단 말야."

복동이가⋯⋯ 괜찮아. 그앤 본 대로 말할 테니까. 하지만 그앤 고작 다섯 살짜린데⋯⋯. 만약 경관이 을러댄다면 그앤 겁이 나서 시키는 대로 말해 버릴지도 몰라.

"어린것이 뭘 안다고……."

"이젠 자백하시지. 어차피 당신은 빠져나갈 구멍이 없어. 분명한 사실은 당신이 그앨 밀었다는 거야. 목격자도 있고……."

대체 지금 복동이는 무슨 일을 당하고 있나. 그 어린것을 때리기라도 한다면……. 그 어질고 착한 것이 얼마나 겁에 질려 있을까. 그녀는 걱정스럽다 못해 입이 타고 가슴까지 결린다. 그만 시인해 버릴까. 아들만 데려다 준다면…….

"시장에서 돌아오는 길이었어요."

낮게 잠긴 목소리로 그녀가 입을 연다.

"그때 두 어린이가 언덕에서 놀고 있는 걸 봤단 말이죠?"

"야."

그녀는 나직이 한숨을 쉬며 자신의 진술을 받아 쓰는 경관의 손을 내려다본다. 볼펜이 굴러간 자리에는 "시장에서 돌아오는 길목, 두 아이가 언덕에서 놀고 있는 걸 발견"이라는 글자가 선명하게 남는다. 별안간 질긴 나일론 끈이 두 다리를 친친 동여매는 것 같다. 그녀는 축축한 손을 아프게 움켜잡는다. 막 머릿속으로 '가정부가 주인집 아들을 살해'란 글귀가 떠오른다.

"당신이 가까이 간다는 걸 애들이 알고 있었소?"

"모르는 것 같았어요."

공사장 바로 위 언덕에서 강오와 복동이는 아래를 내려다보고 있었다. 내려다보면서 강오가 복동이를 재촉했다.

— 뛰어내려! 넌 딱따구리야. 어서!

복동이는 뒤로 뻗대고 있었다.

— 싫어. 무서워.

그러자 강오는 손에 쥔 끈을 흔들어대며 다그쳤다.

— 이런 멍청이. 니 발목에 끈을 묶었는데 어떠니? 어서 뛰어내

려! 신나게.

— 싫다니까!

— 야, 이 겁보야. 뛰어내려도 안 떨어져. 넌 잠자리도 못 봤니? 발을 묶이고도 잘 날잖니? 너도 그렇게 날아 보란 말야. 딱따구리처럼 으하하하 으하하하 신나게 웃으며 날아 보라니까.

복동이는 고개를 저으며 뒷걸음질쳤고 강오는 복동의 발목을 묶은 끈을 앞으로 끌어당기며 엉덩이를 툭툭 걷어찼다. 그러자 복동이가 한 발 앞으로 나섰다.

— 안 돼! 뒤로 물러서랑께!

그녀는 다급하게 소리쳤다. 고개를 휙 돌려본 강오는 손에 쥐고 있던 끈을 슬그머니 놓았다. 그녀는 강오를 똑바로 쳐다보았다. 나쁜 자식! 니가 뛰어내려 봐. 3미터의 간격이 그애와 그녀 사이에 팽팽하게 곤두섰다. 강오가 동조를 구하듯 비죽이 웃었으나 그녀는 싸늘하게 입을 다물고 강렬한 눈으로 그애를 쏘아보았다. 강오의 얼굴에 서서히 웃음이 걷혔다. 그녀는 마치 진공을 밀어대듯 소리 없이 한 발 한 발 강오에게로 다가갔다.

강오가 비슬비슬 뒷걸음질쳤다. 내 아들의 목숨까지 너의 장난감인 줄 알았니? 그녀는 단 한 번도 그애에게서 눈을 떼지 않았고 강오는 어쩔 수 없이 그녀의 눈힘에 밀려가고 있었다. 이번만은 그대로 지나칠 수 없다. 내가 조금만 늦게 봤어도 내 아들은……. 그 순간이었다. 강오가 외마디 비명을 지르며 언덕 아래 공사장으로 떨어져 내렸다.

그녀는 재빨리 고개를 돌렸다. 언덕 저쪽에서 강오 엄마가 소리치며 달려오고 있었다. 그녀는 꼼짝도 할 수가 없었다. 부인이 미친 듯 공사장으로 뛰어 내려갔으나 강오는 이미 사지를 뻗은 채 꼼짝도 하지 않았다. 부인은 움직이지 않는 아들을 안고 병원으로 달려갔다.

그녀는 전신에 싸늘한 한기를 느끼고 우두망찰 서 있는 복동이를 쓸어안았다.

"그애가 당신 아들에게 자꾸만 아래로 뛰어내리라고 종용했기 때문에 당신이 그앨 밀었단 말이지?"

그녀는 경관의 눈을 쳐다본다. 그 눈은 바닥을 알 수 없는 수렁 같다. 그래, 함정이다. 그걸 알고서야 빠질 수가 없지.

"지는 소리만 쳤으라우. 그런디 그앤 제풀에 놀라 뒷걸음치더니 고만에 떨어지고 말았이요."

"뭐야? 그럼 당신이 밀지 않았단 말인가?"

"그렇당께요. 지는 손 하나 까딱한 적 없구먼요."

그때 막 구내 전화가 삑삑 울려온다. 경관이 신경질적으로 수화기를 집어든다. 그런데 수화기를 들던 품과는 달리 네, 네 하고 공손하게 대답한 후 급히 방을 나간다. 그녀의 시선이 경관의 등짝을 따라가다가 문득 창 밖으로 옮겨진다. 경찰서 정문 위로 아치형 버팀대가 있고 그 버팀대를 감고 올라간 등나무에서 하얀 꽃이 흐드러지게 피어 있다. 아, 복동 아빠……. 그녀의 동공 저 안에서 뿌연 눈물이 피어온다. 그날은 등꽃이 뚝뚝 떨어져 쌓더니…… 그러더니 결국 당신은…….

제대하고 돌아온 날 남편은 말했다.

— 우리 결혼 몫으로 논 서 마지기가 떨어졌어야. 그것만 잘 일궈도 우리 두 식구는 재미나게 살 거여.

그런데 뱃속에 복동이가 들어서자 남편은 화순 탄광에 광부로 취직했다.

— 젊어서 벌어야제. 그깟 논이야 당신과 내가 쉬엄쉬엄 붙여도 됭께.

그리고 남편은 그녀의 배를 쓰다듬었다. 정말이지 복동 아빠만큼 좋은 사람이 이 세상에 또 있을까. 검은 탄을 개칠하고 다녀도 흰 이를 드러내고 씨익 웃을 땐 검뎅이 따윈 아무것도 아니었다. 야반이나 낮반이나 막장을 드나들면서도 그는 자식과 아내에게 안락함을 바꾸어다 주었다.

그가 살아 있는 동안 그녀에겐 아무 아쉬움도 없었다. 그런데 그는 죽었다. 낙반 사고나 매몰 사고가 아니었다. 비가 더럽게도 치절거리던 초파일 날이었다. 예비군복을 입은 남편은 아침밥을 먹자마자 횡하니 나가 버렸다. 그날 따라 읍내 국도엔 예비군 트럭이 수없이 굴러다녔다. 그 트럭에는 땀과 함성이 피어나고 비는 땀을 씻어 줄 듯이 줄줄이 흘러내렸다. 모심기로 동원된 예비군인가, 아니면 가뭄대책을 위해 제방을 쌓으러들 가는가. 그런데 왜 노랫소리가 들리지 않나. 작년 모심기에 동원되었을 땐 떠들썩하게 노래들을 불렀는데…….

그녀는 까닭없이 애가 달았다. 저 팍팍하고 마른 함성……. 얄궂게도 가슴 한귀퉁이가 벌쭉 열리고 싱숭생숭한 바람이 들락거리기 시작했다. 어릴 때 친정 아버지가 돌아가시던 날도 진종일 마음이 들락거리더니……. 예비군들아, 노래를 불러라. 신명나게 노래를 불러라. 그날은 복동이마저 별스럽게 칭얼댔다. 그녀는 남편이 좋아하는 우엉잎을 따서 밥 위에 쪄 놓고 복동이를 들쳐업었다. 그려, 복동아. 아빠 오시나 나가 보자.

집 앞 등나무에 하얗게 피어 있던 꽃, 5월의 빗줄기는 마치 딱총처럼 그 꽃송이를 하나하나 떨어뜨리고 있었고, 등에 업힌 아이는 별안간 청승스럽게 울어댔다. 복동아, 어찌 그러냐. 사내아이가 그렇게 울면 아비한테 액신이 붙는디야. 어서 뚝 울음을 그쳐라. 곧 아빠가 오실 텐디……. 둥개질을 쳐 주어도 아이는 그저 울기만 했다. 날이 저무는가. 마을 어귀 저쪽에서 어둠이 몰려왔다. 더러운 물처

럼 젖어오는 어둠은 저귀같이 섬뜩해 보였다. 남편은 이튿날 아침에
야 돌아왔다. 물에 흠씬 젖은 남편은 어디엔가 목숨을 던져 두고 빈
몸만 돌아왔다.

— 난리가 나서, 아지매, 엄청 큰 난리가 터져서…….

예비군복에 물이 뚝뚝 흐르는 그 청년은 전신을 쥐어짜듯 말했다.
그녀는 도무지 알 수 없었다. 난리가 났다면 왜 남편의 뱃구레만 터
져 꺼멓게 피가 엉겨 있는가.

— 내 남편 죽은 디가 워디요? 어딘디 이렇게 빈 몸뗑이만 왔다
냐. 같이 가 보요. 가서 넋이라도 찾아와야 쓰겠응께. 어서 가 보더
라고.

— 아따 아지매, 어찌 그런다요. 시방 여그저그서 사람이 막 죽어
나가는 판인디.

같은 작업반 박군이 볼멘소리로 징징댔다. 이상하게 복동이가 울
음을 그쳤다.

뒷산에 남편을 묻고 멀거니 툇마루에 앉아 있을 때 시숙이 들어섰
다.

— 광주로 공부 보낸 그놈아가 죽었다요. 집으로 오다가 너릿재에
서……. 어허, 이제 우리 집안은 망했구먼.

복동의 사촌형, 그 종손도 죽었단다. 지난 겨울방학 때 딸랑이를
사 와서 어이, 내 동상, 내 동상 하고 복동이를 어르더니…….

— 열 여덟, 성혼도 못 시켰는디……. 어허, 이런 날벼락도 있
남.

시숙은 마치 맴을 돌듯 마당을 몇 바퀴 돌더니 바닥에 털썩 주저앉
았다. 그러더니 다시금 벌떡 일어나서는 그녀 앞에 버티고 섰다.

— 기수씨, 서울 가시오. 대대로 자슥 풍년인가 했더니, 이젠 하
나 남은 복동이요. 가서 복동일 서울 식구 만드시오. 서울 사람은 난

리가 나도, 천지이변이 나도 끄떡 없응께. 그래서라도 살아 남아야
제.

보따리를 버스에 실어 주면서도 시숙은 다시 한번 오금을 박았다.

— 까짓 거, 고향일랑 싹 잊어 뻔지시오. 이제부텀 서울 사람 되는
겨. 핀지도 말고, 마음 독하게 자시시오.

수사실 문이 비죽 열리고 복동이가 뛰어 들어온다. 그녀는 얼른
눈물을 훔치고 덥석 아들을 껴안는다.

"아이구, 내 자슥. 그래, 고생 많았쟈? 아저씨들이 때리댜?"

"엄마, 형아 보고 싶다. 형아한테 가자."

복동이는 대뜸 강오 타령이다.

"형아는 나쁘다. 걸핏하면 널 때리고, 개처럼 끌고. 이제 잊어 뿌
는겨."

"형아 다쳤어. 엄마, 형아한테 가자. 형아 아야 해."

더러운 것이 정이라더니, 이 어린 가슴에도 벌써 그런 게 쌓였던
가.

"형안 멀리 떠났어야. 아주 먼먼 나라로 갔어야."

그녀는 아이의 볼을 비비며 등을 토닥거린다. 그때 언제 들어왔는
지 주인 아저씨가 말한다.

"이제 다 끝났다. 복동아 집으로 가자."

그녀는 천천히 고개를 들어 주인 아저씨를 올려다본다. 그는 웃고
있다.

"강오는?"

"다리가 부러지긴 했지만 한참 치료받으면 괜찮다고 합디다. 괜히
아줌마만 고생시켰구려. 강오 엄마가 경솔해서……. 어서 집으로
가십시다."

갑자기 머릿속이 텅 비는 것 같다. 그 텅 빈 머릿속으로 이런 생각

196

이 퍼뜩 스쳐간다. 역시 서울 사람들은 잘 죽지 않는구나. 그러자 꼭 강오를 닮은 로보트가 사방에서 튀어나올 것만 같다.

그녀는 고개를 젓는다. 안 죽으면 뭘 해. 이상한 기계처럼 변해서 그렇게 오래 살면 뭘 해. 그녀는 다시 등나무를 바라본다. 집 앞에 선 등나무를 보고 남편은 말했지.

— 이놈은 말여, 서로 저저그끔 등을 붙이고 올라간다여. 우리 어무이는 이 낭구를 보고 부부 낭구라 그러제. 또 내가 열댓 살 때등가, 간에 바람이 들어서 서울 간다칸께 어무이가 뭐시라 하신지 안겨? 이눔아, 저 등낭굴 봐라. 고향은 등 비빌 자리여. 니눔이 서울 가 봐야 그런 자리 있을 중 안겨? 하시더랑게. 그때 어무이 말 듣길 참말 잘했제. 당신도 만나고…….

그래, 고향으로 가자. 나와 똑같은 사람들이 살고 있는 내 고향……. 사람이 살다 보면 더러 액신도 날뛰지만 그래도 복동이와 내가 등 비빌 곳은 내 고향 화순이지.

그녀는 옆 의자에 놓아 두었던 자신의 보따리를 집어들고 복동이의 손을 잡아끈다. 집 주인이 그녀의 등에 대고 무슨 말인가 했지만 그녀는 뒤돌아보지 않는다. 빨리 가서 다시 봐야지. 집 앞 등꽃은 어떤 모습으로 피어 있나.

바람벽의 딸들

1

    장모는 종발에다 염색약을 풀어 두고 이마와 귀와 머리 밑에 콜드 크림을 발랐다. 그리고 헌 칫솔로 약을 찍어 귀 윗머리부터 차례로 빗겨 올렸다. 칫솔이 지나간 자리는 검은 콜타르 같은 용액이 찐득하게 올라붙었다. 염색이 끝나자 장모는 수도꼭지를 틀고 오래오래 손을 씻은 다음 욕실을 나와 방으로 들어갔다.

    그는 어서 욕실문을 고쳐야겠다고 생각했다. 문이란 문은 모두 거실로 향해 있는 것도 그렇지만 욕실문은 처음부터 위쪽 문지도리가 떨어져 있었다. 그렇다 해도 별로 불편하지 않아 그대로 내버려 두었지만 이젠 사정이 달라졌다. 그는 탁자 위에 있는 신문을 집어들었

199

다. 아내는 시장에 가고 없다. 오늘 점심에는 어떤 음식을 만들어낼까. 일요일이면 아내는 비빔국수나 냉면, 또는 부침개 따위의 별식을 마련했고 그는 소파에 앉아 신문이나 책을 읽으며 1주일간의 피로를 적당히 소화시키곤 했다.

베란다로부터 바람이 불어 들었다. 눅눅한 습기가 살갗에 느껴졌다. 그는 신문을 놓고 소파에 머리를 기댔다.

"아나따오 맛데바 아메가 후루 누레떼 고누가또 기니가 가루
……."

장모가 녹음기를 튼 모양이었다. 일본 노래였다. 남자 가수가 알아들을 수 없는 내용을 저음으로 호소하고 있었다.

"아——아 비루노 홋도리노 티이루우움 아메모 이도시야 우닷떼 이루 아마이 부루——스."

장모가 따라 불렀다. 쟁쟁한 목소리였다. 전혀 화음이 이루어지지 않는 남녀의 2중창처럼 두 개의 발성이 서로 튀어 오르고 있었다. 곡이 바뀌었다. 이번에도 역시 귀에 선 노래였다.

"유비오 마르메데 노조이다라——"

장모의 일본 노래 발음은 유창하게 들렸다. 음색은 딴판이었지만 운율은 거의 같았다. 장모는 녹음기를 끄고 욕실로 가 머리를 감기 시작했다.

엊그제, 그러니까 금요일에 장모가 왔다. 그가 회사에서 돌아왔을 때 장모는 이미 방 하나를 차지하고 있었다. 아내 경숙의 말이 아니었으면 그는 오늘까지도 그저 다니러 왔으려니 했을 것이다.

"아주 살 생각으로 오셨대요."

아내가 그렇게 말머리를 꺼내었다.

"우리 집에서?"

"네, 까놓고 나오시는 거예요. 결혼도 했으니 이제 의지 좀 해야

겠다면서 ……."

"대구 살림살이는 어쩌구?"

"정리하셨대요. 녹음기와 옷가지만 들고 오셨는데 ……."

그제사 그는 장모가 혼잣몸이란 것과 아내가 하나뿐인 피붙이란 사실을 상기했다. 그러나 아무 통고도 없이 짐까지 싸들고 왔다는 것은 좀 억지 같았다.

"그럼 내가 어떻게 해주어야 하지?"

한참 만에 그가 아내에게 물어 보았다.

"글쎄, 나도 모르겠어요."

아내의 표정이 무척 난처해 보였다. 그는 아내의 난처함 때문이 아니라 도리상 자기의 짐을 거실로 들어내 주었고 장모는 책상이 있던 자리에 짐을 풀어놓았다. 텔레비전을 들고 나올 때 장모가 말했다.

"그건 이 방에 놔두는 게 어떻겠나?"

그는 그것도 괜찮다 싶었다. 아내는 텔레비전을 즐기지 않으니까 보고 싶은 운동 경기가 있으면 그 자신이 이 방으로 오면 될 것이다.

장모가 젖은 머리를 수건으로 비비며 욕실에서 나왔다. 짙은 자주색의 긴 손톱이 선명한 벌레처럼 그 위에서 움직였다.

아내는 왜 이렇게 늦을까.

그는 베란다 밖으로 시선을 돌렸다. 햇살 없는 한낮이 흐릿하게 펼쳐져 있었다. 비가 오려는 것일까. 6월의 날씨라 예측할 수 없지만 어쩌면 장마가 시작될 것도 같다.

장모가 부엌에서 나왔다. 마른 누룽지가 담긴 쟁반을 탁자에 놓고 맞은편 소파에 앉았다.

"좀 먹어 보게. 말려 놨기에 설탕을 치고 기름에 튀겼네."

"전, 이가 나빠서요."

그는 고개를 저었다.

"원 사람도, 이건 딱딱하지가 않아. 일본 사람들은 술상에도 이런 찌끼다시를 쓴다네."

장모는 정말 딱딱하지 않다는 듯 한 토막을 입에 넣고 파삭파삭 씹기 시작했다.

"찌끼다시라니요?"

"조선 말로 뭐라더라? 아, 그래 맛뵈기야. 조선 사람들 술안주야 아주 간단하지만 일본 사람들은 진짜 안주가 들어오기 전에 여러 가지 찌끼다시부터 먹는다네."

장모는 일본 사람같이 말했다. 그는 자신의 아버지는 한국 사람이지만 술안주를 푸짐하게 드신다는 얘기를 하려다 그만두고 장모의 머리를 쳐다보았다. 분홍색 컬에 말려 있는 머리카락은 검은 색이 아니었다. 그는 잘못 보았나 해서 다시 한번 찬찬히 살펴보았다. 역시 갈색이었다.

"염색 약을 잘못 골라오신 모양인데요?"

그는 난처한 기색으로 말했다.

"아닐세. 요즈음은 너무 까마니까 청승맞아 보이데."

장모의 태연한 대답에 그는 무안을 당한 듯 서둘러 담배를 집었다.

"머리가 세기 시작한 것이 오래되셨습니까?"

그는 담배를 붙인 다음 성냥불을 흔들어 끄며 물었다.

"십여 년 되었네. 내 부친도 그러셨어. 사십쯤 되셨을 땐 거의 백발이셨지."

말 사이사이로 누룽지 씹히는 소리가 사각사각 섞여 들었다.

"우리 부친은 정말 멋쟁이셨지. 오오사까에서 큰 철공소를 하셨는데 일본 사업가들도 돈을 꾸러 오곤 했어. 창고에는 선물로 들어온

미깡이 썩어날 정도였고, 뿐인가? 금고엔 백 원짜리 지전이 차곡차곡 쌓여 있었다네. 그땐 백 원짜리라면 구경도 못해 본 사람들이 많았다구."

"그랬을 테지요……."

"난 모자가 스무 개도 넘었어. 모양이 특이한 것이면 다 사 주셨지. 길게 리본이 달린 것, 챙이 넓은 것, 좁은 것, 둥그런 것, 없는 게 없었다니까. 그리고 나는 일곱 살 때부터 자전거를 탔다네. 열두 살이 되던 해에 승마를 가르쳐 주시겠다고 약속하셨는데 그만 세상을 뜨시고 만 게야. 날 그렇게도 이뻐하시더니……. 내 얼굴을 두 손으로 받쳐들고 요다지도 곱게 생길 수가 있느냐고 늘 감탄하셨다니까. 지금도 그때의 모습이 눈에 선하다네. 그러나 이제는 다 흘러간 이야기야. 젊었을 땐 이쁘다는 말도 숱하게 들었건만……."

장모가 한숨을 내쉬었다. 그는 한숨 쉬는 장모의 얼굴을 요모조모 뜯어보았다. 살이 처져 목을 덮고 있었지만 아직도 피부는 희고 맑았다. 석고를 빚어내듯 살찐 부분을 다듬어 버리면 하얀 그 얼굴은 어쩌면 아름다울 수도 있을 것 같았다.

점심을 먹고 나면 욕실문을 고쳐야겠군. 그는 담배를 비벼 끄며 생각했다. 문지도리만 박으면 될 거야. 그리고 전에 부착하지 못한 텔레비전 안테나 선도 이어 주고…….

차임벨이 울렸다. 아내였다. 장모는 식용유가 묻은 손가락을 쭉쭉 빨며 문을 열었다.

"박서방 배고프겠다. 어서 점심 준비해라."

부엌에서 물소리가 나기 시작할 때 그는 기지개를 켜고 일어나 화장실을 들러 작은 방 앞으로 갔다. 그는 문지방을 딛고 주춤 멈춰 섰다.

참, 여긴 장모 방이지…….

그는 돌아섰다. 자신의 책상과 책들은 이미 이틀 전에 소파 뒤로 나와 있었다. 그는 서랍을 열고 어제 회사에서 가져온 불어원문 책자를 꺼냈다. 『인격과 욕구』 번역자의 사정으로 마지막 장(章)을 남기고 넘어온 것이었다. 다시 번역할 사람을 선정하기에는 시간 여유가 없어 아내에게 부탁해 볼 작정이었다. 아내는 학생 때부터 자투리 번역 따위의 일을 아르바이트로 해 왔다. 그래, 점심을 먹고 얘기하자. 그는 서랍을 닫고 소파로 돌아왔다. 그때 장모가 접시를 들고 부엌에서 나왔다.

"좀 먹어 보게. 눈곱이 끼고 기운이 없어 시들시들한 개한테도 이놈만 던져 주면 금방 눈빛이 달라진다네."

익히지도 않은 닭 간과 똥집이었다. 그는 전혀 생고기를 좋아하지 않았으므로 고개를 저었다.

"이 사람아, 몸에 아주 좋은 거야, 어서 들어 보게."

"아니요, 정말 생각이 없습니다."

장모는 이해할 수 없다는 듯 고개를 갸웃했다. 그리고 무슨 말인지 하려다 그만두고 자주빛 손톱으로 뻘건 생간을 집어 소금을 쿡쿡 찍더니 입에 넣고 달게 우물거리는 것이었다. 여태껏 생간장을 먹는 여성을 한번도 보지 못해서일까, 그는 장모가 참 신기하게 여겨졌다.

점심을 먹은 뒤 그는 곧 신발장 밑에 있는 연장통을 꺼냈다. 문지도리는 떨어진 문짝에 붙어 있었다. 그는 욕실문을 고친 후 장모 방으로 들어갔다. 장모는 파리를 잡고 있었다. 그는 나사돌리개로 텔레비전 안테나의 콘센트를 열고 안테나 선을 연결했다. 그리고 각 방송국의 채널을 돌려 화면을 조정해 볼 때 장모가 거실로 나갔다. 그는 장모의 녹음기를 내려다보았다. 일제 가정용 녹음기였다. 그 주위로 여러 개의 일제 테이프가 아무렇게나 흩어져 있었다. 어떤 건 남자의 사진이 또 어떤 건 여자의 사진이 저마다 한껏 멋을 부려 웃고 있었다. 그 중 한 테이프, 그러니까 여자의 웃는 입 위에 노래기 한 마리가 죽어 있었다. 또 그 옆에는 상체가 떨어진 바퀴벌레의 터진 배도 있었다. 길쭉한 자루 모양의 퉁퉁한 그것은 벌레의 알집이었다. 그밖에도 벽이나 방바닥에 파리와 벌레가 수없이 엉겨붙어 있었다.

차라리 살충제가 나을 텐데…….

그는 연장통을 들고 곤죽처럼 터진 벌레들의 내장을 밟지 않으려고 까치발로 그 방을 나왔다. 아내는 소파에 앉아 무슨 일인지 허리를 꼿꼿이 세우고 있었다. 앞에 커피잔이 놓인 것으로 보아 커피를 마시던 중인가 보았다. 장모는 거실에서도 파리를 잡고 있었다. 벽과 소파, 심지어 탁자에까지도 파리채를 타악타악 내리쳤다.

그때마다 파리는 어김없이 죽어갔다. 교미중인 한쌍의 파리가 천장에서 날아내려 아내 앞 탁자에 앉았다. 그때 획 바람이 스치는가 했더니 어느새 파리채가 타악 소리를 냈다. 파리 두 마리가 바로 커피잔 옆에서 형체도 몰라보리만큼 짓뭉그러져 버렸다. 그는 장모를 쳐다보았다. 눈과 입술에 이상한 웃음기가 희미한 안개처럼 피어 오르고 있었다. 그는 아내를 쳐다보았다. 아내는 주춤거리며 손바닥으로 커피잔을 덮었다.

"여보, 어제 내가 번역할 게 좀 있다고 했지?"

무슨 말이든 해야 할 것 같아 그는 그 이야기를 꺼냈다. 아내는 잠깐 그를 올려다보더니 커피잔을 들고 일어났다.

손을 씻은 후 책을 꺼내들고 안방으로 들어갔을 때 아내는 손톱을 깎고 있었다. 손톱을 바싹 깎으면 빨래나 김치를 담글 때 속살이 아리다면서 늘 조금씩 남겨 놓고 깎던 아내였다. 그런데 오늘은 위태로울 만큼 바싹바싹 자르고 있었다. 그는 얼핏 불안해졌다.

"어때, 원고지 백 장쯤 나오겠는데 해보겠어?"

아내는 말없이 쓰레기통을 당겨 손톱조각을 주워담은 후 내민 책을 받아들었다.

"소설이 아니군요."

"워낙 시간이 없어서 말야. 앞부분은 이미 조판으로 넘어갔거든."

그때 또다시 장모의 방에서 볼륨을 한껏 높인 일본 노래가 들려왔다. 아내의 얼굴에 잔잔한 소름이 하얀 소금처럼 돋아나고 있었다. 그는 일본 노래보다도 오늘 갑작스레 나타나는 아내의 과민성에 더욱 마음이 쓰였다.

"어제부터 진종일 녹음기만 틀어요."

아내는 손바닥으로 얼굴을 비비며 말했다. 그는 무슨 말인가 하고 싶었지만 무슨 말을 해야 할지 도무지 알 수가 없었다.

경숙은 설거지를 끝내고 걸레와 총채를 들고 거실로 나왔다. 이제 집안 청소만 남았다. 빨래는 내일쯤 해도 되니까 어서 끝내고 책상에 앉으려니 생각했다. 남편이 가져온 번역거리는 결혼 후 처음 있는 일이었다. 힘에 벅찬 일만 아니면 그녀는 언제라도 일을 하고 싶었다. 어머니 방에서는 패를 떼는지 화투짝 소리가 들려왔다. 경숙은 총채질을 끝낸 다음 걸레를 들었다. 소파와 탁자를 닦을 땐 늘 결혼초가 생각났다. 하긴 지금도 신혼이긴 하지만 첫 살림을 시작할 땐 남편이 참 이상스럽게 여겨지기도 했다. 허물 없이 베푸는 남성의 친절이 왜 그런지 어색했다. 게다가 시아버지 …… 자식들과 윷놀이를 하면서 딸자식의 어깨에 팔을 걸고 "윷이야! 모야!"하고 부추겨 줄 때 그녀는 엉뚱하게도 지금 시누의 기분은 어떨까, 아버지의 팔이 거북하지 않을까 따위를 생각했다. 그리고 결혼생활도 새로운 인간경험이라고 여기면서 조금은 남아 있는 프랑스에 대한 꿈을 미련 없이 묻어

버리기로 작정했다.

그녀는 남편의 책상까지 말끔히 닦은 후 걸레를 모아 욕실로 갔다.

걸레를 다 빨고 나왔을 때 어머니가 소파에 앉아 있었다.

"여유라도 있다면 훨훨 나다니고 싶구나……."

어머니가 들으라는 듯 말했다.

"서울에 사는 친구도 많고 찾아볼 데도 있는데 ……."

경숙은 말없이 베란다로 나가 걸레를 널었다.

"얘, 경숙아 나랑 이야기 좀 하자."

그녀는 긴 이야기면 번역일이 끝난 다음에 하자고 말하려다 소파에 가 앉았다.

"나 잡비가 좀 필요한데 ……."

어머니가 말했다.

"엄마, 우린 잡비 드릴 형편이 안 돼요."

경숙은 조용히 대답했다.

"박서방 직장도 있고 집도 있는데 뭘 그러냐. 내 그냥 달라는 소리는 않겠다. 너도 바쁜 것 같으니 내가 이 집 살림을 돌봐 주겠다. 대신 가정부 월급 주는 셈치고 한 달에 십 오만 원만 다고."

"십 오만 원이라구요?"

경숙은 좀 놀란 얼굴로 어머니를 쳐다보았다.

"일해 주고 돈 받긴 싫다만 어쩌겠니? 가정부 월급도 그 정도는 된다니까."

"만 원쯤은 드릴 수 있을 거예요. 그리고 집안일은 저 혼자서도 충분해요."

경숙은 침착하게 대꾸했다.

"널 낳은 에미가 자존심 죽여 가면서 이런 말 하고 있는데 너 정말

이러기냐?"

경숙은 난 출가외인이에요 라고 말하려다 대신,

"우리 형편이 그 정도밖에 안 되어요, 엄마"라고 대답했다.

"최소한 십 만 원씩은 내놔라. 나도 이제 용돈 얻어 쓸 나이가 되었다."

경숙은 말없이 자기 방으로 돌아왔다. 그녀는 원고지와 볼펜, 사전 따위를 준비하고 책을 집어들었다. 책은 아홉 장(章)의 소제목으로 나누어졌고 그녀가 번역할 곳은 '제9장 인격과 훈련'이라는 마지막 장이었다.

그녀는 당장 번역을 시작했다.

인간의 가장 기본적인 욕구가 식욕과 성욕임은 두말할 나위도 없다. 현대 기계문명이 고도로 발달했다 해도 다행히 이것만은 아직 기계과학 분야가 아니다. 만약 식욕과 성욕마저 컴퓨터로 해결하는 시대가 온다면 그땐 인간성과 인간의 가치관에 크나큰 변혁이 초래될 것이다. 하지만 그런 시대는 오지 않아야 한다. 그것은 인간이 지켜야 할 자연법칙의 마지막 보루며 영원한 섭리다. 그런데 그것마저 과학이나 테크놀러지로 교체된다면 그때 인류의 역사는 어떻게 될까? 생명체가 생물과의 상호작용 없이 오로지 기계문명만으로 존재할 수 있다면 그건 이미 또 다른 종(種)의 탄생이지 결코 인간으로서의 종족계승은 아니다. 따라서 인류의 역사는 완전히 끝난 것으로 봐야 할 것이다. 그렇다면 여기서 분류할 것은 생물과 상호작용을 하고 있는 생명체의 인간과 인간의 특수성인 심리와 인격관계라는 함수관계일 것이다.

첫째, 인간은 어떠한 환경 여건에도 잘 적응한다. 그러나 거기에는 반드시 심리작용이 부응하게 된다. 다시 말해서 가장 기본적인

조건에서 이탈되어 있거나 억압받거나 또는 보편적인 혜택에서 제외
될 경우 욕구심리는 무의식의 심층에 불만이라는 흔적을 남기게 된
다. 만약 그것이 일시적인 경향이라면 자연적으로 해소되겠지만 그
렇지 않고 계속 쌓이게 되면 서서히 또는 갑자기 퇴적심층은 전체의
기관에 영향을 미치게 된다…….

등 뒤에서 어머니가 그녀를 불렀다.
"시장 갔다 오마."
어머니의 갑작스런 태도에 경숙은 잠깐 당황했다. 집안일을 맡길
생각은 전혀 없는데 느닷없이 어머니는 시장을 가겠다고 한다. 그녀
는 몇 차례 거듭 볼펜을 눌렀다 풀면서 딸각거리는 소리를 냈다. 다
음 순간 그녀는 자신의 소심증과 그로 인한 잘못을 저지르고 있는지
도 모른다는 생각이 들어 만 원짜리 지폐 한 장을 꺼내 주었다.
"닷새분 반찬 값이에요."
어머니는 말없이 돈을 받아들고 시장바구니를 챙겼다. 큰 문 닫히
는 소리가 들릴 때 그녀는 다시 볼펜을 잡았다.

말하자면 성격상의 불균형도 일종의 퇴적심층의 발현으로 볼 수
있다. 예를 들어 정상적인 성생활을 하던 혈기왕성한 남자를 1년이
나 2년쯤 위안부도 없는 전쟁터에서 전투만 하게 했다고 하자. 그런
다음 휴가를 주면 십중팔구는 맨 먼저 성욕부터 채우려 들 것이다.
그것은 오래 굶주려 오다 음식을 대했을 때와 똑같은 반응의 현상이
다. 그러나 문제는 상태가 돌이킬 수 없을 만큼 극심할 땐 대부분
심리성격이 이상한 방향으로 노출되거나 병적인 충족욕구에 사로잡
히고 만다. 때문에 의지나 자제력까지도 환경의 영향을 받게 된다.
따라서 인격은 가장 기본적인 욕구에서부터 시작하는 심리훈련이며

·······.

경숙은 볼펜을 놓았다. 자신 속에 오래도록 삭지도 않고 갇혀 온 어머니에 대한 의문들이 떠올랐다. 어머니가 상대한 몇 사람의 남성들·······. 어쩌면 어머니를 그런 차원에서 이해해야 하지 않을까. 늘 굶주리는 사람에게 잘 나타나는 탐착증(貪着症) 같은 것으로·······. 그녀는 나직이 한숨을 내쉬었다. 그렇다면 그 뱃속에서 태어났다는 약점만으로도 이제 함께 살아야 하지 않을까. 그렇다 해도 삭이고 여과해 버리기엔 피차 너무 굳어 버린 것은 아닐까. 처음 어머니가 와서 함께 살아야겠다고 말했을 때 그녀의 마음은 당장 빗장을 질렀고 그런 뒤엔 역시 프랑스쯤으로 달아났어야 옳았다고 생각했다.

그것은 남편이 좋아하고 싫어하고의 문제가 아니었다. 마치 그녀가 최초로 잡은 자리를 어머니가 내놓으라고 하는 듯했고 보다 구체적으로는 어머니의 이번 목표는 남편이 되지 않을까 하는 수치스러운 생각까지도 스쳐갔었다. 물론 당치도 않은 망상이긴 했지만 어쨌거나 그녀는 어머니를 어머니만으로 받아들여지지가 않았다. 이해하도록 노력해야 할 거야. 따지고 보면 불쌍한 사람이니까·······.

어머니가 시장에서 돌아왔다. 혼자가 아니었다.

"이리 들어와요."

화장품 외판원과 미용지도원 아가씨였다. 어머니는 시장바구니를 거실 벽에 세워 두고 그 여자들과 함께 방으로 들어갔다. 곧 화장법에 대한 이야기가 들려왔다.

한 시간쯤 지나서야 어머니가 그녀의 방으로 왔다.

"경숙아 미리 주는 셈치고 이만 원만 다오."

그녀는 잠깐 동안 "이만 원만"이라는 낱말을 되새겨 보았다. 그리고 "미리 주는 셈치고·······" 그렇다면 마지막 흥정으로 내놓은 10만

원이란 돈을 본의 아니게 지불해야 한단 말인가. 그럴 수는 없다. 더욱이 가정부의 흥정은. 내가 할 수 있는 일은 최소한의 정표, 출가한 딸이 어머니에게 할 수 있는 차삯 정도의 용돈만 주면 된다. 그녀는 가계부 봉투에서 만 원을 꺼내 주었다. 어머니는 얼굴에 화장을 요란하게 하고 있어서 마치 홍백 양반탈처럼 원색적이었다.

어머니는 색깔이 다 다른 일곱 개의 네일 라카와 영양크림, 보디로션, 파우더, 향수, 미용비누 등등 화장품 일체를 들여놓았다. 그리고 그것을 정리하는 모습은 콧노래라도 부를 듯이 경쾌해 보였다.

2

어디선가 물 흐르는 소리에 그는 잠이 깼다. 햇살이 방 안 가득 넘실거리고 있었다. 그는 시계를 보았다. 8시가 조금 넘어 있었다. 일요일은 늦잠을 자는 것이 그의 오랜 습관이었지만 다시 눕고 싶은 생각은 없었다. 그는 아내를 내려다보았다. 이마에는 작은 땀방울이 송송 맺혀 있었다. 햇살 때문인가 보다. 어젯밤에는 늦도록 가계부 계산을 맞추더니 커튼 닫는 것도 잊은 모양이었다. 그는 일어나 커튼으로 해를 가렸다. 수도물 넘치는 소리가 계속 들려왔다. 부엌에서였다. 그는 바지를 걸치고 부엌으로 나가 보았다. 마루를 깐 부엌 바닥엔 물이 홍건히 고여 있었고 개수대에서는 물이 넘치고 있었다. 그는 재빨리 수도꼭지를 잠갔다. 쌀그릇에 들어 있던 쌀이 물에 넘쳐나 하수구를 메워 버렸다. 그는 우선 걸레를 집어와 바닥의 물부터 훔쳐내기 시작했다. 그때 아내가 나왔다.

"어휴, 어머닌 어디 가셨죠?"

아내는 장모를 찾기 위해 욕실과 베란다를 돌아보았다. 그러나 장모는 집 안 어디에도 없었다.

"이리 나오세요. 제가 닦을 테니."

아내가 걸레를 빼앗으려 했다.

"내버려 두고 개수대에 흩어진 쌀알이나 주워담아."

걸레를 짜며 그가 말했다. 아내는 쌀알을 주워담다 말고 그의 걸레를 빼앗았다.

"저 모양을 엄마가 봐야 해요. 그래야 다음부터 조심하게 되죠."

아내가 부엌 바닥을 다 치우고 방 청소를 시작할 때 장모가 시장에서 돌아왔다.

"일어들 났군. 생선은 아침에 가야 싱싱한 놈을 사거든."

그는 어색해져서 얼른 아내를 건너다보았다. 아내는 묵묵히 방만 쓸어내고 있었다.

그들은 아무 일도 없었던 것처럼 아침식사를 시작했다. 아내는 찬을 집을 때마다 조금씩 망설였다. 무언가 하고 싶은 말을 자꾸만 삼키고 있나 보았다. 그는 불안감을 미채(迷彩)하려고 바쁘게 수저질을 했다.

"어때 맛이 괜찮지?"

"네."

"내가 무얼 만들면 다들 손맛이 좋다고들 하지."

장모는 커다란 상추쌈을 만들며 기분 좋은 듯이 어깨를 흔들었다.

"그래요, 엄마. 음식맛이 좋아요."

아내가 말했다.

"그런데 도미는 너무 비싸잖아요? 되도록이면 꽁치나 동태 같은 걸 먹었으면 좋겠어요."

"왜 우리는 입이 아니냐? 싼 것만 먹게."

"영양가는 그게 그거라잖아요. 또 형편에 맞추어 살자면 절약도
해야 하구요."

"알았다."

장모가 말을 잘라 버렸다. 아내는 더 무엇인가 덧붙여 말하려다
그만두고 조용히 수저를 놓았다.

그는 베란다로 나가 바깥을 내다보았다. 7월로 접어든 뜨거운 햇
볕이 아파트 건물들을 하얗게 탈색시키고 있었다. 지난달 장마를 몰
고 올 것 같던 비구름은 어디로 갔는지 연일 가뭄이었다.

"비가 와야겠는데 ……."

그는 그물처럼 치렁치렁 내려앉은 햇빛을 올려다보며 혼자 중얼거
렸다.

"바람 한점 없는 걸 보니 오늘 몹시 덥겠군."

"곳곳에서 물사정 때문에 아우성이군요."

아내가 등 뒤에서 큰소리로 말했다.

"지대가 높은 곳은 아파트까지 시간제로 물을 준대요."

아내는 소파에서 신문을 보고 있었다. 양동이를 길게 늘어놓고 물
차례를 기다리는 주민들의 사진이나 기사는 좀전에 그도 보았다. 그
런데 아내가 큰소리로 외치고 싶었던 것은 욕실에서 쫙쫙 끼얹고 있
는 물소리 때문이었을 것이다. 장모는 거의 매일 아침 저녁으로 목욕
을 한다. 그들이 한기를 느끼던 지난달에도 장모는 찬물을 끼얹어 댔
었다.

"정말 오랜 가뭄이야."

그는 아내의 맞은편 소파에 앉으며 중얼거렸다. 물 끼얹는 소리가
그의 말을 눌러 버렸고 아내는 잠깐 욕실문을 훔쳐보았다. 그 역시
갑자기 오줌이 마려워 흘낏 욕실문을 보았다. 물 끼얹는 소리는 언제

끝날지 알 수 없는 일이었다. 욕실에다 변기를 설치한 것이 큰 잘못처럼 여겨졌다. 어쨌거나 기다리는 수밖에 없다고 생각할 때 물소리가 멎었다. 그렇다 해도 끝난 것은 아니다. 이제 물기를 닦아내고 보디로션과 파우더를 바를 것이다. 장모는 샤워 후 몸화장을 위해 그런 것들을 욕실 선반에 내다 놓았다. 그가 한껏 급했을 때가 되어서야 장모가 나왔다.

한 시간 후 장모는 외출복을 입고 방에서 나왔다. 작은 꽃무늬 원피스가 큰 몸에 착 달라붙어 몹시 어색해 보이는데도 장모는 그걸 모르는가 보았다.

"애야, 경숙아, 돈 좀 다구. 바람 좀 쏘이구 와야겠다."

장모의 화장은 역전 작부처럼 요란했다. 퍼런 눈두덩과 빨간 입술에서 그는 문득 전에 보았던 닭 내장을 떠올렸다. 그리고 신혼여행에서 돌아왔을 때 어머니가 한 말이 생각났다.

— 네 장모, 허영깨나 있겠더라. 그 나이에 손톱이 그게 뭐냐. 남 볼까 무섭더라.

— 원 어머니두.

— 네 색시 단단히 길들여라. 에미를 보면 그 딸을 안다는 말도 있잖니.

아내가 돈을 들고 나왔다.

"천 원이 아니냐."

장모는 어림도 없다는 듯이 지폐를 할랑할랑 흔들었다.

"이천 원은 더 줘야겠다."

"엄마, 우리 형편도 좀 생각해 주셔야죠."

아내의 음성이 조금 곤두섰다.

"제가 드리죠."

그는 모녀의 실랑이에 공연히 난처해져서 비상금을 털어 주었고

214

장모는 양산을 챙겨들고 바쁘게 나갔다.

"참 이상해요. 때때로 엄마의 당당함이 이해할 수 없어지거든요."

아내는 팔깍지를 끼고 서성이며 말했다.

"당신에게야 당당한 게 정상이겠지. 낳아서 길러 준 어머니로서
⋯⋯."

"낳아 준 것만으로도 당당한 이유가 된다면 ⋯⋯."

아내는 뒷말을 흐렸지만 무슨 말을 잇고 싶어했는지 그는 알고 있
었다. "그렇다면 난 형벌의 씨앗인가요?" 아마 아내는 그런 유의 말
을 하고 싶었을 것이다. 그는 가만히 아내를 쳐다보았다. 찌푸린 이
마 사이로 아내 특유의 편집증이 드러나고 있었다. 한때는 커다란 어
린애와 결혼하는 게 아닌가 싶을 만큼 아내의 편집증이 부담이 된 적
도 있었으나 오늘은 막연하나마 그것이 이해될 것도 같았다.

"자, 그만. 장기나 한판 둡시다."

"아침의 그 쌀이 전부 쓰레기통에 버려져 있었어요. 게다가 구멍
난 생활비가 ⋯⋯."

"되는 대로 삽시다. 장모님도 곧 우리들의 사정을 파악하시겠지."

아내는 입술을 잘근잘근 씹으면서 베란다 너머 먼 하늘을 쳐다보
았다.

저녁 여덟 시경 장모는 사홉들이 소주 한 병을 들고 돌아왔다. 지
워진 얼굴 화장이며 옷매무새로 보아 어디선가 흠씬 마신 모양이었
다.

"자, 박서방. 한잔하세."

장모는 소파에 털썩 주저앉으며 남자처럼 말했다.

"취하셨어요. 그만 들어가 주무시죠."

"내가 취해? 경숙아, 여기 잔 가져와라. 오늘 박서방하고 한잔해
야겠다."

아내의 얼굴엔 물살 같은 혐오가 스쳐가고 있었다. 그는 그런 아내에게 잔을 가져오라는 눈짓을 보낸 후 무심코 장모의 앞가슴 쪽으로 시선을 돌렸다. 원피스 단추 하나가 떨어져 나간 사이로 찐빵같이 허연 젖가슴이 비죽 드러나 보였다. 그는 재빨리 시선을 돌렸다.

"여보! 잔 빨리 가져오라니까."

그는 공연히 소리를 질렀고 아내는 잔을 내민 후 곧장 방 안으로 들어가 버렸다.

"자, 들게."

장모가 술을 따랐다. 손이 흔들려 술이 바깥으로 흐르긴 했지만 잔은 채워졌다. 그는 가만히 술잔을 내려다보았다. 그 사이 장모는 병꼭지를 입에 대고 목마른 사람처럼 벌컥벌컥 마셔댔다.

"아니, 이러시면 ……."

그가 놀라 병을 빼앗으려고 할 때 장모는 히죽 웃으며 손등으로 입을 닦았다.

"오늘 친구집을 찾아갔었지. 아들딸 다 출가시키고 두 양주만 사는데 신혼 때보다 더 깨가 쏟아진다나? 참 팔자 좋은 친구야."

장모는 또다시 병꼭지를 입에 대고 몇 모금 마셨다.

"그 친구 말이 날더러 이렇게 살기는 억울할 거라나? 그 좋던 인물과 청춘 다 가고 벌써 오십줄이라니 ……."

그는 담배를 집어들었다.

"나도 하나 붙여 주게."

그는 담배 두 개를 붙여 하나를 내밀었다. 장모는 담배를 받아 물고 뻑뻑 빨더니 길게 연기를 내뿜었다.

"상팔자가 따로 있나. 다리 밑에 살더라도 서방과 함께 살면 상팔자지 ……."

장모가 소파에 누웠다. 그는 술병을 빼앗아 탁자 위에 놓았다. 장모는 드러누운 채 담배를 피우면서 다리를 세웠다 올렸다 했고 그는 통통한 장모의 몸에서 허기져 드러누운 커다란 짐승을 보는 듯했다.

"나이떼 와까레루 고노무네니——"

장모가 노래를 부르기 시작했다. 황포돛대 가락을 그렇게 부르는 것이었다. 언젠가 장모는 "난, 일본 본영에서 태어났어"하고 아주 자랑스럽게 말한 적이 있었다. 그땐 한 개인의 그리움이 민족의식보다 더 직접적이고 확실한 것일 수도 있다면 장모의 고향은 틀림없이 일본이 될 것이라고 생각했다. 그런데 지금은 그렇게 생각했던 자신까지도 몹시 불쾌하게 여겨졌다. 장모의 노랫소리가 흥얼거림으로 바뀌었다.

"장모님, 들어가서 주무십시오."

그는 소파를 태울 듯한 장모의 담배를 빼내면서 말했다. 장모는 계속 노래만 흥얼거리고 있었다. 문득 처음 장모와 대면했을 때가 생각났다. 아내의 졸업식 날이었다. 그날 장모는 검은 양단에 큰 봉황이 수놓여진 한복을 떨쳐 입고 왔었다. 가난한 고학생의 어머니라고는 도무지 믿기 어려울 만큼 장모는 화려했고 또 몹시 사진찍기를 좋아했다.

— 자, 나도 좀 찍어 줘요, 총각.

아내의 첫번째 기념촬영이 끝나자마자 장모는 아내의 학사모와 가운과 그가 사다 준 꽃다발까지 받아들고 포즈를 취했다.

— 자, 이젠 저 동상 앞에서 ……

장모는 매번 자리를 옮겨가면서 그에게 충실한 사진사 역할을 종용했으며, 아내 경숙은 무표정한 얼굴로 자신의 어머니를 지켜보고 있었다. 그리고 강당 앞에서 두 모녀를 나란히 세워 놓고 렌즈의 초점을 맞추고 있을 때 그의 옆에서 어떤 부인이 졸업생 아들과 이런 이야기를 주고받았다.

— 얘, 저 여자애를 아니?

— 경숙이요? 우리 과예요.

— 그 옆에 선 여자분 있지? 함께 고속버스를 타고 왔다. 딸 졸업
식에 참석하러 온다면서…….

— 딸이요?

— 그래, 아주 잘 산다더라.

— 그렇다면 딸이 아닐 거예요. 경숙은 가난해요. 등록금이 없어
서 두 번씩이나 휴학한걸요.

— 이상하구나, 서울에 혼자 떨어져 있는 딸이라 매달 이십만 원
씩 하숙비를 부쳤다던데…….

정말로 장모가 아내에게 매달 20만 원씩 부쳤는지 어쨌는지는 차
치하고도 두 모녀 사이에 이상하게 얼크러진 감정의 폭들이 양파 껍
질처럼 한겹 한겹 벗겨질 때마다 그는 그저 고개를 갸웃해 오기만 했
다. 결혼 날짜를 잡을 때도 아내는 결혼식에 어머니를 초청해야 할지
어쩔지 모르겠다면서 도무지 납득할 수 없는 문제로 고민을 했다.

그리고 결혼을 앞두고 아내가 예단을 끊으러 갈 때 장모도 동행하
게 되었는데 그때 장모는 사돈의 옷감이 아니라 마치 자신의 치레를
위해 나온 사람처럼 이것저것 골라대더니 그 중에서 실크 한 감을 차
지했다.

— 내 것도 한 벌 끊어라. 무남독녀 결혼식인데 모양 좀 내야지.

아내는 몹시 못마땅한 얼굴로 어머니를 쳐다보았고 장모는 딸의
그런 얼굴을 못 본 척 옷감을 싸달라고 종업원에게 말했다. 아내는
돈을 지불하면서도 중얼거렸다.

— 예단 준비하려고 간신히 마련한 돈인데 엄마 것까지…….

그 뒤 몇 달이나 함께 살면서도 아내는 단 한번도 장모에 대한 이
야기를 한 적이 없었다. 그리고 장모가 살려고 온 후부터 아내에겐

알 수 없는 어떤 긴장이 전류처럼 흐르기 시작했다.

장모가 코를 골기 시작했다. 그는 장모의 드러난 허벅지를 보지 않으려고 눈길을 돌리며 아내를 불렀다.

"여보, 장모님 방으로 모셔야지."

"그냥 두세요. 술이 깨면 들어가 주무시겠죠."

아내는 내다보지도 않고 대답했다.

그녀 화인은 상가 건물로 들어서서 곧장 2층으로 올라갔다.

양품점과 신발 가게, 속옷 직매점, 침구집, 장신구집, 수입상품점 …… 시장에 올 때마다 둘러보지만 조금도 싫증나지 않는 눈요기였다. 딸 경숙은 시장은 자기가 다니겠다, 엄마는 시장 다녀오는 시간이 너무 오래 걸린다는 둥 여러 가지 이유를 들어 시장 나들이를 막으려 들지만 그녀는 이 은밀한 즐거움만은 포기할 수가 없었다. 요즘 들어 그녀는 딸 경숙에게서 자주 배반감을 느꼈다. 처음 그애가 대학을 간다고 할 때 막연하나마 자신의 팔자가 펴지리라는 생각을 했었다. 그리고 대학을 졸업할 땐 머잖아 마나님이 되어 떵떵거릴 수 있으려니 기대하기도 했었다.

그런데 경숙은 중학이나 고등학교를 나온 애들보다 더 나을 게 없었다. 불문과를 나왔으면 대사관이나 외국인 회사에 비서쯤 되어 있어야 할 텐데도 별볼일 없는 월급쟁이와 결혼해서 몇 십 원까지 따져가며 가계부나 쓰는 잡스런 여편네가 되어 있을 뿐이었다. 게다가 에미를 업신여기기까지 한다. 저를 어떻게 길러 왔는데 ……. 자식 덕에 인물 내고 살도록 해주지는 못할망정 걸핏하면 시장 본 돈이나 따지려 들다니 …….

그녀는 주춤 멈춰 섰다. 그리고 치밀어 오르는 한숨을 푸욱 내쉬었다. 나는 이렇게 살 수는 없어. 덕 없고 복 없는 세월 다 갔으니 이제 자식 덕이라도 봐야지 ……. 그녀는 침구집을 보았다. 방처럼 꾸며진 데서 두 여인이 혼수 이불을 시치고 있었다. 그녀는 갑자기 홍자주 비단금침이 갖고 싶어졌다. 한번도 가져 보지 못한 혼수 이불 ……. 경숙이 애비와 살 때도 그런 이불은 없었다. 그녀는 물건 구경하는 것을 좋아했다. 그보다 더 좋은 것은 무엇이든 사들이는 것이었다. 언제던가 딸네 집에 오기 전 권투중계를 볼 때였다. 강펀치를 날리는 권투선수를 보고 나이 좀 어린 과부 친구가 쩝쩝 입맛을 다시며 중얼거렸다.

— 저렇게 펄펄한 녀석과 한 몇 달쯤 무인도 같은 데서 푹 살다 왔으면 여한이 없겠는데 …….

그때도 그녀는 사내보다 돈이 더 낫지, 하고 생각했다. 사고 또 사고 남을 만큼 돈이 있다면 그거야말로 여한이 없을 일이었다.

그녀는 장신구집 옆으로 다가갔다. 한 젊은 여자가 아이의 머리핀을 고르고 있었고 진열대 안에는 각종 목걸이와 귀고리, 반지, 오만 가지 장신구가 멀찍이서부터 그녀의 눈길을 끌었다. 그러나 오늘은 그 때문에 온 게 아니었다. 그녀는 멈춰 서서 진열대 안을 훑어보며 자신의 보석함을 떠올렸다. 산호 반지와 상아 팔찌, 자만옥 목걸이, 옥 브로치, 그 중에서 산호 반지와 상아 팔찌는 이 집에서 사 간 것이었다.

"오셨군요."

손님이 떠나자 언제 봐도 상냥하고 세련된 장신구집 여인이 그녀를 맞았다. 서른 살쯤 되었을까. 구불구불한 머리나 인조 속눈썹은 보기에도 시원하게 검실댔으며 둥근 귀고리까지 맵시 있게 찰랑거렸다. 처음 이 집에 왔을 때 여자는 의미 있게 웃으며 말했었다.

"아주머니 머리색깔 참 좋은데요. 나이 드신 분도 용기를 내면 이렇게 자연스러운데 ……."

— 정말 그렇게 봬요?

— 그러믄요, 저 역시 물을 들인 건데…….

— 색시야 젊으니까.

— 요즘은 아주머니같이 나이 드신 분들도 갈색 머리를 하고 싶어 하는 사람들이 많아요. 다만 용기가 없어서 못할 뿐이죠.

— 그것도 용긴가? 하고 싶으면 하는 거지.

그녀는 찰랑찰랑 흔들거리는 귀고리의 빛을 보며 생각했다. 경숙이도 저렇게 멋을 부리며 살 수도 있었을 텐데……. 시집만 잘 갔다면 어디 멋이 문제였겠나.

"귀를 뚫으시려구요?"

"그래요."

5천 원만 있으면 아프지도 않고 아주 간단하게 귀를 뚫을 수 있다고 엊그제 이 여자가 말했었다. 그녀는 머리카락을 뒤로 넘기고 귀를 내밀었다. 장신구집 여자는 맨 아래 진열장에서 장난감 총 같은 것을 꺼내더니 핀이 달린 쇠붙이 귀고리를 그 주둥이에 끼웠다. 그리고 탈지면을 준비한 후 그녀의 귀를 잡아당겨 귓밥에 대고 그것을 쏘았다. 따끔했다. 피가 나는지 가겟집 여자가 탈지면으로 그 부위를 잠시 누르고 있었다.

"참 편리하지요? 옛날엔 얼음으로 찜질을 해서 바늘로 뚫은 다음 은붙이를 끼워야 했는데 이젠 단번에 해낼 수 있으니……."

"정말 그렇구려."

남은 귀까지 마저 뚫은 다음 장신구집 여자가 거울을 내밀었다. 조그맣고 둥근 귀고리가 양쪽 귓밥에 꽂혀 있었다.

"어떠세요, 임시 귀고리지만 모양도 괜찮죠? 그게 특수 쇠로 만든 거래요. 쇠독이 전혀 없기 때문에 자리가 아물 때까지 끼워 두는 거지요."

그녀는 크게 고개를 끄덕거리며 5천 원짜리 지폐를 내놓았다.

"언제쯤 아물까?"

"일주일쯤 지나면 자리가 잡혀요. 그때 가서 금이나 진주 따위로 바꿔 끼우셔도 되고 형편이 안 되면 될 때까지 그걸 계속 끼고 계셔도 괜찮아요."

"무슨 소리야? 나 왜년들처럼 금을 끼울 텐데…….."

그녀는 조용히 웃어 주는 장신구집 여자를 등 뒤로 하고 지하실로 내려갔다. 순대집 앞에서 그녀는 잠깐 걸음을 멈추었다. 삶은 돼지 머리가 군침을 돌게 하였으나 지금은 참아야 한다고 생각했다. 그녀는 떡집 앞도 그냥 지나쳐 갔다. 전날 같으면 순대나 돼지머리 눌린 것, 떡이나 약식 또는 국수 따위라도 좀 먹은 뒤에야 시장을 봤을 테지만 오늘은 귓밥만 만졌을 뿐 그대로 곧장 야채전으로 향했다.

그녀는 오이 세 개와 호박, 그리고 풋고추 백 원어치를 산 뒤 어물 전도 들르지 않고 상가를 나왔다.

4백 7호 우편함 속에 항공편지가 들어 있었다. 그녀는 편지를 꺼내 이쪽저쪽 살펴보았다. 박준기란 이름 밑에 깨알만한 글씨로 오화인이라고 쓰여 있었다. 미국에 있는 동생, 화자한테서 온 것이었다. 보름 전에 편지를 보냈는데 벌써 답장이 온 모양이었다. 그녀는 시장 주머니를 층계에 내려 놓고 급히 편지를 뜯었다.

…… 벌써 미구게 온 지도 15년이우, 언니. 윌리가 주근 지도 7년여 …… 정말 외롭고 쓸쓸하게 나이만 먹어갑니다. 커가는 새끼들을 보면서 위안을 삼으려 해도 품 안엣 자식이라고 벌써 기집애들이나 꿰차고 다니지요. 그립고 또 그리분 건 고국에 있는 부모 형제들 뿐이라오. 늙으신 어머님과 오라버님께서는…….

그녀는 대강대강 읽어 내려갔다. 그녀가 고대하던 내용은 맨 끝부분에 있었다.

    …… 그러지요, 언니 초청장에 대해서 알아보고 나서 곧 상세한
    소식을 적어 보낼 깁니다. 피차에 외로운 처지이니 서로 의지나 하
    고 살아가야지요.

그녀는 편지를 접었다. 그리고 시장주머니를 들고 오르기 시작했다. 한 모퉁이를 돌아 오르는데도 그녀는 몹시 헐떡거렸다.

아파트는 다 좋은데 이놈의 계단이 지랄이라니까. 그녀는 멈춰 서서 숨을 가라앉히면서도 얼핏얼핏 미국에 대한 생각을 펼쳤다. 거긴 천국이라지. 돈 많은 놈들이 사는 나라니까 궁한 게 없을 테고……. 운이 터지면 옛날에 죽은 한스같이 순진하고 돈 많은 홀아비를 만나 늘그막에 팔자를 고쳐 볼지도 모르고……. 그런데 미국에 가면 까맣게 잊었던 영어를 다시 써먹을 수 있을까.

그녀는 동생 화자가 미국에 있다는 게 얼마나 다행인지 모른다 싶기도 했다. 그러게 옛부터 죽으려고 목을 매달기 직전에도 두루 돌아봐야 한다고 했지. 꼭 죽어야 할 처지라도 어디엔가 반드시 한 가지 희망은 남아 있는 법이라고. 경숙에게 배신감을 느끼기 시작할 때 동생 화자를 떠올린 것도 그런 의미에서 한 가지 희망이었다.

경숙은 제 방에서 책을 보고 있었다. 그녀는 시장주머니를 싱크대 위에 올려놓고 욕실로 들어갔다. 그녀는 거울 앞에 서서 자신의 귀를 살펴보았다. 아직 피가 맺혀 있긴 했지만 귀고리가 꽂혀 있는 것이 밋밋했을 때보다 훨씬 보기가 좋았다. 그녀는 수도물을 틀어 두고 옷을 벗었다. 경숙이가 아파트에서 신접살림을 차렸다고 했을 때 맨 먼저 떠오른 것은 목욕실이었다. 더운물 찬물이 펑펑 쏟아져 나오는 욕

실은 생각만 해도 시원했다. 하지만 이 아파트는 더운물이 나오지 않았다. 까짓 어떤가 여름인 것을. 운이 좋으면 겨울이 오기 전에 미국으로 갈 수 있을지도 모르고 미국에만 가면 목욕이 문제인가. 그녀는 욕조의 물을 바가지로 퍼서 목덜미로 쫙쫙 끼얹었다.

경숙이 아버지와의 그 2, 3년 우물도 없는 집에서 경숙은 자주 똥질을 했었다. 보리 이삭을 주워 죽을 끓이던 날 안집 안남미 밥이 왜 그렇게 먹고 싶던지⋯⋯. 감자떡을 훔쳐먹었다고 삿대질을 하던 안집 여자⋯⋯. 그녀는 재빨리 고개를 저었다. 두번 다시 생각하고 싶지도 않았다.

그녀는 샤워를 끝내고 물기를 닦아낸 후 오래오래 몸화장을 했다.

어머니가 방 안에서 치장을 하고 있는 사이에 경숙은 재빨리 시장 바구니를 찾아들고 베란다에 모아둔 콜라와 사이다 빈 병을 주워담았다. 그리고 서둘러 신발을 신으면서,

"시장 봐 올께요"라고 말했다.

"그래, 김칫거리도 사 오너라."

무엇을 사든 그건 내가 알아서 할 일이야, 경숙은 입 속으로 중얼거리면서 계단을 밟아내렸다. 오늘 시장권은 자신이 먼저 취득했다는 생각에 그녀는 조금 흥분을 했던지 자칫 계단을 헛디딜 뻔했다. 이제부터라도 시장은 내가 봐야 해. 경숙은 저 멀리 상가 주변의 노점 거리를 바라보면서 생각했다.

그녀는 먼저 살구 한 봉지를 샀다. 그리고 상가 지하실까지 다 뒤져 보아도 결국 김칫거리밖에 더 살 게 없었다. 경숙은 부추와 배추단을 사들고 나오면서 햇살을 보았다. 아직도 한낮이었다. 여름날은 길고도 길어. 그녀는 공연히 짜증스러워져서 그렇게 중얼거렸다.

벨을 눌렀다. 열쇠를 가지고 나오긴 했으나 그냥 열고 들어가기가

어쩐지 주저되었다. 어머니는 계란 팩을 한 얼굴로 문을 열어 주었다. 경숙은 싯누런 가면 같은 얼굴을 보고 하마터면 살구봉지를 떨어뜨릴 뻔했다.

경숙은 바구니를 찾아내어 살구를 쏟고 썩은 것을 골라내기 시작했다. 불현듯 외할머니 생각이 났다. 어릴 때 말을 안 들으면 외할머니는 곧잘 살구집 꼽추에게 시집을 보낸다고 으름장을 놓곤 했었다. 살구가 몹시 먹고 싶던 날 경숙은 장독 뚜껑을 깼었다. 외할머니는 회초리를 들었고 경숙은 빨리 살구집에 시집이나 보내 달라고 떼를 썼었다.

경숙은 잘 익은 살구 하나를 깨물어 보았다. 신맛이 혀끝으로 번지며 침이 고였다. 이렇게 시기만 한데 그땐 어찌 그다지도 달았던지 ……. 어릴 때의 기억은 늘 굶주렸던 것으로 남아 있었다. 그녀는 세 살 때에 시골 외할머니집에 맡겨졌다가 열 두 살에 외가집을 떠났다. 그 동안 그녀는 한번도 어머니를 만난 적이 없었다. 그럼에도 불구하고 어머니의 그림자는 도처에서 툭툭 불거졌고 그로 인해 어머니에 대한 최초의 기억은 외기(畏忌)였다. 여름날 같은 때 수박을 사들고 가는 이웃집 아저씨나 어머니의 손을 잡고 참외밭으로 가는 아이를 볼 때면 문득 어머니가 그리워지기도 했다. 그러나 그녀는 재빨리 그 생각을 지워 버렸고 어서 어른이 되어 참외랑 수박이랑 맘껏 사먹게 돈을 벌겠다고 다짐하곤 했었다.

— 성도 없는 지지바, 니 엄닌 양코배기와 헐레 붙었다메?

동네 잔치가 있거나 강가에서 먹을 감을 때 아이들이 놀려대곤 했었다.

— 그려, 코쟁이 자지는 무시만하대며?

때때로 어머니가 꿈에 나타나기도 했다. 그럴 때마다 어머니는 밀가루를 뒤집어쓴 거대한 거인의 등에 업혀 철다리를 건너왔고 다리

중간쯤 올 때면 항상 꿈을 깨 버리고 마는 것이었다.

열 두 살이 되던 해에 어머니가 주름이 많은 원피스를 사들고 왔을 때도 경숙은 도무지 낯설고 이상해서 멀뚱멀뚱 눈만 굴렸고 어머니는 그녀를 안고 질금질금 눈물을 훔쳐냈었다. 그때 막 대구에서 작은 여인숙을 차렸다는 어머니는 원피스를 갈아입힌 뒤 곧 경숙이의 손을 끌고 친정을 떠났다.

— 애가 참 이상하데. 에미를 만나고도 통 반갑지 않은지 뚱하게 서 있기만 하더라니까.

어머니가 이모에게 말했다. 대구로 간 이튿날이었다. 이모는 초콜렛이며 미제 껌을 핸드백에서 꺼내 주면서 혼잣말처럼 "불쌍한 것"이라고 중얼거렸다. 그날밤 선잠에서 깨어났을 때 경숙은 어머니와 이모가 주고받는 이야기를 엿들었다.

— 언니, 그 고아원에 가 봤우?

— 가서 뭘 하니?

— 그래도 자식인데 보고 싶지도 않우?

— 보고 싶으면 뭘 하니. 어차피 제 운명이 그런데 …….

— 그래도 그앤 아들이잖우?

— 그래, 코쟁이 새끼만 아니라면 나도 데려오고 싶다.

어머니는 한숨을 내쉬며 덧붙였다.

— 널랑 실수하지 말아라. 비행기를 타기 전엔 절대로 애새끼를 갖지 말라구.

경숙은 그 말을 들으며 아이들이 하던 얘기가 아니라, 밀가루를 뒤집어쓴 거인과 철다리를 생각했다.

그리고 중학교에 입학하던 해 여름, 어머니와 함께 해수욕장에 갔을 때였다.

— 경숙아, 어떤 아저씨를 만나거든 날더러 엄마라 하지 말고 이

모라 불러라, 알았지?

남자는 비치 파라솔 아래서 술을 마시고 있었다. 짙은 색 안경을 낀 그 남자는 웃고 있었다. 나이는? 이름은? 아주 다정하게 남자가 물었으나 경숙은 한마디도 대답하지 못했다.

— 그앤 본래 수줍음을 잘 타요.

어머니가 변명했다.

— 그래 …… 넌 참 이모를 많이 닮았구나.

그때 그녀는 눈을 내리깔고 자꾸만 침을 삼켰었다.

"열무를 샀니?"

어머니가 소파에서 일어나며 물었다.

"배추를 샀어요."

어머니는 얼굴을 씻은 다음 영양크림을 골고루 문질러 바르더니 김칫거리를 다듬기 위해 칼을 들고 나왔다.

"혼자 할 수 있어요."

이미 소용없는 말임을 알면서도 경숙은 그렇게 말했다.

어머니가 배추를 뚝뚝 자르기 시작했다.

"우선 손이나 좀 씻고 오세요. 푸성귀에서 화장품 냄새가 나면 그 김치를 어떻게 먹나요. 더욱이 박서방은 화장품 냄새를 아주 싫어해요."

어머니가 꿍—— 하고 몸을 일으키더니 손을 씻고 왔다. 이럴 때 어머니 태도는 늘 그랬다. 좀더 고집을 세워 주기를, 그러면 이 기회에 아주 손을 놓게 하겠다고 벼르고 있으면 어머니는 또 슬그머니 양보를 하고 나오는 것이다.

"살구를 보니 시골 네 외가집이 생각나는구나."

어머니는 담배를 찾아 물면서 말했다.

"다 지나간 얘기다만 네 할머니가 내 가슴에 많은 상처를 주었다."

그래도 나에겐 엄마보다 나은 외할머니였어……, 경숙은 생각했다. 앓아눕거나 소풍 때나 운동회 날 또는 머리를 감겨 주거나 옷을 꿰매 입히는 일까지도 나에게 어머니 역할을 한 것은 외할머니뿐이었으니까. 그리고 열 살이 되던 생일날 읍내장까지 가서 꽃고무신을 사다 준 것도 외할머니였어. 그날 할머니는 몹시 취해 있었지.

— 가엾은 것, 내가 네 에미 대신 꽃신을 사 왔다.

외할머니는 그렇게 말해 놓고 대뜸 어머니 욕을 해댔다.

— 더러운 년, 서방질을 하더래도 새끼나 거느리고 하랬다고 ……. 그년은 제 새끼 그리운 정도 모르나?

그리고 외할머니는 툇마루에 벌렁 드러누워 흥얼흥얼 노래를 불렀고 경숙은 꽃고무신을 신고 방과 툇마루를 뛰어다녔다. 그런데 갑자기 외할머니가 경숙의 발목을 잡아끌고 자꾸만 발을 만지더니 그만 울기 시작했다.

— 경숙아, 할미도 너처럼 엄마가 없었단다. 이 할미가 네 살 때 저기 저 소태골 대나무밭에서 네 외증조부가 돌아가셨단다. 늦게 장에서 돌아오시다가 여우한테 홀려서……. 다음해는 봄부터 몹쓸 흉년이 들었지. 보리가 패기 시작할 때 닭똥만한 우박이 쏟아져 보리는 쭉정이만 남고……. 그래서 경숙아, 우리 엄마는 날 두고 떠나야 했던 거란다. 배곯는 시부모님들을 위해서…… 나락 한 가마와 보리 한 가마를 받고 비단 장사 왜놈에게 팔려갔던 거란다. 떠나던 날 어머니는 삽짝 앞에서 내게 손가락을 걸고 약속했단다. 백 밤만 자고 올께……. 비단 꽃신을 사 가지고 올께……. 그런데 오지 않았단다. 나는 시집가서 일본까지 건너가 살았지만 다시 고향으로 돌아왔는데…….

"농사 관리를 맡았던 젊은 남자와 눈이 맞아서……."

어머니가 말했다. 그녀는 어머니의 입을 쳐다보았다. 먼 훗날 자신이 딸아이를 갖는다면 어떤 식으로 어머니에 대한 이야기를 하게 될까. 그리고 내가 외할머니에게서 느낀 정을 딸아이가 어머니에게서도 느낄 수 있을까.

"우리 형제는 다 네 할머니가 망쳐 놓았어. 자식들 공부를 시켰나, 큰 재산을 나누어 주기를 했나, 그저 당신 하나만 여한 없이 지낸 양반이지."

어머니는 또 그 얘기를 들먹거리고 싶은 모양이다. 외할아버지가 남기신 그 많은 재산으로 조선 땅에 돌아와 산골 고향에다 땅만 사지 않았어도 좋았다는 것, 일본에 눌러앉아 있었으면 모름지기 요모양 요꼴들은 되지 않았을 것이라는 것, 외할아버지가 남긴 엄지손톱만 한 다이아몬드는 외할머니의 정부가 훔쳐갔다는 것, 옥토 전답은 친척들이 야금야금 해먹었다는 따위는 늘상 기회 있을 때마다 어머니가 늘어놓는 가락이었다.

"그렇게 공부시켜 달라고 애원을 해도 네 할머닌 들은 척도 않았어."

외할머니 지론은 공부는 해서 뭘 하냐? 땅이나 지키면 되지 하는 것이었다. 그리고 언젠가 장을 달이면서 외할머니는 네 엄만 온다간다는 말도 없이 어느 날 갑자기 집을 나가 버렸다고 말머리를 꺼냈다.

— 나중에 수소문을 해서 찾아보니 글쎄 왜놈 형사와 살림을 차리고 있질 않았겠니. 왜년처럼 기모노를 입고 말이다. 내가 일본 땅에서 십 몇 년을 살아도 입어 보지도 않던 그 옷을……. 게다가 왜 찾아왔느냐고 어떻게 쌀쌀맞게 굴던지……. 그러다가 해방이 된 다음 날에는 당목 치마저고리를 입고 울며불며 집으로 달려왔더라. 그 왜놈 형사가 네 에미 몰래 재산 챙겨 달아났다는 게야. 그리고 또 코쟁

이들이 밀려오자…….

외할머니는 자신의 이야기에 흠칫 놀라더니 그 다음 말을 슬그머니 삼켜 버렸다.

"네 친구, 주영이 말이다."

어머니는 다 다듬은 배추를 밀어 놓고 부추단을 풀며 말했다. 어머니의 입에서 주영이란 말이 나올 때 경숙은 내부 깊숙한 곳에서 그 무엇인가가 날카롭게 꿈틀거리는 것을 느꼈다.

"걘, 요즘도 대구에서 사는가요?"

경숙이가 물어 보았다.

"아니다, 일본에서 산다. 출세했지 뭐냐."

"일본엔 어떻게?"

"효녀란다. 가난한 친정집 살게 해주고 일본 사람과 결혼해서 갔다."

주영은 경숙의 고등학교 동창이었다. 매력적으로 웃는 법과 예쁘게 걷는 법을 자주 연습해 보던 주영은 졸업하자마자 관광기생으로 풀렸다는 소문이 있었다. 어머니가 주영이를 몹시 싫어했지만 그앤 자주 여인숙집으로 놀러오곤 했다.

— 주영이와 놀지 마라. 원, 어린것이 방뎅이를 흔들고 돌아다니는 꼴이라니…….

차상사(車上士) 때문이었다. 주영이를 보는 차상사의 눈길이 예사롭지 않다는 것을 어머니는 민감하게 알아차린 것이다.

"그래, 잘 산대요?"

"석 달 전엔가? 내가 서울 오기 얼마 전에 집에 다니러 왔다더구나. 아주 다른 사람이 되었어. 패물은 없는 것 없이 다 감고서…….
네 소식을 묻더구나."

차상사는 제대하기 전부터 틈틈이 찾아오던 여인숙 단골 손님이었

다. 그러다가 군복을 벗고 자동차 부속품 장사를 했어도 그의 이름은
계속 차상사로 불리워졌다. 어머니가 차상사와 관계를 맺기 시작한
것은 경숙이가 막 여고생이 된 초여름이었다. 다른 날보다 일찍 학교
에서 돌아온 경숙은 안방에서 차상사가 어머니의 치마를 걷고 허벅
지를 어루만지고 있는 장면을 목격하게 되었다.

— 지금 내 허벅지의 뽀루지를 짜 주고 있는 중이다.

어머니가 재빨리 치마를 덮으며 변명을 했다. 그런데 며칠 지나자
차상사는 아예 안방 차지를 하고 말았다. 그 무렵 주영이가 자주 놀
러왔다. 여름 방학 때였다. 주영은 봉선화를 치마 가득 따 와서 손톱
에 물을 들이자고 했다.

— 백반과 반짝종이도 가져왔어. 꽁꽁 매야 물이 곱게 든다더라.

나란히 마루에 걸터앉아 손톱을 동여매고 있을 때 차상사가 밖에
서 들어왔다. 그는 주춤 멈춰 섰다. 그 순간 경숙은 보았다. 차상사
의 눈길이 주영의 종아리에 끈끈하게 올라붙는 것을. 때마침 방에서
어머니가 나왔고 차상사는 얼른 시선을 거두며 안방으로 들어갔다.

그리고 이틀 뒤 경숙이는 주영이를 따라 팔공산으로 놀러갔다. 그
때 달걀 장수 아주머니가 주영이를 불렀다.

— 학생, 저쪽에서 어떤 사람이 보자는데.

— 우리 둘 다요?

— 아니야, 학생만.

주영은 그 아주머니가 가리킨 곳으로 가더니 금세 되돌아왔다.

— 누구디?

— 차상사야. 시꺼먼 안경을 끼고 글쎄 날더러 뭐래는 줄 아니?
널 빼돌리고 자기랑 놀러가자는 거야. 맛있는 것도 실컷 사 주고 돈
도 주겠다나.

— 그래서?

— 아저씨 미쳤어요? 하고 쏘아 줬지. 그랬더니 날더러 바보래. 너네 엄만 어째 그런 남자를 골라 잡았을까. 난 네가 그 남자를 미워해도 네 엄마에겐 좋은 사람이려니 했는데 …….

그날 저녁 경숙은 주영을 집까지 바래다주었다. 차상사가 계속 주영이 뒤를 따르고 있거나 어느 골목에선가 지키고 있을 것 같았기 때문이었다. 주영이가 손을 반짝 치켜들고 "잘 가아——"했을 때 경숙은 별안간 집으로 돌아갈 일이 아득해졌다. 차상사의 비밀을 어떻게 간직해야 하나……. 만약 어머니에게 차상사의 소행을 일러 준다 해도 어머니는 귀를 기울여 주지 않을 것이다. 경숙은 강둑으로 나갔다. 둥근 달이 강 위에 잔잔한 비늘을 펼치고 있었다. 경숙은 쭈그리고 앉아 성마르게 얼굴을 비벼댔다.

— 달아, 넌 우리 엄마를 알고 있니? 기모노를 입었을 때도, 넌 보았니? 그리고 양코배기 애를 낳아서는 고아원에 갖다 줬단다. 넌 보았니? 우리 엄마의 성이 내 성이라는 것도 넌 아니? 우리 아버지가 누군지, 달아, 넌 알고 있니?

통금 사이렌이 축축한 강둑 위로 여울처럼 밀려올 때야 경숙은 치마를 털고 일어났다. 아직 손님이 덜 들었는지 대문은 열려 있었고 내실 쪽은 불이 꺼져 있었다. 경숙은 살금살금 안으로 들어갔다. 달빛은 한치의 틈도 없이 길다란 마당을 비추고 있었다. 안방을 지나칠 때 신음 소리가 들려왔다. 달빛에 드러난 모기장 속에서 어머니와 차상사가 뒤엉켜 있었다.

그리고 그해 가을이었다. 학교 운동장에서 종일 매스게임 연습을 하고 집에 돌아왔을 때 어머니는 얼마 전에 대구로 이사온 외삼촌 댁에 가고 없었다. 경숙은 저녁을 먹자는 일하는 아주머니의 말도 거절하고 곧장 자기 방으로 들어가 책상에 엎드린 채 잠이 들었다. 잠결에 목덜미에서 뜨뜻한 것이 스멀대는 느낌에 놀라 경숙은 고개를 들었다.

그 순간 억센 팔이 경숙의 어깨를 내리눌렀다. 차상사였다. 경숙
은 반사적으로 연필꽂이에 꽂혀 있었던 20센티 자를 집어들고 몸을
획 젖히며 차상사의 얼굴을 향해 휘둘렀다. 자 끝이 차상사의 뺨을
긁었다. 그러자 그는 발뒤꿈치로 경숙의 이마를 걷어찼다. 어떻게
그 방에서 빠져나왔는지 알 수가 없었다. 경숙은 신발도 없이 오래오
래 강둑을 서성대다가 늦은 시간에 집으로 되돌아왔다. 대문 앞에서
어머니와 딱 마주쳤다. 어머니는 때마침 외삼촌 댁에서 돌아오는 길
인가 보았다.

— 아니, 너 어딜 쏘다니다 이제 오는 게냐?

경숙은 대답하지 않았다.

— 너 오늘 잘 걸렸다. 그렇지 않아도 꼬리를 잡으려 했는데 어떤
놈이야? 바른대로 대 ! 어떤 깡패하고 이 시간까지 시시덕거리다가
왔어 !

어머니는 대뜸 머리채를 휘어잡았다.

— 차상사 때문이란 말야 ! 차상사 !

엉겁결에 그녀는 소리를 질렀다.

— 뭐야? 아버지 같은 사람더러 차상사라구?

어머니는 그녀를 끌고 들어가 머리채를 잡고 담벽에 짓찧기 시작
했다. 그때 차상사가 마루로 나와 목소리를 높였다.

— 그 기집애 아주 못쓰겠어. 개 친구 에미가 와서 저 기집애 때문
에 자기 딸 못쓰게 되었다기에 좀 나무라 줬더니 신발도 신지 않고
뛰쳐나갔다니까.

— 거짓말이야 ! 거짓말 !

그녀가 발악을 하자 어머니는 장작개비를 휘둘렀고 가위를 가져와
서 입을 찢겠다고 야단이더니 이윽고 그녀의 머리카락을 싹둑싹둑

233

잘라내고 말았다.

— 학교고 뭐고 다 집어쳐! 엉덩이에 뿔난 년은 고생 좀 해봐야 정신 차려.

그 다음날 주영이가 왔다. 잔등과 허벅지에 빨간약을 발라 주면서 주영은 자신의 비밀을 털어 놓았다.

— 차상사가 있지, 지난번 일요일에 극장 앞에서 딱 마주쳤는데 대뜸 돈을 줄 테니 영화구경을 하자는 거야.

— 돈?

— 그래, 극장이야 뭐 어떨까 싶어 따라 들어갔지. 극장에선 정말 점잖게 굴더라. 그런데 영화가 끝나자마자 이번엔 짜장면을 먹으러 가자는 거야. 또 따라갔단다. 그는 방 하나를 잡고 탕수육이며 뭐며 잔뜩 시키더라. 한참 정신 없이 먹고 있는데 글쎄, 그 작자가 별안간 그짓을…….

그 말까지 해 놓고 주영은 입을 꾹 다물어 버렸다.

다음해 봄이 되었을 때 차상사는 행방불명이 되었다. 그리고 이어 계고장이 날아들었다. 어느 결엔가 차상사가 여인숙을 담보로 잡혔던 것이다. 어머니는 거품을 물고 넘어진 채 삼 일이 지나도록 일어나지 못했다.

그리고 대학 입학을 위해 대구를 떠나던 전날밤 그녀는 기모노를 입은 어머니가 남자애를 업고 철다리를 건너오는 꿈을 꾸었다. 남자애는 백납처럼 하얀 튀기였다. 어머니는 경숙을 향해 열심히 걸어오고 있었다. 그런데 철다리는 반대로 가는 콘베이어였다. 어머니는 땀을 뻘뻘 흘리며 걸었으나 한결같은 제자리 걸음이었다. 꿈이 깨었을 때 어머니는 요강을 타고 앉아 오줌을 누고 있었다. 새벽녘이었다. 어머니는 더 잘 생각이 없는지 머리맡에 앉아 담배를 피워 물었다. 그때 그녀는 막연하게나마 어머니가 불쌍한 여자라는 생각이 들었고 그 감상 때문에 하마터면 고아원에 맡겼다는 튀기에 대해서 물을 뻔했다. "그 아들은 아직도 고아원에 있는가요?"라고.

"너 청수댁이라고 기억나니?"

어머니가 물었다.

"알죠. 그 집 딸 정희가 내 소꿉친구였는데…….."

시골 외가집 아랫마을에 정희네의 청기와집이 있었다.

"얼마 전에 우연히 동대문에서 만났다. 자식들도 다 잘 산다더라."

정희의 어머니는 일찍 남편을 여의고 어린 자식들과 시부모를 모시고 살아온 청상과부였다.

"잘됐군요. 남편 없이 여러 자식을 키우느라고 고생도 많았을 텐데…….."

"그 큰 살림 꾸려나가게 도와 준 게 누군지 아니? 그 집 머슴이었어. 그 집 머슴과 정을 통한다는 걸 시부모들도 알고 있었지만 모른 척한 게야."

어머니가 남의 얘기를 끌어들일 경우는 주로 그런 사연을 내세우고 싶을 때다. 처음 경숙은 단순히 당신의 지난 일에 대한 변명 내지 합리를 주장하고 싶기 때문이라고 생각했다. 그러나 그뿐만은 아니었다. 어머니는 남편 없이 살아온 것에 대한 그 어떤 보상까지 바라고 있다는 것을 그녀는 요즘에야 알아차린 것이다.

어머니가 김칫거리를 들고 일어났다. 부추를 다 다듬은 모양이었다. 경숙은 콩나물 찌꺼기를 버리고 바가지를 개수대 위에 올려놓았다.

경숙이 막 부엌을 나설 때 어머니가 김치 항아리를 깨뜨렸다.

"나도 이제 눈이 다 된 모양이야. 내일쯤 안경집에 가 봐야겠어."

경숙은 못 들은 척하고 거실로 나왔다.

3

그녀 화인은 콜드크림을 닦아낸 후, 아스트린젠트를 발랐다. 그리고 크림로션, 스킨로션, 영양크림 등 차례로 바른 뒤 화운데이션을 문지르기 시작했다.

옛날에는 국산 화장품은 거들떠보지도 않았는데 …….

그녀는 분첩으로 얼굴을 툭툭 두들기다 말고 담배를 붙여 물었다. 미제 다음엔 시세이도나 도와르만 썼었지.

그녀는 담배를 놓고 딱분을 마저 바른 다음 눈썹을 닦아냈다. 그리고 다시금 담배를 뻑뻑 빨았다.

존은 늘 블란서제 화장품을 사다 주곤 했어. 코티 …… 그래 코티 분이야. 그 분만큼 피부에 잘 먹히는 분은 이 세상에 다시 없을 거야.

그녀는 담배를 비벼 끄고 정성 들여 눈썹을 그린 다음 눈과 입술 화장까지 마쳤다. 거울 속에 비친 모습은 한결 화사하게 피어 있었다. 그녀는 귀를 살펴보았다. 엊그제 금은방에 가서 반돈의 금으로 귀고리 한쌍을 맞추어 놓고 왔다. 이제 잔금만 들고 가면 언제라도 찾아 낄 수가 있다. 생각 같아서는 장신구집 여자처럼 큼직하게 만들고 싶었지만 그러자면 쉽게 찾기가 어려울 것 같아 욕심을 줄인 것이다.

아무래도 돈이 좀 모자랄 텐데 ……. 안경 값이 3만 원이라고 말해 버렸으니 이제 와서 값을 올릴 수도 없고 ……. 그녀는 화장품 바구니를 치우며 생각했다. 만 원 한 장은 더 내놓으라고 해야지. 그만큼 키워 주었으니까. 다른 집 자식들은 식모살이나 공장에 다녀서도 꼬박꼬박 월급을 갖다 바친다지 않나. 그녀는 원피스를 갈아입고 겨드랑이에 향수까지 뿌린 다음 거실로 나갔다.

"경숙아, 안경 맞추러 가야겠다. 돈 좀 다고."

경숙은 제 서방의 와이셔츠만 다리고 있을 뿐 아무 대답이 없다.

"오만 원은 줘야겠다. 귀고리도 찾아야 하니까."

"그 나이에 무슨 귀고리예요."

경숙이가 돌아보지도 않고 말했다.

"넌 듣지도 못했니? 두통도 신경통도 없어진다고 요즘 귀고리 안
한 사람이 없다."

"돈 없어요."

"얼마 전에 박서방 월급 타 오지 않았냐."

경숙은 다리미의 플러그를 뽑은 후 그녀에게 말했다.

"박서방이 엄마 치다꺼리하려고 나랑 결혼했나요?"

"그럼 무남독녀 데리고 사는데 그만한 각오도 안했다더냐?"

"뭐라구요?"

"나도 언성 높이기 싫다. 어서 돈이나 다고."

"이제 더는 못 줘요. 지금까지 엄마가 가져간 돈이 대체 얼마나
되는지 아세요? 이십 오만 원이 넘어요."

"홀에미 용돈 가지고 계산까지 다 했냐? 남들은 자식들 밥도 못
먹일 때 나는 그래도 공부까지 시켰다. 그런데 그게 보답이냐?"

"그 잘난 중고등학교?"

"잔말 말고 어서 내놔. 안 주면 박서방한테 내놓으라고 하랴?"

그것은 딸 경숙에겐 가장 큰 무기였다. 그녀의 짐작대로 경숙은
한참 만에 4만 원을 내놓았다. 그러면서 경숙은 쌀쌀하게 말했다.

"이게 마지막이야. 다음부턴 엄마 스스로 벌어서 쓰도록 해요."

그녀는 신발을 신다 말고 뒤를 돌아보았다. 경숙은 소파에 쭈그리
고 앉아 있었다. 눈썹 사이로 주름을 세우고 있는 모습이 너무 낯익
어서 그녀는 한참이나 그대로 서 있었다. 경숙이 고개를 쳐들자 그녀

는 공연히 신발을 탁탁 털다가 문을 열고 나왔다. 어쩜 그리도 닮았을까. 그녀는 계단을 밟아내리며 생각했다. 씨도둑은 못한다더니 정말……. 화투패를 꼬나 볼 때 눈썹 사이로 주름살을 세우곤 하던 그 사람의 모습이 떠올랐다. 경숙의 아버지……. 정말 오래 전의 사람이기도 한데 문득문득 생생해지는 건 딸 경숙이 때문인지도 모른다. 경숙이 중학생 때던가 동복 바지를 입고 걸어오는 모습을 보았을 때도 그녀는 참으로 오랜만에 그 사람을 만나는 듯했다.

— 걸음걸이가 어쩜 저다지도 닮았을까…….

김양태. 경숙의 아버지 이름은 김양태였다. 귀국할 때 데리고 가겠다던 한스가 전방으로 갔고 그 얼마 후 전사했다는 소식을 들었을 때, 다 잊고 바람이나 쐬러 가자고 친구들이 서둘렀다. 따라간 곳은 금당 약수터였다. 경주에서 조금 들어간 사방이란 곳의 그 약수터는 깊고도 깊은 우물물이었고 무슨 내력인지 둘레를 세모꼴로 지어 놓았으며 그 주위로는 많은 사람들이 두레박 차례를 기다리고 있었다.

— 자, 먼저들 드시오.

웬 남자가 자신이 퍼올린 약수 두레박을 그녀들에게 내밀었다. 그녀는 아무 주저도 없이 두레박을 받아 물을 마셨다. 떫고 매운 약수 맛에 오만상을 찌푸리고 있을 때 남자는 또 유과를 내밀었다.

— 입가심들 하시오.

친구들이 킬킬대며 유과를 빨고 있을 때 그 남자의 시선은 그녀 젖가슴에 머물러 있었다. 그때 그녀는 죽은 한스를 생각했다.

— 화인, 너의 유방은 정말 탐스러워.

한스는 곧잘 그렇게 중얼거리며 젖가슴에 입을 맞추곤 했다.

— 오, 마이 스윗, 마이 허니, 나이스! 나이스!

약수터에서 기차를 타러 나올 때 그 남자가 물었다.

— 어디들 사시오?

─ 왜관.

─ 아, 왜관······. 난 대구로 가는 길입니다.

방향이 비슷하다는 것만으로도 그녀들은 쉽게 길동무로 생각해 버렸다.

─ 왜 혼자죠?

한 친구가 그 남자에게 물었다.

─ 사람을 만나러 왔는데 못 만났소.

기차 시간은 두 시간이나 남아 있었다. 남자는 국밥이나 먹자면서 그녀들을 역전 주막으로 이끌었다. 그날 그녀는 기차를 타지 못했다. 남자는 자꾸만 그녀에게 술잔을 넘겼고 그녀는 정신 없이 취해 갔다. 이튿날 아침 눈을 떴을 땐 주막집 방이었고 친구들은 어디로 다 갔는지 그와 그녀만이 남아 있었다.

─ 내 이름은 김양태요.

대구행 기차간에서 그는 말했다.

─ 따라가겠소?

그녀는 별 망설임도 없이 그를 따라 대구에서 내렸다. 그는 떠돌이였다. 아니 노름꾼이었다. 대구, 부산, 광주, 진주······. 가는 곳마다 노름방이 준비되어 있었다.

─ 안 되겠어. 방을 얻어야지.

경숙을 뱃속에 싣게 되자 그는 대구 변두리에다 방을 얻고 그녀를 들어앉혔다. 그러나 그는 계속 원정을 다녀야 했다. 그것이 직업이니까, 참고 살아야 한다고 말했다. 그 뒤부터는 그는 한 달이나 두 달 만에 한 번씩 얼굴을 내밀었고 때론 석 달이 지나도 소식 한 장 없을 적도 있었다. 경숙일 낳을 때도 그는 없었다. 몸이 아플 땐 아이까지 삿자리 위로 똥을 뭉개고 다녔고 기저귀엔 유난히 똥파리가 끓었다. 아이가 세 살이 되던 그해 봄 그녀는 허기진 배를 졸라매고

들나물과 보리 이삭을 주우면서·이번엔 두번 다시 그를 놓치지 않겠
다, 무슨 일이 있어도 따라 나서리라 다짐을 하고 또 했다. 만약 데
려가지 않으면 빈 몸으로라도 따라 나설 참이었다. 고리짝 하나, 이
불 한 채, 양푼 몇 개쯤이야 버리고 간들 왜 못 가겠는가. 그러나
김양태는 오지 않았다. 그 대신 들이닥친 건 올망졸망한 아이를 넷씩
이나 이끌고 온 그의 본처였다.

— 이년, 눈까리가 까만 새끼가 넷이다! 넷! 뭐 빨아먹을 게 있
다고 그놈한테 붙었냐. 엉!

본처는 대뜸 손찌검을 했고 나중에는 아이 넷을 맡으라고 무섭게
추근대기도 했다.

— 못 살았으면 못 살았지 아이 넷을 어떻게……

그녀가 항복하고 나자 본처는 이불이고 고리짝이고 할 것 없이 챙
겨 가 버렸고 그녀는 버려진 짐짝처럼 경숙을 들쳐 업었다. 그리고
퍼렇게 멍든 얼굴로 친정에 왔을 때 어머니가 탄식했다.

— 동네 부끄럽게 무슨 애냐? 시집을 갔다고 애가 생겼달 거냐,
남 아는 서방이 있어 소박 맞았달 거냐, 처녀 몸으로 나간 년이 이
무슨 변괴냐. 에그, 팔자도 더럽지. 내 생전 저렇게 팔자가 드센 년
은 보다가도 처음이다.

그녀는 친정에서 닷새를 견디지 못했다. 어머니가 경숙을 맡아 주
겠다고 마지못해 승낙하던 날 그녀는 막차를 타고 고향 마을을 떠났
다. 갈 곳은 역시 그 바닥뿐이었다. 한국 사람 만나 그냥저냥 의지하
고 살려 했건만 그것마저 복에 없던지라 다시금 코쟁이 존을 만나 새
끼 짐만 더 얻었다. 그리고 그렇게 다정하던 존이 소리 소문 없이 떠
나 버리고 새끼까지 고아원에 갖다 준 뒤 그녀는 하늘을 보고 맹세했
다. 이제는 돈, 돈을 벌어야 한다고. 정말 죽자 살자 벌었지……
허리띠 졸라가며 아귀처럼 벌었지. 그녀가 다시금 시작한 것은 양키

물건 장사였다. 헌 사아지고 군복이고 닥치는 대로 취급했고 C레이
션은 곱절로 돈이 남았다. 그리고 틈틈이 몸장사도 했다. 포주를 끼
지 않고 혼자 한 그 장사는 그대로 다 이익금이 되었다. 그렇게 번
덕택으로 여인숙을 사게 되었지…….

　그녀는 금은방 쇼윈도 앞에 멈춰 서서 자신의 얼굴을 이리저리 비
춰 본 다음 문을 열었다.

　장모는 안경을 끼고 거울 앞을 왔다갔다했다. 거울은 욕탕 옆 거
실 벽에 걸려 있었다. 장모는 우향우와 좌향좌를 계속하며 사열하는
장교처럼 고개를 쳐들고 거울을 보았다. 거울 속에는 얼굴을 반쯤이
나 덮은 안경이 불빛에 반사되어 번들거렸고 귀고리의 빛까지 반짝
반짝 흔들리고 있었다.

"어때요, 잘 보이세요?"

아내가 장기판을 들고 나오며 억양 없이 물었다.

"잘 보이고말고."

큰 테에 엷은 색깔까지 있는 안경알이 보기에 좀 이상한데도 장모
는 매우 흡족한 표정이었다. 아내가 장기알을 쏟았다. 그는 홍색을
골라 한(漢)부터 각기 제 위치에 펼쳤다. 아내가 먼저 졸(卒)을 졸
옆으로 쓸어 놓았다.

"눈이 어떻게 나쁘대요?"

그가 물었다.

"백태가 좀 끼긴 했다지만 안경을 끼면 괜찮다더라."

장모가 대답했다.

"병원에서 검안하셨어요?"

"아니다. 안경집에도 기계는 있더라."

그는 불쑥, 그럼 수술을 받아야겠군요, 하고 말하려다 그만두었

다. 백내장이라면 어떠한 안경으로도 다스릴 수 없고 수술을 받은 후라야 특수 안경을 낄 수 있다는 것을 장모는 모르고 있음이 분명했다. 그는 그것을 일깨워 주기가 귀찮았다.

아내가 마(馬)로 상(象)을 잡아갔다. 그는 포(包)로 말을 잡아야 할지 또는 수비를 해야 할지 잠시 망설였다.

장모가 안경을 벗어 두고 욕실로 들어갔다. 그는 포로 아내의 왕을 잡았고 장기는 끝났다.

"한판 더 두실래요?"

"아니, 그만하지."

"가져왔다는 책은 어디 있죠?"

"당신 책상 위에 두었어."

아내는 장기알을 쓸어 담고 판을 접었다.

아내의 책장 넘기는 소리를 들으며 우두커니 앉아 있을 때 장모가 욕실에서 나와 냉장고를 열고 얼음통을 꺼냈다.

"사이다라도 사 넣어야지, 이 더운 날씨에 마실 게 없어서야......."

장모는 그 말을 남기고 얼음을 씹으면서 방 안으로 들어갔다. 몸이 부대하면 더위도 더 타는 걸까. 요즘 들어 장모는 부쩍 얼음을 먹는다. 그는 오줌을 누기 위해 욕실로 갔다. 욕실문을 열자마자 짙은 화장품 냄새가 확 달겨들면서 코를 쏘았다. 장모가 사용한 후면 언제나 이렇다는 걸 알면서도 깜박 잊었던 것이다. 그는 서둘러 용변을 마치고 욕실문을 활짝 열어 둔 채 거실로 나왔다.

그는 자신의 책상에 앉았다. 강나루의 시집이 책상 위에 놓여 있었다.

엊그제 그는 아내의 부탁으로 번역거리라도 있나 해서 선배의 출판사로 전화를 걸어 보았다. 선배는 마침 누구에게 맡길까 하고 고민중인 불어판 소설이 한 권 있다고 말했다. 그리고 덧붙였다.

— 퇴근하고 곧장 이리로 오게. 마침 자네가 아는 분도 와 계시니 술이나 한잔하세.

— 아는 사람요? 누군데요?

— 허허, 자네 옛 사람. 알 만하지? 우리가 그분의 시집(詩集)을 발간했다네.

그날…… 곳곳에서 최루탄이 터졌다. 부옇게 끓어오르는 연막으로 인해 학생들은 기침과 눈물로 우왕좌왕했다. 경관들이 곤봉을 휘둘렀다. 누군가가 소리쳤다.

— 호송차다! 경찰차다!

골목골목에서 철책을 두른 꺼먼 호송차가 소리 없이 밀려 나왔다. 경관이 닥치는 대로 학생들을 태웠다. 안 타겠다고 아우성치는 소리, 비명 소리, 달아나는 군중의 발자국 소리. 그는 뒤로 밀렸다. 곤봉이 머리를 딱 치고 지나간 뒤 그는 뛰었다. 우편함이 놓인 옆골목으로 자꾸자꾸 뛰었다. 뒤따라오는 어지러운 발자국 소리. 그는 왼편으로 꺾어 돌았다. 그는 뛰면서 생각했다. 달아나면 안 돼. 오늘은 6월 3일, 달아나면 끝난다. 그러나 그의 발은 계속 뛰었고 골목이 끝났을 땐 다시금 큰길을 만났다.

촉촉하게 젖은 아스팔트 위로 호송차가 막 떠나고 있었다. 그는 되돌아섰다. 잡히면 안 돼. 그는 문득 비죽이 열려 있는 작은 문을 발견했다. 길가 쪽으로 문이 달린 어떤 집의 부엌이었다. 그는 재빨리 그 속으로 들어가 문을 끌어 닫았다.

한참 후 컴컴한 부엌 살림이 하나하나 눈에 잡혔다. 한쪽 유리문이 떨어져 나간 찬장 그 옆에 꼼지락거리는 여자의 신발이 보였다. 그는 헉 숨을 들이쉬었다.

— 쉿!

찬장 옆 부뚜막에 쭈그리고 앉아 있는 사람은 뜻밖에도 여자였다. 그 여자가 입을 열지 말라고 암시했다. 어두운데다 구석에 쭈그리고 있어서 얼굴 모습이 확실하지는 않았지만 여학생인 것 같아 그는 안심을 했다. 어제는 다친 여학생들이 많았다. 저마다 바지를 입고 나온 그녀들은 보자기에 돌멩이를 싸 나르기도 했고 다친 남학생들의 치료를 맡기도 했다. 5백 년 전 여성들도 치마폭에다 돌멩이를 싸다 날랐다지. 동래성이 함락되었을 때 순국한 처녀들을 보고 왜군은 말했다던가.

— 이 나란 여자 군졸도 있었구나.

한 시간쯤 뒤에 한 여자가 부엌문을 열었다.

— 학생, 다 끝났어. 차가 다니기 시작해.

부엌에서 나와 큰길을 향해 걸어갈 때 등 뒤에서 그녀가 불렀다.

— 이쪽으로 가요.

그녀는 골목길로 들어서면서 그의 팔짱을 끼었다. 그리고 재빨리 말했다.

— 아직 안심할 수 없어요.

그녀는 익숙하게 골목길을 찾아 나갔고 사람들을 만날 때마다 그에게 더 깊이 밀착해 왔다. 그는 아무 생각도 할 수가 없었다. 그저 머리가 아팠다. 시장을 지나 을지로 5가의 어느 골목길로 들어섰다. 세번째 집 앞에서 그녀는 머리핀으로 안에서 걸린 고리를 벗겨냈다. 담을 끼고 들어간 맨 뒷방이 그녀의 자취방이었다. 이미 많은 학생들이 그 방에 모여 있었다. 학생회장도 있었고 여학생도 있었다. 여학생은 다친 학생의 상처를 치료하고 있었다.

— 그대도 다쳤군요.

그는 이마를 만져 보았다. 끈끈하게 굳은 피가 엉겨 있었다. 막 치료를 끝낸 청년이 갑자기 소리쳤다.

— 너무 빨리 끝났어, 형! 너무 빨리 끝났다구요.

— 쉿, 조용히 얘기해요.

그녀가 주의를 주었다. 여학생이 다가와 그의 이마에 빨간약을 듬뿍 묻혀서 발랐다. 그녀가 방바닥에 펼쳐져 있는 석간신문을 들었다.

— 국회에서도 야단들이군요.

— 전의원이 사퇴를 해야 합니다. 전국민이 한일조약을 반대한다는 것을 그들은 행동으로 보여 줘야 합니다.

학생회장이 말했다.

— 위정자들은 바보들이에요. 오억 달러로 식민지 보상금을 까 버리다니.

— 두고 보라구요! 우린 다시금 경제 식민지가 되고 말 테니까요.

그 순간이었다. 모두들 살벌한 시선으로 청년을 쳐다보았다. '식민지'란 말을 발설한 청년은 재빨리 자기 말을 정정했다.

— 무슨 명목으로든 그들은 우리를 고삐에 걸 거라구요.

— 걸리지 않아! 그건 조약체결의 유무완 상관이 없어. 우린 이제 모두 그들을 알고 있으니까.

학생회장이 힘주어 말했다.

— 내일 집결이 가능할까요?

그녀가 학생회장에게 물었다.

— 밤에 다른 학교 대표들과 만나 봐야 알겠지만 너무 많이 잡혀갔어요. 모두 이삼 일씩만 갇혀 있다 나온다 해도 그 이삼 일의 마비를 대비할 여력이 현재로선……

— 사일구 땐 죽기도 했어요. 그래도 해냈잖아요.

다친 청년이 말했다.

— 그때완 상황이 달라요.

— 무엇이 다르건 이번 조약만은 꼭 무산시켜야 해요.

— 내일은 여학생들을 모아 보겠어요.

그녀가 말했다.

— 여학생들만의 시위?

— 장충공원에 집결해서 선언서 낭독을 하게 하면 어떨까요?

— 그 방법도 한번쯤 해볼 만하군.

— 선언서 요지는?

여학생이 물었다.

— 학병과 정신대를 집어내면?

— 그것도 괜찮겠어요. 한일국교정상화를 경제발전을 위해서라고 말하는 위정자들은 일제말 때 제국주의를 위해 학병과 정신대에 앞장서야 한다고 강연하던 지도층 인사들과 무엇이 다르랴······.

날이 어두워졌다. 하나둘 자리를 떴다. 그녀와 여학생이 선언서 문안을 작성하기 위해 일제사의 책들을 뒤적일 때 그는 마지막으로 자리를 떴다.

— 성공을 빌어요.

— 잘 될 거예요.

그러나 모든 것은 무산되고 말았다. 역사의 자리는 언제나 지도자 쪽에 있었던가. 위정자들은 뜻대로 밀고 나갔고 학생들은 빠르게 그 사실을 잊어갔다.

강나루······. 기이하게도 남의 집 부엌에서 시작된 인연이었다. 그는 그녀를 사랑했다. 당시 대학 2학년이던 그는 한 해 선배인 그녀에게 성급하게 누이며 연인이며 그 모든 것을 요구했고 그녀 역시 별 저항감 없이 그에게 기울어져 왔다.

그해 가을이었다. 그는 그녀를 이끌고 천도교를 찾아갔다.

─ 갑자기 천도교는 왜?

─ 종교문제 말이야, 깊이 생각해 봤는데 아무래도 동학을 믿는
게 예일 것 같아.

─ 전봉준에 대한 추모?

─ 그도 그렇지만 경전에 나오는 지명(地名)이 우리 나라잖아. 이
스라엘이나 인도보다 난 전라도 경상도를 더 잘 알고 있거든.

그녀가 순순히 따라 줬음에도 불구하고 그는 계속 천도교회를 나
가지 못했다. 그것은 그의 게으름 때문이었다.

그리고 그녀가 졸업논문을 참고하기 위해 함께 판소리 구경을 가
자고 했을 때였다. 춘향이의 옥중가(獄中歌)를 듣고 나온 그녀는 터
무니없이 화를 냈다.

─ 그것이 옥중에서 부른 춘향이의 시름가라는 거야. 도대체 말도
안 돼. 아무리 글공부를 익힌 규수라지만 목에 큰 칼 걸고 넋두리하
는 입장에 무슨 문자가 그리도 많아. 더욱이 대학 졸업반인 나도 못
알아먹을 소리를 고난받고 시름을 푸는 민중의 노래라구?

그녀는 논문을 쓸 때 옥중가 전가사를 삽입하고 대중이 못 알아듣
는 문자는 방점을, 그녀도 대중도 못 알아듣는 낱말엔 밑선을 표시했
다.

쑥대머리 귀신형용
적막옥방의 찬자리에
생각나는 것이 임뿐이라
보고지고 보고지고 한양낭군이 보고지고
오리정 전별후로
일장서를 내가 못 보았으니
부모봉양 글공부에

겨를이 없어서 이러는가
예의 신혼금슬우지 나를 잊고 이러는가
계궁 항아 추월같이
번듯이 솟아서 빛이고저
막왕 막내 맥혔으니
앵무서를 내가 어이 보며
전전반측에 잠 못 이루니
호접몽을 내가 꿀 수 있나
손가락에 피를 내어
사정으로 편지헐까.
간장의 썩은 눈물로
임의 화상을 그려 볼까.
이화일지 춘거 후로 내 눈물은 뿌렸으니
야우물령 단장 성하니
비만이 와도 임의 생각
추우오동 엽낙시에
잎만 떨어져도 임의 생각
녹수부용 연 캐는 채련여화
계룡방 채렴에 뽕 따는 여인네도
낭군 생각은 일반이네
날보다는 좋은 팔자
옥문 밖을 못 나가니 뽕을 따고 연 캐것나
내가 만일 임을 못 보고
옥중고혼이 되거드면
무덤 앞에 섰는 돌은
망부석이 될 것이요
무덤 근처 섰는 나무

상사목이 될 것이라
생전사후 이 원통을
알아 줄 이가 뉘 있더란 말이냐
이리 앉어 울음을 운다

　그녀는 밑줄 친 부분을 들어 양반의 횡포에 의해 옥에 갇힌 춘향이
가 그와 같이 문자를 읊는다면 그건 양반 편향은 두고라도 천민인 모
계(母系), 다시 말해서 서민계급을 완전히 부인하는 것과 같다고 주
장했다. 그렇게 되면 이도령과 춘향이의 결합은 진정한 의미에서 양
반과 평민의 화합은 아닌 것이다. 어떤 분석가는 춘향이가 양반과 천
민의 혼혈로 태어난 그 자체가 양반과 천민 사이의 다리 역할을 상징
하고 있다고 지적한 바 있다. 그렇다면 춘향이에게도 반쯤 흐르는 천
민의 피가 살아 있어야 하고 천민 취급으로 옥에 갇혔을 때는 박해받
는 천민의 가슴으로 시름가를 불렀어야 할 것이다. 그런데 춘향이는
목에 큰 칼을 걸고도 양반의 문자로 옥중가를 불렀다. 여기서도 춘향
은 어디까지나 양반이지 서민의 표상은 아닌 것이다.
　판소리는 백성의 시름풀이에서 민중의식으로 성장해 오다 대원군
전후로 해서 평민층의 기반을 벗어나 양반층의 심심풀이로 흡수되었
다. 그때 양반들은 백성들의 재담, 풍자, 양반들에 의해 박해받는
원한 부분은 대폭 수정, 주제를 약화시켰고 더 나아가 봉건체제를 수
호하는 쪽으로 변질시켜 놓았다. 그렇다면 우리는 원문 발굴을 위해
집중연구를 하든가, 그것이 불가능하다면 학계의 분석검토로 하루빨
리 춘향이의 신분을 바로잡아 줘야 마땅하다. 끝으로 그녀는 백성이
이룩한 문화나 예술을 보존, 민중의 특성으로 개발하지 않는 한 민족
이나 국가발전은 기대할 수가 없다고 덧붙였다.
　원고지로 백 장쯤 되는 그녀의 논문이 완성되기까지는 1주일이 걸

렸고 그 동안 그는 구비문학에 대한 참고자료를 찾아다 주느라 뻔질
나게 도서관을 드나들어야 했다.

그리고 그녀의 졸업식 날 두 사람은 억병으로 취했다. 늦은 밤,
어느 거리에선가 그들은 가로수를 가운데로 땅바닥에 주저앉아 지나
는 차들을 바라보고 있었다.

— 저 차 안을 좀 봐. 두 남녀가 뽀뽀하나 봐.

추운 밤 기온이 그녀의 목소리를 갈래갈래 흩뜨렸고 그녀는 웃다
가 다시금 차를 가리켰다.

— 어머, 저 차 안에선 싸우고 있잖아. 어머어머 저 뒤차 좀 봐.
양키야. 양키가 여자를 끌어안고 애무를 해. 저 자식들은 항상 대놓
고 핥아대거든. 우리들이 지켜보는 시선까지도 간단하게 무시하지.
웃겨, 그래도 우린 보고 있는데. 다 보고 있는데. 아 참, 준기야,
넌 알고 있니? 한일협상차 일본에 간 우리 나라 고관이 요정에서 일
본 군가를 불렀다더라. 그 작자 일본 전쟁 당시에 총알을 맞았더라면
대체 뭐라고 외치며 죽었을까? 이 바보, 그것도 몰라? 천황폐하 만
세 하고 퀙 고꾸라졌겠지.

그는 가로수에 머리를 기댔다. 냉기가 등골로 기어올랐다. 취기가
머리에서 뱅뱅 돌며 급기야 졸음이 쏟아져 왔다. 얼마쯤 잤을까, 그
녀가 그를 흔들어 깨웠다.

— 이렇게 자려거든 감옥에나 가.

— 감옥?

그는 퍼뜩 정신이 들었다.

— 난 춘향이가 되고 싶어.

느닷없이 그녀가 말했다. 그녀는 진지했다. 너무 진지해서 그는
얼떨떨했다.

— 니가 감옥에 가면 내가 십 년이고 이십 년이고 너만을 기다리며

살 수 있단 말이다. 기다리기만 한대? 옥바라지도 하고 가끔 형사가 찾아와서 귀찮게 굴어도 끄덕하지 않을 거야.

— 그래, 어떡하면 감옥엘 가지? 미군 부대 앞에 가서 보초를 쏘아 버릴까?

— 난 말야, 행동으로 춘향전을 재정리하는 거야. 알았어? 춘향이는 이래야 한다는 걸 몸으로 보여 주는 거지. 그러면 그건 신춘향전이 될까?

그날밤 두 사람은 파출소에서 잤다. 이튿날 날이 밝아오자 그녀는 다시 의기소침해졌고 부옇게 뜬 얼굴로 집으로 돌아갔다.

만약 그들 사이에 파월(派越) 문제만 개입되지 않았더라면 지금쯤 두 사람은 결혼생활을 하고 있을 것이다. 그가 대학 졸업반일 때 입대를 해서 1년 만에 월남 참전을 하게 되자 그녀는 한사코 월남행을 만류하고 나섰다.

— 어쩔 수 없다니까. 난 가야 해. 그래서 난 보고 올 거야. 전쟁이 어떤 건지 이 눈으로 낱낱이 확인하고 올 거라구.

— 그건 이상한 목숨놀이야. 육이오를 생각해 봐. 그런데도 가? 넌 그 나라에 목숨을 줄 필요가 없어. 빼앗을 자격은 더더구나 없구. 아무에게도 그런 자격은 없단 말이다!

그래도 그는 월남행 배를 타고 말았다. 배의 이름은 '엎셔'였다. 배가 막막한 바다를 항해해 가는 동안 그는 몇 차례나 '엎셔 홀'을 서성이며 파란 눈으로 내려다보고 있는 엎셔 장군의 사진을 쳐다보곤 했다. 초대 해군 장군 엎셔…….도대체 내용을 알 수 없는 사진 속의 미소…….3일째 되던 날 그는 갑자기 풀썩 주저앉고 말았다. 이제는 바다에 뛰어내릴 수도 없다는 단절감이 어쩌면 강나루를 잃고 말 것이라는 생각으로 갈마들면서 배가 다낭 앞바다로 미끄러져 들어가는 것을 그는 절망스럽게 지켜보았다.

월남은 황무지가 아니었어. 그들은 그물에 걸린 고기들처럼 끊임없이 적의를 번들거리면서 파닥거리고 있었어. 그리고 정글······. 소총에 떨어진 미 헬리콥터 잔해의 주위엔 트랜지스터에서 재즈가 흘러나오고 있었다. 그 부근에서 그는 피투성이가 된 미군의 시체를 보았다. 머리통이 잘려 나간 크고 뭉툭한 몸뚱이를 확인했을 때 그들은 이미 베트콩들이 전리품을 다 챙겨간 후라는 사실을 알았다. 그때 그는 웃음을 터뜨렸다. 머리통이 없어서 그런지 크고 뭉툭한 시체는 상당히 우스꽝스러워 보였다. 그러자 소대장이 총구로 그의 어깨를 밀었다.

— 이새끼, 엇다 대고 웃어!

그는 웃음을 뚝 멈췄다.

— 너 이새끼, 우리 백마가 저 꼴이 돼도 그렇게 웃겠어?

— 아닙니다. 절대로 아닙니다! 전 통곡합니다. 백마, 맹호, 청룡의 희생을 통곡합니다!

그는 울부짖듯이 외쳐댔다.

— 햐, 이새끼 이거 정신병원행 아냐?

— 난 돌지 않습니다, 절대로 안 미칩니다.

— 그럼 군법회부다.

— 마음대로 하십시오.

그는 군법회의에도 정신병원에도 가지 않았다. 군의관이 말했다.

— 긴장 탓입니다.

그는 끊임없이 편지를 썼다. 나루! 돌아가고 싶소. 내가 보는 건 썩은 씨앗처럼 널브러진 죽음, 죽음, 죽음들뿐이오. 당신 말이 옳았소. 여긴 내가 올 곳이 아니었소. 아니, 이땅 자체가 나를 적으로 몰고 있소. 난 여기서 죽어선 안 되오. 거부당한 목숨놀이······. 그러나 그녀는 단 한 번도 회답을 주지 않았다.

252

거기까지 생각했을 때 그는 재빨리 수화기를 들고 다이얼을 돌렸다. 그래, 만나자. 만나서 내가 건져 온 월남 이야기를 들려주자. 그러나 아무도 전화를 받지 않았다. 선배는 기다리다 그냥 나루를 데리고 나가 버린 게 분명했다.

그리고 오늘, 선배는 번역거리와 강나루의 시집을 기증하면서 말했다.

— 강나루 씨가 그러더군. 자넨 오지 않을 것이라고. 그래서 그만 우리끼리 한잔했네.

그는 시집을 들었다. 제목은 『누리 마음 내 마음』이었다. 그는 겉장을 열고 머리말을 읽었다.

온누리엔 누릿사람들이 새파란 벼를 가꾸고 내 마음속에도 그 얼이 새파랗게 자라거늘, 쓸값없는 말장난은 갈잎처럼 떨어내고 나는 오늘 튼튼한 베틀 앞에 앉았어라. 참하고 볼매 좋은 우리 글을 골라다가 야무지게 야무지게 글지음을 짜 보려고…….

대학원에 들어간 뒤부터 그녀는 혼자서 춘향가 수정 작업을 시작했다. 그러나 여태까지도 춘향가가 고쳐졌다거나 판소리하는 누구도 개작한 아니리나 창으로 소리를 한단 말은 들어보지 못했다. 만약 그녀와 다시 만날 수 있다면 무슨 이야기부터 시작해야 할까. 베틀 앞에 앉았다니? 그럼 신춘향전도 곧 탄생되느냐고 묻게 될까. 아니면 살아가는 재미는 어떠신지……. 그런데 결혼은 했을까. 결혼했다면 남편은 어떤 사람일까. 그녀를 마지막 본 것도 벌써 10여 년 전이다. 그녀에게도 생활이란 것이 나이만큼 뚜렷하게 엿보일까. 누군가가 말했지. 옛사람과의 괴리는 세월이 아니라 바로 그놈의 생활에 있다고.

그는 시집을 놓고 시계를 보았다. 막 10시가 지나고 있었다. 아내는 번역을 시작했는지 책상에 붙어 앉아 꼼짝도 하지 않는다. 그는 욕실로 들어갔다. 거울에 비춰진 자신의 얼굴엔 제법 수염이 거뭇거뭇했다. 수염이나 깎아야겠구나. 그런데 늘 선반 위에 있던 면도기가 보이지 않았다.

"여보, 내 면도기 못 봤어?"

그는 안방문 앞으로 갔다.

"엄마가 쓰는 것 같던데요."

"장모님도 면도하시나?"

"얼굴에 잔털이 있으면 화장이 덜 먹는대요."

그는 고개를 돌려 장모의 방을 쳐다보았다. 불이 켜져 있었고 텔레비전 대사도 들려왔다. 연속사극을 보고 있는가 보았다. 그는 조금 망설이다가 장모의 방으로 갔다. 코고는 소리도 들리지 않았는데 장모는 잠들어 있었다. 그는 센 바람으로 돌아가는 선풍기 앞을 지나 작은 탁자 위에 놓여진 면도기를 집었다. 그것은 쓰다 둔 채여서 기름 때가 엉겨 있었다.

그는 나오는 길에 텔레비전을 끄고 선풍기 바람을 약한 쪽으로 바꾸려고 몸을 돌렸다. 비스듬히 엎드려 누운 장모의 통통하고 희멀건 허벅지가 형광등 아래 드러나 있었고 레이스투성이인 얇은 잠옷은 간신히 엉덩이만 가려진 채 한 모서리가 바람에 팔락대고 있었다. 그는 고개를 돌리려다 말고 몸이 움직이는 듯한 기척에 다시 그쪽을 보았다. 장모는 아래위로 엉덩이짓을 하고 있었다. 그 율동감은 성관계를 할 때의 포즈와 흡사했다. 게다가 장모의 숨결마저 조금씩 가팔라지고 있었다. 그는 서둘러 그 방을 나왔다. 장모의 푸——하고 내쉬는 한숨 소리가 그의 뒤통수로 따라왔고 그는 끈끈이풀 같은 그 숨결을 뜯어낼 듯이 뒷머리를 박박 긁었다.

그는 면도를 그만두고 소파에 앉았다. 문득 뒷맛이 개운치 않던 그 어느 날의 일이 떠올랐다. 1970년 초가을이었다. 흔히 전장(戰場)을 본 사람들이 그러하듯 그 역시 깊은 허무감과 배반감에 사로잡혀 귀국하게 되었고 그 뒤로 곧 칩거하고 말았다. 그러다가 석 달쯤 지난 어느 날 갑자기 강나루를 찾아야 한다는 조바심이 일어 그는 집을 나왔다. 을지로에 있던 그녀의 집은 이미 이사 가고 없었다. 그는 허탈감에 빠져 명동으로 나갔다.

서울의 하늘은 전장 변방의 그것만큼이나 회색이었고 배기 가스는 포염 속을 연상시켜 그는 도망치듯 어느 다방으로 들어갔다. 음악이 시끄러웠다. 그는 구석자리에 웅크리고 앉아 귀를 틀어막았다. 어디를 가나 시끄러운 재즈……. 술집도, 꽁까이들도, 프랑스 튀기년들까지 재즈와 캔맥주 속에서 벌쭉벌쭉 웃었다.

병사들은 술과 재즈에 취하면서 밤새 쏘아대던 총소리와 해가 떠오른 뒤의 쥐죽은 듯한 정글을 지워내려고 안간힘을 썼다. 그러나 그것들은 늘 같은 자리에 있었다. 재즈와 캔맥주에 삭고 부스러지는 전장과 계집……. 누군가가 다가와 그의 앞에 섰다. 검은 머플러에 짙은 색 루즈를 바른 서른 이쪽저쪽의 낯선 여자였다. 그는 귀를 막았던 손을 떼고 멀거니 그 여인을 쳐다보았다.

— 좀 앉을까요.

여인이 말했다.

— 그러세요.

그는 얼떨결에 대답해 놓고 주위를 살펴보았다. 빈자리가 더러 있었다.

— 난 독한 술을 좋아해요.

여인은 위티를 시켜 놓고 조용조용 입을 열었다.

— 전쟁 미망인이거든요.

그는 문득 6 · 25 이후에도 명동에는 이런 여자들이 만연했었다는 생각을 했다.

한 잔, 두 잔, 다섯 잔의 위티를 마셨을 때 여인은 그의 옆자리로 옮겨왔다.

— 남자는 항상 새로운 역사에 죽어가지만 여자는 최초의 전쟁 때부터 똑같은 상태로 굶주림을 당해 오고 있어요. 그래도 살아 있는 쪽이 나을까요?

그는 청룡들의 전리품, 무우말랭이처럼 철사줄에 꿰어진 베트콩들의 귀, 미병사와 정찰기 소리와 캐터필러 따위를 생각했고 화염에 그을려 외치며, 뛰며, 뒹굴다가 죽어간 한 어린 병사의 절규를 생각했다. 그 친구는 부르짖었다. "달나라로 가자! 달나라로! 오, 어머니! 달나라로…….".

— 본론을 말하죠. 나는 살아 있는 남자가 필요해요. 당신은 살아 있다는 것에 대한 보상으로 내 빈 밤을 채워 줘야 해요. 아니면 내 남편이 목숨을 준 그 명분을 빌려올까요. 인도주의란…….

그는 벌떡 일어났다. 여자를 죽이고 싶었다. 목을 조르면 단 2분도 걸리지 않을 것 같았다. 그러나 다음 순간 그보다 더 지독한 혐오와 연민이 그를 사로잡았고 그는 달아나듯 그 다방을 나와 버렸다.

"여보!"

아내가 불렀다.

"이제 자야죠."

여름 한낮이라 그런지 졸음이 왔다. 경숙은 볼펜을 놓고 커피를 타러 나왔다. 어머니는 소파에 앉아 마늘을 까고 있었다.

"너 그 일 언제 끝나냐?"

경숙이 부엌에서 커피를 만들어 들고 나올 때 어머니가 물었다.

"글쎄요. "

"일해다 주면 얼마나 받냐?"

"모르겠어요. "

"그런 식으로 일하다 돈을 못 받으면 어쩌려구?"

"그이 친구가 하는 출판사 일이에요. "

어머니의 상냥함이 미심쩍어 그녀는 그렇게 대답해 버렸다.

"그 돈 받거든 내 목걸이 하나 맞춰 다고. 노인네들 목걸이는 닷 돈 정도면 된다더라. "

역시 그 수법이군, 하고 경숙이가 생각할 때 어머니가 뒷말을 이었다.

"이 나이가 되어서 목에 아무것도 없으니 빈한해 보여서 못쓰겠더라. "

"그런 건 엄마가 벌어서 하세요. "

"박정하게도 나오는구나. 다른 집 자식들은 빚을 내서도 해준다던데. "

경숙은 못 들은 척하고 책상으로 돌아와 앉았다. 커피를 다 마시고 막 일을 시작하려 할 때 어머니가 녹음기를 틀었다. 요 며칠 동안 그래도 자주 틀지 않았는데 오늘은 볼륨까지 높이고 있었다.

"사요나라── 사요나라── 오래와 사비신다──"

"좀 끌 수 없나요!"

경숙은 벌컥 언성을 높였다. 이번에는 어머니가 못 들은 척했다. 경숙은 방문을 밀어 닫고 다시 책상에 앉았다. 그래도 노랫소리는 끊임없이 문 틈으로 새어 들어왔다.

"사요나라── 사요나라──"

녹음기 소리가 계속되고 있는데도 큰 문 닫히는 소리가 들렸다. 경숙은 볼펜을 놓고 나가 보았다. 어머니는 외출하고 없었다. 경숙은 어머니 방으로 들어가 녹음기 플러그를 휙 뽑아 버렸다.

4

그는 아파트 층계에 발을 올려 놓고 우편함을 돌아보았다. 4층 7
호에 편지 한 통이 꽂혀 있었다. 그는 되돌아가 편지를 꺼내들었다.
미국에서 온 것이었다. 발신인은 오화자였고 수신인은 박준기로 되
어 있었다. 오화자…… 오화자…… 어디선가 많이 들은 이름 같았
다. 그러나 얼른 기억이 나지 않았다. 그는 뜯어볼까 하다가 그만두
고 계단을 오르기 시작했다.
"여보, 미국에서 편지 올 데가 있어?"
그는 신발을 벗고 올라서며 물었다.
"글쎄요……."
아내가 고개를 갸웃하고 있을 때 방에서 장모가 부리나케 뛰어나
왔다.
"내 거다!"
장모는 그의 손에 들린 편지를 빼앗듯이 나꿔챘다. 장모의 이름과
비슷한 오화자는 그럼 누구인가, 하고 고개를 갸웃거릴 때 문득 결혼
식 때의 일이 떠올랐다.
— 며늘아기의 부친은 돌아가셨다면서? 그런데 어째서 오화인 여
식으로 썼니? 이럴 땐 산 부모의 이름을 쓰는 거다.
아버지는 예식장의 안내판에 써 붙인 부모들의 이름을 보고 난색
을 드러냈다. 그는 그것이 장모의 이름임에도 불구하고 그 말을 설명

하지 못했다. 그 역시 어째서 아내가 장모의 성을 따르게 되었는지
알지 못했다.

　그는 욕실로 들어가 문을 단단히 걸어 잠그고 옷을 벗었다. 그는
늘 이 시간을 택해서 샤워를 했다. 이때는 화장품 냄새가 안 나서 좋
을 뿐만 아니라 저녁식사 뒤엔 장모가 사용하므로 가장 적당한 시간
이기도 했다.

　그는 샤워 꼭지로 등을 씻어내며 욕실 쪽문에 반사된 붉은 노을을
보았다. 저녁을 먹고 나면 그것은 사라질 것이고 어둠이 침투해 들
것이다. 그는 언제부터인가 다시금 어두움이 두려워졌다. 월남에서
처럼 정글을 내리누르는 검은 철판같이 가슴을 꽉 짓누르는 것이 아
니라, 이 어둠은 지붕을 벗기고 창과 벽까지 떼어가서 그로 하여금
마치 벌판에 내동댕이쳐진 듯한 기분에 사로잡히게 했다.

　그가 속옷을 갈아입을 때 아내가 빠르게 말했다.

　"며칠 전부터 계속 아침 먹자마자 나가더니 오늘은 또 웬 여자들
을 데리고 와서 진종일 화투를 쳤어요."

　그런 말을 왜 나한테 하는 거지? 하고 그는 되받아 주려다 참았
다. 오늘 아침만 해도 그랬다. 새벽 6시쯤 느닷없이 장모가 욕실에
서 빨래 방망이질을 했는데 아내까지 덩달아 꽥꽥 소리를 질러댄 것
이었다.

　— 그만두지 못해요!

　— 아침부터 웬 지랄이냐?

　장모도 지지 않았다.

　— 이 아파트에선 빨래 방망이질을 못하게 되어 있다고 몇 번이나
말해야 돼요?

　— 아파트 사람들은 빨래도 안해 입고 사나?

　— 여긴 엄마만 사는 집이 아니에요. 다른 사람 생각도 해야잖아

요.

장모는 아내의 그 말을 못 들은 척 계속 방망이질을 했고 아내는 방으로 들어와 이불에 얼굴을 묻고 흐느꼈다.

— 시위예요, 시위. 목걸이 안해 준다고 저러는 거예요. 어쩌다가 내가 저런 엄마한테서 태어났을까.

그러더니 아내는 그를 들먹여서는,

— 당신이 좀 말해 보세요. 여긴 당신 집이니까, 나가 달라고 말해도 되잖아요?

하고 부추기는 것이었다.

그는 정말 화가 나서 견딜 수가 없었다. 그러자 곧 아내는 본래 그런 사람이란 생각이 디밀쳤고 슬그머니 화도 가라앉았다.

"박서방! 저녁상 들고 가세."

부엌에서 장모가 말했다.

"나 미국에 가야겠다."

막 식사를 시작할 때 장모가 입을 열었다.

"미국요?"

아내는 못 들은 척했고 그가 반문했다.

"경숙이 이모가 미국에 산다는 말은 들었겠지?"

아내는 그런 이야기를 해준 적이 없었다.

"미국 사람과 결혼해서 갔다. 벌써 이십 년쯤 되었어."

장모가 힐끔 아내의 눈치를 살폈다. 아내는 묵묵히 밥숟갈만 움직이고 있었다.

"오해 말게. 얘네 이몬 미군 부대에서 타이피스트를 하다가 직업 군인과 결혼해서 갔다네. 그런데 남편이 월남에서 전사했지 뭔가. 그래서 혼자 살기도 외롭다고 날 들어오라는 게야."

어디서나 부지불식간에 월남을 만나지만, 장모의 입에서까지 그

애기가 나오리란 것은 정말 생각도 못해 본 일이었다. 그는 머리통이
잘린 그 미병사와 아내의 이모부라는 그 죽은 미군을 연관하지 않으
려고 속으로 수없이 도리질을 하고 있었다. 다행히도 장모가 화제를
다른 데로 이끌어 갔다.

"거기선 운전을 못하면 꼼짝도 못한다면서?"

"……."

"난 어릴 때부터 자전거를 탔으니까 운전도 쉽게 배울 수가 있을
거야. 내일 운전학원에 가 볼 생각이다. 얼마나 배워야 면허증을 딸
수 있는지도 알아보고……."

아내가 조그맣게 한숨을 쉬었다. 그 한숨은 운전을 배우거나 말거
나 떠나게 되었다니 다행이라는 듯 조금은 숨통 트이는 소리로 들렸
다.

"내 친한 친구도 캘리포니아에서 과수원을 하고 있다네. 운전을
할 줄 알아야 이리저리 유람을 다닐 수도 있을 테고……."

아내는 보통 부모자식간이라면 한마디쯤 있을 법한 긍정이나 부정
또는 충고까지도 일절 삼갔다. 장모는 밥그릇을 비우고 물까지 마신
다음 언제나처럼 담배를 붙여 물었다.

아내는 다시 책상으로 돌아가고 장모는 욕실로 들어갔다. 장모는
오늘도 몸화장을 한 후 분홍빛 레이스 잠옷을 입을 것이다. 그리고
텔레비전을 켜고 손톱을 닦아낼 것이다. 오늘은 수요일에 바르는 네
일 라카를 바를 것이고 그것이 마를 때까지 불며 텔레비전을 볼 것이
다. 장모는 특히 연속 궁중극을 좋아하고 흘러간 옛노래 시간을 애청
하며 때때로 그것을 따라 부르기도 한다. 그리고 프로에 따라 거기에
주인공도 되면서 뜬구름을 둥둥 타다가 애국가가 나올 즈음이면 어
김없이 코를 골 것이다. 장모는 결코 텔레비전을 끄는 법이 없었다.
한두 번쯤 아내가 볼륨을 줄여 달라고 소리를 지를 것이다. 그러면

장모는 더 악착스레 화면에 매달리며 마지못해 리시버를 귀에 꽂지만 결국 잠을 물리칠 수는 없을 것이다. 그는 가물가물 아지랑이처럼 다가오는 졸음에 겨워 머리를 소파 등에 기댔다.

"왜 불은 안 켜고?"

장모가 욕실에서 나오며 말했다. 그는 꼼짝도 하지 않았다. 어쩌면 잠이 깊어질 것도 같아 그 잠을 놓치고 싶지가 않았다. 장모는 잠시 그를 살펴보는 듯하더니 잠자코 안으로 들어갔다. 찰칵 텔레비전 켜는 소리가 들렸다. 뉴스 시간인가 보았다. 장모는 다른 화면을 잡기 위해 채널을 돌려 댔다. 탈칵탈칵 금속성 소리에 그의 수면은 연한 식물처럼 잘라져 나갔다. 곧이어 텔레비전에서 서투른 경상도 사투리가 들려왔다. 아내도 처음엔 표준말이 서툴렀고 사이사이로 묻어나오는 사투리에서 그는 지방 학생의 안간힘 같은 것을 느꼈다.

아내 경숙을 만난 것은 2년쯤 전이었다. 단골 번역자인 모 대학의 불문과 교수가 아내를 데리고 출판사로 온 것이 첫대면이었다. 아내 경숙은 교수 밑에서 일을 거들어 본 깜냥이 있어서인지 원본 대조나 가벼운 소설류는 곧잘 번역도 했다. 그는 교수의 부탁대로 경숙에게 종종 일거리를 얻어다 주었고 그것을 인연으로 결혼까지 하게 되었지만 그건 순전히 한순간의 결정일 뿐 그전에는 한번도 여자로 생각해 본 적이 없었다. 우선 경숙은 자신보다 아홉 살이나 어렸다. 게다가 그녀는 프랑스 유학에 대한 꿈을 가지고 있었다. 그런데도 경숙이 몹시 지쳐 보이던 날 그는 불쑥 이렇게 말했던 것이다.

— 나에게 기대는 게 어때? 영원히 말야. 생각하기에 따라선 아내란 직분만큼 편한 것도 없을 거라.

경숙은 며칠간 생각할 여유를 달라고 말했다. 그의 말이 전혀 농담이 아님을 그녀는 알아차린 것이다. 그리고 며칠 후 그녀는 결혼해도 좋다는 말을 전화로 알려 왔고 그는 잠깐 낭패감에 빠지기도 했다.

"여보! 이리 좀 와 보세요."

방 안에서 아내가 불렀다. 그는 굼뜨게 몸을 일으켜 아내 곁으로 갔다.

"여기 영어 인용문이 나오는데요, 사전을 찾아도 낱말이 없어요, 〈펌킨헤드〉, 혹시 무슨 뜻인지 아세요?"

"아, 그건 속어야. 호박대가리란 뜻인데 대머리란 말로도 쓰여. 주로 민머리로 태어난 갓난아이한테 많이 쓸 거야."

"정말, 그렇군요. 여기도 지금 미국인 아버지가 자신의 애기한테 하는 말예요. 〈걱정 마라, 아가. 곧 머리카락이 날 거란다. 너의 호박머리는 우리 집안의 내력이지 뭐냐.〉"

아내는 그 문장을 원고지에 옮겨 놓기 시작했고 그는 다시 거실로 나왔다.

어머니는 손님들과 화투를 치고 있었다. 경숙은 가스불에 커피물을 올려 놓고 잔을 꺼냈다.

"여기도 커피 좀 다고."

바깥 기척을 낱낱이 헤아리고 있는 듯 어머니가 큰소리로 말했다. 경숙은 잔 세 개를 더 꺼내며 나직이 한숨을 쉬었다. 경숙이가 커피를 들여갈 때 어머니와 손님들은 경숙이 따위는 안중에도 없다는 듯 따악——따악 화투만 치고 있었다. 늘 오던 손님과 오늘 처음 보는 아주머니였다. 마침 그 낯선 손님이 "고!"라고 했고 어머니는 "햐, 크게도 먹으려 드네"하고 맞장구를 쳤다. 경숙은 곧 자기 방으로 돌아왔다.

오늘도 일하긴 틀렸구나. 경숙은 손톱깎이를 찾아 발톱을 깎기 시작했다. 어머니는 언제 미국에 가게 될까. 이번에 가면 나와의 인연은 아주 끝나게 될까. 정말 그렇게 될 수 있을까.

"얘, 여기 물 좀 다오."

새로 온 손님이 이쪽을 향해 소리쳤다. 경숙은 잠자코 물주전자와 컵을 챙겨다 주고 돌아와 발톱조각들을 쓸어 담았다. 그래도 일은 해야지. 경숙은 자신이 할 일은 그것밖에 없었으므로 다시금 책상에 앉았다.

점심 때가 지나도 어머니는 계속 화투만 치고 있었다. 손님이 있으면 어머니는 의식적으로 부엌을 피하는 것이었다. 그녀는 난감했다. 오늘도 손님들은 식사를 하고 갈 것인가 아니면 잠시 후 그냥 돌아갈 것인가……. 그녀는 혼자 조바심치다가 결국 부엌으로 나가고 말았다.

"상추도 좀 씻어라."

어머니가 밖에 대고 소리쳤다. 경숙은 묵묵히 상추를 씻어 상에 올렸다.

"이리로 들여오렴."

경숙이 밥상을 들고 문 앞에 서자 어머니가 화투판 담요를 한켠으로 밀어붙이며 말했다.

"자, 찬은 없지만 한술씩 뜹시다."

어머니가 손님들에게 말했고 경숙은 자기 밥그릇을 들고 한쪽에 앉았다.

"그래, 미국 간다던 건 잘 돼 갑니까?"

집에 몇 번 왔던 나이 든 아주머니가 물었다.

"수일 내로 초청장이 올 게요."

어머니가 대답했다.

"미국 가면 말이 안 통해서 애를 먹는다던데……."

낯선 여자가 입을 우물거리며 끼어 들었다.

"까짓, 배워 못할 게 어디 있을까."

어머니가 자신만만하게 대답했다.

"애들 같지 않아요. 혀도 굳었고 익히기도 어려울 텐데 ……."

"내 그래서 열심히 미국 방송을 들어보는데 쉬운 말은 알아 듣겠던데요."

"글쎄요, 학교 다닐 때 영어를 중단하지만 않았어도 좀 나았을지 모르지만 ……."

역시 나이 든 손님의 말이었다. 처음 그녀가 다녀간 뒤 어머니는 그녀를 가리켜 그 당시 부산 항도 여고를 나왔다고 했고 교양이 있는 여자라고도 말했었다.

"아니, 그럼 조선에도 영어를 가르치다 중단했나요?"

어머니가 금시초문이란 듯 반문했다.

"그러믄요."

"일본서도 그랬다오. 한창 신이 나서 디스 이스 어 고뿌(cup)를 배우고 있는데 그만 어느 날 갑자기 영어 과목이 없어지데요."

어머니는 마치 중학교를 다니기라도 한 사람 같았고 특히 일본식 발음을 강조하듯이 "고뿌"라고 힘주어 말했다.

"그랬을 거예요. 태평양 전쟁 이후로 일제히 영어를 폐지시켰으니까요."

"그래도 네짱(언니) 이야 우리보다 많이 배웠을 테지. 나이도 그렇고 ……."

"그 정도 더 배웠다고 나을 것도 없어요. 이미 오래 전에 다 잊어버린걸."

어머니는 공공연히 나를 공모자로 끌어들이고 있구나 ……. 내가 어머니의 튀기 아들에 대해서 알고 있다는 걸 어머니는 알까 모를까.

"일본에 살다가 조선에 나와 보니 정말 한심합니다. 명색이 항구라는 부산이 초가집투성이인데다…….”

“왜요? 그때도 부산이야 많이 번창했지요.”

나이 든 여자가 받아 말했다.

“그렇지만 어디 일본을 따라갈 수야 있었겠어요?”

경숙은 수저를 놓고 그 방을 물러 나왔다. 그리고 자기 방으로 건너와 책상에 앉았다.

“밥상 내가거라.”

어머니가 이쪽을 향해 소리쳤다. 그녀는 못 들은 척하고 원고지를 끌어당겼다.

한 시간쯤 후 오늘 새로 온 손님이 경숙의 방 앞으로 와서 조심스럽게 노크를 했다. 경숙은 문을 열어 주었다.

“아깐 내가 실례를 했지 뭐유. 따님인 줄 모르고 물을 떠오라고 했다우.”

이제 돌아가는 모양이었다.

“괜찮아요.”

경숙은 억양 없이 대답했다.

“얘기 많이 들었어요. 따님도 사위님도 외국 말을 번역한다고 ……. 게다가 이댁 사위는 장모님을 대비마마 모시듯 한다고 늘 자랑이라우. 얼마나 고맙수 그래. 요즘 세상에 그런 사위가 어디에 있을까. 친자식도 부모를 안 모시려 드는 판인데…….”

그때 어머니의 괄괄한 목소리가 현관 쪽에서 들려왔다.

“다 자식들을 잘못 가르쳐서 그래요. 키워 주고 공부시켜 준 부모들을 마다한다니 말이나 돼?”

경숙은 말짱한 천이 찢기는 것처럼 아연했다. 어머니는 손님들을 배웅하러 가는지 함께 나갔다. 경숙은 소파 주위를 서성댔다. 곧 떠날 사람이다. 조금만 참아 주자……. 그녀는 마음을 다잡으며 어머

니 방문 앞에 놓인 밥상을 들었다. 그때 그녀는 우연히 어머니 화장
그릇에 놓여 있는 항공 봉투를 보았다. 이모한테서 온 편지 같았다.
그녀는 밥상을 도로 놓고 어머니 방 안으로 들어갔다. 어디 한번 읽
어 보자. 언제쯤 떠나게 되나……

그 편지는 열흘 전쯤에 온 것으로 맨 윗줄부터 재정보증서를 만들
현금 2만 불이 없다는 내용으로 시작되어 있었다. 그러니까 결과적
으로 초청은 불가능하게 되었다는 것이었다. 경숙은 급류로 휘말려
드는 듯 아득한 현기증을 느꼈다. 이미 열흘 전에 어머니는 미국에
갈 수 없다는 사실을 알고 있었던 것이다. 그런데 그 뒤에도 틈틈이
대사관에 간다는 핑계로 그녀에게서 돈을 뜯어 갔었다. 걷잡을 수 없
는 분노가 날을 세웠다. 그러고 보니 좀 전에 어머니가 손님들에게
한 이야기도 다른 뜻이 숨어 있었던 것이다. 도리라는 명분을 역이용
해서 이 집에 영원히 눌러 있자는 저의가 분명하다. 경숙은 두 손으
로 머리를 잡고 세차게 고개를 저었다. 그럴 순 없어. 그것만은 안
돼. 그녀는 거실로 나와 소파에 풀썩 주저앉았다. 만약 어머니가 이
집에서 나가 주지 않는다면 자신이라도 떠나야 한다.

곧 어머니가 되돌아왔다. 경숙은 방으로 들어가야 한다고 생각하
면서도 좀처럼 몸을 일으킬 수가 없었다. 어머니는 스스로 밥상을 들
고 부엌으로 가더니 오이를 베어물면서 나왔다.

"음력으로 팔월 초엿새가 내 생일이다. 넌 알고 있냐?"

경숙은 똑바로 어머니를 쳐다보았다.

"그래서요? 그래서 어쩌란 말이죠? 대비마마 생신처럼 그렇게 차
리라 이 말인가요?"

"왜 좀 그러면 안 되냐?"

"여긴 사위집이에요. 빌붙어 사는 것만 해도 부끄럽지 않으세요.
그런데 대비마마 모시듯 해야 한다구요?"

"사위는 자식이 아니냐?"

"어째서 자식이 되죠? 낳았어요? 길렀어요? 사위는 사위일 뿐이에요."

"눈 부릅뜨고 뭘 시작하자는 게냐?"

"엄만, 왜 엄마 편리한 대로 얘기해요?"

"뭘 내가 편리한 대로 말했다는 게냐? 그래, 사위가 생일상 좀 차려 준다고 어디가 잘못된다더냐? 또 힘들여 길러 준 자식한테 에미가 목걸이 하나 해 달랬다고 그렇게 매정하게 거절할 일이냐?"

"얼마나 힘들여 길러 줬어요?"

"혼신을 다 했다! 남편 없이 여자의 힘으로 대학까지 시켰으면 장하지."

어머니는 긴 손톱으로 오이를 쿡쿡 찔러대며 서서히 언성을 높이고 있었다.

"대학공부라니요? 얼마나 등록금을 대줬다고 밤낮 대학공부 대학공부 하는 거죠?"

"대학 넣어 줬으면 됐지 얼마나?"

"여덟 번 등록에 딱 두 번으로 대학공부를 다 시켰다니, 흥, 참! 정말로 공부시켜 줬다면 팔다리 다 먹고 머리까지 먹자는 호랑이로 변하겠네."

"저년이 뭐라는 게냐. 고작 그게 청춘 바쳐 키워 준 보답이냐?"

어머니의 자루 같은 가슴이 풀썩풀썩 일어나고 있었다.

"청춘 바쳐 키웠다고? 차상사는 뭐고 그 숱한 남자들은 뭔데 감히 청춘 운운해요?"

"저 죽일 년 보게. 여자 혼자서 살다 보면 그런 일도 있는 거지, 어째?"

"아, 그렇군요. 혼자 사는 여자는 어린 딸자식 친구까지 질투할 수도 있군요.”

“뭐라구?”

“그럼 아닌가요? 차상사가 넘본다고 해서 주영이까지 질투를 하다
니!”

“그래, 그래서 그 화냥년이 차상사와 붙어먹기라도 했단 말이
냐?”

어머니는 부대한 몸을 죽죽 밀어내며 삿대질까지 하고 있었다.

“화냥년이라니, 그애가 그렇게 된 게 누구 책임인데?”

“내 그럴 줄 알았다. 어린년이 꼬리를 흔들고 다닐 때 무슨 야로
가 있다 했더니 결국 그렇게 되었단 말이지?”

“그만둡시다.”

경숙은 맥이 탁 빠졌다.

“수치심 따위는 배워 보지도 못한 사람이 뭘 알까.”

순간 어머니의 붉은 손톱이 획 치솟아오르더니 경숙의 머리카락을
휘어잡았다.

“이 개돼지만도 못한 년! 에미보고 어쨌다구? 입을 찢어 놓을 테
니 다시 한번 지껄여 봐!”

“잘 들어 둬욧! 그 작자는 당신이 청춘 바쳐 키웠다는 딸까지도
…….”

경숙은 머리카락을 휘둘리면서도 이것이 마지막 카드라고 생각하
며 그 말을 했다. 어머니가 손을 놓았다.

“이 미친년이 무슨 헛소리 하고 자빠졌냐?”

“왜, 또 머리까지 잘라 보시죠. 그 작자의 손아귀를 피해 나온 딸
한테 뭐라구? 아버지 같은 사람이라구? 원 세상에 딸을 강간하려는
아버지도 있나?”

“이년, 이제 봤더니 완전히 미쳤군. 어디서 그런 거짓말을…….”

어머니가 다시금 그녀의 머리채를 휘어잡았다. 그리고 한 손으로 따귀를 갈기기 시작했다. 경숙은 온 힘을 다해 어머니를 떠다밀었다. 다행히도 어머니의 손이 떨어져 나갔다. 그와 동시에 마루청이 꺼지는 듯한 소리를 내며 어머니의 육중한 몸이 넘어지고 있었다.

"어이쿠, 저년이 사람 죽이네. 세상 사람들요. 에미 잡아먹으려는 저 독사년 좀 보소오."

경숙은 마룻바닥을 탕탕 쳐 대는 어머니를 싸늘한 눈으로 쳐다보며 또박또박 끊어 말했다.

"똑똑히 들어 둬요. 난 이혼할 거야. 이제는 정말로 멀리 떠날 거야. 아프리카쯤 가 버리면 그땐 따라잡을 수 없겠지."

그리고 경숙은 휙 바람을 일으키며 자기 방으로 들어가 버렸다.

언제부턴가 퇴근 시간이 가까워지면 그의 귀는 전화기를 향해 쭈뼛이 곤두서곤 했다. 그러다가 아무도 전화해 줄 사람이 없다는 생각이 미치면 그는 황급히 수첩을 뒤적여 댔다. 그러나 오늘 역시 마땅한 상대는 없었다. 그는 수첩을 덮고 직원들을 주욱 살펴보았다. 여직원 둘, 남자가 셋, 하루 한 사람씩만 잡아도 닷새는 더 술집에 갈 수 있을 것이다.

"편집장님 전화 왔어요."

뜻밖에도 그를 찾는 전화였다. 그는 귀가 번쩍 뜨였다.

"전화 바꿨습니다."

"준기냐?"

방송국 편성부에 차장으로 있는 대학 선배였다. 그는 무척 반가웠다. 그 선배와는 일주일쯤 전에도 함께 늦도록 술을 마셨다.

"오늘 별일 없으면 한잔합시다. 제가 사죠."

그는 대뜸 그렇게 말했다.

"자넨 대체 어떻게 된 사람이야? 어떻게 된 게 아는 사람만 만나
면 찰거머리처럼 물고 늘어지느냐구."

뜻밖에도 선배는 우렁우렁 언성을 높이고 있었다.

"아니, 제가 뭘……."

"나는 그렇다치고 그래 내 집사람은 또 왜 늦도록 붙잡고 있었
나?"

어제 퇴근 후엔 종로와 중앙청 쪽을 하릴없이 두어 바퀴 돌았다.
그러다가 마침 세종문화회관에서 나오는 선배의 부인을 만났다. 그
녀 역시 무척 반가워하기에 간단히 한잔하자면서 가까운 술집으로
들어갔다. 그런데 묘하게도 그녀가 선배 부인이란 인식보다는 그저
아는 사람이란 사실만이 고마워서 마음놓고 술을 마신 것이었다.

"죄송합니다. 모처럼 만났기에 술 한잔 산다는 게……."

"자네 장가 잘못 든 거 아냐? 결혼한 지 얼마나 되었다고 벌써부
터 술친구나 밝히나?"

그는 웃었다. 그리고 농담으로 받아넘겼다.

"늦게 장가들다 보니 영 마음이 안 잡히나 보죠?"

"그렇다면 내 한 가지 충고하겠네. 앞으론 말야, 화끈한 재미라도
준비되어 있을 때 내 집사람을 잡고 늘어지라구. 그렇지 않고 내 후
배한테 벌이나 서다가 왔다는 소린 듣고 싶지 않으니까, 알았나?"

"네."

전화가 끊겼다. 그는 수화기를 내려놓고 거칠게 얼굴을 비벼 댔
다.

다른 방법은 없을까. 공원 같은 덴 어떨까. 늦은 시간까지 문을
열어 둘까.

그는 자기 자리로 돌아와 담배를 붙여 물었다. 아무래도 퇴근 후
의 시간들이 난감해졌다. 그는 다시금 직원들을 둘러보았다. 모두들

단단하게 자기 생활을 지키고 있어서 어설픈 수작으로 그가 비집고 들어갈 틈은 없었다. 그는 자신이 지켜야 할 생활의 둑을 생각해 보았다. 처음부터 잘못 쌓은 것일까, 사소한 격랑에 자꾸만 허물어지고 있는 것은……. 그렇다면 정말 장모는 사소한 격랑에 불과한 것일까.

그는 수첩의 까만 비닐표지 위로 담배연기를 불어 내며 자신의 생활을 위해 손을 쓰고 싶다, 마땅한 방법은 없을까, 무엇일까, 하고 거듭 생각해 보았다. 아득하고 막막했다. 가장 간단한 방법으로는 달아나는 것이겠지만 그건 더 나쁜 무책임일 뿐이다. 그는 다시 연기를 불어 냈다. 우유 같은 연기가 비닐판에 착 깔려 흩어지면서 1982년 DIARY란 금박 글씨가 노랗게 드러났다. 문득 그것처럼 강나루의 얼굴이 떠올랐다. 왜 진작 그 생각을 못했을까. 그는 급히 수첩을 뒤져 선배 출판사의 전화번호를 찾았다. 전화를 걸어서 물어나 보자. 강나루 결혼했답디까? 그가 막 전화를 걸기 위해 몸을 일으켰을 때 다른 사람 앞으로 전화가 걸려 왔다. 그는 다시 주저앉아 또 하나의 담배를 붙여 물었다. 다른 직원이 전화를 끝내고 제자리로 돌아간 뒤에도 그는 일어나지 못했다. 문득 이 무슨 감상인가 싶어졌다.

그는 사무실을 나와 천천히 버스정류장을 향해 걸었다. 기성복집 옆 시계방에서는 7시 20분을 가리키고 있었다. 그는 정류장을 지나쳐 갔다. 또 하나의 시계포가 나왔다. 고작 3분이 지나 있었다. 그는 지하도를 건너고 신발집과 책방 앞을 기웃거리며 어정어정 걸었다. 세번째의 시계방 표준시계는 45분이 되어 있었다. 그는 모퉁이를 돌아 극장 앞으로 갔다. 간판의 그림들로 보아 스파이 영화를 상영하고 있는 모양이었다. 그는 매표구를 쳐다보았다. 반달형의 작은 창구 안에서 여자가 입장권 딱지를 세고 있었다. 그는 표를 사려고 주머니를 뒤져 보았다. 토큰 몇 개가 손에 잡힐 뿐 돈은 없었다. 그는 돌아서서 버스정류장 쪽으로 갔다. 버스 두 대를 보내고 세번째 차에 오를 때 그는 동굴처럼 꺼멓게 뚫려 있는 하늘을 보았다.

 그녀 화인은 거실 거울을 떼어다가 방 벽에 붙여 놓고 엉덩이를 비춰보았다. 투실하고 허연 살점이 거울면을 꽉 채웠다. 그녀는 손바닥으로 살점을 밀어 올려가며 이리저리 살펴보았다. 경숙이와 싸울 때 떠다밀린 뒤로는 움직일 때마다 결리고 아팠는데 어찌된 일인지 멍든 자국조차 보이지 않았다.
 뼈가 잘못된 것일까. 나이 든 사람의 살은 물렁살이라 자칫하면 다치기 쉽다는데 ……. 요즘 들어 하루가 새삼스럽게 아들이 그리워지는 것도 다 딸자식 소용없다는 생각 때문이었다. 남들은 하기 좋은 말로 딸이 더 좋다느니, 딸이 패물해 줬다느니, 여행 보내 준다느니 떠벌려 대지만 그녀로선 하나같이 듣기가 괴로운 말들뿐이었다. 세상이 이렇게 좋아질 줄 알았으면 튀기 자식이라도 키울 것 그랬다 싶어 날로 후회가 막급이었다. 자주 텔레비전에 나오는 튀기 가수들은 얼마나 의젓하게 노래를 부르는가. 차라리 그 자식을 키웠더라면 지금쯤 안방 차지하고 앉아 큰소리 탕탕 쳐 가며 며느리를 부릴 수도 있었을 텐데 ……. 그리고 용돈도 듬뿍 얻어 명승지 곳곳마다 유람이나 다닐 텐데 ……. 그나저나 그 차가(차상사)가 경숙일 어찌하려 했다는 건 정말일까? 생전 거짓말을 모르는 애라 꾸며댈 리도 없는데 ……. 아니야! 그녀는 주먹을 불끈 쥐었다. 그럴 리가 없어! 그년이 날 모시기가 귀찮으니까 공연한 거짓말로 트집 잡는 게야! 그녀는 입을 옴실거리며 다시 엉덩이를 비춰 보기 시작했다.
 옛날엔 이 엉덩이에도 녹은 놈이 있었지 ……. 고모다 …… 그래, 그놈의 기세에는 조선 땅이 떨었지. 간통하다 들킨 자는 쌀섬을 져오고 밀항증서를 위조한 사람은 집문서를 들고 와 살려 달라고 애원하기도 했어.

열 일곱 살이 되던 해에 그녀는 다른 신여성이 그러하듯 긴 머리채를 단발로 잘랐었다. 그러자 어머니는 펄펄 뛰며 빨래 방망이를 들었었다.

— 이 죽일 년! 누구 망신시키려고 머리를 잘라!

그녀는 어머니의 매를 피해 읍내로 달아났고 그 길로 곧장 경찰서 앞 화식집에 음식 나르는 처녀로 취직을 했었다. 고모다는 그 집 단골로서 홀아비 형사였다. 그는 두 번쯤 그녀를 눈여겨보았고 세번째는 엉덩이를 철썩 갈기며 농담을 걸어왔다.

— 이 두둑한 볼기짝, 애 잘 낳게 생겼구나.

다섯번째는 다다미 방에서 술까지 마셔 가면서 노골적으로 나왔다.

— 낮에도 밤에도 생각나는 건 네 두둑한 엉덩짝뿐이야. 어때, 내 아들 하나 낳아 줄 생각 없어. 난 홀아비야. 네가 내 마누라가 되어 주면 오십 원을 주겠어.

5십 원이란 말에 그녀는 맥없이 넘어갔고 그 다음날로 그의 살림방에 들어앉게 되었다. 그리고 채 1년도 지나지 않아 해방이 되었고 그는 그녀가 모아둔 돈까지 깡그리 챙겨 달아나고 말았다. 그녀는 친정으로 갔다. 그러나 이틀도 견디지 못하고 다시금 부산으로 고모다를 찾아나섰다. 부두가에는 많고도 많은 일본 사람들이 금붙이며 돈이며 아낌없이 내놓고 배편이나 혹은 먹을 것을 구하기도 했고 약삭빠른 조선 사람들은 그렇게 나오는 금품을 쓸어 가마니에 넣고 도라꾸로 나르기도 했다. 그 많은 귀환객들 중에서도 고모다는 없었다. 이미 배를 타고 떠나 버린 모양이었다. 그녀는 수중에 한푼의 돈도 없었고 무엇보다도 배가 고팠다. 그래서 그녀는 완월동으로 흘러들었고 거기에서 왜관으로 옮긴 것은 전쟁이 나던 그해 겨울이었다.

조선 사람을 상대하다가 코쟁이를 대해 보니까 얼마나 어수룩하고 푸짐하던지 ……. 그녀는 엉덩이를 쓸어 대며 생각했다. 초콜렛과 껌은 지천으로 깔렸고 한스는 올 때마다 선물을 들고 왔었지.

— 화인, 너와 결혼할 테다. 우리 파파는 얼굴이 노란 여자를 절대로 데려오지 말라고 당부했지만 난 그럴 수가 없게 되었어.

아아, 그 미국에도 갈 수 없게 되었으니 이제 어쩐다지. 신선놀음 좀 해보려고 했더니 그것도 복에 없는가 ……. 옳지, 그래. 기회 봐서 경숙에게 말해 보자. 그년이 이혼하겠다고 말한 건 순전히 홧김에 한 소릴 테니 2만 달러 보증은 네가 좀 서라고 해보자. 그러면 그년도 날 무슨 짐덩이처럼 생각하니까 솔깃해 할 거야. 그러나 만약 이쪽 사람 보증으로는 안 된다고 한다면? 그리고 경숙이도 싫다고 한다면? 그렇게 되면 별수 있나. 이 집에서 그냥 눌러 사는 수밖에.

그때 차임벨이 울렸다. 사위가 오는 모양이었다. 그녀는 얼른 속옷을 올리고 거울을 제자리에 걸었다.

"신문이요."

그제사 그녀는 사위는 요즘 늘 늦는다는 것을 상기했다.

5

"자네 사무실 부근이네. 퇴근할 때 다 되어 가지? 내 나그네 술집에서 기다리겠네."

전화가 끊겼다. 뜻밖에도 처외삼촌이었다. 소식도 없이 별안간 왜 올라왔을까. 아내와의 싸운 일로 혹시 장모가 편지라도 써 보낸 것일까? 그렇다면 어떤 해결책이라도 가지고 온 것일까?

그는 직원들이 다 퇴근한 뒤까지도 공연히 사무실을 서성대고 있었다. 선뜻 내려가기가 두려웠다. 어떤 해결책은커녕 시골 사람들 특유의 도덕관으로 장모 하나 그따위로 모시느냐고 추궁이라도 하게 되면? 그러면 어떻게 맞서야 하나. 그깟 장모 귀찮으니 데려가시오! 정신병원이든 양로원이든, 제발 좀 보내 버리라구요.

요즘 아내는 하루가 다르게 변해 가고 있다. 자리에 누워도 쉽게 잠들지 못했다. 어두운 천장을 멍청히 바라보며 알아들을 수 없는 말을 중얼거리는가 하면 느닷없이 일어나 창 밖을 내다보고 오래오래 서 있기도 했다. 그는 하숙비를 주는 한이 있어도 장모를 내보내야 한다고 생각했다. 그러나 그 낌새를 알았는지 장모는 그에게 퍽 친절해졌고 그는 그 친절 앞에 또 다른 반성을 하며 온전히 사람 구실도 못하는 사람, 내보내는 것도 죄악이야, 하고 마음을 다스려야 했다. 그래, 내보내는 것만이 최선은 아니야.

전화벨이 울렸다. 그는 깜짝 놀랐다. 빈 사무실에서 울리는 전화벨 소리는 어딘가 섬뜩한 여운이 있었다.

"여보세요."

"박서방인가!"

아차 싶어 그는 시계를 보았다. 7시였다.

"네, 곧 내려가겠습니다."

"열 시 차표를 사 놓아서 그러네. 곧 오겠나?"

"오 분 내로 가죠."

그는 수화기를 놓고 챙겨야 할 소지품도 없는데 두어 번 책상 서랍을 열어본 후에야 사무실을 나섰다.

처외삼촌은 소주와 빈대떡을 시켜 놓고 혼자 앉아 있었는데 2홉들이 병이 벌써 거의 비워져 있었다.

"서울엔 언제 오셨어요?"

그는 의자를 당겨 앉으며 물었다.

"아침에 내렸네. 해장하고 자네 집에 들어서니까 자넨 막 출근하고 없더군."

장모의 일로 온 게 틀림없다.

"그런데 왜 벌써 가시게요?"

"대구에 일이 좀 있어서 그러네." 처외삼촌이 그에게 잔을 건넸다. "자네 고생이 많으네. 내 이번에 올라온 건, 자네 장모 의지할 사람이라도 만들어 줄까 해서 왔던 거네."

"의지할 사람이라뇨?"

"괜찮은 상대가 있어서 중신하려고 했더니만 한마디로 싫다는구먼. 뭐 여행이나 함께 다니고 할 사람이면 또 모를까, 가서 손수 밥 해먹는 데라면 싫다나."

"……."

"자네 장모는 꿈을 꾸고 있어. 아직도 재일교포 같은 사람이나 바라고 있으니 ……."

"재일교포라구요?"

"몇 해 전에 대구에 땅을 사려고 온 재일교포가 있었네. 누님이 그 사람 안내역을 맡았지."

처외삼촌은 거기서 말을 끊어 버렸다. 안내역을 맡았다면 그 사람이 데리러 오겠다는 약속이라도 남겼단 말인가. 그는 심부름하는 소년에게 소주와 돼지갈비를 시켰다.

— 일본 사람들이 재일교포 앞세워서 우리 땅을 사들이고 있단다. 이건 어떤 현상일까?

지난 겨울 동창회에 나갔을 때 경상도 친구가 불쑥 그렇게 말했다.

— 야, 육삼세대 할 수 없구나. 일본이 뭘 어쩐다고 하면 신경부터 날카로워지니 말야.

— 안 그럴 수 있나, 그때 꿰맨 자리가 아직도 남아 있는데.

소년이 술병을 밀어 놓고 돼지갈비를 불 위에 올렸다.

"오늘 자네 처한테 그간의 얘길 다 들었네. 또 며칠 전에는 뺨까지 맞았다구……. 출가한 여식을 때리다니……."

그는 묵묵히 돼지갈비를 뒤집었다.

"누님은 또 그러시는 거야. 자기야말로 대접받아야 한다고. 이날 이때껏 혼자 힘으로 갖은 설움 다 당하며 살아왔는데 이젠 자식한테 나마 그 보답을 받아야 하지 않겠느냐고……."

그는 처외삼촌과 자기의 빈 잔에 술을 채웠다.

"참 답답한 양반이지, 딸자식 출가외인이라고 등 기대는 것만도 미안하고 그저 죄송스러운 노릇인데……."

그는 자신의 술잔을 손 안에 넣고 꼭 움켜잡았다. 말간 액체가 잔잔하게 흔들리고 있었다. 엊그제 아내는 원고지 뒷장에다 55 숫자부터 100까지 써 놓고 처음부터 차례로 그 숫자 밑에다 물음표를 달고 있었다. 그리고 60과 70 사이에서 몇 번이나 고개까지 갸웃했다.

— 대체 뭘 하는 거야?

아내는 대답하지 않았다. 그는 알고 있었다. 55란 숫자는 금년도 장모의 나이란 것과 아내는 과연 몇 살에 장모가 죽을 것인지 점치고 있다는 것을.

"정말 문젤세."

처외삼촌이 가만히 술잔을 집어 올리며 말했다.

"명색이 부모니 갖다 버릴 수도 없고……."

그는 술잔을 단숨에 비웠다. 차라리 고려장 시대라면 속 편하겠죠. 살아서 해만 끼치는 존재들을 싹 쓸어내 버려도 죄의식이 남지 않을 테니 말예요.

"경숙의 아버지에 대해서 알고 계신 거라도 있으세요?"

그가 말했다. 처외삼촌의 눈길이 탁자 위에서 헤매기 시작했다.

"나도 잘 모르겠지만 노름쟁이란 소린 들었네. 광주나 부산 등 주로 큰 도시로 원정을 다녔다던가."

"그럼 장모님과는 언제 헤어지셨나요?"

"이런 말을 해서 될는지 모르겠네만 우리는 전혀 만난 적도 본 적도 없다네."

처외삼촌이 그 말을 한 뒤 황급히 술잔을 비웠다. 그는 그 잔에 다시 술을 따랐다. 그럼 장모님은 결혼식도 안하셨단 말입니까. 그 시대에 집안식구도 몰래 남자와 아이를 낳고 살았다면 도대체 장모님의 출신성분은 어떻게 되는가요? 처외삼촌은 담배를 붙여 물고 깊은 한숨처럼 길게 연기를 내뿜었다.

"팔자가 센 탓도 있었겠지만 운도 지독하게 없는 사람일세. 애써 일궈 놓은 여인숙까지 공중에 뜨듯이 넘어갔으니…… . 이제라도 좋은 사람 만나 서로 다독거려 주고 살면 좋으련만…… ."

"상대가 어떤 사람인데요?"

그는 잔 속에 뜬 담뱃재를 건져 냈다.

"이번에 중신하려고 했던 사람? 과수원을 하고 있네."

"식구가 많은가 보죠?"

"아닐세. 국민학교 다니는 애가 하나 달렸다 뿐이지. 그밖에 일꾼들이야 노상 있는 것도 아니고…… ."

술병이 바닥이 났다. 그는 손을 들고 소년을 불렀다.

"그만 하세. 시간도 얼추 되었어."

처외삼촌은 작은 가방을 들고 몸을 일으켰다.

"정 성가시면 대구로 내려 보내게."

　그는 처외삼촌의 만류에도 불구하고 서울역까지 나갔다. 처외삼촌
을 개찰구로 내보내고 시계를 보니 9시 35분이었다. 그는 천천히 역
광장으로 나왔다. 많은 사람들이 쫓기듯 오갔다. 그는 지하도 근처
에 있는 빈 벤치에 앉아 담배를 꺼내 물었다.
　—구미 공단은 왜 생겼니?
　—마산 앞바다엔 간혹 붉은 입자가 뜬다더라. 그건 왜 그래?
　—울산도 심각하대.
　—영세산업 도입해서 뿌리는 게 공해뿐이라.
　—영국 테임즈 강을 살리는 데도 이백 년이 걸렸다던데.
　—소련 블라디보스톡 항구의 바닷물을 살리자면 자그만치 이천
년이나 걸린대.
　—그럼 일본의 그 이따이 병은 지금 어디로 가고 있니?
　—지난해 수은 중독 환자 말이야.
　—야, 그건 문제도 아냐. 글쎄 숭어까지 기형이 나온대.
　—야, 너희들 지금 우리가 어떤 시대에 살고 있는지 아니? 뭐니
뭐니 해도 기술제휴란 말이 붙어야 비로소 상품 구실을 한다는 것,
바야흐로 우리는 바로 그 지점에 있다는 걸 명심하시지.
　—야, 지금이라도 그 산업 싹 걷어치우면 어떨까.
　—경제는 어떡하구?
　—언젠 경제가 있었니? 순 적자 운영이지. 빚 얻어서 먹고 달러
얻어서 이자 주고…….
　—무슨 통계 자료에서 보니까 전인류의 팔십 퍼센트가 적자 인생
이래. 그러니 빚 얻어먹는다고 너무 부담감 가질 필요 없어.
　—당장 돈 갚으라고 한다면?
　—딱 잡아떼지 뭐.
　—어떻게.

— 못 갚겠다고.

— 야, 너 호메이니 수법 배웠구나.

— 우리 모두 경제 공부를 시작하는 게 어떨까. 우리 현실에 가장 적합한 경제란 과연 어떤 것인가……. 그 공부가 익었을 때 다시 토론하는 게 옳지 않겠어?

동창들 모임에는 언제나 그런 열기가 있었다. 때론 삼국시대 애기로 신라를 규탄하기도 하고 사대사상을 사대교린(事大交隣)으로 위신을 잡기도 하고 신화나 종교 이야기가 나오면 가지각색의 의견으로 싸우기도 웃기도 하면서 10수 년이나 지켜온 모임이었다. 그는 담배를 발로 비벼 껐다.

'숭어도 기형이 나온대.'

하던 말을 떠올릴 때 얼핏 장모를 연상했던 일이 생각났다. 그래, 장모는 외세 바람이 빚어낸 기형인이야. 그렇다면 그런 기형인은 언제쯤 이땅에서 사라져 줄까. 마치 강 어구에 형성된 사구(砂丘) 같이 그것의 소멸에는 쌓은 만큼의 시간이 필요한 것일까. 만약 그것도 아니라면 앞으로도 계속 오염 인간이 늘어날까.

그는 결국 "아직도 재일교포 같은 사람이나 바라고 있다"는 처외삼촌의 말에서 빙빙 돌며 자꾸만 시간을 죽이고 있었다.

음력 8월 6일. 경숙은 아침 6시 반쯤 부엌으로 나갔다. 어젯밤에 삶아논 팥을 섞어 찰밥을 안치고 미역국과 나물과 동태전도 부쳤다. 오늘 아침이 어머니 생일인 것이다. 어제 시장을 보면서 그녀는 자신에게 단단히 일렀다. 생일상을 차려 준 뒤 입을 열리라. 어머니는 이제 이 집에서 나가야 한다고. 당신이 안 나가면 내가 나가겠노라고.

음식 준비가 다 될 때까지 어머니는 얼굴도 내밀지 않았다. 8시쯤에 남편이 세수하러 나왔다. 그리고 남편이 이빨을 닦고 나올 때 차임벨이 울렸다. 이상하다. 이 아침에 누굴까. 경숙이 막 손을 훔치며 나가려 할 때 어머니가 오래 전에 깨어 있었던 듯 단정한 차림으로 뛰어나가 큰 문을 열어 주었다. 손님은 자주 오던 어머니의 친구들이었다. 아침부터 웬일일까. 경숙은 고개를 갸웃했고 어머니는 손님들을 이끌고 재빨리 방으로 들어갔다. 대체 아침들은 먹고 온 걸까.

"아직 멀었냐?"

어머니가 방에서 고개를 내밀고 물었다. 말투로 보아 그 손님들도 식사 전인가 보았다.

그녀는 잠시 망설이다가 남편을 불렀다.

"여보, 상 좀 들어다 주시겠어요?"

남편은 셔츠 단추를 꿰다 말고 상을 들어다 주었다. 상차림을 살펴본 어머니는 민망할 정도로 안색을 굳혔다.

"이게 생일상이냐?"

남편이 의아한 눈으로 경숙을 쳐다보았다. 경숙은 남편에게 오늘이 어머니의 생일이에요, 하고 말하듯이 고개를 끄덕인 후 어머니에게 변명을 했다.

"그만 잊었던 거예요. 그래서 손쉬운 것만 이렇게 준비했어요."

손님들이 어색하게 상에 둘러앉자 어머니는 정말 면목이 없다는 듯이 구차한 말을 늘어놓았다.

"차린 것은 없으면서 이렇게 오시라고 해서 죄송합니다. 어제 내가 집에 없었더니 그만……."

"별말씀을요. 이만해도 푸짐하죠."

손님들이 수저를 들며 말했다.

"내 생전에 이렇게 초라한 생일상은 처음이다."

경숙이 남편에게 막 수저를 집어 줄 때 어머니가 다시 말을 이었

다. 남편은 손을 멈칫하고 국그릇을 뚫어지게 내려다보았다. 경숙은
숨을 멈추었다. 다행히도 남편은 곧 밥을 뜨기 시작했고 경숙은 들리
지 않게 한숨을 내쉬었다.

"가서 술이나 사 와라. 소위 배웠다는 것들이 어른 생일상에 술
놓는 것도 모르냐."

남편이 말없이 일어나 술을 사러 나갔다.

"사위가 참 착하네."

나이 든 여자가 말했다.

"장모도 부모 맞잽이라잖아요."

어머니가 의기양양하게 대답했다.

"그래도 어디 그런가. 사위는 백년손님이라는데."

"난 늘 아들 같지 사위란 생각은 없어요."

"하긴 데릴사위라니까……."

데릴사위라구? 경숙은 재빨리 어머니를 쳐다보았다. 그러나 어머
니는 딴청을 피웠다.

남편은 맥주 열 병을 들여 주고 곧장 출근해 버렸다. 경숙은 남편
것과 자기가 먹던 그릇을 들고 나와 수도물을 틀었다.

"컵 좀 다고."

경숙은 잔 세 개를 갖다 준 후 곧장 자기 방으로 와 버렸다. 얼마
쯤 지났을까, 어머니가 소리 쳤다.

"경숙아, 술 떨어졌다. 더 사 오너라."

그래, 어차피 오늘이 마지막이다. 소주라도 원 없이 사다 주자.
경숙은 문을 열고 나가 타박타박 계단을 밟아내렸다. 중학교 3학년
때던가, 친목계에 간 어머니가 어떤 남자의 등에 업혀 돌아온 일이
있었다. 그때, 어머니는 저고리 앞섶이 풀어 헤쳐진 것도 고쟁이가
젖어 있는 것도 모를 만큼 고주망태가 되어 있었고 남자는 어머니를

내려놓으며 여자가 겁도 없이 이렇게 퍼마셨다고 투덜댔다. 그리고 땀을 닦아내며 밤중까지도 계속 인사불성이면 병원에 가 봐야 한다고, 역전 앞 어떤 여자는 소주 한 되를 마시고 죽었다는 이야기까지 덧붙인 후 돌아갔다. 그런데 어머니는 서너 시간 자고 일어나더니 베개를 끌어당겨 오줌을 누었고 요강을 타고 개운하게 용변을 마친 사람처럼 속옷까지 올리고 다시 자리에 누웠다. 그리고 한동안은 술을 마시지 않았다.

경숙은 가게에서 2홉들이 소주 열 병을 샀다. 배달을 부탁하고 돌아오기가 바쁘게 어머니가 물었다.

"술 사 왔냐?"

"네, 곧 배달해 올 거예요."

"그럼 안주도 더 좀 가져오너라. 나물이나 동태전이라도."

경숙이 안주 접시를 내올 때 가겟집 사람이 술을 들고 들어왔다.

"술 가져왔습니다."

가겟집 남자의 말에 어머니가 나왔다.

"아니, 웬 소주냐?"

"자꾸 가지 않게 아예 많이 사 온 거예요. 잡수시다 남으면 포도주 담글 때 쓰더라도."

경숙은 5천 원짜리 하나를 꺼내고 지갑을 털어보이며 대꾸했다.

"누구 잡으려고 소주냐? 게다가 맥주에 소주를 짬뽕하면 어떻게 되는지 알기나 해?"

경숙은 망연히 어머니를 쳐다보았다.

"이봐요, 젊은이, 이 술은 가져가고 맥주로 가져와요."

가겟집 남자가 경숙을 쳐다보았다.

"그러세요. 대신 한 상자를 갖다 주세요."

경숙은 어색하게 말하고 자기 방으로 돌아왔다.

술이 온 지 한 시간도 되지 않아 녹음기 소리, 떠들고 웃는 소리, 뭐라고 고함치는 소리가 집안 공기를 술렁술렁 흔들어 대더니 이젠 칼칼한 음성으로 합창하기 시작했다.

"이사야, 이사야, 야요이노 소라와 미와다쓰 가기리……."

합창에 손뼉이 어우러지더니 나중에는 굳세어라 금순아, 번지 없는 주막집, 댄서의 순정 등등 끊일 새 없이 이어지고 있었다.

"경숙아! 여기 안주 좀 다고!"

어머니가 꿱꿱 소리 질렀다. 경숙은 큰 스텐 양푼째 나물을 갖다 주었다. 어머니는 키가 작은 손님과 손을 맞잡고 양춤을 추고 있었고 나이 든 여자는 치마를 허벅지 위로 걷어 올리고 벽에 기대앉아 손뼉을 짝짝 치며 장단을 맞추었다. 어머니는 조금씩 비틀거리면서도 익숙하게 남자 스텝을 밟았다.

"경숙아, 너도 한판 출래?"

경숙은 못 들은 척하고 소파로 나와 앉았다. 그리고 맥주를 한 상자씩이나 들이게 한 무모함을 후회하기 시작했다. 어머니는 잠시 주저앉아 맥주를 들이켜더니 다시금 트로트에서 맘보, 차차차로 바꾸어 갔고 급기야는 방바닥을 쿵쿵 굴리기 시작했다. 디스코나 뭐 그런 것들을 추는가 보았다. 경숙은 심하게 손톱을 뜯다가 제 방으로 돌아와 문을 밀어 닫았다.

그는 차임벨을 누르고 손에 들린 케이크 상자를 내려다보았다. 작은 것이긴 하지만 포장은 그럴싸하게 되어 있었다. 그는 장모가 뜻하지 않던 말로 자기를 궁지로 몰까봐 문득 두려워졌다. 다시 말해서 돈 없는데 뭣하러 그런 걸 사 왔느냐고 한다면 그는 배반감을 느낄 것이다. 처음 양과자집에 들어갔을 때 그는 케이크 위에 놓인 버찌 모양의 빨간 젤리를 보고 생각했었다. 그 속에 적당한 양의 사이나를

배합하면 어린이용 구충제처럼 맛이 괜찮을까, 하고. 그러나 그는
곧 그 생각을 버렸다. 사이나가 식중독으로 판명되기엔 그 성분이 너
무 독특할 것이다.

문이 열렸다. 아내는 금방이라도 울음을 터뜨릴 것 같은 얼굴로
그를 맞았다.

"이거 장모님 드려."

그는 케이크 상자를 내밀며 신발을 벗었고 아내는 그것을 받아 거
실 탁자 위에 올려놓았다.

"저녁은 안 드셨겠군요. 어떡하죠? 준비를 하지 않았는데 ……."

"괜찮아."

아내는 잠깐 망설이더니 먼저 방 안으로 들어가 버렸다. 장모는
외출중인지 불이 꺼져 있었다. 그는 소파에 걸터앉았다.

그는 집안 분위기가 몹시 탁하다는 생각을 하며 담배를 붙여 물었
다. 그리고 막 한모금을 내뿜을 때 장모의 방에서 코 고는 소리가 들
려왔다. 그는 장모의 기척이 몹시 낭패스러워서 까닭 없이 장모가 언
제부터 잠들었느냐고 아내에게 물을 뻔했다. 그는 담배를 꺼 버리고
케이크 상자를 들었다. 그는 방에 들어가기 전에 잠깐 망설였다. 장
모가 눈을 뜨면 뭐라고 말하나? 생일축하합니다? 아니면 생일 케이
크가 늦었습니다 ……. 그래, 뒤엣말이 좋겠어.

방은 캄캄했고 장모는 왼편 구석에 누워 있었다. 그는 전기 스위
치를 올렸다. 방 안은 파장한 술집같이 난장판이었다. 헤아릴 수 없
이 수많은 빈 술병들이 여기저기 나뒹굴어져 있었고 한쪽 구석에 밀
어 놓은 밥상엔 빈 접시와 깨어진 컵, 젓가락 등이 어지럽게 흩어져
있었다. 그는 장모를 보았다. 원피스 자락이 복부까지 치켜져 있었
고 아래 속옷은 깡그리 벗겨져 심하게 능욕당한 뒤처럼 허벅지 밑에
깔려 있었다. 술을 먹었으니 더웠던 게지. 그는 장모의 둔부를 뚫어

지게 응시했다. 희끗희끗한 거웃은 불모지(不毛地)의 퍼석한 박토처럼 탈색되어 있었다. 그는 갑자기 발바닥이 근질근질해지는 걸 느꼈다. 목을 밟아 버리기만 한다면……. 그는 갈급하게 발바닥을 비벼 댔다. 그러다가 불현듯 발가락으로 선풍기의 강풍(强風) 버튼을 누르고 그는 재빨리 돌아섰다. 손바닥에 끈끈한 땀이 흘렀다. 그는 소파에 털썩 주저앉으면서 장모에 대한 아내의 증오는 일종의 애정인지도 모른다는 생각이 얼핏 스쳐 갔다.

6

그는 퍼뜩 눈을 떴다. 온몸이 땀으로 흠씬 젖어 있었다. 꿈을 꾸었던 것이다. 진흙 늪에 빠져 매몰당하지 않으려고 발버둥을 치다가 잠이 깼다. 그는 옆자리를 돌아보았다. 아내 자리가 비어 있었다.

열흘 전 아내가 도장을 챙겨 놓으며 이혼하러 가자고 말했을 때 그는 예측했던 것보다 아내의 병증세가 깊구나, 하는 생각을 했다.

― 난 한국을 떠날 거예요. 마침 아프리카 가봉에 있는 한국 대사관에서 불어 통역관을 필요로 한대니까…….

― 그래서?

― 영원히 돌아오지 않을 거예요. 당신에겐 미안하지만 어쩔 수 없어요.

― 그게 최상의 방법이라고 생각하나?

― 죽는 것보단 낫죠. 이런 식으로 계속 어머니와 살다간 난 말라 죽고 말 거예요.

—내가 보기엔 당신은 죽을 만큼 어머니에 대해서 고민해 본 적이 없는 것 같은데.

—무슨 말씀을 하시는 거죠? 난 견딜 수가 없어요. 당신에게까지 짐을 씌우는, 이런 생활은 더 이상…….

—나 때문이 아냐. 당신이 떠나고 싶은 이유는 오직 당신 자신의 문제야.

—그래요. 제 자신의 문제예요.

—그래, 겨우 생각해 낸 것이 도피란 말이지?

—솔직히 말하자면 난 어서 달아나고 싶을 뿐이에요.

결국 한통속이군. 그는 생각했다. 장모가 일본에 대한 향수를 그대로 표출하고 있는 거나, 아내가 외국 바람을 타고 도피하려는 거나 따지고 보면 그게 그거다. 그는 그 순간 순순히 이혼에 응해 줄까도 생각했다. 그러나 그건 그가 할 수 있는 최선의 도리는 아니었다. 우선 아내를 잡아야 한다. 아직도 희망이란 게 조금이라도 남아 있다면 그는 그것을 찾아봐야 할 것이다.

—며칠간 여유를 두고 생각해 보겠어.

그리고 그는 닷새 전에 비행기표 한 장을 사들고 와서 큰소리로 말했다.

—형님과 형수가 제주도 여행을 가려고 비행기 예약을 해 두었다는 거야. 그런데 갑자기 형님께서 못 갈 일이 생겼대. 그래, 형수가 전활 했더군. 당신이라도 형님 대신 갔으면 좋겠다구 말야.

그러자 욕실에서 머리염색을 하던 장모가 고개를 내밀고 끼어 들었다.

—제주도? 거긴 내가 가면 안 되냐?

아내는 장모의 말을 귓전으로 흘리며 그의 눈을 주시했다.

—하여간에 갔다 와. 갔다 온 뒤에 그 문제는 얘기하자구.

그는 그렇게 아내를 설득시켜 제주도로 보내는 데 성공했다.

그러나 어제 오전 공항에 나갔을 때 아내는 분명 누군가를 찾고 있었다. 그는 모른 척하고 출구로 데리고 나가 표를 내밀었다.

— 당신 형수는?

— 잘 다녀와.

아내는 뒷사람에 밀려 안으로 들어가면서도 연신 뒤를 돌아보며 뭔가 묻고 싶어 조바심을 내고 있었으나, 그는 그만 등을 돌리고 말았다.

그는 담배연기를 폐 속 깊이 들이삼켰다가 후욱 불어 냈다. 그때 거실을 가로질러 베란다로 나가는 장모의 활발한 발자국 소리가 들려왔다. 아내가 없고부터 장모는 생기를 되찾은 사람처럼 갑자기 홑이불을 뜯어 내고 소파를 털어 내며 수선을 피웠다. 그는 잠깐 동안 이 집에서 아내나 자기는 치워진 가구 꼴이 되었다는 느낌을 받았다. 장모는 베란다에서 빨래를 툭툭 털며 그것을 빨래줄에 너는 듯하더니 곧 부엌으로 들어갔고 잠시 후엔 현관 큰 문을 열고 나가는 소리가 들렸다. 그는 천천히 몸을 일으켜 달력을 보았다. 10월 16일 토요일이었다.

오늘은 낮부터 텔레비전 방영이 있을 것이다. 게다가 2시 반부터는 화랑팀의 축구 경기가 중계된다. 그는 커튼 자락을 들치고 아래를 내려다보았다. 장모가 막 아파트 건물을 빠져 나와 시장 주머니를 흔들며 보도블럭으로 내려섰다.

돌아오는 시간까지 못 잡아도 20분은 더 걸리겠지. 그는 커튼자락을 놓고 시계를 보았다. 6시 50분이었다. 10분쯤이면 끝낼 수 있을 거야. 그는 책상 서랍을 열었다. 면도날과 어제 저녁에 사다 둔 플러그는 가계부 밑에 있었다.

그는 그것을 꺼내 들고 신발장 아래에 있는 연장통에서 나사돌리

개를 찾아낸 다음 장모 방으로 들어갔다. 그는 플러그를 빼내어 면도
날로 꼭지만 잘라낸 후 전선의 껍질을 5센티쯤 깎아냈다. 두 가닥의
전선은 깎인 만큼의 길이로 가느다란 구리선들이 노출되었다. 그는
그것을 무릎 위에 놓고 새로 산 플러그를 나사돌리개로 열었다. 나란
히 돌출된 수나사 두 개에 각 선의 끝부분을 7밀리쯤 나오게 처리한
후 단단히 조여 감았다. 그리고 뚜껑을 닫고 플러그를 살펴보았다.
자디잔 구리선들이 약 2밀리쯤 양옆으로 노출되어 있었다.

그는 다시 한번 확인할 양으로 손 안에 넣고 쥐어 보았다. 침같이
따끔한 것들이 살갗에 닿았다. 이만하면 충분했다. 전류는 닿기만
하면 되니까. 그는 그대로 잠깐 생각했다. 이로써 심하게 오염된 한
기형인간의 생애는 끝이 날 것이다. 따라서 아내는 더 이상 피해망상
증에 쫓기지 않아도 된다. 그는 축축한 이마를 쓸어 내고 플러그를
녹음기 뒤에 걸쳐 놓은 뒤 나사돌리개, 면도날, 떨어져 나온 플러그
등을 말끔히 챙겨 들고 서둘러 나왔다.

그는 부엌으로 가서 냉장고 플러그를 빼고 다시 자기네들 방을 돌
아보면서 혹시 플러그가 꽂혀 있는 전기 제품은 없나 확인한 다음,
잠바 안주머니를 뒤져 어제 구입한 특수 고무장갑을 끼고 테이프도
챙겨 넣었다. 그리고 현관 쪽으로 나가 연장통에서 뻰찌를 찾아든 다
음 트랜스 연결선을 살펴보았다. 그것은 붉은 색 고무막에 싸여 있었
다. 그는 그것을 잘랐다. 이제 본선과 잇기만 하면 벽과 벽 사이로
흐르는 전압은 2백 2십 볼트가 될 것이다.

그는 뻰찌를 바지주머니에 넣고 구부려 놓은 양쪽 선을 고리처럼
걸었다. 불이 튀어 두어 번 엇나갔지만 곧 걸렸다. 그는 재빨리 그
위에 테이프를 감고 뻰찌를 연장통 속에 던져 넣었다. 땀이 비 오듯
온몸을 적셨고 고무장갑 속에서 질퍽거렸다.

그때 2층 계단쯤에서 계단을 밟아 오는 발자국 소리가 쿵쿵 울려

왔다. 그는 날렵하게 물건들을 연장통에 넣고 자기네 방으로 돌아왔
다. 그가 고무장갑을 벗어 잠바주머니에 넣고 흠씬 젖은 속옷 위에
막 윗도리를 걸쳐입을 때 현관문이 열렸다가 쾅 소리를 내며 닫혔다.
장모는 늘 그런 식으로 문을 닫았음에도 불구하고 그는 깜짝 놀랐다.
그는 되도록 천천히 셔츠 단추를 잠근 다음 잠바를 걸쳤다. 그리고
책상 위에 올려 놓은 열쇠꾸러미를 집어 주머니에 넣고 시계를 보았
다. 7시 25분이었다. 생각보다 시간이 많이 소요되었다.

　다른 날보다 일찍 출근한 그는 직원들이 올 때까지 계속 사무실을
서성댔다. 그러다가 여직원의 하이힐 소리가 들려 올 때 그는 사무실
을 가로질러 자기 책상으로 가 앉았다.

　"어머나, 편집장님, 일찍 출근하셨네요."

　그는 대답 대신 조금 웃어 보이고 편집해 둔 표지와 사진식자 필름
을 끌어당겼다. 여직원이 사무실 가운데쯤에서 주춤 멈추더니 무언
가를 집어 올렸다.

　"아니, 여기 웬 고무장갑이 …….."

　잠바주머니에 넣어 두었던 고무장갑 한짝이 떨어졌던 모양이었다.
그는 모른 척하려다 생각을 고쳐먹었다.

　"이리 주시오."

　"편집장님 거예요?"

　"우리 집 전기가 말썽이라 오늘 아침에 샀어요. 토요일이니 일찍
들어가서 손을 좀 보려고."

　그는 장갑을 받아 주머니에 찔러 넣으면서 썩 그럴듯한 알리바이
라고 생각했다. 그는 고개를 들어 창을 보았다. 유리면으로 비집고
드는 햇살에서 파룻파룻한 빛이 튀겼다. 집에서 트랜스 본선을 이을
때는 그보다 더 푸른 불이 튀겼다. 테이프는 잘 감겼을까…….. 합선
이나 누전이 되어 벽 속의 전선이 타 버리는 건 아닐까……. 그는

벌떡 일어나 화장실로 갔다. 갑자기 용변이 보고 싶어졌다.

화장실에서 나와 하릴없이 복도를 서성거렸다. 미스터 한이 화장실에 가려고 사무실문을 열고 나왔다. 그는 재빨리 등을 돌렸다. 그리고 지하실 다방을 향해 계단을 내려갔다.

"커피 드릴까요?"

"응, 그래."

그는 건성으로 대답하고 담배를 꺼내 물었다. 시계를 보았다. 11시였다. 방영시간이 되려면 아직도 한 시간쯤 더 남아 있다. 그때 찻집 아가씨가 커피를 갖다 놓았으나 그는 전혀 거들떠보지도 않았다.

어쩌면 이 시간에도 플러그를 꽂았을지 모른다. 장모는 곧잘 미국방송도 보니까. 그래, 집은 비었고 할 일도 없으니까 텔레비전이나 녹음기를 틀 것이다. 먼저 녹음기를 틀었을까? 참, 왜 그 생각을 못했을까. 녹음기 플러그도 손을 봐 놓았어야 하는데……. 그는 새 담배를 꺼내 연달아 물었다. 아니야, 요즘 들어 장모는 늘 텔레비전만 봤어. 그래, 텔레비전 플러그를 잡았을 거야. 플러그에서 뭔가 이상한 점을 발견할까? 그럴 리가 없지. 꼭 같은 놈을 구해다 달았으니까. 플러그를 잡고 막 콘센트에 꽂는 순간 장모는…….

그때 뭔가 깨지는 소리가 날카롭게 들려 왔고 그는 소스라치게 놀라 벌떡 몸을 일으켰다. 다방 아가씨가 부주의로 엽차잔을 떨어뜨린 것이었다. 그는 갑자기 초조해져서 서둘러 나와 버렸다.

"편집장님 퇴근 안하세요?"

미스터 백이 책상정리를 하며 물었다. 12시 반이었다.

"해야죠."

직원들이 하나둘 일어났다.

"오늘 일본하고 결승전이죠?"

미스터 한이 물었다.

"그래요. 어서들 가서 중계를 봐야죠. 화랑팀 승리는 보나마나 뻔하지만."

미스터 백이 너털웃음을 터뜨리며 사무실을 나갔다. 그도 천천히 퇴근준비를 했다.

아파트 단지 앞에 내려 시계를 보니 2시 10분 전이었다. 그는 곧장 장의사집으로 갔다. 검은 근조등(謹弔燈)이 보이는 10미터쯤 떨어진 지점에서 그는 발을 멈추고 등 아랫부분에 쓰여 있는 전화번호를 암기했다. 그리고 등을 돌려 단지로 들어갔다. 병원은 상가 건물 3층에 있었다. 선팅을 한 유리창엔 병원이란 것만 명기되어 있을 뿐 전화번호는 없었다. 일단 집에 가서 확인한 후 다시 와도 그다지 먼 거리는 아니었다. 그는 집 쪽으로 걷기 시작했다. 오늘 오후는 무척 바쁘거나 전혀 바쁘지 않을 수도 있다. 아내는 내일 저녁에나 돌아올 것이다.

그는 고개를 들어 아파트 측면을 올려다보았다. 44동, 네번째 현관으로 들어서면 4층 7호가 자기 집이다. 그는 텔레비전 방영이 있기도 전에 장모가 외출했을 경우를 생각해 보았다. 그럴 리가 없을 것이다. 열쇠가 없을 테니까. 그러면 녹음기를 먼저 켰거나, 냉장고가 가동되지 않아 관리실에 의뢰했을 경우는? 혹시 일하다 말고 고무장갑을 낀 손으로 플러그를 만졌을 경우에는? 그는 재빨리 고개를 저었다. 50프로의 가능성이라 해도 확률은 매우 높다. 게다가 장모는 방영시간을 정확히 알고 있고 특별한 일이 없는 한 일찌감치 미군 방송을 틀었을 것이다. 그렇다면 장모의 몸은 어떻게 되어 있을까? 손이 콘센트에 붙은 채 두 눈을 부릅뜨고 새까만 숯덩이가 되어 있을까? 그럼 시체를 확인한 후 맨 먼저 전선을 트랜스로 연결해 놓아야 한다. 그리고 곧장 병원에 연락해서 사망진단서를 얻고 장의사를 부른다……. 그는 호흡을 조절하고 천천히 계단을 올랐다. 2층과 3층

문 앞엔 만두집 명함과 세탁소, 가을옷 정리 따위의 광고 용지가 떨어져 있었다.

　4백 7호. 그는 숨결을 가다듬고 차임벨을 눌렀다. 당연하게도 소리가 나지 않았다. 그는 주머니의 열쇠를 확인한 다음 주먹으로 두 번 문을 두드렸다. 기척이 없었다. 다시 세 번을 두들기고 나서 곧 열쇠를 꺼내 들었다. 막 열쇠를 끼워 넣으려는 순간 안에서 문이 열렸다.

　"자넨가?"

　그는 굳은 듯 그 자리에 딱 멈춰 섰다. 장모는 곧 몸을 되돌리며 다음과 같이 말했다.

　"오전부터 정전이라네. 관리사무실에서 방송해 주더군. 전기공사로 인해 오후 다섯 시나 되어야 전기가 들어오게 된다고."

　그리고 장모는 욕실로 들어갔고 뒤이어 변기물 내리는 소리가 들려 왔다.

내가 낚은 금고기

아내가 교자상을 닦기 시작했다. 손님을 청해야 한다고 서두른 건 아내였다. 나는 마른 행주질을 하는 아내의 손길을 눈으로 좇으며 귀국한 지 3일밖에 안 된다는 것과 그 명목만으로 손님을 청하기엔 좀 성급했다는 생각을 했다. 손님은 여덟 명쯤 될 것이다. 내가 떠나 있었던 1년 동안의 괴리감보다 서로의 변화에 더 마음을 써야 하리란 것 때문에 나는 미리부터 긴장되어 있었다. 행주질을 끝냈는지 아내는 빨간 홈드레스 자락을 끌며 부엌으로 나갔다.

엊그제 공항에 도착했을 땐 하마터면 아내를 모른 척할 뻔했다. 아내가 힘찬 목소리로 "여보!" 하고 소리쳤지만 나는 멍청히 서서 잘못 내린 건 아닌가, 다시 비행기를 타고 한 노선 더 가든가, 또는 바로 전 공항에 내렸어야 제대로 닿는 건 아니었나 싶을 만큼 난처했다. 그처럼 아내가 낯설어 보인 까닭은 갑자기 달라진 모습 때문만은 아니었다. 물론 고불고불 지져 붙인 파마 머리라든가 이상하리만큼 어깨를 높다랗게 살린 모직 코트나 굽 높은 신발 따위가 아내에게 익숙했던 차림새는 아니었다. 장모가 다가와 내 손을 잡는 순간 나는 그것을 깨달았다. 그래, 나는 그 낯선 분위기에서 달아나고 싶었던 것이다.

— 자네 아버님도 나오셨다네.

장모가 일깨워 주었다. 뒤에서 머뭇거리던 아버지가 그제야 몸을 내밀고 내 가까이로 왔다. 외출 때나 꺼내 입던 낡은 세루 두루마기 차림인 아버지는 손조차 잡아 볼 경황이 없었던지 "인석아, 그래 얼마나 고생을……"해 놓고는 서둘러 눈시울을 닦았다. 아버지를 본 순간 나는 제대로 오긴 왔다는 생각을 했고, 곧 어색하게 웃으며 "집으로 가야죠"하고 말했다. 그리고 막 출구로 나설 때였다. 퍼런 모자를 쓴 한무리의 사나이들이 옆통로로 들어오고 있었다. 새로 모집되어 출국하는 부두 노무자들이었다. 나는 불현듯 사우디 합숙소의 변소 휴지통에 처넣어 버린 내 모자를 떠올렸고 금방이라도 그 모자가 튀어나와 내 머리에 푹 씌워질 것만 같아, 나는 나도 모르게 아버지의 팔을 바싹 잡아당기며, "어서 가요, 아버지"하고 아이처럼 재촉했다.

손님들이 모여들기 시작했다. 장모는 아침부터 와서 아내를 도와 음식준비를 했고 아우네는 30분 전에, 그리고 막내누님 내외가 도착했다.

"정말 이러기야? 도착하는 날도 알리지 않고."

자형과 악수를 나누고 있을 때 누님이 수선스럽게 말했다. 누님에게도 변함은 없었다. 그런데도 나는 먼저 누님이 부탁했던 컬러 텔레비전을 떠올리고 슬그머니 눈길을 돌렸다.

다음에 온 사람은 처남이었다.

"자형, 잘 다녀오셨습니까?"

젊은이답게 인사말까지 시원했음에도 불구하고 내가 맨 먼저 생각한 것은 아내의 편지였다. "동생은 몽블랑 만년필을 갖고 싶어해요. 얼마 안 있어 대학도 졸업하니까 졸업선물 삼아……." 아내는 두 번이나 그런 내용의 편지를 보냈었다. 어째서 나는 대학가의 소요 소식이 있을 때마다 처남을 염려했던 사실은 생각지도 않고 만년필부터 연상하는 것일까. 변한 것은 이들이 아니라 내 자신이며, 그것을 알고 있음으로 해서 스스로 긴장이라는 겉치장을 했던 건 아닐까. 아내의 두번째 편지에는 이런 설명도 곁들여 있었다. "만약 몽블랑이라 해서 모르면 마운트 블랑이라고 하래요. 그게 독일어로 하얀 산이라는 뜻이래요." 아내 역시 나와 같은 중학 학벌임에도 불구하고 그 편지에서는 처남처럼 유식하다는 인상을 받았다.

"고생이 많으셨지요."

마지막으로 온 손님은 사돈 내외였다. 그와 때를 같이 해서 아내는 날렵하게 수저와 음식을 갖다 날랐다. 우리가 손님을 청해 보기는 사실 이번이 처음이었다. 얼마나 음식을 만들고 싶었으면 내가 오자마자 이렇듯 서둘렀을까 안쓰럽긴 했지만 어제부터 사들인 갈비며, 불고기감, 제육 등을 보았을 땐 그만 꽉 막힌 하수구를 대했을 때처럼 마음이 불편해졌다. 아우를 장가들일 때도 이런 잔치를 열지 못했었다. 식장에서 결혼식이 끝나자마자 전철을 태워 인천으로 신혼여행을 보낸 뒤 남은 축의금으로 전세방 잔금을 치르기도 바빴었다.

"그새 많이도 장만했네."

음식이 모두 오르자 누님은 상 위를 휘둘러보았고, 손님들은 서둘러 수저를 들었다. 시간도 알맞은 점심 때였다. 나는 수저를 들기 앞서 아버지를 찾아 보았다. 땅이 얼기 전에 김치독부터 묻어두어야 한다면서 아침부터 주인집 장독대 옆을 파대더니 누님이 오기 바로 직

전에 바닥에 깔 볏짚을 구하러 나간 뒤 여태 돌아오지 않았다.

"차린 건 없지만 많이들 드세요."

아내가 말했다. 문지방에 서서 상 위를 훑어보는 아내의 표정은 그런대로 만족한 그것이었다.

"갈비찜이 참 연하네요."

계수가 아이의 입에 부지런히 고기 살점을 뜯어 물리며 말했다.

"이 집도 압력밥솥이 있나."

누님이 물었다.

"압력밥솥에 갈비도 찌나요?"

"아, 그럼. 얼마나 부드럽고 연한지 모른데. 정부미로 밥을 해도 햅쌀처럼 기름기가 돈다나. 그 중에서도 좋은 건 프랑스제와 서독제 라더라."

"프랑스제와 서독제라구요?"

"그렇다니까. 중동에서 흘러들어온 건 값도 싸고……."

"당신, 외제 너무 밝혀."

자형이 누님 말을 가로막았다.

"그만큼 물건이 좋고 믿을 만하니까 그렇죠."

기중기 기술자였던 강씨의 깡마른 얼굴이 음식그릇 사이로 떠돌며 킬킬 웃고 있는 것만 같았다.

— 내 마지막 모습은 아마 이렇게 될 거요. 오일 저수지에 낚싯대를 드리운 채 숨을 꼴깍 거두는 거……. 운 좋으면 금고기를 불러낼 수도 있겠지. 나도 용궁이란 델 가 보고 싶구나, 금고기야. 빌어먹을! 그런 순간조차 없으리란 걸 알고 있단 말이오. 언젠가는 나 역시 그 늙은 영감태기처럼 금고기야, 한 번만 한 번만 더—— 하고 애걸복걸하면서 죽어 가겠지.

중동서만도 7년째라는 강씨의 말이었다. 20년 가까이 크레인을 몰면서 엄청난 달러를 벌었다는 그는 일이 없을 때는 언제나 음료수 집에 눌러앉아 도수 없는 중동의 맥주를 마셔댔다. 우리가 그를 만난 것도 그 음료수 집에서였다. 콜라를 주문하고 막 의자를 당겨앉을 때 창가에 있던 그가 야릇한 웃음을 물고 우리 자리로 온 것이었다.

— 당신들도 금고기를 낚으러 오셨구먼.

양해도 얻지 않고 박군 옆자리에 털썩 주저앉으며 그가 내뱉은 첫 말이었다.

— 금고기라뇨?

박군이 불청객에게 반문했다.

— 그렇지 않던가, 젊은이. 부귀영화를 약속하는 금고기 ……. 하지만 경계해야 되네. 자칫 방심하면 그놈은 준 걸 모두 되앗아 가거든.

그리고 그는 덧붙였다. 남는 것은 애초의 그것뿐이라고, 쓰러져가는 오두막과 깨어진 쪽박. 그러나 그건 이미 풍족함을 맛보기 전과는 완전히 다른 의미의 파멸이라고. 그것이 두려워서 자신은 죽으나 사나 낚싯대를 드리우고 있다고. 그때쯤 그를 찾는 전화가 걸려왔다.

— 허, 또 낚시할 시간이라 이거요. 자, 그럼 뒤에들 오시오.

그뒤에도 그를 몇 차례 보았지만 그는 우리 자리로 오기는커녕 아는 체도 하지 않았다. 우리도 그의 존재를 잊어갔다. 그런 어느 날이었다. 그는 평소의 버릇대로 캔맥주를 들고 우리 자리로 왔다. 눈이 사뭇 거슴츠레한 것이 도수 없는 맥주 탓만은 아닌 듯했다.

— 오늘은 내 마누라 자랑 좀 해야겠소. 예전엔 쑥빵이나 개떡으로 아이들 간식을 만들어 주던 아내였소. 그런데 지금은 식빵까지 뉴욕 제과점에서 배달해 먹는다오. 어디 그뿐인 줄 아쇼? 신발과 옷은 명동에서, 홈세트나 가전제품은 독일제, 화장품은 프랑스제 …….

하하하, 머잖아 우리 집 그 여우는 서방까지 쩨로 놀자고 덤빌 것이
오.

그는 맥주 깡통을 심하게 흔들었다. 비쩍 마른 그의 얼굴에는 억
제하다 놓쳐 버린 한조각의 자조가 번들거리고 드러났다.

— 크레인 본봉은 얼마나 되오?

노름쟁이 최씨가 물었다.

— 천 불 정도요.

— 햐, 많구마.

전라도 화순에서 채탄을 하다 온 문씨가 감탄했다.

— 바로 그게 날 중독시켰소. 아편보다 지독하게.

— 그렇다 해도 당신처럼 천 불짜리나 되어 보았으면 좋겠구먼.

최씨가 입맛까지 쩝쩝 다시며 말했다.

— 나, 외국물 먹은 게 십수 년째요. 일구 쌍육 년도에 RMK 회사
와 기술계약을 맺고 처음 월남으로 뛸 무렵, 그땐 꿈이라나 포부라나
그런 것도 있었소. 잔디가 깔린 내 집, 그 위에서 뛰노는 자식놈들,
늘 고향 냄새가 나는 어진 마누라……. 오직 그 생각만으로 쉴 날
없이 오버타임까지 했소. 잔업수당만으로도 꽁까이 하나쯤 넉넉히
데리고 살 수도 있었지만 난 행여라도 내 포부에 구멍이 생길까봐 그
짓도 못했다오. 팔 년간……, 그래요, 팔 년 만에 계약을 끝내고 가
족 품으로 돌아갔는데…….

— 그런데?

함씨가 의치를 맞출 때처럼 이빨을 딱딱거리며 되물었다.

— 가족들은 전혀 다른 사람들로 변해 있었소. 한데 그게 문제가
아니었소. 석 달도 지나지 않아 그들이, 내 살과 같던 그들이 날 못
견뎌했단 말이오. 그제서야 난 깨달았소. 그들에게서의 내 존재란
달러박스, 그 이상도 이하도 아니란 것을.

— 그래서 또 쫓겨왔단 말이지?

함씨가 벌컥 언성을 높였다.

— 노인장, 문제는 말이오, 나 역시 그들에게 길들여져서 자꾸만 길들여져서…….

그는 무서운 손힘으로 깡통을 왕창 찌그러뜨리더니 결국은 금고기의 노예로 죽고 말 자신의 종말을 과장되게 늘어놓았던 것이다. 그것이 그와의 마지막 대면이었다. 열흘쯤 후 그가 정말로 죽어 버린 것이다. 우리 합숙소에 전해진 소식에 의하면 그는 밥을 으깨어 누룩을 빚든가, 영양제인 원기소에 물을 희석해서 적당한 온도로 발효시켜 주정(酒精)을 만드는 숨은 재주가 있었는데 그것이 발각되어 한 달간 근무정지 처분을 당했고, 그뒤 매일같이 바닷가에 나가 낚시질로 소일하다가 원인 모를 익사를 했다는 것이었다.

— 낚싯대는 그 자리에 있었대. 한데 시체는 못 찾았다는 거야.

그 말을 듣자 최씨가 광땡을 잡았을 때처럼 무릎까지 탁 치며,

— 그렇다면 금고기의 등을 타고 용궁으로 간 거야!

했고 우리는 약속이라도 한 듯이 모두들 입을 다물어 버렸다.

하나둘 수저를 놓았다. 아내가 술을 들여왔다. 바깥사돈이 내게 술잔을 내밀었다.

"떠나실 때 공항에 못 나가 본 사과 잔입니다."

가스폭발 사고로 아파트 경비직에서 밀려났을 때 맨 먼저 생각난 것이 중동 바람이었다. 그래 나도 해외돈 좀 벌어 보자. 특별한 기술은 없다 해도 한 몇 년 고생하면 조그만 아파트 하나는 장만할 수 있겠지. 마침 '부두 하역부 모집' 광고가 나돌 때였다. 나는 이력서를 들고 해외파견부로 찾아갔다. 본봉이 3백 불 미만이란 걸 알았을 때 나는 그만 미련없이 등을 돌리고 싶었다. 나는 관광하기 위해 사막까지 가는 게 아니다. 공사판에 데모도로 굴러도 일당 7천 원은 버는데

……. 내가 슬그머니 돌아서 나올 때 이동서기(移動書記)가 내 어깨를 툭툭 쳤다.

— 본봉은 아무것도 아니오. 잔업수당이 큰 거지.

그는 복잡한 서류 따위를 대필해 주고 수고비를 받는 사람이었다.

— 잔업수당요?

— 일테면 오버타임 계산인데 그건 시간당 두 배요.

그는 더 자세히 설명했다. 즉, 부두일이라는 게 매일 있는 것도 아니어서 한 달에 열흘꼴은 작업이 없다는 것, 그러다가 배가 한꺼번에 들이닥치면 밤늦게까지 오버타임을 해야 하는데 그때 수당이 왕창 오른다는 얘기였다.

— 그러니까 총 월수입이 사오십은 넘는다는 거외다.

그 정도라면 국내 어디를 빌붙어 본들 내가 받아 볼 수 없는 월수입이다. 망설일 필요가 없었다. 이력서를 제출하고 두 시간 후엔 면접 겸 신체검사까지 받았다. 종아리가 톡톡하고 손마디가 굵다는 것만으로도 나는 쉽게 합격할 수가 있었다. 만사형통이라 싶었다. 때문에 기한 내의 귀국시엔 비행기 삯을 되물어야 한다든가, 여러 가지 까다로운 계약조항에도 군말없이 지장을 찍었다. 출국은 한 달 뒤라고 했다. 그 소식을 안고 집으로 돌아왔을 때 아내는 당장 팔자라도 고친 듯 기뻐했고, 아버지는 얼굴에 그물 같은 주름을 접고 "니가 어떻게 그 먼 데까지 고생하러 가겠단 말이냐"하고 푹 한숨까지 내쉬었다.

출국하기 전 한 달 동안 나는 매일같이 내가 벌어들일 돈 액수와 최저선의 생활비를 감산하면서 1년, 또는 2년 후의 저축액을 계산했다. 그래, 3년만, 딱 3년만 고생하자. 그럼 집 한 칸은 장만되겠지
…….

나와 함께 떠나게 된 하역부는 모두 열 둘이었다. 출국날 인원 확

인차 나온 인사계장이 퍼런 모자를 나누어 줄 때만 해도 사실 우리는
당당한 근로자의 자존심으로 그 모자들을 받아 썼다. 그러나 우리는
곧 알아차렸다. 퍼렇게 통일된 그 모자는 수인(囚人)의 그것처럼 그
것을 쓰는 순간부터 개인의 인격이 압류된다는 것을.

— 이제 여러분들은 사우디 현장에 도착할 때까지 반드시 단체행
동을 해야 한다. 다시 말해서 어떤 일이 있어도 일행에서 이탈하거나
개인행동을 용납하지 않는다. 자, 그럼 단체구령을 시험해 보겠다.

이렇게 시작해서 인사계장은 갑작스레 "일어섯！ 앉엇！"하고 반
복구령을 해 댔고 나이 많은 함씨가 엉거주춤 서 있자 빽 —— 소리
까지 질러댔다.

— 뭘 꾸물거려? 모두 모자 위로 두 손 올렷！

그리고 그 자세대로 바닥에 앉으라고 명령할 때 누군가가 나직이
중얼거렸다.

— 젠장, 예비군 중대장 출신인가?

그날 인사계장은 좀 지나쳤다. 함씨의 굼뜬 동작으로 인해 우리가
두 손을 머리에 올린 채 쭈그리고 앉아 있을 때 사무직 파견자들은
가족들의 환송까지 받으며 유유히 출구로 나가고 있었다.

— 일어섯！ 똑바로 줄서서 나가도록.

시간이 다 되었을 무렵에야 인사계장은 우리를 해방시켜 주었고,
비행기 트랩을 오를 땐 맨 뒤에 섰던 박군이 이상한 가락으로 한마디
읊었다.

— 우리는 열 두 형제, 품팔러 가는 돼지 형제.

"날씨가 더워 일하기도 힘드셨죠?"

아우의 장모가 물었다. 사돈은 내가 출국할 때 재정보증을 서 주
었고 나는 귀국 쇼핑 때 라이터와 노루 가죽 손지갑을 골라 놓고 자
꾸만 망설였다. 무사히 임기를 끝내고 돌아가는 것만으로도 충분한

보답이 되지 않을까. 정말 그렇지 않을까.

"그래도 낮잠 자는 시간이 있다면서요?"

아우가 물었다.

"한낮에는 도무지 일할 수가 없으니까."

정말 이상스럽게도 사람을 괴롭히는 더위였다. 숨막히도록 탁탁한 공기, 온몸을 뒤틀리게 하는 그 햇살은 영원을 두고 공중에 떠 있기만 할 것 같았다. 더욱이 하역 때의 볕발은 뜨거운 증기같이 피부에 휘감겨 체내의 진액을 깡그리 빨아갔다. 곡류나 시멘트 부대를 져나를 때는 그래도 나았다. 철근이나 대리석을 운반할 땐 후끈후끈 끼쳐오는 소금볕이었고, 우리는 목돗줄을 놓지 않으려고 전신으로 기름땀을 짜내야만 했다. 언제나 먼저 헐떡이는 사람은 함씨였다. 열 발자국도 못 가서 그의 호흡기에서는 푹푹 주전자물 끓는 소리가 났고 우리가 목돗줄을 늦추어 주면 그는 누렇게 뜬 얼굴을 비비든가 헛구역질을 해댔다.

— 거, 빨리빨리 좀 해치웁시다.

검수인이 짜증을 냈다. 유독이 바람 한점 없는 날은 그는 더 자주 해와 시계를 쳐다보며 느릿느릿 수량을 체크하든가, 선적선의 작은 그늘에 쑤셔박히듯이 몸을 밀어넣고 연신 침을 퉤퉤 뱉어가며 "빨리빨리"하고 맥빠진 고함을 질러대는 것이었다.

— 엠병할, 이렇게 더러운 날씨는 보다가도 처음이야.

함씨는 힘이 부대낌을 곧잘 날씨 탓으로 돌렸다. 6·25때 만삭이 된 아내를 잃고도 세 번이나 더 상처를 했다는 그는 55세의 나이로 이제 간신히 국민학교 3학년짜리 아들놈 하나를 두었다. 간혹 기분이 좋을 때면 그는 늦게 얻은 아들 자랑을 했다. 그때 들먹여지는 그의 나이가 서류상의 55세보다 서너 살이 더 많다는 사실을 우리는 알고 있었다.

— 자, 담배 한 대들 피우고 하세.

담배 한 개비를 피우는 사이에 땀이 까스스 마르면서 닥쳐오는 갈
증……. 동료들의 얼굴이 눈앞에서 노랗게 일렁여 보일 때면 또 어
김없이 찾아드는 구역질. 처음 한 달 동안 우리는 매일같이 한주먹씩
소금을 먹으며 건구역질을 다스려 보려고 했다. 물을 갈아 먹었기 때
문이야. 곧 길들여지겠지……. 하지만 아니었다. 그건 기후병의 시
초였던 것이다. 심하면 호흡장해를 일으키기도 하는 기후병. 나 역
시도 어느 순간부턴가 가슴 한가운데로 뜨거운 것이 치받으면서 힐
떡거림이 턱 밑을 부풀렸고, 밤마다 개구리 모양 목구멍 꽈리를 불면
서 발작적인 기침을 해대곤 했다.

— 가서 엑스레이라도 찍어 봐.

동료들이 몰아댔다. 의사의 진단은 ‘기관지 과민성'이었다. 나는
알고 있었다. 나를 의사 앞으로 몰아댄 동료들 역시도 강제송환이 두
려워 저마다 자기 증세를 숨기고 있다는 것을. 이 모든 것에도 불구
하고 우리가 정말 견딜 수 없었던 것은 하역이 없는 날이었다.

— 제기, 오늘도 배 들어오긴 틀렸나벼.

선박이 없는 날은 일주일이고 열흘이고 침대에 누워 귀를 부두 쪽
으로 열어둔 채 한사코 뱃고동 소리만 기다렸다. 시간을 죽이는 한숨
소리……. 몸과 마음이 삭아드는 그 숨결은 마치 발효되지 못한 지
에밥처럼 합숙소 천장으로 끈끈하게 엉겨 붙었다. 그래 오버타임 인
생. 우리는 나머지를 줍는 시간 이삭꾼.

“멀리 떨어져 계시니까 편지가 제일 반가우시죠?”

계수가 물었다. 나는 대답 대신 희미하게 웃었다.

해가 진 뒤 침침한 대기 속으로 모랫바람이 떠오를 때면 나는 언제
나 고국에서 온 편지들을 생각했다. 처음 얼마 동안은 나 역시도 아
내가 더 많은 얘기를 써 보내 주기를, 아이들은 하루에 몇 번이나 아

빠를 찾았고, 아버님과 친척들은 어떻게 지내는가, 안집주인은 늘
친절한가, 그 모든 것에 대해서 노고지리처럼 재잘거려 주기를 바랐
었다. 그러다가 어느 순간부턴가 점차 편지가 두려워지기 시작했다.
그건 나로 하여금 규폐증(硅肺症) 환자로 몰아가는 듯했고 사막에
영원히 남겨질 듯한 불안을 안겨 주기도 했다.

　그렇게들 기다리던 편지, 편지들……. 저마다의 머릿속으로 전세
집이 되고 구멍가게가 되면서 열심히 굴려온 덧셈이 아우나 처제의
결혼식, 또는 집안 어른의 환갑 등을 알려오는 소식으로 인해 다시금
뺄셈을 하면서도 우리는 우리의 허무를 죽일 수 있는 한 조각의 자위
나마 편지에서 줍고자 했던 것일까. 아니면 아내에 대한 안녕이 늘
그렇게 궁금했던 것일까. 아내의 안녕이 아니었다. 일 년 열 두 달의
우리, 그 존재를 환산할 수 있는 것은 오직 달러뿐이었고, 우리는 그
달러에 대한 안녕을 아내로부터 확인하고 싶었던 것이다. 때문에 통
역직 미스터 황이 오쟁이진 소식을 들었을 때도 우리는 실실 웃기만
했다.

　― 미스터 황 마누라 무슨 여자대학의 영문과 출신이라며?

　― 하, 그래서 하필이면 양놈과 붙었구먼.

　― 뭐야, 양놈과?

　― 미스터 황이 이혼 승인서를 보내자마자 그 잡년은 미국으로 떴
다누먼.

　― 외국인과 결혼하는 여자가 어디 한둘이오. 한 달에도 삼사백
쌍이 미국인이나 일본인과 혼인서약을 한다는데.

　일본 대사관에 외사촌 형이 근무한다는 박군의 말이었다.

　― 쓰레기 같은 년들!

　최씨가 괜스레 결기를 돋우었다.

　― 여자들도 외화에 팔려 가는 거라구요.

　박군의 그 말에 한순간 벌겋게 달아올랐던 우리들의 얼굴이 삽시에 시들어 갔다.
　"거긴 여자 보기도 힘들다죠?"
　아우가 물었다.
　"그렇지도 않아."
　낮잠 잘 시간 전후면 꼭 비키니를 입고 일광욕을 나오던 합숙소 부근의 그 미국인 여자…… 꼭 그맘때면 또 박군은 창문을 열고 침을 칵 뱉으며 중얼댔었지.
　─ 맛도 없게 생긴 년이 폼잡고 설치긴.
　"공일엔 뭣하고 지냈는가?"
　장모가 처남 옆자리로 끼어앉으며 물었다.
　"잠만 잤어요."
　일이 끝난 저녁이나 휴일이면 하역부들의 손바닥에서 땀과 무료로 닳아지던 최씨의 화투짝. 그 화투는 김포 공항을 떠날 때 신창에 깔아왔다던가. 그것마저 압수당한 뒤 우리가 갈 곳은 콜라 집뿐이었다.
　"그쪽 사람에게 우리가 인기라면서요?"
　처남이 물었다.
　"글쎄……."
　나는 중동인들을 통 알 수가 없었다. 자그마한 친절 또는 몇 가지 다른 풍속만으로 그들이 어떻다고 표현하기엔 그들이 쓴 터반이 너무 비밀스러워 보였을 뿐이었다.
　"그 나라엔 없는 게 없다며?"
　마침내 누님이 입을 열었다.
　"글쎄요, 난 통 안 돌아다녀 봐서……."
　"돈이 많은 나라라 모든 걸 수입한다는데?"

"현재는 그렇지만 머잖아 곧 자체생산을 할 거예요."

"사람까지 수입해다 쓰는데 생산이 문제겠니? 그야말로 양반 놀음이지."

컬러 텔레비전을 청해 올 때 누님은 아이들이 하도 원해서, 국산은 컬러가 선명치 않아서라는 말을 곁들였다. 나는 회답을 쓰고 싶었다. "누님, 그걸 한 대 사자면 제 본봉 두어 달치는 달아납니다. 누님이야 값을 치러 주신다지만 제가 번 돈과 누님의 돈이 어디 같은가요. 저는 텔레비나 사자고 중동까지 온 건 아닙니다." 물론 나는 답장을 쓰지 않았다. 누님의 돈과 내가 번 중동 돈이 다르다는 걸 잘 납득시킬 재간이 내겐 없었던 것이다.

"그래, 뭣뭣 사 왔니? 돈이 될 만한 게 있으면 내가 팔아 줄까?"

나는 대답 대신 술잔을 비웠다.

"어떤 사람 보니까 별아별 걸 다 사 와서 돈을 곱으로 벌더라."

누님이 음식을 씹으며 말했다.

— 돈 들고 가 봐야 뭘 해. 금방 녹는 사탕이지. 그저 몽땅 사들고 가는 거야. 하다 못해 나까마로 넘겨도 곱쟁이는 된다니까.

동료들은 말했었고, 그 콜라집에서는 특파원 김기자가 통탄했었다. 상가마다 성황을 이루는 한국인에 대해서, 사고사고 또 사들여도 해갈을 모르던 근로자들의 탐욕에 대해서, 더욱이 최고급만 찾는 한국인, 또 고객을 위해 한국 말이 능한 점원까지 채용하고 있는 약삭빠른 일본 대리점, 어디를 가나 고급 카메라나 값비싼 녹음기를 폼으로 메고 다니는 사람은 우리 노무자들뿐이라는 사실에 대해서
......

— 당신 비위를 건드린 진짜 핵심이 뭐요? 정말 소비풍조에 있소, 아니면 노무자들 주제에 고급만 찾는 게 아니꼬왔던 거요?

박군이 내지르듯이 말했다.

　― 좀더 깊이 봅시다. 우리는 늘 다른 식으로 일본의 밥이 되고 있
잖소. 다른 선진국들에 대해서도 마찬가지지. 아무튼 지금 이 상품
의 세상, 산업전쟁 시대에 와선 또 간단없이 상술의 대상이 되고 있
잖나 말이오. 억울함이란 배워 보지도 못한 사람들처럼.

　― 무엇이 어떻게 되었건 모두 당신들의 업적이지.

　― 우리들의 업적?

　― 한땐 소비는 미덕이다, 마이홈이니, 마이카 시대라고 떠들어대
더니 몇 년도 못 가서 또…….

　― 그래요, 놀아난 거죠. 어린애들처럼. 더욱이 물질경제가 국토
에 쓰레기만 쌓을 뿐이라는 사실은 예측도 않고.

　― 쓰레기? 하, 그러니까, 기자 양반의 말은 중동에서의 우리의
물욕도 결국은 쓰레기를 줍는 일일 뿐이라는 뜻이오?

　― 그래요. 우리가 살아 남으려면 남들이 쓰다 버린 아이디어나
그 생산품의 찌꺼기를 주울 게 아니라 우리 자신이 건강할 수 있는
우리들만의 대안을 연구 계발해야 해요. 산업만 해도 그렇지. 울산
이나 창원의 공해는 차치하고라도 국내의 모든 업체치고 기술제휴
안하는 회사 보았소? 그저 모든 게 기술제휴지. 마치 직수입이나,
기술제휴가 아니면 곧 망한다는 듯이 말이오. 그게 대체 뭣하는 짓들
이오? 선진국에서 서서히 벗어나려는 구식 산업형태를 우리는 무슨
금세기의 신형처럼 받아들이고 있으니.

　박군의 입가에 묘한 웃음이 감돌았다. 그리고는 불쑥 내뱉었다.

　― 모든 것이 그렇지요, 기자 양반. 우리가 중동까지 와서 줍는 쓰
레기가 당신들껜 이미 싫증난 것들일 테지만 우리들에겐 늘 새롭다
는 사실과 같이.

　― 아, 그건 시초부터 너무 많은 인구와 너무 적은 물량으로 시작
된 모순…….

— 좀더 비약하자면 비아프라에서는 수십만 인구가 굶어 죽어가는 바로 그 시각에 미국에서는 우량견 콘테스트가 있었다죠?

— 그러니까, 우리가 물질가치나 분배의 모순율에서 벗어나려면 우리 스스로…….

다시금 박군이 김기자의 말을 잘랐다.

— 그래요? 그렇다면 이참에 한번 확실히 짚어 봅시다. 우리 노무자들이 구입하는 고급 상품들이 그럼 우리 땅에 가서도 우리 몫이 됩니까?

— 내 말이 그거요. 뭐하러 그런 심부름을 합니까? 평생 팔자 고칠 만큼 마진이 붙는 것도 아닌데 왜 그런 일을 하느냐구요. 바로 그런 생각없는 짓들이 자신과 나라를 좀먹는다는 걸 모르고.

— 기자 양반, 그건 우리한테 해당되는 말이 아닌 것 같은데?

— 무슨 소리요? 그럼 당신들은 배달겨레가 아니란 말이오?

— 여보쇼, 그럼 고위층이나 중산층들은 누구를 좀먹고 있소?

— 아, 그러니까 우리 서민들부터 각성해서…….

— 새끼, 염불하고 자빠졌네.

그와 동시에 박군의 주먹이 김기자의 턱을 갈기고 지나갔다. 눈깜짝할 사이였다. 그리고 김기자가 탁자 위에 떨어진 안경을 집어 쓸 때 우리는 이미 그 자리를 뜨고 있었다.

"또 갈 생각인가?"

자형이 물었다.

"아니요, 전혀……."

다시는 안 간다고 못박아 생각해 본 적은 없었다. 그런데 나는 딱 잘라 말했다. 좀 경솔한 대답이지 않았을까…….

"저런, 고생이 막심했던 모양이군."

장모가 딱했던지 혀까지 끌끌 차면서 말했다.

"하긴 빌어먹어도 제 고장 밥이 좋다고…….."

나는 내 앞에 놓인 술잔을 단숨에 비웠다. 낮술이어서 그런지 다소 취기는 올랐지만 정신은 말짱했다.

김기자의 말이 아니라 해도 나는 물건 사는 일을 원치 않았다. 그것은 내가 벌어들인 달러가 아니라 바로 내 자신이 물건으로 바뀌는 것 같았기 때문이었다. 내가 1년 동안 고대한 희망은 오직 인간으로 귀국하는 것뿐이었다. 그래서 귀국 한 달 전 나는 아내에게 내 의중을 밝혔었다. 그간 잔업수당까지 송금하다 보니 내 손엔 달러가 없다. 그래서 전혀 선물을 사갈 수가 없다……. 그런데 아내는 내 의도를 보기 좋게 전복하고 말았다. 그녀는 남은 본봉을 송금하지 말고 선물 사는 데 쓰라고 했다. 그리고 친정과 사돈의 팔촌까지 이름을 들먹이며 작은 것이라도 하나씩 사다 줘야 도리라고 강조했다. 그 편지를 받던 날, 합숙소 동료들은 유난히도 많은 물건들을 사와 각자의 침대에 펼쳐 놓고 선물할 명단과 가짓수를 대조하거나 고국의 시가와 현찰가격에 대해서 시끄럽게 떠들어대고 있었다.

— 한 십 년쯤 벌어서 그 돈으로 몽땅 사들여야 직성이 풀릴까. 나까마는커녕 선물 숫자 맞추기도 힘드니…….

— 빌어먹을, 우리 일가붙이들은 내가 품팔러 온 것을 무슨 출세나 한 듯이 여기고 있으니, 담배 한 갑이라도 안 사가면 당장 싸가지 없는 놈으로 몰릴 테고…….

문씨의 푸념에 이어 박군이,

— 난 빈 손으로 갈 겁니다. 그리고 말할 겁니다. 그만 깜빡 잊고 선물가방을 사우디에 놓고 왔다고.

하고 마치 중대 발표라도 하듯 심각한 얼굴로 말했다. 결국 박군은 귀국하지 않았다. 그의 목표는 문방구를 차리는 것이었고, 그 액수를 채우자면 모름지기 한두 번은 더 연장신청을 해야 할 것이다.

"자, 한잔 더 하게."

자형이 잔을 채웠다.

내가 사우디에서 가져온 것은 합지상자 두 개로 가지고 올 때의 그 상태대로 아버지 방 캐비닛 위에 올려져 있다. 오른쪽 상자 속에는 랑콤이라는 딱분이 열 개, 입연지가 열 개, 만년필 세 자루, 라이터 다섯 개, 볼펜 열 개가 들어 있다. 또 하나에는 반신불수로 누워 있는 장인 몫으로서 고단위 비타민, 주사액 알부민, 뇌졸증 약 등이다. 주사액과 비타민 약병 사이엔 고국에 가면 때때로 꺼내 놓고 내가 흘린 땀의 질료(質料)를 되새기리라 집어 넣은 회진이 퍼석한 중동제 모래가 들어 있다. 그러나 이젠 그 모래도 다시 볼 필요가 없어졌다. 나중에라도 만약 애초의 작심대로 한 2년 더 뛸 마음이 생긴다면 그땐 아마 금고기에 대한 환상이나 두려움까지도 말끔히 벗어던진 후가 될 것이다.

노래판이 시작되었다. 자형이 아라비아 공주 운운하는 노래를 불렀고, 처남과 아우는 손뼉을 쳤다. 점점 판이 익어 갔다. 누님도 계수도 빼는 듯하더니 한가락씩 거들었고, 사돈 내외는 손뼉 장단을 맞추며 곧잘 하하하 웃어대곤 했다. 모두들 어느 만큼 취해 있었다. 아내가 술을 더 들여왔을 때 나는 아랫춤을 치키며 슬그머니 일어났다. 이제 내가 잡아온 송사리를 처리해야 할 차례다. 예수의 기적을 빌려 올 수 없는 한, 나눌 수도 그렇다고 먹을 수도 없는 기름고기.

아버지는 연탄광에 문짝을 달고 있었다.

"아버님."

"금방 해치운다. 넌, 손님 접대나 하거라."

아버지는 내가 대신 못질을 하겠다고 알아들은 모양이었다.

"그게 아니구요. 저, 아버님 캐비넷 위에 올려둔 보르박스 있죠, 오른쪽 것 말예요."

312

"니가 사우디서 가져온 것 말이냐?"

"네, 외출준비하시고 그 오른쪽 걸 좀 들고 나오세요."

"외출준비를 해서?"

"네, 가급적이면 아무도 안 볼 때 들고 나오세요."

아버지는 곧 나왔다. 두루마기를 입고 상자를 숨겨 나오기가 거북했던지 두루마기 채로 상자를 싸들고 나왔다. 어쨌거나 상관이 없었다.

"지금 곧 택시를 타시구 한강으로 가세요."

"한강?"

"그리고 으슥한 기슭에 가셔서 그 상자를 던져 버리세요."

"이게 뭔데?"

"사우디서 가져온 쓰레기예요. 어서 갔다 오세요. 아셨죠?"

아버지는 천천히 고개를 끄덕인 후 대문을 향해 등을 돌렸다. 나는 곧 화장실로 가서 시원하게 오줌을 눈 뒤 방 안으로 들어섰다.

"그것 마시고 그렇게 취했나? 벌써부터 변솔 다니게?"

자형이 잔을 척 안기며 말했다.

"아직 끄떡없어요."

나는 잔을 받아 단숨에 비운 뒤 한 바퀴 돌아보며 소리쳤다.

"노래합시다, 노래!"

그리고 나는 누님을 쳐다보았다. 누님의 웃는 얼굴에 조바심이 까스스 일어나고 있었다. 나는 누님의 손을 어루만지며 내가 해야 될 말을 생각했다. 깜빡 잊고 못 사왔어요, 누님.

생각하는 인형

  벌써 3일쨌데 딸애의 조그마한 조끼 하나도 못 짜고 있다. 옛날 같았으면 시부모의 바지저고리와 두루마기까지 다 지었을 것이었다.
  그녀는 바늘귀를 부지런히 뽑아올리며 어서 끝내고 다른 것을 짜야겠다고 생각한다. 딸은 제 시아버지의 조끼를 짰으면 했지만 그녀는 사위 것부터 짜리라 마음먹었다. 그래야 시아버지란 사람의 칫수도 어림짐작할 수 있을 테니까.
  딸과 사위가 출근을 하고 나면 그녀는 식탁을 치우고 냉장고 정돈을 하고 양배추와 햄의 찌꺼기를 냄비에 담아 조려둔 후 딸이 조정해 놓은 커피포트를 전기에 꽂아 둔다. 그리고 10시가 되면 뜨개질감을 들고 이 거실의 창가로 나와 앉는 것이다.
  그녀는 또 아침마다 밥을 해 두는데 딸은 저녁만 밥을 먹을 뿐이고 조반은 제 남편과 같이 우유 한 잔, 햄을 썰어 놓은 샌드위치 그리고 곱게 채를 낸 양배추 등을 먹었다. 처음 얼마 동안은 점심도 싸가더니 요즘엔 가까운 스토어에서 간단한 햄버거나 치즈버거로 점심을 때운다고 했다.

— 얘, 점심을 잘 먹어야 힘을 쓸 수가 있단다.

— 당분간은 지출이 많아서 긴축을 해야 돼요.

딸 내외는 얼마 전에 빨간 차를 월부로 샀었는데 그 차는 부부가 함께 출퇴근을 하는 발이라 했다.

창 밖에는 사람들이 끊임없이 오고간다. 크고 거대한 흑인이 또 그렇게 검은 아이의 손을 잡고 지나간다. 언제나 이 시간이면 지나갔었는데 매양 어디로 그렇게 가는 걸까. 아이는 흰 옷을 즐겨 입었고 어른도 목 긴 흰 스웨터를 입고 다닌다. 때문에 하얀 옷에 싸인 검은 얼굴은 눈코를 얼른 분간할 수가 없다.

그녀는 2층 거실에 앉아 창 밖을 내다보면서 이상한 사람들 속에 자기가 와 있다는 생각으로 항상 조금씩 불안을 느끼고 있었고, 또 한번도 혼자서는 외출한 적이 없었다. 6·25사변 때 처음 외국 사람을 본 그녀는 무서워서 숨어 버린 일이 있는데 이곳 사람들 역시도 자기를 보고 도망치지나 않을까 하는 막연한 두려움도 떨쳐 버릴 수가 없었던 것이다.

(그나마 딸이 곁에 있다는 것은 얼마나 다행인지. 그러나 저녁 때가 되어야 볼 수가 있는걸. 그애는 일찍 오는 거라고 말하지만 내겐 언제나 늦어.)

해가 블라인드 무늬를 뜨개질 위에 던지고 있다. 몹시 어른거려 뜨개질하기에 성가신다. 그것은 그녀가 올 때부터 고장이 나 있었으나 누구도 고치려 드는 사람이 없었다.

(차라리 저 차양〈遮陽〉을 떼 버리기나 했으면……. 해를 받든가 가리는 일에 대해서는 아무도 절실한 필요를 느끼지 못하는 모양이

지.)

　그녀는 눈을 비빈다. 시야가 어른대서 눈물이 난다. 그나마 창이 없는 자기 방보다는 이 거실이 한결 낫기도 했으나 이때부터 오후 2시까지는 마치 얼룩말을 보고 있듯이 눈이 시어지는 것이다.

　(이제 시력도 다 된 모양이야. 하긴 눈뿐만 아니라 온몸이 다 그렇지만. 신경통은 우리 어머님도 앓으셨지. 비라도 오는 날이면 늘 삭신이 쑤신다고 말씀하셨으니까. 그러면서도 아픈 다리를 끌고 조청이며 수정과를 담가다 주신 정성이라니…….)

　그녀는 처음 바느질을 익힐 때를 생각하고 있다. 어머니는 늘 아버지의 옷본을 꺼내 놓으시고 깃과 섶과 화장을 말라 주시곤 했었다. 그리고 처음 얼마 동안은 어머니가 시작을 이어 주셨는데 그 홈질이 어찌나 똑바르고 고르던지 흡사 틀바느질 같다고 느끼곤 했었다. 한참 후엔 자신도 어머니처럼 곱게 해 나갈 수가 있었지만 버선을 깁기까지는 상당한 시간이 흘렀었다. 어머니는 올과 올을 딱 맞물려 명주실로 기웠었는데 자신이 기워 놓은 버선을 물빨래 이후엔 꼭 뒤틀곤 했었다.

　(누구든지 살아 계시다면 다시 그 옷들을 지어 보련만.)

　그녀는 이곳도 그다지 먼 곳은 아니라는 생각이 들었다. 이틀 만에 올 수 있는 곳이라고는 상상조차도 못했으니까. 그저 몇 십 년이고 가야만 닿을 수 있는 곳인 줄로 짐작했었다.

　처음 딸이 미국 사람과 결혼해서 함께 가자고 했을 때 그녀는 얘야, 나는 가지 않으련다, 가다가 꼭 죽을 것만 같단다라고 말했었다. 그러자 딸은 어머닌 나이 60도 안 되어 웬 엄살이 그렇게 심하냐고 나무랐었고, 그녀는 또 너도 내 나이가 돼 보렴 하고 한숨을 내쉬었었다. 그녀는 모험이 싫었다. 이날까지도 이곳밖엔, 그녀가 모르는 곳엔 달리 가 본 일이 없었다.

사변이 나자 남편이 이불과 쌀을 챙기면서 부산으로 시집간 누님의 집으로 가자고 말했을 때도 그녀는 고개를 흔들었다.

— 당신이나 가세요.

— 여기 있으면 위험하다니까.

— 그래도 난 가기가 싫어요.

— 혹시 애 때문에 그래?

— 아니, 그것보다는…….

그땐 딸을 갖고 막 입덧을 시작했을 무렵이었다.

— 아직 배가 부른 것도 아닌데 뭘 그래? 어서 나서자니까, 가다가 지치면 쉬었다 가는 한이 있어도 어서 가야 해. 오산까지만 가면 기차를 탈 수가 있다고 하니까.

— 싫어요, 싫어. 당신 혼자 가시라니까요.

남편은 뱃속에 든 애 때문에 겁을 먹고 있는 것이라고 생각했었던지 끝내 혼자 떠나지를 못하고 주저앉고 말았었다.

그때 피난이나 갔었더라면 하고 그녀는 두고두고 이렇게 후회했었다. 남편을 그 때문에 잃었다고 생각하고 있었던 것이다.

목욕탕 세면장에서 수도물 소리가 들려온다. 그녀는 역시 그 노인이란 걸 잘 알고 있다. 노인은 꼭 젊은 애들처럼 세수를 할 땐 물을 푸욱푸욱 불어대는 소리를 낸다.

(왜 다들 식사를 할 땐 함께 일어나서 동석하지 않는 걸까.)

노인은 쉰 일곱으로 개스 스테이션이란 델 나가고 있다고 했다. 하루 노동시간은 다섯 시간이라고 했는데 언제나 걸어다녔으며 12시 반에 나가서 6시 반에 들어오는 걸 보면 그다지 먼 곳에 있는 건 아닌 모양이었다.

— 애야, 개스 스테이션이란 곳은 어떤 일을 하는 데냐?

— 주유소 같은 데예요.

—거기서 그 노인이 얼마나 버는데?

—한 시간에 이 달러 오십 센트를 받는대요.

—노인이 그런 일을 한다니까 어찌 좀 이상하구나.

—여긴 움직일 수 있으면 다 일을 해요.

딸애는 미국 사람들은 다 부지런하다고 얘길 했었는데 그녀는 암만 생각해도 그런 것 같지는 않았다.

물소리가 뚝 끊긴다.

(참 게으른 노인이야. 우리 아버님은 저 나이에 언제나 새벽에 일어나셨고 마당일을 다 하신 후에야 조반을 드셨는데 …….)

노인은 아침 느지막이 일어나서 커피잔을 들고 때론 거실 맞은켠에 와 앉아 신문을 보면서 담배를 피웠다. 그리고 직장에서 돌아오면 식사를 하고 그때부터 술을 마시기 시작했다.

(혼자서 무슨 재미로 그렇게 술을 마시는 걸까. 딸애의 아버지는 절대 자작하는 일이란 없었어. 간혹 친구라도 찾아와야 내가 주전자를 들고 나갔었다니까.)

처음 공항에 닿던 날 노인은 며느리의 얼굴에 입을 맞추고 껴안아 주었다. 그녀는 그런 모습을 한참이나 바라보고 있었는데 이윽고 길고 큰 손이 자신에게로 옮겨왔을 때는 어쩔 줄을 몰랐었다.

(왜 딸은 사돈끼리도 악수한다는 이야길 그전에 들려 주질 못했을까.)

그 순간부터 그녀는 방긋방긋 웃는 습관이 들었는데 그 웃음은 어딘지 부자연스러웠고 그럴 때마다 볼이 달아오르는 것이었다. 그날 이 아파트에 들어서서는 딸에게 한복을 곱게 차려입혀 시아버지에게 절을 시킨다는 생각을 그만 깡그리 잊고 말았었다. 그 이튿날도 그녀는 손수 지은 딸의 색동 치마저고리를 쓰다듬으며 안절부절을 못했었다.

그녀는 뜨개질 손을 멈추고 멀거니 창을 바라보고 있다. 노랑머리 소녀가 담배를 피우면서 지나간다. 그녀는 입을 꼭 다물고 고개를 살랑살랑 내젓는다.

(끔찍해라. 저 어린것이 담배를 피우면 뼈가 녹지 않을까.)

그때 파란 모직 셔츠를 입고 매끈하게 면도를 한 늙은이가 거실로 나와 또 그렇게 웃고 서 있다. 그녀는 방긋 웃어 주고는 급히 뜨개질 바늘을 놀린다.

"굿모닝."

그녀는 얼굴을 붉힌다.

(아아, 아침 인사를 하는군. 저 노인의 인사는 언제나 늦다니까.)

노인은 탁자에 커피잔을 놓고 소파에 앉아 그녀를 향해 몇 마디 던진다. 그녀는 그 말을 알아들을 수가 없다. 미국에 온 지 다섯 달이나 되어 가고 그 다섯 달 동안 한결같이 들어온 말인데도 얼른 해득할 수가 없었다. 그녀는 혼자 조바심을 내며 노인의 말은 아마 아이들은 출근을 잘했느냐, 아침은 먹었느냐, 그런 뜻일 것이라고 추측한다.

또 그녀의 볼이 달아오른다. 그녀는 바늘귀를 몇 번이나 놓쳤다가 다시 찾곤 한다.

(저 노인이 저러고 있을 때는 일이 되지가 않아. 또 무슨 말을 하는군. 분명히 커피란 말이 들어갔는데 한잔 더 달라는 얘길까? 아니야, 그건 맨날맨날 제 손으로 따라다 마시는걸. 에그, 무슨 말일까. 딸이 없는 이 집은 왜 이렇게나 답답한지. 나는 바보야. 저 새만큼도 말귀를 못 알아들으니까.)

전화벨이 울린다. 노인은 꼼짝을 않고 신문을 뒤적이고만 있다. 신호가 연신 자르륵자르륵 울리고 있다. 그것은 거실 한귀퉁이를 허무는 것처럼 그녀의 귀에 거슬렸다.

"헤이 파피 텔레폰."

새가 그렇게 말한다. 그제사 노인이 꼼지락거리고 몸을 일으켜 전화를 받는다. 노인은 꼭 새가 일러 줘야만 비로소 수화기를 드는 게 버릇이었다.

이곳에 와서 처음 맞는 일요일에 전화가 왔었고 그때 저 새가 뭐라고 지껄였었는데 별안간 전 식구들이 웃음을 터뜨렸었다. 그녀가 당황한 눈으로 웃는 사람들을 돌아보고 있을 때 딸이 통역을 해주었었다.

— 어머니, 저 새가 지금 전화 왔다는 말을 하는 거예요.

그녀는 이름이 구관조라는 새가 말을 한다는 것도 처음 안 일이지만 그 새가 왜 알아들을 수 없는 미국 말로 지껄이는 것인지 얼른 납득이 가지 않았었다.

노인은 수화기를 놓고 제 자리에 앉아 다리를 쭉 뻗은 후 다시 신문을 들친다. 그리고 커피가 아주 맛난 듯이 입맛을 다시고 있다.

그녀는 한 코에 네 번씩 말아올려 꽃무늬를 넣고 있었는데 잘하면 오늘 내로 끝매듭을 낼 수 있겠다고 가늠해 본다.

(딸에겐 전혀 태기〈胎氣〉의 기미가 없나봐. 삼신님이 씨를 잘못 골랐다고 노하신 건 아닐까. 그애 자신이야 애기 같은 것엔 별로 신경쓰지 않는다고 했지만 다 철없는 생각이지 뭔가. 여자가 애를 못 낳는 것은 칠거지악〈七去之惡〉 중에서도 가장 큰 죄라는 걸 그앤 도대체 알고나 있을까. 이럴 줄 알았으면 한국에 있을 때 한약이나 좀 달여서 먹이고 오는 건데 …….)

그녀는 가느다란 한숨을 내쉰다.

언젠가 딸은 식사 후에 시아버지가 물러가지도 않았는데 담배를 붙여 물었다. 간혹 입에 댄다는 것을 알곤 있었지만 왠지 그 순간은 참을 수가 없어 얼굴을 붉히며 딸을 나무랐었다.

—애, 애야, 그게 무슨 짓이니? 여긴 시아버지 앞이 아니야?

딸은 살포시 눈을 찌푸리며 대답했었다.

—어머니, 여긴 한국이 아니란 말예요!

그 말이 하도 당당해서 그녀는 깜짝 놀랐었고 쥐고 있던 숟가락만 쥐어짜듯 비비적거렸었다. 그러나 시아버지 쪽은 아무렇지도 않은 내색이었다. 그녀는 급히 물을 마셨다. 그래도 달아오르는 얼굴의 열기는 식힐 수가 없었다. 왜 그랬는지 모르지만 그녀는 몹시 마음이 아파서 식탁 위에 놓인 손을 황급히 아래로 내려 무릎뼈를 만지작거렸다. 언제나 그럴 때면 관절은 신호를 보내오는 것이었다.

그애를 낳았을 때는 1·4 후퇴의 혼란기에 남편조차 없었다. 친정집 아랫방 아낙네가 어디서 구해 왔는지 넓적지에다 지게미를 담아 오고 있기에 그녀는 그것을 한 주먹만 달라고 사정했었다.

—이것을 얻느라고 밤을 홀딱 새웠다우.

그러면서 아낙네는 정말 주먹만큼 주발 뚜껑에 담아 주었다. 그것을 방에 가지고 들어가서 야금야금 먹고 있을 때 어린 핏덩이는 눈도 뜨지 못한 채 배고프다고 앙알댔었고 방문을 열고 들어선 어머니는 질겁을 하며 주발 뚜껑을 빼앗아갔었다.

—에그, 산모가 이런 걸 먹다니……. 이 북새통에 열이라도 나면 어쩔려고 그러냐.

그리고 어머니는 종이에 싸온 깨묵을 대신 밀어 놓고 어서 먹으라고 재촉했었다.

—에그, 지 애비는 어디서 무얼 하는지…….

어머니는 핏덩이를 내려다보시며 한숨처럼 말씀하셨다. 남편은 부역용의자로 끌려가서는 소식이 없었고 그녀는 만삭인 배를 움켜안고 친정 집으로 왔었으며 안방을 물려 준 친정 아버지는 그 추운 날에도 바깥에서만 맴도셨다. 그런 얼마 후 개나리가 져 갈 무렵 남편이 돌아왔었다. 그런데 왠지 통 입을 열지 않았고, 문 밖 출입을 하지 않았으며, 앓는 사람처럼 늘 누워만 지내더니 그만 까닭 모르게 죽어 버리고 말았다.

또 전화벨이 울려온다. 이번에는 노인이 선뜻 일어나서 수화기를 집어든다. 노인은 다소 언성을 높여 커다랗게 웃고 말했는데 틈틈이 그녀 쪽을 흘끔거리곤 했다.

그녀는 눈을 닦아내고 시계를 본다. 11시 반이었다. 그녀는 뜨개 질감을 조심스럽게 놓고 일어나 부엌으로 간다. 노인을 위해서 점심을 만들 시간이 되었고 오늘은 스테이크를 구워야 할 차례였다. 물론 그녀가 만들어 주지 않는다 해도 노인은 손수 아주 잘 구워 먹는다는 걸 그녀는 알고 있었다. 그러나 그녀는 남자가 부엌에 얼쩡거리는 것을 참지 못했다.

그녀는 전기 번철에 스위치를 꽂고 아주 약한 쪽으로 맞추어 놓는다. 노인은 덜 익은 고기를 좋아했다. 어느 날 그녀가 아주 먹음직스럽게 잘 구웠을 때 노인이 상을 찡그리며 뭐라고 말했고 딸이 그 말을 받아 일러 주었다.

— 어머니, 다음부터는 구운 듯 만 듯하게 구우세요.

그때 현관의 벨이 울린다. 노인이 나가서 문을 따 주는 모양이다. 곧이어 노인과 손님이 떠들썩하게 이야기를 주고받으며 들어온다. 그녀는 번철의 스테이크를 뒤집으며 잠시 남대문 도깨비 시장에 들렀을 때처럼 혼란을 느낀다.

곧 노인이 부엌으로 들어오고 있다는 것을 그녀는 알아차린다. 그러나 그녀는 뒤돌아보지 않았다. 노인은 잠시 망설이더니 입을 열었다.

"플리스."

언젠가 노인은 그녀에게 아들처럼 한국 말로 "어머니"라고 부른

적이 있었다. (딸이 한국에서 그렇게 가르친 것이다.) 그 말을 들은
아들이 킬킬거렸으므로 그 다음부터는 늘 뭐라고 부를지 몰라 한참
망설이는 듯했다.

그녀가 노인을 돌아보았다. 노인은 얼른 검지손가락을 세워 보인
다.

(스테이크를 하나 더 구우란 말이군. 손님도 함께 식사를 할 모양
이지.)

그녀는 가볍게 고개를 끄덕여 주고 접시를 더 준비해서 식탁 위에
늘어놓는다. 채를 썬 양배추와 감자 튀김을 작은 접시에 각각 놓자
노인이 그것을 들고 거실로 나갔다. 아마 오늘은 식탁이 아니라 거실
의 탁자에서 식사를 할 모양인 듯했다. 다시 노인이 접시를 가지러
들어왔을 때 그녀는 수프가 없다는 것을 눈짓으로 알렸다. 노인 역시
가볍게 고개를 끄덕이며 염려 말라는 포즈를 취해 보인다. 노인이 스
테이크 접시를 들고 나가자 그녀는 포크, 나이프, 소스병을 들고 뒤
따라 거실로 나갔다.

한 커다란 남자가 소파에서 벌떡 일어나서 안녕하시냐는 인사를
한다.

그녀는 고개를 끄덕이고 어색하게 웃어 보인다.

(또 볼이 쩡기는군. 난 왜 그 간단한 말조차 받아 인사하지 못하
는 걸까. 난 혼자서는 충분히 할 수 있을 것 같은데도……. 난 언제
나 이렇다니까.)

몸이 거대한 그 손님은 며칠 전에도 찾아와서 노인과 술을 마시다
간 친구였는데 이 부근의 작은 아파트에 사는 홀아비라고 딸이 일러
주었다. 그때 이 거실에서 잠깐 인사를 나눈 처지이긴 했지만 어쩐지
그것이 인사 같지 않았고 물건을 사려다가 흥정을 못하고 지나친
상인 같은 인상만이 그녀에게 남아 있었던 것이다.

그녀는 멀거니 서서 혼자 속을 태우다가 문득 생각난 듯이 포크, 나이프, 소스병 등을 얼른 탁자 위에 내려 놓고 돌아선다. 노인이 그녀의 등 뒤에 대고 뭐라고 말했으나 그녀는 전혀 알아듣지를 못했다. 그녀는 다만 부엌으로 가서 양배추와 햄 따위를 조려둔 냄비를 가스에 데워야겠다는 것과 오늘쯤엔 김치도 적당히 익었으리라는 생각을 하고 있었다.

그녀가 조림 냄비를 내리고 있을 때 노인이 부엌 앞에서 서성대고 있었다. 그녀는 비로소 노인을 보고 그 태도가 궁금해졌다. 노인은 뒷짐을 지고 문 앞을 왔다갔다하고 있었는데 그녀는 순간 자신이 무언가 노인의 뜻에 어긋난 일을 하고 있다는 것을 깨달았다.

(저 노인은 도대체 뭘 원하고 있는 걸까.)

그녀는 노인을 쳐다보았다. 노인도 동체(動體)를 멈추고 그녀를 바라보고 있었는데 수수께끼를 캐묻는 아이의 표정을 하고 있다가 다음 순간 손을 들어 그녀와 소파 쪽을 번갈아 가리키며 말한다.

"캄온, 캄온, 플리스."

그녀는 한참 만에 방긋 웃는다. 그리고 그녀는 몸을 조금 내밀어 거실의 소파 쪽을 보았다. 손님도 식사에는 손도 대지 않았고 술병 옆에 놓인 어떤 포장지만 만지작거리고 있었다. 그녀는 얼핏 자신이 그들의 뜻에 어긋나고 있는 일에 대해 구실을 찾아야겠다고 생각했다. 그래서 그녀가 술잔 두 개를 찾아들었을 때 조금은 마음이 개운했으나 그래도 왠지 소파로 다가가는 데는 무릎의 신경통을 다시 느끼지 않을 수가 없었다.

손님은 굵은 허리띠를 매고 있었는데 그것 때문에 엉덩이가 더 커 보이는 듯했다. 그녀는 그들 맞은켠에 조심스럽게 앉는다. 손님은 술병을 한옆으로 밀어두고 조그마한 상자갑 같은 포장지를 풀기 시작한다. 그것은 초밥이었다. 손님은 그것을 그녀 앞으로 내밀어 놓고 어서 먹으라고 손짓하면서 아이처럼 벙긋벙긋 웃었고 또 무슨 말을 시작했는데 그 속엔 자판이란 말도 포함되어 있었다.

(에그머니, 저이는 나를 일본 여성인 줄 아나봐.)

그는 이름난 일본 식당으로 가서 동양 사람들이 잘 먹는 음식을 특별히 주문해 왔다는 말을 늘어놓고 있었는데 그녀는 그저 자판이란 말밖에는 알아들을 수가 없었다.

그렇다 해도 그녀는 느끼한 고기보다는 구미가 당겼다. 손님과 노인은 고기를 자르며 식사를 시작한다. 그녀는 한동안 머뭇거리다가 간신히 자기 앞에 펼쳐진 초밥 하나를 집는다. 덮인 생선이 파릇해 보인다. 그것은 그 아래에 쑥색의 겨자가 붙어 있기 때문이란 것을 그녀는 잘 알고 있었다.

"굿?"

손님이 초밥 맛이 좋으냐고 묻는다. 그녀는 고개를 끄덕인다.

"굿."

손님도 기쁘다는 듯이 유쾌하게 웃는다.

그녀는 초밥을 아껴 먹었다. 반쯤은 남겼다 딸에게 주리라는 생각에서였다. 노인은 마지막 고기점을 입으로 넣고 다 씹기도 전에 일어나서 부엌으로 가더니 냉수 세 컵과 술잔 하나를 더 들고 왔다.

"아이스!"

손님이 노인에게 말한다. 노인은 깜박 잊었다는 듯이 어깨를 으쓱이며 뭐라고 대답한 후 다시 부엌으로 가서 각빙(角氷) 통을 가지고 왔다. 손님이 잔 세 개에 얼음을 채우고 자신이 들고 온 듯한 술병 마개를 비틀어 술을 따랐다. 그 중의 한 잔이 그녀 앞으로 왔다. 그녀는 얼굴이 하얗게 되어 고개를 잘래잘래 흔든다. 노인은 애원하는 눈빛을 띠었다. 함께 마시자고 끈질기게 권했는데, 눈을 오도마니 뜨고 아래턱을 죽 내민 것이 참 재미있어 보이는 모습이었다.

그녀는 마지못해 잔을 받았고 공연히 얼음 부딪는 소리를 내며 그
것을 빙빙 돌리다가 한순간 단숨에 죽 들이켜고 말았는데 그것은 자
신도 모르는 사이에 행해진 일이었다. 그때 그녀는 입에서 불을 내뿜
던 약장수를 떠올렸다. 아마 그 사람도 지금 자기가 느낀 이런 뜨거
움을 느꼈으리라는 생각을 하며 얼른 초밥 하나를 집어삼킨다. 그녀
는 기침을 한다. 그것은 술의 뜨거움이 아니라 초밥 탓이었다. 그녀
는 술잔에 남은 얼음을 물고 바싹바싹 깨물기 시작한다. 목의 통증이
식어가고 있다. 어느 여름날엔가 딸애의 젖이 모자라 막걸리 사발을
기울여 본 이후로는 이번이 처음이었다.

그녀는 얼른 스테이크의 빈 접시를 치워야겠다는 생각을 하면서도
좀처럼 일어나지를 못하고 있다. 또 한 잔의 술이 왔다. 역시 얼음을
정성스레 채워서. 남자들은 조금씩 홀짝거리고 있었는데 그녀가 한
꺼번에 들이켜자 그들도 따라 비우고는 각 잔들에 다시 술을 채웠다.
노인이 일어나서 또다시 부엌으로 갔다. 이번에는 치즈와 햄을 썰어
두 접시를 만들어 왔다.

"굿."

손님이 노인을 보고 머리를 아래위로 흔들면서 말했다. 노인은 소
파에 앉기가 바쁘게 연갈색의 자기 술잔을 들어올려 그녀에게도 함
께 들자는 시늉을 한다. 그녀가 두 사람을 살펴보며 술잔을 집어올리
자 이번에는 손님과 노인이 동시에 그녀의 잔에 자신들의 잔을 갖다
대며 쟁그랑 소리를 냈고 축배의 뜻을 말한다.

(오래 전이지만 남편이 술사발을 젓가락으로 휘저어 주욱 들이켰
을 때는 정말이지 어떻게나 시원해 보이던지 나도 마셔 보고 싶은 갈
증을 느꼈었다니까. 그런데 이 술은 그다지 맛나지가 않아.)

노인이 술을 마시라고 은근히 재촉하고 있었다. 그녀는 그들처럼
찔끔찔끔 마셔 보았는데 그것은 독한 기운이 더 오래 지속될 뿐이지

결코 오래 음미해야 할 만큼 어떤 특별한 맛이 있는 것은 아니었다.

(우리 둘이서 외출이라도 할 때는 각기 따로 떨어져서 걸어갔었는데 남편은 열 발짝쯤 앞서 갔었고 나는 그 뒤를 따라갔었지. 나는 장옷으로 코와 입을 가렸으나 눈만은 한번도 그이를 놓친 적이 없었다니까. 남편 역시도 몇 번이나 뒤를 돌아보고 확인을 했는데, 나는 염려 말고 내처 가기나 하라고 눈짓을 보냈었어. 그때 내 가슴은 얼마나 뜨겁게 타고 있었던지 ……. 그이의 눈길은 언제나 내 마음에 성냥불을 켜대곤 했었어. 딸도 내 신혼 때만큼이나 행복할까 …….)

그녀의 빈 잔에 술이 차오르고 얼음덩이가 떨어졌고 그것은 흘러 넘칠 듯이 찰랑대고 있었다.

그녀는 딸의 생활 방식을 봐 오면서 자기도 모르는 사이에 자신의 신혼 때와 막연한 비유를 해보는 버릇이 있었다. 그리고 그녀는 그저 아무렇게나 생각하기를, 아무데서나 입맞추고 껴안고 하는 것이 결코 사랑이 남달라서가 아니란 것을 느끼기도 했다. 그것은 딸의 말대로 풍습이고 습관 탓인지도 모를 일이었다. 때때로 그녀는 어쩌면 딸이 행복한 샘물만을 떠마시고 사는 건 아닐지도 모른다는 생각도 들었다.

(에그, 늙으면 그저 죽어야 한다니까. 딸을 두고 새암 많은 시어머니처럼 별생각을 다 하고 있다니까.)

그녀는 술잔을 위태롭게 두 손으로 옴싸쥐고 반쯤 들이켰다. 불이 숯불처럼 피어오르는 것만 같았다. 양주가 목구멍을 뜨겁게 했고 초밥이 코를 쏘았다. 그녀는 눈물을 질금거리더니 잔을 놓고 손수건으로 눈두덩을 눌렀다. 노인이 정색을 하고 묻는다.

"오케이?"

그녀는 손수건을 자켓 안주머니에 찔러 넣으며 고개를 끄덕인다.

"굿!"

노인과 손님은 그득한 배를 내밀고 자기네들의 술잔을 돌리며 연방 "굿"이란 말을 되풀이했다. 또 손님이 쉴새없이 담배를 피워댔으나 이제 그녀는 기침을 하지 않았고 무릎 신경통도 느끼지 못했다.

치즈와 햄이 더 날라져 왔다. 그리고 노인은 자기 방에 먹다 남겨두었던 술병까지 들고 나왔다. 그녀는 이제 빈 접시들을 치워야 한다는 생각도 잊고 곱게 붉어진 얼굴로 상글상글 웃고 있었다. 손님이 마지막 한 개 남은 초밥을 가리켰다.

"오케이?"

그때 문득 그녀는 얼굴을 좀더 붉히고 입을 연다.

"노 자판, 나 한국 아니 아니 코리아."

그녀는 생각보다 쩡쩡한 목소리로 연신 자기를 가리키며 한국이란 말을 강조한다. 그러나 잘 되지 않았다. 손님은 잠시 어정쩡한 표정으로 그녀를 쳐다보고 있다. 그녀는 성마르고 안타까워서 다시 한번 노 자판, 코리아 코리아라고 되뇌인다. 그러자 손님은 표정을 풀고 아무렇지도 않은 음성으로 대답한다.

"아이 시."

그녀는 비로소 안심했고 손님이 자기를 알아 주자 기분이 좋아져서 방실 웃는다. 꽉 조여맨 듯이 아프던 무릎과 팔굽이 한없이 풀어지고 마음이 느긋해져서 그녀는 헤프게 웃고 있었으며, 또 그녀는 노인과 손님처럼 술을 홀짝이며 치즈와 햄도 서슴없이 집어 먹고 있었다.

노인이 시가를 까며 성냥을 찾았는데 그의 얼굴도 한껏 붉어져 있었다. 그녀는 얼른 바닥에 떨어져 있는 성냥을 집어 주었다. 노인은 성냥을 두 개나 그어서야 겨우 시가를 붙이더니 그것을 우스꽝스런 동작으로 재떨이에 떨궈 놓고는 자리에서 벌떡 일어났다. 그 행동은 사뭇 날렵했다. 노인은 18세기 때의 기사처럼 두 사람에게 절을 하더니 춤을 추기 시작했다. 그것은 언젠가 텔레비전에서 해군이 추는 것을 보았는데 주로 발 두 개를 빨리 움직여서 추는 것이었다.

그녀는 어린애처럼 깔깔거리고 웃으며 손뼉을 쳤다. 이미 그녀는 언어의 장벽 같은 것도 잊고 있었으며 함께 물놀이를 하는 아이들처럼 신이 나고 재미가 있었다.

노인이 오른손을 휘둘러 이상스런 포즈로 절을 하고 다시 소파에 주저앉자 이번에는 손님이 노래를 부르기 시작했다. 그녀의 귀에도 익은 곡이었다. 노인도 따라 흥얼댔고 그녀도 콧소리로 따라 불렀다. 그 노래는 딸이 마루에 앉아서도, 마당에서 금그리기 놀이를 하면서도 곧잘 부르던 노래였다. 넓고 넓은 바닷가에 고기잡이 아버지와 철모르는 딸이 산다는 가사였던가.

다음은 그녀가 마치 차례의 지목이라도 받기나 한 듯이 자연스럽게 노래를 이었다.

> 나의 살던 고향은 꽃 피는 산골——
> 복숭아꽃 살구꽃 아기 진달래——
> 울긋불긋 꽃대궐 차리인 동네.
> 그 속에서 놀던 때가 그립습니다.

그녀는 자신의 노래에 반주를 맞추어 손뼉을 치다 말고 손수건을 꺼내어 코를 훌쩍이며 눈물을 짜더니 또 다음 순간엔 거짓말처럼 방긋방긋 웃었으며, 이윽고는 덥고 답답해서 자켓까지 벗어 던지고 말았다.

벨이 울렸다. 문을 따 준 사람은 그녀도 노인도 아닌 손님이었다. 딸의 음성이 들려왔다. 그녀는 얼른 시계를 보고 6시가 넘어 있음을 깨닫자 급히 자켓을 도로 입긴 했으나 딸이 이게 무슨 짓이냐고 나무

랄 것 같아 더럭 겁이 났다.

딸은 사위와 함께 각각 큰 슈퍼마켓 봉지 하나씩을 안고 들어왔는데, 거실의 어질러진 분위기를 보고 발길을 딱 멈추었다. 그러나 곧 부엌으로 급히 걸어 들어가서 식탁 위에 봉지를 내려 놓고 휙 돌아섰다. 그때 그녀는 딸의 코 위에 곤두서는 주름살을 보았다. 그것은 매우 못마땅한 일이 있을 때면 가로로 패이곤 하는 주름이었다.

"대체, 이게 무슨 난장판이에요?"

딸은 다소 억제한 듯한 목소리로 팩 쏘아붙인다. 그녀는 벌떡 일어나서 손수건을 심하게 쥐어짜고 있다.

"얘야, 이분들이 초밥을 사 오셨더구나. 여기 몇 개 남겨 두었으니 이것 먹어 보려무나."

그녀는 빈 초밥 상자를 가리킨다. 그러자 하나도 남아 있지 않다는 것을 그녀는 생각지도 않았고 딸 역시도 그것을 보려고도 하지 않았다.

"그만둬요! 어머닌 우리가 얼마나 고생해 가면서 사는지 아세요? 아이를 갖지 않는 것도 다 무엇 때문인지 아시기나 하느냔 말예요! 그런데도 집에서는……."

그녀는 손수건을 떨어뜨렸다. 그리고 그녀는 그것을 의식치도 못한 채 두 주먹을 꼭 쥐고 맞비벼대기 시작한다.

(그러면 뭣 때문에 날 여기에 데리고 왔니? 난 두 다리가 못 쓰게 된 앉은뱅이도, 그렇다고 유리관 속에 든 인형도 아니란 말이다. 난 너 하나를 위해서 60이 가깝도록 청춘을 바쳐 왔는데, 넌 나를 위해서 뭘 해주고 있단 말이니? 고작 이곳까지 끌고 와서 가두어 놓는 게 그 보답이란 말이니? 응? 말해 봐라 말해 봐, 왜 날 데리고 왔니 왜? 왜?)

그녀는 붉은 눈빛을 태우며 입술만 달싹거리고 있을 뿐 한마디도 내뱉진 못했다.

    딸과 사위가 출근을 하고 난 뒤 그녀는 햄과 양배추 조림을 내리며
밥과 김치를 준비한다. 그리고 식사가 끝나자 딸이 조종해 놓고 간
커피포트를 전기에 꽂아두고 시계를 본다. 10시가 가까워지고 있다.
    그녀는 뜨개질감을 챙겨들고 거실의 그 창가로 가 앉는다.
    노인은 전날과 같은 시간에 일어나 세면대에서 물을 불어대며 세
수를 한 후 커피잔을 들고 거실로 나온다.
    "굿모닝."
    그녀는 시름없이 창 밖을 내다보고 있다가 노인을 향해 얼른 웃어
보이고는 다시 바늘귀를 움직인다. 노인은 언제나처럼 커피잔을 놓
고 신문을 넘기고 있다.
    햇빛 그림자가 어른거리기 시작한다. 그녀는 손수건을 꺼내어 눈
을 닦아낸다.
    (저놈의 해가리개는 언제나 고쳐질까.)
    노인도 눈을 비비고 있다. 해가 어른대서 활자보기가 성가신 모양
이다. 노인이 신문을 놓고 한참이나 블라인드를 관찰하더니 이윽고
둥근 의자를 가져온다. 그리고 그것을 받쳐두고 올라서서 블라인드
를 만지기 시작한다. 몇 번인가 쇳조각 부딪치는 소리가 난다. 노인
은 곧 의자에서 내려와 망치를 가지고 오더니 그것으로 두들겨대기
시작했는데 그래도 햇살 무늬는 조금도 골라지지 않았고 걷어올릴
수조차 없는 모양이었다.
    잠시 후 노인이 의자에서 내려와 손을 털며 그녀를 보고 고개를 내
젓는다. 그리고 혼잣말처럼 중얼거렸는데 아마 자기는 고칠 수가 없
으니 언제든 수리공을 불러 고치도록 해야겠다는 말인 듯했다. 노인
은 연장을 제자리에 갖다두고 세면대로 간다.

해가리개는 전보다 더 엉성하게 내려쳐져 있다. 전에는 그래도 걷어올리거나 완전히 해를 차단할 수는 없었다 해도 벌쭉하게 열린 상태가 고르긴 했었다. 그런데 지금은 윗부분의 나사가 빠져나가 큰 삼각형의 햇살 무늬가 그녀의 얼굴을 맞받아 쏘고 있다.

그녀는 손수건으로 눈을 꼭꼭 눌러 준 후 자리를 조금 비켜앉아 열심히 바늘귀를 움직이고 있다. 그러나 눈이 신 건 마찬가지다.

(오늘은 무슨 일이 있어도 끝을 내야만 해.)

그녀는 단 한번이라도 바늘귀를 놓치지 않으려고 조바심을 치면서, 어쩌면 저 해가리개는 영원히 고쳐지지 않을지도 모르리라는 막연한 생각을 하고 있었다.

흑백이 아닌
천연색 꿈이기를

　여기 실린 작품들을 다시 꼼꼼히 읽어보았다. 슬픔과 분노, 부끄러움들이 수없이 갈마들었다. 「아들」, 「어머니」, 「밤길」을 읽을 땐 그 당시의 가슴 저린 기억들까지 겹쳐 한참이나 흐느껴 울었고 「바람벽의 딸들」, 「신발」을 읽었을 땐 잊었던 분노가 새롭게 불을 댕기기도 했다. 특히 「신발」은 84년 1월에 내가 유치장에서 당한 내용 그대로라 유달리 생생했고, 이래서 민중이 짓밟힌 기록은 오래도록 후손을 일깨워 주는 역사가 되는 모양이라는 생각도 들었다.

　「등나무」는 광주항쟁 희생자 아내에 대한 이야기다. 발표 당시가 83년 살벌하던 시기여서 우회로 돌아갈 수밖에 없었고 그 2년 후 다시 「밤길」을 썼으나 역시 단편적인 부분만 건드리고 만 것 같다. 그럼에도 그땐 광주항쟁에 대한 내막이라도 우선 알려야겠다는 강박감에 시달렸으니 시의성 작품은 작가와 더불어 시대의 한계도 있는 모양이다.

　「생각하는 인형」과 「내가 낚은 금고기」는 전자가 73년도, 후자는

76년도에 쓴 작품들이다. 다시 읽으면서 이렇게밖에 쓸 수 없었던가 절망도 했고 그래서 빼버리고 싶기도 했지만 70년대와 항쟁을 겪어낸 80년대의 내 의식이 어떤 변화를 거쳤는지를 잘 보여줄 수 있겠기에 거울 삼아 남겨두기로 했다.

그러고 보니 「내가 낚은 금고기」를 쓸 때 수없이 만나고 다닌 중동부두노무자들이 생각난다. 이 나라 경제발전에 온몸으로 밑거름이 된 그분들, 그럼에도 자기 자신은 가정파탄을 맞아야 했던 여러 분들……2년 후에 돌아와 보니 아내도 집도 사라져 버렸다던 박씨의 눈물……그분들은 지금 다들 어떻게 지내시는지 그 안부가 궁금하다.

모순 없는 사회가 온다면, 진정 그때가 온다면 내 이런 작품성향은 어떤 평가를 받게 될까.

이제 나는 이 나라의 미래가 몹시 궁금하다. 진정한 문민정부는 언제쯤 수립되고 통일은 또 언제? 통일이 된다면 남북민족은 물론 후손들에게도 정녕 부끄럽지 않은 그런 통일국가를 이룩할 수 있을

는지 …….

새벽이 오는 듯했는데 아직도 밤이다. 그러나 밤에는 꿈의 요람이
있다. 꿈에서 우리는 미래를 본다. 이제 그 꿈은 흑백이 아닌 천연색
이기를 …….

바람이 부는 오후
윤정모

풀빛소설선 - 43

봄비

1994년 9월 26일 초판 1쇄 발행
1994년 10월 12일 초판 2쇄 발행

지 은 이 - 윤정모
펴 낸 이 - 홍 석
펴 낸 곳 - 도서출판 · 풀빛
주   소 - 서울시 서대문구 북아현3동 176-87 능안빌딩 3층
             영업부/363-6972 편집부/362-8900 FAX/393-3858
출판등록 - 1979년 3월 6일 제8-24호

작가와
협의 아래
인지 생략

ISBN 89-7474-344-2